진달래 고서점의 사체

와카타케 나나미 지음

서혜영 옮김

작가
정신

차례

등장인물 소개

아이자와 마코토 ·········· 시체를 발견한 여자

와타나베 지아키 ·········· 라디오 방송국 하자키 FM의 디제이

마에다 베니코 ············· '진달래 고서점'의 주인

마에다 마치코 ············· 베니코의 조카딸. 하자키 FM과
'마에다 마치코 오피스'의 사장

마에다 시노부 ············· 마치코의 딸

마에다 히데하루 ·········· 베니코의 조카 히데오의 아들,
지아키의 중학교 동창생

마에다 하쓰호 ············· 히데하루의 어머니

와타나베 마사루 ·········· 지아키의 아버지,
커피 전문점 '브라질'의 주인

시노야마 마이 ············· 지아키의 친구,
'하자키 로열 호텔'의 프런트 담당

구도 고이치로 ············· 하자키 FM의 피디

기노우치 유키야 ·········· 하자키 FM의 아르바이트 사원,
지아키의 동네 동생

기노우치 미쓰히코 ········ 유키야의 형

후루카와 쓰네코 ·········· 마치코의 개인 비서

마루오카 헤이스케 ········ 하자키 의과대학 치과의사

고이케 이사무 ············· 중화요리점 '후쿠후쿠'의 주인

고마지 도키히사 ·········· 하자키 경찰서 형사반장

이쓰키하라 미쓰루 ········ 하자키 경찰서 경사

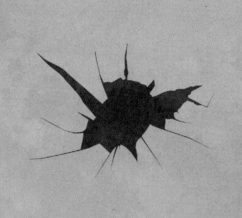

1장

파도와 함께
나타나다

1

아이자와 마코토의 오랜 꿈, 그것은 바다를 향해 '나쁜 놈아!' 하고 외쳐보는 것이었다.

드디어 그 꿈을 이룰 때가 왔다. 마코토는 쾅 하고 차 문을 닫고는 그 소리에 자기가 놀라 슬그머니 주위를 둘러봤다.

골든 위크가 지난, 5월 15일 월요일의 하자키 히가시東비치에는 사람 그림자 하나 없었다. 하자키 히가시비치는 가나가와현의 여러 해수욕장 중에서도 원래 인기가 없는 축에 속했다. 무엇보다도 교통이 안 좋아서, 도심에서 하자키 반도로 나오려면 전철을 여러 번 갈아타야 했다.

그래도 한여름이면 임시 열차도 다니고, 인근 다른 해수욕장의 엄청난 인파에 질린 해수욕객이 찾아오기도 한다. 하지만 지금 같은 시기에 시간을 들여서까지 이런 불편한 장소에 올 별난 사람은 별로 없을 것이다. 조금 전까지 약간 흐릿했던 하늘이 이제는 불온한 회색으로 변하고 찬바람까지 세차게 들이치기 시작했다. 그래서인지 날씨를 아랑곳하지 않는 서퍼의 모습조차 찾아볼 수 없었다. 하긴 이 주변은 파도가 높지 않아 서퍼가 찾아오는 일이 좀처럼 없긴 하지만.

아이자와 마코토는 입술을 꽉 깨물고 해안도로를 따라 마련된 주차장을 나와 모래사장으로 내려갔다.

비의 장막으로 수평선이 뿌옇게 흐려진 바다 왼쪽으로 불쑥 나온 곳이 보였다. 초여름의 태평양은 거무죽죽한 하늘 때문인지 가라앉아 보였다. 리듬을 타고 밀려오는 파도 소리가 마코토의 귀를 기분 좋게 자극했다.

최고의 조건이다, 하고 마코토는 생각했다. 드디어 전부터 한번 해보고 싶었던 것을 실행할 때가 온 것이다. 기묘한 흥분과 뒤가 켕기는 기분으로 마코토는 주위를 둘러봤다.

아무도 없었다.

마코토는 혼잣소리를 했다. 도시 생활에 지쳐서 바다가 보고 싶어졌다는 건, 지금은 삼류소설에서도 통하지 않을 진부한 설정이지. 암 그렇고말고. 하지만 그럴 때 바다에 와서 소리를 질러보는 게 나쁜 짓은 아니잖아. 누가 뭐라고 하든 바다는 상처 같은 건 입지 않을 거야. 잠자코 불만을 들어줄 뿐, 앙갚음 같은 걸 하려 들지는 않을 거야. 일부러 여기까지 빗속을 달려왔잖아.

하고 싶은 대로 하고 홀가분해지면 되는 거야. 암, 그렇고말고.

요 몇 개월 동안 아이자와 마코토에게는 가지가지 불행한 사건이 일어났다.

우선 다니던 작은 편집 프로덕션이 도산했다. 마코토는 어느 대형 출판사가 발행하는 《코지타임》이라는 정보 잡지로부터 편집 일을 의뢰받아 해왔었다. 특히 마코토 자신의 취미를 살린 고서적 또는 장르별 소설에 관한 특집이 인기가 있었으며, 잡지는 눈에 확 띄지는 않았지만 착실하게 매상을 올렸다. 그러던 어느 날 갑자기 그 잡지의 편집장이 다른 곳으로 옮겨 가면서 작업 의뢰가 끊기고 말았다. 작은 편집 프로덕션에게 대형 출판사와 인연이 끊긴다는 것은 뼈아픈 일이었다. 마코토는 어이없이 실직했다. 잡지는 마코토가 다져놓은 노선을 그대로 이어갔다.

기분 전환을 할 요량으로 거금을 털어 신주쿠의 로열 할리우드 호텔에 묵었는데 그날 밤 호텔에 불이 났다. 요행히 한밤중에 담배를 사러 로비까지 내려와 있던 덕에 열네 명이나 되는 사망자 가운데는 들어가지 않았지만, 충격은 컸다. 불에 타 죽은 여자의 시체를 옮겨가는 것을 맨눈으로 보고 말았던 것이다. 담요에서 삐져나온 타서 문드러진 시체의 손. 그 손가락에 끼워져 있던 하트 모양의 핑크색 돌을 끼운 반지.

쇼크와 스트레스로 원형탈모증에 걸려 뒷머리에 십 원짜리 동전만 한 땜통이 생겼다. 지인의 소개로 카운슬러라는 사람을 만났는데, "당신의 등 뒤에 불에 타 문드러진 여자 모습이 보입니다" 하고 말하더니 수상한 신흥종교를 권유했다. 아는 사람에게 항의를 했더니 그렇게 훌륭한 가르침에 대해 어떻게 시비를 거느냐며 화를 냈을 뿐 아니라 입교할 때까지 철저하게 대화를 하자며 방에 가두는 것이었다. 틈을 봐서 창문으로 도망을 쳤는데 이 층에서 뛰어내릴 때 왼쪽 발목을 삐었다.

이런 지경에 처한 여자가—물론 서른한 살이나 먹어서 이런 짓을 하는 것이 조금 쑥스럽긴 하지만—바다를 향해 '나쁜 놈아!' 하고 소리친다고 해서 시비 걸 사람은 없을 거야. 마코토는 신경질적으로 주위를 둘러보면서 또 혼잣소리를 했다.

파도가 밀려오는 물가에 이르렀다. 거품이 이는 파도 속에서 거친 모래가 빛났다. 한순간 구름이 갈라지면서 마치 기적처럼 빛이 바다로 내리꽂히자 수면이 반짝반짝 빛났다. 파도 사이에 하얀 것이 떠올랐다가 사라졌다.

좋아.

마코토는 침을 삼키고 수평선이라고 여겨지는 흐릿한 선을 노려봤다.

"나……쁜 놈아."

스스로가 들어봐도 처량한 쉰 목소리였다. 마코토는 헛기침을 하고 인적이 없는 것을 거듭 확인한 다음 다시 도전했다.

"나쁜 놈아."

꿈꿨던 것만큼은 아니었지만 그래도 큰 소리가 목구멍을 넘어 나왔다. 동시에 믿을 수 없을 정도의 상쾌한 느낌이 마코토를 감쌌다. 바닷바람을 폐에 한가득 채우고, 마코토는 계속해서 외쳐댔다. 편집장, 아는 사람, 카운슬러, 호텔에 불을 낸 나쁜 놈, 모두 다 싸잡아서.

"죽여버릴 거야. 나쁜 놈아!"

쓰러질 듯 몸을 앞으로 내밀고 파도에 스니커를 적시며 폐 속의 공기를 모두 욕설로 바꾸어 밖으로 내뱉었다. 마코토는 비에 젖은 앞머리를 쓸어 올리면서 자기도 모르게 웃음을 터뜨렸다. 웃으면서 그녀는 생각했다. 머리가 새하얗게 될 정도로 소리쳐 줄 테야. 하고 싶은 만큼 숨이 가쁠 정도로 소리칠 거야. 본 궤도에 올랐어. 그녀는 숨을 한껏 들이마시고 크게 내질렀다.

"나……"

턱이 빠져라 입을 벌린 채, 마코토는 몸이 굳고 말았다. 아까부터 보였다 사라졌다 하던 커다란 하얀 물체가 흔들흔들 흔들리면서 다가오는 것이 보였기 때문이다. 다음 순간 그것은 큰 파도에 밀려 마코토의 발밑에 던져졌다.

"……쁜 놈……, 말도 안 돼. 이건 뭐야. 어떻게 된 거야. 어째서 바다가, 바다인 주제에 앙갚음 같은 걸 하는 거냐고."

엉덩방아를 찧고 울상을 지으며, 아이자와 마코토는 지금까지는 그저 리허설에 지나지 않았다는 듯이, 이번에야말로 진심으로 온몸과 온 마음을 다해 나쁜 놈아, 하고 부르짖었다.

마코토의 눈앞에 밀려온 것은 틀림없는 사람의 시체였다.

2

가나가와현 하자키시.

도쿄에서 하자키시 중심부로 들어오려면 두 개의 길을 생각할 수 있다. 하나는 신주쿠에서 오다큐 로맨스카를 타든가 도쿄 또는 시나가와 부근에서 도카이도 본선을 타고 후지사와로 나와, 거기서부터 하자키 북부 역으로 오는 버스를 타는 것이다. 다른 하나는 도카이도 본선으로 요코하마로 나와 JR 요코하마 선으로 갈아타고 하자키역까지 오는 것이다. 익숙지 않은 사람은 후자의 루트를 따라오기 쉬운데, 휴가철이 아닐 때는 통근·통학 시간대를 제외하면 전철 수가 매우 적다.

오후 한 시, 하자키역 앞은 비어 있는 해변만큼은 아니더라도 한산했다. 와타나베 지아키는 교차로로 나오자마자 크게 하품을 했다.

지아키는 하자키 FM이라는 지방 라디오 방송국에서 일한다. 그녀는 도쿄에 있는 대학에서 방송연구회의 회원으로 활동하던 아나운서 지망생이었는데, 도쿄에서 방송국 입사 시험을 보는 족족 떨어지다가 결국 오 년 전에 아버지의 백으로 개국을 코앞에 둔 하자키 FM에 입사하게 되어 하자키로 돌아왔다.

사실 공전의 불경기에 직장을 잡은 것만으로도 횡재였다. 그러나 공상벽이 심했던 지아키는 비록 입사한 곳은 지방 라디오 방송국이지만 언젠가는 유명 디제이가 되어 중앙으로 스카우트되어 갈 날을 꿈꿨다.

그런데 웬걸, 하자키 FM에는 돈이 없었다. 워낙에 하자키시 자체가 인색한 지방 도시였다. 지아키는 월요일부터 금요일까지, 밤 여덟 시에 시작해 열한 시까지 진행되는 프로그램을 맡았는데, 프로그램 대부분을 혼자서 구성했고 리퀘스트 엽서나 팩스도 자신이 썼고 선곡도 자신이 했다. 그렇게 해서 어떻게든 세 시간을 지탱했다. 그 밖에 화요일 낮의 인터뷰 프로그램, 금요일 오후의 음악방송도 떠맡았다. 물론 취재부터 인터뷰, 게다가 영업까지 전부 혼자서 처리해야 했다. 평일에는 하루 네 시간 수면, 토요일과 일요일이라 해도 놀고 있을 틈은 없었다.

지아키는 하품을 하다가 흘러나온 눈물을 손등으로 닦았다.

하자키 FM은 유독 '문화'라는 말에 약한 토건업자 출신 시장 덕분에 출범하게 되었다. 하자키시의 뿌리 있는 명문 집안인 마에다가의 여성 실업가 마치코로부터 '하자키에도 문화의 일대 발신 기지를!'이라는 하자키 FM 설립 취지 설명을 들은 시장은, '문화 공헌'이라는 명목에 낚여 그 자리에서 협조를 약속했다.

하자키 FM은 시에서 재정 보조를 받으며 출발했고, 마치코 사장과 시장이 상상한 만큼은 아니었지만, 그 나름의 성과를 올리고 있었다.

하지만 올해 초 시장 선거에서 개혁파 시장이 탄생하면서 상황이 돌변했다. 새 시장은 '주부 감각에 맞춰 세금의 낭비를 줄인다'라는 캐치프레이즈를 내걸고 당선된 시민운동가였다. 그녀는 공약대로 하자키시립미술관을 폐쇄하고 주민센터와 도서관의 연간 예산을 반으로 줄였다. 이에 대해 시민들로부터 불만의 소리가 나오고 있지만, 아직까지 시장은 서슬이 푸르다. 하자키 FM에 대한 재정 보조도 가까운 시일 내에 취소될 것이다.

그 때문인지, 마에다 마치코 사장은 요즘 부쩍 안절부절못했다. 오늘도 아침 일찍부터 방송국에 나와, 데스크에서 그날 밤 방송분 원고를 고치고 있던 지아키와 그 밖의 스태프들을 붙들었다.

"한창 나이에 대낮부터 컴퓨터 따위나 두드리지 말고 밖에 나가 발로 뛰어서 기사거리를 구해 와."

히스테릭하게 소리 지르며 모두를 쫓아낸 것이다. 지아키는 취재를 핑계 삼아 하자키 로열 호텔로 가서 친구 시노야마 마이와 차를 마시며 비가 그치기를 기다렸다.

역 앞 교차로 중앙에는 철쭉과 소철을 많이 심어놓았다. 교차로에서 북쪽으로 느티나무 가로수가 곧장 뻗어 있는데, 은행, 이

층뿐인 작은 역 빌딩, 간이 매점, 파출소와 버스 정류장, 거기에 몇몇 간판. 그게 이 교차로에서 눈에 들어오는 전부였다. 하지만 가로수 길 건너 왼쪽으로 나아가면, 이 장소와 어울리지 않는 훌륭한 빌딩이 서 있다. '마에다 마치코 오피스'가 소유하고 있는 빌딩인데, 그 빌딩의 오 층과 육 층이 하자키 FM 방송국이다.

지아키는 이마에 손을 대고 회사 빌딩을 바라봤다. 느티나무 가로수 길에 당당히 불법 주차되어 있는 마치코 사장의 애차 노란색 로터스가 쏟아지는 햇빛을 눈부시게 반사하고 있었다. 지아키는 혀를 내밀고 뱅그르르 회사에 등을 돌렸다.

교차로를 시계 반대 방향으로 구십 도쯤 돌아서 걸어가면 '하자키 히가시긴자 거리'라는 녹슨 아치가 보인다. 가게가 서른 채쯤 늘어선 상점가인데, 보통 '히가시긴자'라고 부른다. 지아키가 어릴 때는 생선 가게와 채소 가게, 건어물 가게 등 식료품점이나 일용 잡화를 파는 가게가 많았는데, 지금은 살짝 멋을 낸 케이크 가게와 미용실, 아시아 잡화점 등이 주도권을 잡았다. 그래도 곳곳에 옛날 그대로의 오래된 가게가 남아 있는데, 지아키는 그쪽이 훨씬 좋았다.

히가시긴자 입구에는 오른쪽에 하자키 신용금고, 왼쪽에는 거대한 싸구려 술집이 있다. 하자키 신용금고 오른쪽으로는 입구부터 차례로 미용실, 양품점, 세탁소, 정식 식당, 잡화점, 찻집 겸 일본과자점, 아시아 잡화점, 전파상, 비디오 가게, 중국집, 고서점, 붓 가게, 프랜차이즈 제과점, 미용실, 이탈리안 레스토랑, 케이크 가게 겸 커피숍이 이어진다. 왼쪽도 비슷한 가게가 줄줄이 계속되다가 상점가를 사분의 삼쯤 지나면 고풍스러운 커피 전문점 '브라질'이 나온다. 그곳이 와타나베 지아키의 집이다.

바게트를 굽는 향기로운 냄새가 나는 '고토부키 빵'을 지나서 브라질로 들어갔다. 문에는 방울이 달려 있고, 열린 문 안으로 지금은 완전히 닳아 해진 비로드 천 의자가 보였다. 입구 옆 테이블에 쌓인 스포츠 신문. 담배 연기로 노래진 돌돌 말린 메뉴판. '브랜드 커피 삼백 엔', '아메리카노 삼백 엔' 등을 도화지에 써놓았다. 낮게 흐르는 하자키 FM 방송. 세월의 무게가 느껴지는 카운터 구석에 의젓하게 앉아 있는 '카페오레'라는 이름의 암고양이.

카운터 건너편에서 지저분한 앞치마를 걸친 초로의 남자가 하드보일드 작가 쓰노다 고다이의 최신작을 탐독 중이다. 그는 반사적으로 "어서 오세요" 하고는 얼굴을 들다가 "뭐야" 했다.

"지아키구나. 일찍 끝났네."

"아직 업무 중이에요, 아빠. 회사에서는 사장님 히스테리 때문에 원고를 못 쓰겠어서 피난 왔어요. 브랜드 커피하고 참치 샌드위치가 먹고 싶어요."

지아키의 아버지이며 브라질의 마스터이기도 한 와타나베 마사루는 LL빈(미국 유명 의류 쇼핑몰—옮긴이) 통신판매 카탈로그에서 구입한 데닝셔츠의 소매를 걷어 올리고 딸을 위해 커피를 내리기 시작했다. 지아키는 고양이 앞에 앉아 노트북 컴퓨터를 열었다.

가게 안에는 오후의 나른한 분위기가 떠다녔다. 손님이라곤 늦은 점심을 끝낸 이웃 상점의 종업원과 세일즈맨으로 보이는 몇몇 사람이 다였다. 만화나 신문을 펄럭펄럭 넘기면서 마사루가 내려준 커피를 마시고 있었다.

"오늘 밤 방송 게스트는 누구니?"

갈아낸 커피콩을 드리퍼로 옮기면서 마사루가 물었다.

"하자키 의대 치과의사 선생님이에요."

"치과의사? 별로구나."

"그렇지도 않아요. 강연회나 잡지 인터뷰에도 익숙하고, 얘기도 의외로 재밌는걸요. 그 정도 출연료에 흔쾌히 응해준 게 고맙지요. 유일한 결점이라면 그분이 신청하는 곡이 가야마 유조 메들리라는 것뿐이죠. 가야마 유조가 출연했던 〈내 청춘의 젊은 우상〉이 화제에 오르면 얘기를 멈추지 않아 그걸 끊는 게 큰일이라니까요."

"하자키에는 인재도 없군."

마사루는 끓인 물을 부으며 말했다.

"다음 주에는 아빠가 좋아하는 쓰노다 고다이 선생님이 게스트예요. 생방송은 어렵다고 해서 녹음하러 가기로 했지만요."

지아키는 자연히 변명투가 되었다.

"난 라디오는 홀가분한 미디어라고 생각해요. 인터뷰 게스트가 유명한 사람일 필요는 없어요. 얘기를 이끌어가는 방향에 따라서 누구한테서라도 재미있는 에피소드를 끌어낼 수 있다고요. 그런데 보세요, 마치코 사장님이 그런 사람이니."

마사루가 입을 열려는 걸 무시하고 지아키가 계속 말했다.

"마에다 집안이 하자키에서 명문이라는 것 정도는 알지만, 그건 전쟁 전 얘기잖아요. 물론 지금도 우리 같은 사람들하고는 비교가 안 될 정도로 부자겠지만, 그렇다고 그렇게 특권의식을 보일 것까지는 없잖아요? 일반 대중과 그 이외의 사람을 딱 잘라 나누라느니, 그런 얘길 아무렇지도 않게 하거든요, 그 사람은."

"어이, 지아키야……."

"난 높으신 양반이야, 라는 거지요. 평범한 사람을 게스트로 불렀다가는 그다음부터 높으신 양반이 못 나오게 된다면서, 내 아이디어를 완전히 무시하는 거예요. 요전번에도요, 나이 드신 분들에게 옛날의 하자키 얘기를 듣는 프로그램을 기획해서 제출했는데요. 왜 그래요, 아빠?"

마사루가 끊임없이 턱을 움직이는 걸 겨우 알아차린 지아키가 의아하게 여기며 턱끝이 가리키는 쪽을 돌아보다가 자기도 모르게 으윽 하는 소리를 냈다. 입구 옆 테이블에 앉아 있는 건 마치코 사장의 외동딸, 마에다 시노부였다.

마에다 시노부는 열아홉 살. 오 년 전 하자키 의과대학에 뜬금없이 신설된 정보관리학과 이 학년이다. 의대에 왜 그런 과가? 하고 누구나 생각했는데, 요컨대 의사라면 자식을 억지로라도 최소한 경영자로는 만들고 싶어 한다는 부자 의사들의 마음을 헤아려 신설된 학과였다. 거액의 기부금을 내면 아무리 우둔한 두뇌의 소유자라도 반드시 들어갈 수 있는 학과였다.

시노부는 하얀 피부, 부드럽게 컬을 넣은 긴 머리, 긴 속눈썹을 지닌, 여자인 지아키가 봐도 반해버릴 정도의 미소녀지만, 멍한 성격의 소유자이기도 했다. 이때도 지아키의 말을 들었는지 어땠는지 턱을 괴고 허공을 바라보며 움직이지 않았다. 정말로 아름다운 모습이지만, 오랫동안 시노부를 알고 지내온 지아키는 그녀가 언제나 그렇듯 아무 생각도 하지 않는다는 걸 안다.

안도하는 기색을 숨긴 채, 지아키는 시노부에게 다가갔다.

"오래간만이야."

시노부는 얼굴을 들어 흐리멍덩한 눈빛으로 지아키를 아마도 오 초쯤은 바라본 뒤에야 입을 열었다.

"아, 지아키 언니. 어머. 지금 몇 시예요?"

"오후 한 시 좀 지났어."

지아키는 잔을 들고 와서 시노부 맞은편에 앉았다.

"뭐야, 휴, 다행이다. 지아키 언니가 여기 있는 걸 보고 벌써 한밤중인가 했어요."

"사무실이 어수선해서 도망 나왔어."

지아키는 재빨리 말하고, 얼른 화제를 바꿨다.

"시노부, 나 요전번에 뜻밖의 모습을 봤는데."

"네?"

시노부는 골똘히 생각하는 표정을 했다.

"요코하마에서 데이트했지? 좋겠다. 난 남자를 찾을 틈도 없는데."

"그거, 데이트였나. 앗, 그러고 보니 뭔가 중요한 걸 잊은 것 같은 기분이에요."

시노부는 고개를 갸우뚱하고는 멍청하게 있었다. 지아키는 살 그머니 한숨을 쉬었다.

특권의식으로 똘똘 뭉친 마치코 사장은 세상 사람들이 모두 자신에게 봉사하기 위해 존재한다는 착각 속에 빠져 산다. 그런 그녀가 유일하게 사랑하며, 또한 그녀의 두통거리이기도 한 것이 이 외동딸 시노부였다.

지아키는 시노부가 겨우 아장아장 걸을 무렵부터 봐왔으며 자주 무릎에 앉히고 그림책을 읽어주곤 했다. 당시 이미 광범위하게 빌딩 임대업을 하는 여성 실업가로 바삐 돌아다니던 마치코가 이 히가시긴자 상점가에서 '진달래 고서점'이라는 책방을 경영하는 고모 마에다 베니코에게 시노부를 맡기는 일이 종종 있었기 때문이다.

어린 시절의 시노부는 머리 회전이 빠른 아이였는데, 자라면서 멍청하게 있는 시간이 늘어나더니 아예 성격으로 자리 잡았다. 마치코가 아무리 원해도 시노부가 마치코의 뒤를 이어 실업가가 되는 일은 없을 것이다. 지나치게 유능한 어머니를 가진 아이도 힘들어, 하고 지아키는 시노부를 동정했다.

"데이트라고 생각하지 않더라도 말이야. 남자랑 둘이서 놀러 다니다가 어머니한테 들키면 큰일 아니니?"

"그건 괜찮아요. 어머니는 요즘 나 같은 거 생각할 여유가 없거든요."

"하긴 이대로라면, 하자키 FM의 존속이 위태롭긴 해."

시노부는 눈을 조금 크게 뜨고 희미하게 웃었다.

"다른 일도 잘되지 않는 것 같아요. 조바심만 치는걸요. 지아키 언니한테도 화풀이하고 막 그러죠?"

"응, 하지만, 있지, 회사원은 상사의 비위를 맞추는 것도 일 중 하나니까."

세일즈맨으로 보이는 옆자리의 젊은 남자가 기분 나쁜 얼굴로 이쪽을 노려봤다. 빈정거린 건데, 하고 지아키는 모르는 척 참치 샌드위치를 덥석 베어 물었다. 고토부키 빵으로 구운, 씹으면 씹을수록 맛이 나는 빵 사이에 참치 마리네이드와 양파, 레몬 슬라이스와 양상추를 넣어 만든 샌드위치다. 적당한 신맛이 입안 가득 퍼졌다.

시노부는 지아키가 행복하게 점심을 먹는 걸 잠자코 보고 있다가, 잠시 후에 입을 열었다.

"지아키 언니, 히데하루 오빠 기억나요?"

지아키는 커피를 마시다 사레가 들렸다.

"히데하루라니, 네 사촌 오빠 마에다 히데하루 말이니? 그야 중학교 삼 학년 때 같은 반이었으니까 생각은 나지만."

"만나면 얼굴 알아볼 것 같아요?"

"글쎄, 모르겠네. 졸업한 뒤로 벌써 십이 년이나 지났으니까. 히데하루한테 무슨 일이라도?"

"편지가 왔어요."

시노부는 멍하니 머리카락을 잡아당기면서 꿈꾸는 듯한 부드러운 목소리로 말했다.

"어머, 반가웠겠구나."

지아키는 무난하게 대답했다. 마에다 히데하루는 마치코의 오빠, 즉 마에다가의 장남으로 일찍 죽어버린 마에다 히데오의 외동아들. 좋은 시절이었다면 하자키의 도련님이다.

하지만 히데하루의 인상은 희미했다. 공부는 잘했지만, 학급 안에서도 수수하고 눈에 띄지 않는 존재. 그러고 보니 딱 한 번 마에다 베니코의 고서점에서 마주쳐서 말을 주고받은 일이 있었다. 무슨 말을 했었지? 아, 그래그래. "지아키 너도 어머니가 안 계시지"라고 했어.

지아키의 어머니는 지아키가 일곱 살 때 병으로 죽었다. 한편 히데하루의 어머니는 품행이 좋지 않아서 집에서 쫓겨났다는 소문이 있었다. 지아키는 그때 '어머니가 없는 건 같아도 너네랑 같은 취급은 하지 마' 하는 생각에, 분명한 대답을 하지 않았었다. 그랬던 게 생각나서 부끄러움이 끓어올랐다.

그리고 하나 더. 히데하루의 이름을 들은 순간 되살아난 인상적인 또 하나의 기억⋯⋯.

"정말 그렇게 생각해요?"

지아키가 마음속으로 무슨 생각을 하는지 알아차릴 리 없는 시노부는 태평스레 물었다.

"그래, 편지가 온 거잖아? 얼마나 좋아."

"그렇죠?"

시노부는 얼굴이 밝아지면서 웃음을 지었다.

"어머니는 놀라고 화내고 그랬는데, 언니가 그렇게 말해줘서 마음이 편해졌어요. 아, 다행이다."

"마치코 씨가, 사장님이 화를 냈다고? 왜?"

"잘 모르겠어요."

시노부는 카운터 위에 앉아 한가롭게 가르릉거리는 고양이 카페오레보다도 편안한 말투로 말했다.

"그 편지, 장난 편지라고 했어요, 어머니가."

3

"요컨대 댁은, 에, 나쁜 놈이라고 외치기 위해서 하자키 히가시비치에 왔다는 거지요?"

하자키 경찰서 수사과의 한쪽 구석에 있는 응접세트 소파에 앉아 지금까지 쓴 각서를 다시 보면서, 이쓰키하라 미쓰루 경사가 말했다.

"그래요."

상대하는 여자, 사체의 제1발견자인 아이자와 마코토는 불만에 가득 차서 될 대로 되라 하는 태도였다. 이쓰키하라는 다시확인했다.

"종교 문제로 귀찮게 하는 지인에게 넌더리가 나서 바다를 향해 '나쁜 놈아' 하고 외치기 위해서?"

"글쎄, 그렇다니까요."

"지금까지 살던 아파트를 떠나서, 가재도구를 창고에 맡기고, 남은 재산을 차에 싣고?"

"네에, 네."

"원래 하던 일은 《코지타임》이라는 잡지 편집이었고, 지금은 무직인데?"

"거참 똑같은 말을 몇 번씩이나 하는 거예요."

드디어 아이자와 마코토는 손바닥으로 테이블을 두드렸다.

"도대체 몇 번이나 똑같은 말을 해야 속이 시원하겠어요? 막무가내로 입교를 종용하는 사람들을 피해서 가까운 파출소까지 가서 울면서 도움을 청했을 때는 민사 불개입인지 뭔지 하면서 아무 조치도 안 해주던 경찰이 말이에요. 아파트를 떠날 수밖에 없었던 것도 그 때문이라고요. 그런데 어쩌다가 바닷가에서 사체를 발견했다는 이유만으로 사람을 반나절이나 붙잡아놓고서 그게 시민의 의무라니, 도대체가 말이 되는 소리예요? 해달라는 것은 제대로 해주지도 않으면서 써먹을 때만 있는 대로 써먹고. 그러니까 경찰에 대한 평판이 나쁜 거라고요."

이쓰키하라의 눈썹이 움찔움찔 경련했다. 시끄러, 나도 적은 월급을 받고 산처럼 쌓인 업무를 처리하느라 야근을 밥 먹듯이 하고 있어. 경찰 내에서 끊임없이 부정 사건이 일어난다 해서 왜 내가 비난을 들어야 하는데, 라고 말할 수 있다면 얼마나 좋을 까. 그냥 한번 말해봐? 하는 유혹이 가슴을 스쳐갔다.

"글쎄 난 관광객이잖아요. 해수욕장 청소를 잘 해뒀으면 그런 비위생적인 걸 안 봐도 됐을 거라고요. 그런데 내가 왜 이런 지독한 경우를 당해야 하죠?"

말하는 동안 흥분한 나머지 마코토는 울음을 터뜨렸다. 이쓰키하라는 당황해서 티슈 상자를 마코토 앞으로 밀어주고는 상사에게 눈짓으로 도움을 청했다.

이쓰키하라의 상사, 하자키 경찰서 수사과의 고마지 도키히사 형사반장은 부하의 악전고투를 거들떠보지도 않은 채 책상에서 코털을 뽑고 있다가, 애원하는 이쓰키하라의 시선을 보고서야 무거운 엉덩이를 들고 느릿느릿 다가와서는 마코토에게 말했다.

"그러니까 그게 말이지, 당신이 발견한 사체 말이야, 죽고 싶어서 죽은 게 아니라고. 그에 비하면 당신은 그래도 나은 편 아니야?"

"네?"

마코토는 코를 힘껏 풀고, 빨개진 얼굴을 고마지 반장에게로 돌렸다.

"죽고 싶어서 죽은 게 아니라뇨? 그 사람 살해당했나요?"

"아니, 아마 사고일 거예요."

이쓰키하라는 허둥지둥 끼어들면서 도리어 일을 망쳐놓을 수 있는―그리고 그걸 기뻐할 수도 있는― 고마지를 불만스러운 표정으로 바라봤다.

이쓰키하라 미쓰루는 현재 서른 살. 다섯 살 때 하자키로 이사 온 후로는 계속 하자키에서 살았는데, 하자키 경찰서에 전속된 건 올해 들어서다. 승진 시험에 합격해 경사가 되자마자 전속된 것이다.

솔직히, 하자키 경찰서에 배속된 것은 그에게 그다지 기쁜 일이 아니었다. 경찰 독신 기숙사에 들어가 있던 기간을 빼면 어린 시절부터 줄곧 하자키에 산 터라 하자키 사람들을 거의 다 알다

시피 하는 그로서는 근무처 역시 하자키가 된 것이 갑갑해서 견딜 수가 없었다.

혼자 갑갑한 것 정도면 다행이겠는데 처치 곤란한 문제도 일어난다. 하자키로 근무지를 옮긴 후 맨 처음 받은 전화는 이웃 아주머니가 교통 위반을 봐달라며 걸어온 전화였다. 안 된다고 거절하자 버럭 화를 내며, 네 기저귀를 간 게 누군데, 하며 목청을 키웠다. 똥구멍까지 다 봤나 하고 생각하니 그만 수세에 몰릴 수밖에 없었다. 나중에 어머니에게 확인하니 기저귀를 갈았다는 건 사실이 아니었다.

사람들은 아는 경찰관이 있으면 뻔뻔스럽게 봐달라고 하면서도 경찰관의 부정에는 필요 이상으로 엄격하다. 이런 사람들을 지키는 것이 경찰의 임무라면 경찰 같은 거 그만둬야 하는 게 아닌가 하는 생각을 요즘 자주 하게 된다.

하루하루 그런 마음을 누르며 일하고 있는데, 또 성가신 사건이 벌어진 것이다. 아이자와 마코토가 발견한 사체는 그대로 하나의 '수수께끼'였다.

아이자와 마코토로부터 사체 발견 제1보가 들어온 건 오늘 5월 15일 월요일 오전 열한 시 십삼 분. 통보를 받은 건 하자키 경찰서 통신반의 미카사 로쿠로 순경이었는데, 신고자 마코토가 반광란 상태인 걸로 미루어 중대 사건이 발생했다고 짐작해 그 자리에서 수사과로 연락을 넣었다.

연락 후 오 분 만에 현장으로 달려간 하자키 히가시비치 앞 파출소의 순경 두 명은 처음에는 그냥 익사한 것이라고 판단했다. 하지만 사체를 육지로 끌어올려 신원을 확인할 만한 것이 없나 하고 조사하는 단계에서 형세가 심상치 않게 되어갔다.

고마지와 이쓰키하라가 현장에 도착했을 때는 이미 검시관과 지원 경찰관, 그리고 어디에서 나타났는지 구경꾼들까지 모여들어 해변이 혼잡했다.

"뭐야. 아무리 봐도 그냥 익사체잖아."

고마지는 이쑤시개로 이를 쑤시면서 시체를 쓱 훑어보더니 별 볼 일 없다는 듯이 말했다. 이쓰키하라가 보기에 사체는 이십 대 후반에서 삼십 대 초반의 남자였다. 조금 긴 머리를 갈색으로 물들였고 왼쪽 귀에 피어싱 흔적이 있었다. 하얀 긴소매 면 셔츠에 하얀 면바지. 맨발에 하얀 스니커. 키는 170센티미터쯤. 피부는 볕에 탔으나 몸이 전체적으로 가냘픈 것을 보면 오랜 시간 실내에서 일하는 사람 같았다.

얼굴과 손에 모래에 쓸린 상처가 많았고 폐는 부풀어 있었다. 눈에 들어오는 범위의 피부에는 소름이 돋아 있었고 손바닥은 새하얗게 붙어 있었다. 이런 특징이 나타나는 건 수중 방치 후, 서너 시간 이상 지나서다.

검시관인 미우라 의사는 불쾌한 듯이 얼굴을 찌푸렸다.

"한 번 보자마자, 아무리 봐도, 라니, 아마추어는 부러워."

"그렇지 않나? 그럼, 살인이라는 건가?"

"그건 아직 몰라."

"사망 추정 시각은?"

"오늘의 수온으로 보자면 네다섯 시간쯤 됐겠지. 아침 여섯 시에서 일곱 시쯤이야."

"뭐야, 조깅 같은 걸 하다가 심장발작을 일으켜 기절해서 엎드린 자세로 바다로 쓰러진 거잖아."

"그랬을 가능성도 없진 않지만, 직접사인은 익사일걸. 해부 전에 상세한 이야기를 할 수는 없지만, 외상이 없는 것으로 봐서 그렇단 얘기야. 그보다도."

미우라 의사는 고마지 옆에 서서 기다리고 있는 경찰관에게 의미심장한 눈길을 줬다. 처음 도착한 두 경찰관 중에서 고참인 그는 해수욕장 사고를 수없이 많이 다뤄봐서 익사체에 익숙한 사람이었다. 그가 묘하게 긴장된 얼굴로 고마지에게 다가왔다.

"사체의 바지 뒷주머니에서 편지가 나왔어요. 다른 소지품은 아무것도 못 찾았는데 이 편지만 나온 겁니다. 그런데 저……."

"뭐야, 분명하게 말해."

고마지의 아무렇지도 않은 듯한 말투에 오히려 고무된 듯, 경찰관이 말했다.

"발신인이 마에다 히데하루로 되어 있습니다."

고마지가 물고 있던 이쑤시개의 움직임이 멈췄다. 미우라 의사는 한 방 먹였다, 하는 얼굴이 되었다. 이쓰키하라는 의아했다.

"누구죠? 그 마에다 히데하루라는 게?"

"자네도 하자키 출신이잖아. 마에다가에 대해서는 알지?"

"네."

대답한 뒤에 깨달았다.

"마에다 히데하루. 아, 마에다가의 도련님 말이군요."

"잘 아나?"

"잘 안다고 할 정도는 아니지만, 하자키 중학교 이 년 후배예요."

"자네, 한 번 더 사체의 얼굴을 봐주게."

고마지 반장은 순경이 내민 비닐봉지—젖어서 글씨가 번진 편지 봉투가 들어 있었다—를 들여다보면서, 이쓰키하라에게 턱짓을 했다. 이쓰키하라는 쭈그리고 앉아 핏기가 가신 얼굴을 뚫어져라 바라봤다. 선이 가는 얼굴. 옅은 눈썹. 눈을 감고 있는 사체는 그냥 잠이 든 것처럼 보였다.

"기억이 나나?"

"글쎄요⋯⋯. 기억이 희미해서요."

"왜 그렇지? 이 부근에서는 유명인이었잖아."

"그야 그렇지만, 본인은 그런 취급이 싫었겠죠. 가능한 한 눈에 띄지 않게 행동했던 것 같아요. 그때 저는 삼 학년이었고 걔는 일 학년 꼬마였으니, 클럽 활동 아니고서야 직접 마주치는 일도 없었을 테고."

"졸업 뒤에 들은 소문 같은 건 없고?"

"아마 고등학교는 도쿄로 진학했을 거예요. 졸업한 후 하자키를 떠나서였는지 그 이상 들은 게 없네요."

"흐음."

고마지가 나지막한 소리를 냈다. 이쓰키하라는 문득 의문이 생겼다.

"잠깐 기다려봐요. 발신인이 마에다 히데하루라고 했죠? 보통이라면 사체가 편지의 수취인이어야 하지 않나요?"

"봉투를 봐. 소인도 주소도 없어. 게다가 절대로 수취인일 리가 없는 게, 이게 유서 같아. 내용물은 봤나?"

고마지의 질문을 받은 경찰관은 고개를 흔들었다. 고마지는 비닐봉지를 열려다가 혀를 차며 다시 닫았다.

"수취인도 수취인 나름이지. 허락 없이 열기가 뭐한걸."

이쓰키하라가 수취인의 이름을 봤다. '마에다 마치코 님'이라고 워드프로세서로 친 글씨가 보였다.

하자키의 여제女帝라며 모두가 황송해하는, 하자키 FM의 사장 마에다 마치코. 이 사체가 편지의 수취인인 마에다 마치코가 아닌 것만큼은 확실했다.

이쓰키하라는 겨우 고마지와 미우라 의사, 경찰들의 태도가 이해되었다. 혁신파 시장이 탄생했다고는 하나, 하자키뿐 아니라 요코하마와 간논시에도 임대 빌딩과 임대 점포를 다수 갖고 있고, 하자키 신용금고의 실권을 쥐고 있을 것으로 짐작되는 그녀의 영향력은 아직도 크다. 하자키 FM은, 시의 보조가 끊기면 망할 수도 있다는 말이 있긴 하지만, 어쨌든 어엿한 매스컴이다. 수사에 조금이라도 실수를 했다가는 어떤 소란이 일지 모른다.

마치코의 이름이 나오지 않았다면, 이 사체의 사인은 익사라고 단정하고 끝났을 게 분명했다. 너무하군, 하고 이쓰키하라는 생각했다.

"하긴 흔한 사고에 검시관까지 오고, 웬 소동인가 싶었어요."

퍼뜩 정신을 차리니, 아이자와 마코토가 고마지에게 말하고 있었다.

"난 그냥 익사한 거라고만 생각했는데."

"익사체는 익사체이긴 한데 상황이 의심스럽고, 사체의 신원도 조금 성가신 면이 있어서. 그래서 일이 커진 거요."

"상황이 의심스럽다고요?"

"그 하자키 히가시비치는 해변에서 멀리까지 수면이 얕다고. 아직 추운데 옷을 입은 채로 그런 곳에서 헤엄치려는 녀석은 없을 거고, 더구나 자살할 생각이라면 그렇게 얕은 물속으로 몸을 던질 이유가 없어."

"다른 데서 흘러온 거 아니에요?"

"조수의 흐름 관계로 볼 때 그럴 수는 없소. 만약에 하자키반도 끝이나 서해안 쪽에서 스스로 몸을 던졌든 아니면 누군가가 거기에다 사체 유기를 했든 그럴 경우 사체가 떠오르는 건 대부분 하자키 동쪽 해안이야."

"하자키 동쪽 해안?"

"히가시비치 왼쪽에 곶이 보였지요? 그 건너편."

이쓰키하라는 고마지와 아이자와 마코토가 말을 주고받는 모습을 불안하게 지켜봤다. 고마지는 그런 그를 힐끗 보더니 소리를 낮췄다.

"게다가 그 사체는 사후 겨우 몇 시간밖에 안 됐소. 다른 장소에서 그렇게 빨리 흘러 들어올 수는 없다고. 그리고 오랫동안 바다에 떠다닌 것으로 보기에는 사체가 지나치게 깨끗해. 아무리 봐도 그 근처에서 죽어서 그대로 떠다녔다고밖에 달리 생각할 수가 없어."

"그러네요."

아이자와 마코토는 침착한 표정으로 돌아와 생각에 잠겼다.

"내가 사체를 발견한 게 오전 열한 시쯤이었어요. 죽은 건 일출 후였다고 생각할 수 있겠네요. 술이 취해서 얕은 바다에 빠졌다고 보기에는 시간대가 이상해요. 하지만 조깅 중에 빈혈을 일으키든가 심장발작을 일으키는 경우도 생각할 수 있잖아요?"

"그 말대로요. 하지만 그 점이 밝혀질 때까지는 사고라고 결론을 낼 수는 없지."

"하지만 십중팔구 사고일 거예요."

고마지가 입을 열려는 것을 보고 이쓰키하라가 허둥지둥 끼어들었다.

"그래요, 말 그대로 사고입니다. 사고."

고마지가 이쓰키하라를 노려봤다. 그 뜻을 미처 파악하지 못하고 있는데, 마코토가 상큼하게 말했다.

"그렇다면 내가 더 이상 여기 있을 이유는 없는 거네요. 그만 가볼게요."

이쓰키하라가 의자에서 튀어 올랐다.

"가다니요. 도대체 어디로?"

"내가 어딜 가든 알 거 없잖아요. 이런 기분 나쁜 동네에 오래 머물고 싶지 않으니까 떠나는 것뿐이에요. 나를 붙잡을 권리는 없어요. 그럼, 이만."

마코토가 재채기를 하면서 일어나자 이쓰키하라가 쫓아가 매달렸다.

"그, 그러면 안 돼요. 만약에 연락할 필요가 생기면 도대체 어떻게 하란 말입니까? 주소도 전화번호도 없고 직업도 없잖아요."

"국가 권력을 총동원해서 찾으면 되잖아요. 나야 뭐 가명을 쓸 것도 아니고 신분을 속일 것도 아니니까."

마코토는 일갈하고 코를 크게 훌쩍였다. 빗속에서 바다를 향해 목청껏 외쳐댄 데다가 공중전화를 찾아서 헤매야 했고, 더구나 — 비는 이미 그쳤지만 — 파도가 치는 바닷가에서 경찰이 올 때까지 기다려야 했다. 그사이 몸이 완전히 얼어버렸던 모양이다.

"아이자와 씨, 당신 말이야."

고마지가 고양이를 달래는 것 같은 목소리를 냈다.

"감기 걸렸나 보군."

"이게 다 누구 탓인데요."

마코토가 고마지를 노려봤다. 고마지는 아무렇지도 않은 얼굴로 말했다.

"거참 안됐군요. 그럴 때는 뜨거운 목욕탕에 몸을 담그고 땀을 내는 게 최곤데."

"그래서 뭐요? 목욕탕이라도 소개해주려고요?"

"목욕탕도 있지만, 어때요? 하자키역 남쪽 출구에 하자키 로열 호텔이라는 데가 있어요. 이름만큼 크지는 않지만 제법 좋은 호텔이오. 맨 위층에 큰 목욕탕도 있고. 내일까지 하자키에 머물러준다면 숙박비는 이쪽에서 낼 텐데."

"잠깐, 고마지 반장님."

이쓰키하라가 튀어 일어나 형사반장의 팔을 붙들고 구석으로 끌고 갔다.

"무슨 말씀이세요? 숙박비가 어디서 나와요? 아직 사건인지 뭔지도 모르는데."

"물론 안 나와. 자네가 내는 거야."

"제가, 아니 제가요?"

이쓰키하라 미쓰루는 어안이 벙벙해져서 고마지의 얼굴을 말끄러미 쳐다봤다.

"그래, 자네가. 내가 고생고생해서 호기심을 부추겨 하자키에 머물게 하려고 했는데 말이지, 자네가 단순 사고라고 단언하는 바람에 이렇게 된 거야. 그러니 자네가 숙박비를 내야지."

"하지만……."

"걱정 말라고."

고마지는 이쓰키하라의 어깨를 두드렸다.

"하자키 로열 호텔에 내가 아는 사람이 있어. 성수기도 아니고 평일이니까, 게다가 내 얼굴이면, 이십 퍼센트, 아니 잘하면 삼십 퍼센트는 할인해줄 거야. 그러니까 어때요, 아가씨?"

"네? 호텔?"

조금은 묘한 표정을 짓는 마코토를 설득하기 시작한 고마지의 등을 바라보며, 이쓰키하라는 깊은 한숨을 내쉬었다. 그리고 생각했다.

나야말로 바다로 가서 나쁜 놈아, 하고 외쳐야겠다.

고서점은
갑자기

1

아이자와 마코토는 하자키 로열 호텔의 삼 층 방에서 하자키 역 북쪽 출구 교차로를 내려다보고 있었다.

하자키 경찰서의 조금은 무례한 젊은 형사가 자비로 호텔 비용을 내주기로 해서, 마코토는 마지못한 척 하자키에 머물기로 했다. 그러면서도 내심으로는 마음이 놓였다. 우선 아파트를 처분한 상태라서 돌아갈 곳이 없었다. 그리고 하자키에 온 건 아무도 몰랐지만, 그래도 그 무서운 종교 단체가 쫓아오는 것은 아닐까 하는 불안이 남아 있었다. 경찰의 보호 아래 있으면 조금은 안심할 수 있다.

이쓰키하라가 눈물을 머금고 호텔 프런트에 사정을 설명하고 숙박비를 지불하던 장면이 생각나, 마코토는 빙긋이 웃었다. 호텔은 작았지만 방은 생각보다 넓고 인테리어도 훌륭했다. 큰 창밖으로 하자키역과 그 끝의 느티나무 가로수, 그리고 뭔가 큰 건물이 보였다. 고마지 형사반장이 추천한 큰 목욕탕은 시즌이 끝나 이용할 수 없었지만 방에 딸린 욕실만으로도 충분히 몸을 덥힐 수 있었다.

마코토는 공복감을 느꼈다. 생각해보니 애차를 타고 뒤도 안돌아보고 도망친 건 이른 아침이었다. 휴게소에 들러 걸레를 짠것 같은 탁한 국물에 메밀국수를 말아 먹은 이후로 아무것도 못먹었다.

머리를 말리면서 궁리를 했다. 간논시에 가면 맛있는 아메리칸 버거를 파는 가게가 있다는 걸 알지만, 차로 외출할 만큼의 체력은 없다. 그러느니 처음 와본 동네를 이리저리 돌아다니다 먹을 곳을 찾는 것도 나쁘지 않을 것이다.

티셔츠에 면바지, 맨발에 스니커, 영국 여행 선물이라며 누가 준 책꽂이 무늬의 천 가방을 들고 방을 나왔다. 화장을 하지 않은 맨얼굴로 프런트에 열쇠를 맡기자 '시노야마'라는 명찰을 단 젊은 여성이 애교 있게 말을 걸어왔다.

"아까 경찰분께 들었는데요. 손님은 《코지타임》 편집을 하셨다면서요?"

"쫓겨났는데요."

마코토가 중얼거렸지만, 프런트 여성은 상냥히 말을 이었다.

"반가워요. 저 그 잡지 팬이에요. 책방 특집, 미스터리 특집,

아 참, 호텔 특집도 있었죠? 굉장히 재밌었어요. 하자키에 취재하러 오신 적이 있나요?"

"아니요. 여긴 처음이에요."

프런트의 여성은 무뚝뚝한 마코토의 반응에는 전혀 개의치 않고 계속 말했다.

"북쪽 출구 교차로로 가시면 히가시긴자 거리라는 상점가가 있어요. 거기 손님이 좋아할 만한 가게가 있어요. 한번 가보세요. 배가 고프시면 맛있는 이탈리안 레스토랑도 있고."

"혼자서 이탈리안은 좀."

쓸쓸하다, 라는 말을 마코토는 삼켰다.

"정식집이 좋겠는데."

"히가시긴자 거리에는 정식집이나 중국집 같은 식당도 여러 집 있어요. 식후의 커피는 브라질이라는 가게를 추천해드려요."

아이자와 마코토는 오른쪽 뺨에 보조개가 들어간 프런트 여성에게 고맙다는 인사를 하고 호텔을 나왔다. 남쪽 출구의 고서점 '기토당'에 들러 책값만 묻고, 결국 가르쳐준 대로 북쪽 출구 교차로로 나가 하자키 히가시긴자 거리의 아치를 지나갔다. 서둘러 걸으면 오 분도 채 걸리지 않아 끝나버릴 것 같은 작은 상점가였다. 그 길에서 '후쿠후쿠'라는 중화요리점을 발견하고 들어갔다. 열다섯 명이 앉으면 꽉 차버리는 카운터에, 네 명이 앉을 수 있는 테이블이 세 개. 그 사분의 삼쯤은 이미 차 있었다. 대머리가 땀으로 번들거리는 초로에 가까운 가게 주인이 억센 팔로 볶음밥 재료를 뒤섞고 있었다. 고추기름 냄새가 마코토의 식욕 중추를 직격했다.

완벽하게 만족해 식당을 나오는데 옆 가게가 눈에 들어왔다. 서점, 아니, 고서점이었다. 프런트 여성이 말했던 가게일 것이다.

이제 와서 직업의식을 불태워 뭘 할 텐가 하면서도 물끄러미 바라보니 그 고서점의 자태가 뭔가 그리움을 느끼게 했다. 당장이라도 기울 것 같은 이 층 건물. 입구는 나무틀에 유리를 끼운, 열기 힘들어 보이는 미닫이문이다. 간판도 그렇고 비닐 덧문도 그렇고, 풍취 없는 것이 없었다. 주위의 잡다한 색조 속에서 이 가게만 쇼와 초기로 시간 이동을 한 듯 세피아 색조로 도드라져 보였다.

미닫이문 옆에 손바닥만 한 표찰이 걸려 있고, 비와 이슬에 변진 '진달래 고서점'이라는 가게 이름이 새겨져 있었다.

마코토의 가슴이 두근거렸다. 이거, 의외로 진귀한 물건이 있는 곳인지도 몰라.

그런 생각을 하자 갑자기 걱정이 되었다. 이런 깊은 맛을 풍기는 고서점의 주인은 웬만한 작가들은 맨발로 도망칠 만큼 지식이 해박할지 모른다. 이상한 책을 골랐다가 바보 취급당하면 어떻게 하지?

심호흡을 크게 한 번 했다. 안을 들여다보기 전에는 몰라. 의외로 특징도 뭐도 없는, '마지못해 고서점'일지도 몰라. 그런 생각을 하며 무거운 미닫이문에 손을 대고 끙 하고 힘을 줘서 옆으로 밀던 마코토에게 순간 욕설이 날아왔다.

"당신 같은 벽창호에게 우리 가게 책은 못 팔아."

마코토는 얼떨떨해서 그 자리에 멈춰 섰다. 책꽂이 너머로 카운터가 있고 수수한 기모노 차림의 노부인이 담배를 입에 물고 앉아 있었다. 그 앞에서 젊은 남자가 주뼛주뼛 어색한 웃음을 지었다.

"너무하네요. 난 이래 봬도 손님이에요."

"그래서 뭐가 어쨌다고. 나도 손님을 고를 권리란 게 있어. 미스터리 팬이라면 미스터리만 읽으면 돼. 꾸물대지 말고 어서 가버려. 역 빌딩에 있는 신간 서점에서 문고라도 사라고."

"하, 하지만, 이건 계속 찾던 책인데……."

노부인은 전광석화 같은 빠르기로 담배를 눌러 끄고 남자의 손에서 책을 낚아챘다.

"다시는 오지 마."

말도 못 붙인다는 건 실로 이 상황. 남자는 화가 나서 마코토를 밀며 가게를 나갔다. 마코토는 문제의 책을 힐끗 보고 놀랐다. 그건 어느 여성 미스터리 작가가 쓴 오래된 로맨스소설이었다. 최근에는 좀처럼 보기 어렵다.

거참 하는 표정으로 한숨을 내쉰 노부인의 눈이 이번에는 마코토에게로 향했다. 마코토는 꿀꺽 침을 삼키고 허둥지둥 시선을 가게 안으로 돌렸다.

가게의 넓이는 기껏해야 열 평쯤. 콘크리트 바닥에 목재 책꽂이가 서 있다. 중앙부에 낮은 책꽂이가 있는데, 한쪽에는 영어 페이퍼백, 반대쪽에는 가벼운 로맨스소설이 늘어섰다. 들어가서 오른쪽 벽 책꽂이에는 국내서, 왼쪽에는 번역서가 꽂혀 있다.

마코토는 번역서가 좋았다. 주의를 기울여 세심하게 살펴보니 절판본과 기서 진서가 줄줄이 눈에 들어왔다. 군침을 삼키며 책 제목을 들여다보다가 한 가지 사실을 깨달았다. 놀랍게도 놓여 있는 책들이 이것도 저것도 다 로맨스소설뿐이지 않은가.

"저어⋯⋯."

결심을 하고 주인으로 보이는 노부인을 마주 봤다. 그녀는 손님 같은 건 안중에도 없다는 듯이, 티슈로 코를 풀면서 코발트문고(일본 슈에이샤에서 발간되는 로맨스나 판타지 등의 라이트노벨 시리즈―옮긴이)의 오래된 SF 앤솔러지 『민들레 아가씨』를 탐독 중이었다. 그녀의 주위에는 고풍스러운 금전등록기, 비좁게 쌓인 책, 컴퓨터 따위가 있었고, 계산대 오른쪽으로는 주거 공간으로 올라가는 입구가 있었다. 그 옆 기둥에는 사진이 몇 장 압정으로 붙어 있었고, 그보다 더 위로는 장식용 특제 유리케이스 속에 고풍스러운 양서가 한 권 들어 있었다.

노부인은 책에서 눈을 떼는 게 싫어 죽겠다는 기색으로 얼굴을 들었다. 마코토의 목소리는 저도 모르게 긴장됐다.

"여쭤보겠는데요, 이 가게는 로맨스소설 전문 고서점인가요?"

노부인은 마코토를 머리끝에서부터 발끝까지 훑어보고는 놀랍게도 상냥한 웃음을 지었다.

"아가씨, 로맨스소설 좋아하나?"

"네? 네, 그냥."

"흠. 그렇다면 내가 좋은 걸 골라주지. 그럼 검은 머리하고 금발 중에 어느 쪽을 좋아하나?"

"네……?"

"검은 머리가 좋다고? 좋아, 그럼 가슴털은 있는 게 좋나?"

"네……?"

"없는 편이 좋다고? 좋아, 그럼 부자랑 야성적인 건, 어느 쪽이지?"

"부…… 부자요."

"그렇다면 이거군."

노부인은 사뿐히 카운터를 떠났다가 드디어 빅토리아 홀트의 『사냥꾼의 달이 떠오를 때』라는 두 권짜리 로맨스소설을 손에 들고 돌아왔다.

"이건 좋은 소설이야. 일종의 고딕 로맨스이기도 하고 범죄소설이기도 하지. 히로인은 집안의 학교 경영을 이을 예정이었는데, 경영 부진으로 학교는 폐쇄……."

"아, 죄송해요. 이거 읽었어요."

마코토는 주저주저 끼어들었다. 말허리가 꺾였으니 화를 낼까 했는데, 노부인은 도리어 흐뭇한 시선을 보냈다.

"이걸 읽었다니 얘기가 더 잘되겠는걸. 하지만 거시기 말이야, 아가씨 로맨스소설 중독자는 아니겠지?"

"네. 편집자였을 때 잡지에서 고딕 로맨스 특집을 다룬 적이 있어서요. 그때 사람들이 추천해준 책이었어요."

"편집자, 였다고?"

"네, 지난달에 잘렸습니다."

"호오."

노부인은 새 담배에 불을 붙이고 뭔가 생각하는 표정을 지으며 뻐끔뻐끔 연기를 뱉어냈다.

"아가씨 이름은? 난 이 진달래 고서점의 주인 마에다 베니코라고 하는데."

"아이자와 마코토라고 합니다."

"좋은 이름이군. 마코토 양이 가장 좋아하는 고딕 로맨스는 뭔가?"

갑자기 이름으로 부르는 데 놀라면서, 마코토는 성실하게 대답했다.

"여러 가지가 있지만, 역시 『레베카』죠."

"『레베카』 맨 앞에 나오는 한 구절은?"

"어젯밤, 나는 또 맨덜리에 가는 꿈을 꿨다⋯⋯."

"대프니 듀 모리에의 원작 중에서 『레베카』 말고 히치콕이 영화화한 작품은?"

"『새』하고, 음, 일본어 제목은 잊어버렸는데요, 『자메이카 인 Inn』⋯⋯."

"『파묻힌 청춘』으로 나왔지. 영화의 일본어 제목은 〈암굴의 야수〉고. 무대를 기억하나?"

"영국의 콘월 지방이요."

"유부녀와 해적선 선장의 로맨스를 그린 작품은?"

"『사랑은 끝없이』."

"다른 제목으로 출판된 걸 아나?"

"아니요⋯⋯."

베니코는 작은 몸을 가볍게 뻗어 책꽂이에서 얇은 곽에 들어 있는 책을 꺼냈다.

"도쿄소겐샤의 세계대로맨스전집 제2권. 제목은 『정념의 바다』야. 여기에는 없지만 1950년에 효론샤에서 나왔을 때는 『젊은 유부녀의 사랑』, 1966년에 미카사쇼보에서 나왔을 때는 『타오르는 바다』였어."

"네, 공부가 되네요."

감동하면서 책을 받아 들었는데 내용을 볼 틈은 없었다. 두 사람의 대화는 이미 고딕 로맨스 컬트 퀴즈를 방불케 했다.

"그래, 그 해적 선장이 탔던 배의 이름은?"

"갈매기호."

"빅토리아 홀트 같은 고딕계 로맨스 작가로 유명한 사람을 두 명 들어봐."

"메리 스튜어트하고 필리스 A. 휘트니, 일까요."

"스튜어트의 『이 난폭한 마술』을 번역한 사람은?"

"마루야 사이이치."

"필리스 A. 휘트니의 A.는 무엇의 약자지?"

"아야메Ayame. 일본어로 무늬."

"여자 이름으로 고딕 로맨스를 발표했던, 미국의 경찰소설 작가라고 하면?"

"힐러리 워."

"최근 일본어 번역이 나온 톰 새비지의 고딕 로맨스는?"

"『상속』."

"책 첫머리의 에피그래프에서 고딕을 뭐라고 정의했지?"

"고딕소설이란 젊은 아가씨가 자기 집을 갖게 되는 얘기다."

"대단한데."

베니코는 이미 고수를 만났다는 눈빛이 되어 있었다.

"그럼…… 이건 어때? 영국의 무어를 무대로 한 고딕 로맨스로, 죽은 애인을 그리며 사는 남자와, 순정적이고 무구한 여자 상속인, 거기에 유령이 되어 나타나는 그녀의 애인의 삼각관계를 그린 소설은?"

마코토는 눈을 깜빡였다. 처음에는 『폭풍의 언덕』인가 하고 생각했으나, 순정적이고 무구한 소녀라는 점이 다르다. 조금 생각한 후에 깨달았다. 카운터 뒤에 화려하게 장식되어 있는 오래된 양서, 그건.

"『핏빛 어제일리어(진달래)』."

베니코는 소리 내어 웃으며 친근함을 담아 마코토의 어깨를 가볍게 두드렸다.

"가게를 닫아야지. 내가 커피 한잔 사지."

2

하자키 의과대학 부속병원 본관 지하 영안실 앞 복도는 쥐 죽은 듯이 조용했다. 이쓰키하라는 배꼽 부근이 근질근질해지는 것을 느꼈다. 죽은 사람에게 실례되는 생각인지 모르지만 영안실 근처는 한밤중의 묘지보다 더 추운 느낌을 준다. 여하튼 아직식사 시간 전, 갓 죽은 사람의 사체가 얇은 문 건너편에 있었다.

고마지는 아무 느낌도 없는 듯 입이 찢어져라 하품을 했다.

"이쓰키하라, 무슨 일 있어? 아까부터 입을 꾹 다물고."

"아니 뭐 별로."

"자네, 이런 데 오면 무섭나?"

"설마, 그렇지 않습니다."

이쓰키하라는 긴장으로 몸이 굳은 채 대답했다. 고마지가 곁눈으로 힐끗 이쪽을 봤다.

"그렇다면 괜찮지만. 옛날에 내가 아직 순경이었을 때 영안실에서 사체를 지킨 적이 있었는데 말이지. 그게 참, 그때 일을 생각하면 지금도 불알이 오그라들어. 한밤중 두 시 지나서였나. 영안실 안에서, 글쎄, 뭐라고 표현할 수 없는 신음 소리 같은 것이 들려오는 거야."

고마지의 목소리가 한층 낮아졌다. 그때 복도 저 끝 계단에서 검시관 미우라와 하자키 의대 법의학 교실의 도다 조교수가 나타났다.

"수고 많으십니다."

이쓰키하라는 엉겁결에 새된 소리로 외쳤다. 조교수와 의사가 놀라서 멈춰 섰다.

"그래, 결과는 어땠소?"

고마지 반장이 새빨개진 부하의 귀를 한번 힐끗 보고는 두 사람에게 물었다. 미우라 의사는 무슨 일인가 하는 표정으로 이쓰키하라를 바라보다가 곧 시선을 돌리고 고개를 끄덕였다.

"사인은 익사. 폐 안에 해수가 가득 차 있었어. 다만, 혈액에서 미량의 수면제가 검출됐어."

"엇, 그럼 자살인가요?"

외치는 이쓰키하라를 미우라 의사가 노려봤다.

"미량이라고 했지 않나. 스스로 먹은 건지 누군가가 먹인 건지, 거기까지는 모르겠고."

"결국 해부 소견으로는 자살, 사고, 타살 어느 쪽으로도 결론을 낼 수 없다는 얘기군."

고마지가 코를 후비면서 태평스럽게 말했다. 이쓰키하라는 고개를 갸우뚱했다.

"하지만 적어도 사고라고 보는 견해는 약해지지 않을까요? 아침부터 수면제를 먹는 사람은 없어요."

"그렇다고 볼 수만은 없지. 낮밤이 바뀐 사람이 요즘 꽤 많아. 밤에 근무하는 컴퓨터 프로그래머나 밤을 새워 원고를 끝낸 추리소설 작가도 있을 수 있고. 그런 사람은 어찌 됐건 불면증에 걸리기 쉬운 법이야. 그래서 수면제를 먹었고 약효가 전혀 나타나지 않아서 바닷가를 산책했는데, 갑자기 졸음이 쏟아져서 쓰러졌고, 그랬더니 바닷물이 차올라 익사했다, 그럴 수도 있지. 안 그런가?"

고마지는 미우라의 말에 대답하지 않고 물었다.

"그래, 사체의 특징은?"

"남자. 나이는 25~30세. 신장은 170센티미터. 체중 60킬로그램. 단언할 순 없지만 근육을 보건대 정신노동자일 거야. 가벼운 요통이 있고 위가 조금 안 좋은 것 말고는 수술 흔적은 없어. 치료가 끝난 충치가 하나 있고, 오른쪽 아래 사랑니를 뺐어."

"그런 것보다."

감질 난다는 듯이 고마지가 미우라를 노려봤다. 의사는 잠시 입을 다물었다가 대답했다.

"혈액형은 AB형이었어."

침묵이 복도를 지배했다. 이쓰키하라는 어안이 벙벙해져서 세 사람에게 물었다.

"상대적으로 적은 혈액형이지만, 그게 도대체 어떻다는 겁니까?"

미우라 의사가 뭔가 말하려는 것을 고마지 반장이 가볍게 고개를 흔들어 저지하고는 계속했다.

"치과 진료카드는 남아 있겠지?"

"아까 제가 치과에 문의해뒀어요. 남아 있는지 어떤지 알아봐 줄 겁니다. 십 년도 더 된 거라서 미묘하긴 한데요. 그게 나오든 안 나오든 당시 치과 치료를 했던 마루오카 선생님이 체크해주기로 되어 있습니다. 그런데."

도다 조교수는 마음에 걸린다는 듯 말을 이었다.

"아까 병원 측에서 들었는데요, 고모할머니 되시는 마에다 베니코 여사님이 심장이 나빠서 조만간 검사차 입원을 하기로 되어 있다는군요."

고마지는 벌레 씹은 표정을 지었으나 잠시 후에 어쩔 수 없지요, 하고 말했다.

"그런 상황이라면 무리를 할 수는 없겠네요. 확실히 알게 될 때까지 이대로 덮어두기로 하지요. 그럼, 그렇게 알고, 두 분께도 잘 부탁드립니다."

"알겠습니다."

도다 조교수가 울컥한 듯 뺨을 붉혔다.

"저도 육영기금에 신세를 졌으니까요. 말을 여기저기 옮기지는 않겠습니다. 하지만 진료카드 건으로 알아차릴 사람은 알아차릴 것이고, 거기서 얘기가 새어 나갈 수도 있을 겁니다."

"그건 어쩔 수 없지요."

선문답 같은 대화가 끝나고 조교수와 의사가 짓눌린 한숨을 내쉬며 사라지자, 이쓰키하라는 얼른 고마지를 물고 늘어졌다.

"어떻게 된 일인지 설명해주세요. 저는 뭐가 뭔지 전혀."

"알았어."

고마지는 짧게 대답하고 손목시계를 들여다봤다.

"서에는 삼십 분쯤 늦게 돌아가도 괜찮겠지. 차라도 마시고 갈까."

하자키 의대 부속병원 쪽에 패션빌딩 '니프'가 있다. 하자키에서 가장 번화한 장소다. 오후 여섯 시를 지나 일 층 식당가가 활기를 띠기 시작했는데, 삼 층 기모노 매장 그늘에 숨듯이 자리

잡은 일본풍 찻집은 비어 있었다. 짙은 화장을 한 웨이트리스가 지루하다는 듯이 앉아 있다가 주문을 받았다.

"마에다 히데하루, 기억난다고 했지?"

앞에 놓인 점보 팥빙수를 뒤섞으며 고마지가 말했다.

"네, 하지만 해안에서 말한 대로……."

"마에다 히데하루의 아버지는 마에다 히데오야. 명문 마에다가 ― 이렇게 말하면 왠지 지역 토산품 브랜드 같지만 ― 라 하더라도, 다 같은 게 아니고 두 계통이 있어. 히데하루의 할아버지 대에 둘로 나뉘었지. 할아버지는 쌍둥이 형제를 두었는데 그 형제들이 아버지가 죽은 후에 어느 쪽이 본가냐 하는 걸 놓고 다퉜어. 별로 즐거운 얘긴 아니지만, 요컨대 호적상 A가 장남으로 되어 있으나 실은 나 B야말로 장남이다, 뭐 그런 분쟁이지."

"그거 언제 얘깁니까?"

고마지의 입안으로 팥빙수가 술술 빨려 들어가는 광경을 눈살을 찌푸리며 바라보던 이쓰키하라가 물었다.

"전쟁이 끝나고, 민법이 개정된 뒤야. 그러니까 상속재산 전부가 통째로 장남에게 가는 시절은 이미 끝난 뒤였어. 그러니 나나 자네처럼 뿌리부터 서민인 사람은 어느 쪽이 장남이든 상관없는 거 아니냐고 생각하겠지만, 바로 그런 걸 갖고 다투는 게 명문 집안이야. 법률이 개정됐다고 해서 전통적인 인습이 그리 쉽게 사라지지는 않거든. 어느 쪽이 본가냐 하는 게 그들에게는

마에다 가계도

쌍둥이 형 　　　 쌍둥이 동생 　　　 베니코

유이 　 히데오 　 하쓰호 　 마치코

마이 　 히데하루 　 시노부

마에다 본가 　　　　　 마에다 분가

여전히 중요한 문제였다는 거지."

고마지는 혀를 내밀어 입술에 묻은 팥 색깔의 크림을 핥았다.

"히데하루 쪽 마에다가는 결국 장남 분쟁에 져서 분가를 했지. 히데하루의 할아버지는 히데하루의 아버지 히데오와 여성 사업가로 성장하는 마치코 남매를 남기고 1950년에 분해서 죽고 말았대. 당시 히데오는 열 살, 마치코는 다섯 살이었어."

"어머니는?"

"어머니는 마치코를 낳자마자 죽었어. 아이들은 고모인 마에다 베니코 여사가 돌봐줬지."

"마에다 베니코 여사라면, 그러니까 본가 분쟁을 한 쌍둥이 형제의 여동생 말인가요?"

"그래. 베니코 여사도 그때는 역시 스무 살이 조금 지났을 무렵이었는데, 약혼자가 중병에 걸려 분가 쪽 오빠와 같이 살고 있었던 거야. 베니코 여사의 돈 늘리는 재능은 그야말로 마이더스의 손이라 할 만했지. 우리 고모랑은 정반대야. 우리 고모는 있는 대로 돈을 다 쓴 끝에 빚으로 산 기모노를 산처럼 남기고 죽어서……."

"고마지 반장님."

"미안. 뭐 어쨌든 베니코 여사는 자신이 상속받은 재산은 물론이고 히데오와 마치코 남매의 재산까지 선물거래에 투자를 해서 큰돈을 벌었어. 한 집안에 한 명쯤 그런 고모가 있으면 좀 좋아. 그 뒤로는 투자로 만든 막대한 돈으로 부동산에도 손을 뻗어 눈 깜짝할 사이에 큰 부자가 됐어. 하지만 약혼자가 죽은 뒤로는 소박한 생활을 하면서 결혼도 하지 않고 사업도 접었어. 하는 일이라곤 벌어들인 거금으로 '마에다 청소년육영기금'이라는 걸 만들어 그 명예이사를 맡은 것 말고는 삼십 년 전부터 히가시긴자에서 로맨스소설 전문 고서점을 하는 게 전부인 변종이야."

도다 조교수가 말하던 '고모할머니'가 바로 마에다 베니코이고, '육영기금'이란 건 그녀가 시작한 마에다 청소년육영기금 애기였던 것이다. 이쓰키하라는 드디어 얘기의 흐름을 어슴푸레하게나마 이해할 수 있었다.

"이재에 능한 베니코 여사 덕택에 분가의 재산은 눈 깜짝할 사이에 본가를 뛰어넘을 만큼 늘어났어. 히데오가 스무 살을 맞이하자 베니코는 맡아두었던 재산을 둘로 나눠서 히데오에게 돌려주고, 오 년 지나서 마치코가 성인이 되었을 때 나머지를 돌려줬어. 히데오 쪽은 몸이 약하기도 해서 일은 하지 않고 재산을 조금씩 써가며 살았지만, 반면에 마치코 쪽은 얘기하지 않아도 알 것이고."

"그야말로 순풍에 돛단배네요."

이쓰키하라가 반쯤 시기하는 마음으로 말하자, 고마지는 고개를 흔들었다.

"그런데 어딜, 세상 참 잘 만들어졌어. 그렇게 모든 게 다 잘 될 리 없지. 두 남매 다 결혼 운이 나빴어. 히데오는 서른 살에 주위의 반대를 물리치고 변두리 바의 호스티스 유라 하쓰호라는 여자와 결혼했지. 다다음 해에 히데하루가 태어났지만 히데하루가 열두 살 되던 해에 결국 이혼했어. 마치코 역시 서른 살에 청년 실업가와 선을 봐서 결혼했고 오 년 후에 딸 시노부를 낳았지. 남편이 입만 살았지 영 수완이 없다는 걸 알아차린 마치코는 출산과 거의 동시에 남편을 쫓아냈어."

"그건 결혼 운이 나빴다기보다 마치코가 제멋대로였기 때문이잖아요."

"그렇다고도 할 수 있지. 마치코는 딸 시노부도 스스로 돌보지 않고 고모인 베니코 여사에게 떠맡겼으니. 베니코 여사는 그때 이미 마에다 저택—이건 베니코 여사의 저택이기도 하지만—보다도 히가시긴자의 고서점에 묵는 날이 더 많았어. 자아."

고마지는 쥘부채 대신에 손에 들고 있던 서류로 테이블을 탁쳤다.

"얘기는 드디어 클라이맥스로 접어들어서, 히데하루는 고등학교 진학을 위해 집을 떠나 도쿄로 갔어. 진학 축하 선물로 왕고모 베니코 여사가 호화로운 맨션을 사줬다지. 그런데 한동안 히데하루한테서 연락이 없어서 그해 6월 3일 아버지 히데오가 아들이 어떻게 지내나 보러 갔더니, 글쎄 히데하루가 온데간데없이 사라진 거야. 알아보니 학교에도 5월 10일 이후로 얼굴을 내밀지 않았어. 학교 측 설명으로는 11일 아침에 입원을 하게 돼서 잠시 학교를 쉬어야 할 것 같다고, 중년 여성의 목소리로 전화가 걸려왔다는 거야. 하지만 가족 중에는 그런 전화를 걸었음직한 사람이 없었어."

"네?"

희미하게 밀려들던 졸음이 단숨에 날아갔다.

"어떻게 된 건가요?"

"그 후로 마에다 히데하루는 행방불명이 됐어."

고마지는 무뚝뚝하게 대답했다.

"히데하루의 아버지 히데오는 바로 가출인 수색원을 제출했어. 영향력을 고려해서였을 테지만, 맨션이 있는 도쿄가 아니라 하자키 경찰서에 냈지. 이례적인 일이지만 미성년자인 데다 마에다가의 도련님이 실종된 사건이라, 서장은 어느 유능한 형사에게 수사를 명령했어. 그 형사는."

이쓰키하라가 으스대는 고마지의 말을 끊었다.

"히데하루를 찾아내지 못했군요."

"자넨 말이야. 선배를 좀 어려워할 줄 알아야 해. 연장자에 대한 존경심 같은 것도 좀 더 배워야 하고."

고마지가 뚱해서 말하더니, 팥빙수의 마지막 한 숟가락을 깨끗이 핥아먹었다.

"물론 나도 열심히 조사를 했어. 지금까지 얘기한 마에다가의 내막이라는 것도 히데하루 수사 과정에서 알아낸 거야. 수사 기간이 겨우 닷새밖에 안 되었다는 걸 고려하면 훌륭하지?"

"겨우 오 일밖에 수사하지 않았다는 거예요? 그건 어째서 또."

고마지는 벌레 씹은 표정이 되었다.

"내가 마에다가의 내부 문제를 지나치게 깊이 파헤쳤던 거지. 당초에 나는 학교로 걸려온 전화가, 히데하루의 어머니 하쓰호가 건 거라고 생각했지. 아직 열다섯 살인 히데하루가 자기 어머니한테 간 걸 거라고. 조만간 하쓰호가 연락을 해서 아이를 데리고 있다, 내가 맡아서 키우고 싶다, 양육비를 보내라, 하는 말을 하지 않을까 생각했어. 하쓰호라는 여자는 세상 물정 모르는 히데오를 속여서 마에다가로 들어간, 질이 안 좋은 여자였으니까."

"그런데 연락이 없었다. 그거군요."

"맞아. 그래서 나는 우선 하쓰호의 행방을 찾았는데, 히데오와 이혼하고 일주일 후에 간논시에서 봤다는 중화요리점 주인의 증언을 마지막으로, 땅으로 꺼졌는지 하늘로 솟았는지, 하여간 사라져버렸어. 마치 무엇에 쫓겨 도망친 사람처럼 말이야."

고마지는 트림을 크게 하고 종이 냅킨으로 입을 닦았다. 이쓰키하라는 방금 들은 긴 이야기를 되새겨본 후 말했다.

"고마지 반장님. 혹시, 혹시 하쓰호는 누군가가 두려워서 도망쳤고 히데하루는 그 누군가에게 살해당한 건가요?"

"호오. 어째서 그렇게 생각하나?"

"마에다가의 내부 분열 얘기가 나왔잖아요. 히데하루의 행방불명 사건과 마에다가의 분열, 그게 관계가 있다고 생각했기 때문에 저한테 그 얘기를 들려준 거죠?"

"흐음. 자네, 완전히 바보는 아니군. 하쓰호로부터 연락이 없어서 다음 가능성을 생각했지. 마에다 본가는 본가의 격식은 얻었지만 분가에 비해 돈이 없었어. 소문으로는 여동생 베니코가 투자로 성공한 것을 보고 자신들도 좋다고 투자를 했지만, 큰 손실을 보는 바람에 상당한 재산을 잃었다나 봐. 그래서 본가는 딸 유이를 유이의 사촌인 히데오에게 시집보내려고 필사적으로 노력했었지. 하지만 히데오와 하쓰호의 결혼으로 이 계획은 깨지고 유이는 시노야마라는 사람에게 시집갔어. 그런데 히데오와 하쓰호가 이혼하기 전에 유이는 남편과 사별해 딸을 데리고 하자키로 돌아왔지. 그래서 본가는 다시 둘을 결합시키려 했고 하쓰호는 본가의 음모에 걸려들어 도망치게 된 것이 아닐까, 그리고 히데하루는 그 사실을 알아차린 게 아닐까, 난 그렇게 생각한 거야."

"뭐랄까, 굉장한 얘기군요."

이쓰키하라가 한숨을 내쉬었다.

"아침 멜로드라마 같네요."

"당시에 서장도 그렇게 얘기했지."

고마지는 기분 나쁘다는 듯이 내뱉었다.

"뭐, 단순한 상상에 지나지 않다는 건 인정하지만. 히데하루의 학교로 전화를 건 여성, 그게 하쓰호라면 그녀는 히데하루가 도쿄의 고등학교에 입학한 걸 알고 있었다는 거지. 어머니가 아들을 걱정해서 신변 조사를 하는 건 있을 수 있는 일이잖아. 만약에 그렇다면 하쓰호의 그림자가 좀 더 보일 만도 한데 그게 없어. 게다가 하쓰호와 히데하루의 행방을 전혀 알 수가 없었어. 두 사람이 이미 죽은 건 아닐까 하는 생각도 했지. 만약에 히데하루가 사라지기를 바란 중년 여성이 있다면 그게 누굴까 하고 생각하니 유이가 떠올랐어. 아이 딸린 과부 입장에서 부잣집 후처 자리는 나쁘지 않지. 이 결혼의 큰 장애가 히데하루였어. 히데하루는 유이와 아버지의 결혼을 맹렬히 반대했던 모양이야."

"하지만 결국 히데하루가 행방불명이 된 뒤로도 유이와 히데오는 결혼하지 않았잖아요."

"그야 그렇지. 맹렬히 반대하던 아들이 실종됐어. 히데오가 유이와의 결혼을 바라고 있었다 해도, 아이구 잘됐구나 하고 결혼할 수는 없잖아. 그러다가 얼마 지나지 않아서 히데오가 병으로 죽어버렸고."

"병으로?"

"위암이었어. 아들의 실종 때문에 병이 급속히 악화된 모양인데, 그런 일이 없었다고 해도 어차피 일 년도 버티지 못했을 거라는 말이 있어."

"히데오의 재산은 어떻게 됐나요?"

"반은 여동생 마치코의 것이 됐지."

"그렇다면 마치코에게도 하쓰호와 히데하루를 죽일 동기가 있었네요."

"그래 맞아. 하지만 하쓰호는 히데오와 이혼했어. 이미 상속권을 잃은 하쓰호를 일부러 죽일 필요는 없지. 게다가 히데하루의 상속분은 베니코 여사가 관리해."

"지금도, 말입니까?"

"칠 년이 지났어도 실종선고를 신청하지 않은 상태야. 이건 베니코 여사의 의지인 것 같아."

고마지는 큰 소리로 찬물을 더 갖다달라고 했다. 짙은 화장을 한 웨이트리스가 물병을 가지고 와서 물을 반쯤 흘리며 따라놓고는 테이블을 닦지도 않고 가버렸다.

이쓰키하라는 천천히 고마지의 얘기를 되씹었다. 그럴수록 오늘 발견된 사체에 대한 관심도 더 커져갔다.

"히데하루에 관한 수사는 왜 그만두게 된 거죠?"

"특별히 그만둔 게 아니야. 내가 그 사건에서 빠진 것뿐이야. 유이와 마치코의 신변을 조사하고 다니다가 들키는 바람에 당시의 서장한테 압력이 들어갔어."

"마에다가에서 압력을 넣었군요? 그렇다고, 서장님이 그러면 안 되잖아요."

"안된 건 서장 쪽이야. 마에다 본가뿐 아니라 마치코 사장한테서도 호되게 책망을 듣고 만성위염이 도져서 위궤양에 걸렸어. 나는 할 수 없이 자진해서 자택 근신 처분을 신청했지. 덕분에 시험공부를 열심히 해서 반장이 될 수 있었고 말이야."

태평스레 물을 마시는 고마지를 바라보며, 이쓰키하라는 긴장했다.

"히데하루의 혈액형이 AB형이군요."

"그래."

"그 사체가 마에다 히데하루?"

"그럴 가능성이 커."

"그럼, 히데하루의 실종은 그냥 가출이었고, 살해당했다는 건 고마지 반장님의 지나친 상상이었다는 게 되네요."

"그게 히데하루라면, 그런 셈이지."

"어째서 사체를 빨리 가족에게 보이지 않는 거죠?"

이쓰키하라는 재떨이를 잡아당겼다. 업무 중에는 가능하면 안 피우려 했지만, 지금은 너무나 담배가 피우고 싶었다.

"사체의 신원은 베니코나 마치코에게 보이면 바로 판명될 텐데, 왜 그렇게 하지 않죠? 옛날의 추론이 틀린 게 다 드러나서 항의를 받을 것 같아……."

무서운 건가요, 하고 말하려다, 이쓰키하라는 담배를 문 채 입을 다물었다. 고마지는 화를 내지도 않고 비둘기같이 둥근 눈동자를 부하에게서 돌렸다.

"마에다 본가나 마치코나 옛날의 복잡했던 일을 지금 와서 새삼 끄집어내고 싶지는 않을 거야. 신원확인에 관해서는 열다섯 살이었던 히데하루가 스물일곱 살로 성장한 모습을 제대로 판명할 수 있을지 어떨지 의심스럽고. 히데하루의 신체적 특징을 잘 알고 있을 어머니는 행방불명이고, 베니코는 심장병으로 입원을 앞두고 있으니 부탁하기 힘들지. 그렇다고 자기 딸의 기저귀도

갈아본 적 없는 마치코가 조카의 특징 같은 걸 알 리 없지. 우선은 치과 진료카드를 찾아서, 그것이 사체의 특징과 일치하는지 확인한 뒤에 친족에게 보이는 순서로 일을 풀어나가는 쪽이 확실해."

이쓰키하라는 고마지 반장과 일을 하게 된 지 아직 삼 개월밖에 안 됐다. 고마지라는 사람을 잘 안다고 할 정도의 시간은 아니지만, 그래도 고마지의 말투에 석연치 않은 부분이 있다는 걸 알아차릴 만큼은 되었다. 이쓰키하라는 그게 뭔지 찾아내고 싶었다.

"반장님은 히데하루의 사체가 아니라고 생각하는군요."

"내 생각을 알려 들다니, 아직 십 년은 더 있어야 돼."

고마지는 코끝에 걸린 웃음으로 이쓰키하라의 의욕을 꺾어버리더니, 아무렇지도 않게 계산서를 이쓰키하라 쪽으로 밀었다.

3

"매우 흥미로운 얘기였지만 아쉽게도 시간이 별로 남아 있지 않군요. 마루오카 선생님의 신청곡으로 오늘의 코너를 마치겠습니다. 오늘의 게스트는 하자키 의과대학 부속병원의 치과의사, 마루오카 헤이스케 선생님이셨습니다. 선생님, 감사합니다."

"저야말로 고맙습니다."

"그럼 마지막 곡을 들려드리지요. 가야마 유조 〈너와 언제까지나〉."

귀에 익숙한 여유로운 도입부가 흘러나오자, 와타나베 지아키는 음성 스위치를 끄고 후우 하고 숨을 내쉬었다. 일어서서 의사에게 인사를 했다. 강연회나 잡지 인터뷰에는 익숙한 마루오카도 라디오의 경우는 상황이 달라서인지 그의 장기인 '내 청춘의 가야마 유조'에 대한 이야기를 할 때조차 말이 계속 막혔다. 마루오카 의사는 지친 듯한 웃음을 내보이고 스튜디오를 나갔다.

신청곡과 세 개의 광고를 내보내는 사이에 목을 축이려고 페트병에 든 차를 기울이고 있자니 프로듀서 겸 디렉터인 구도 고이치로가 들어왔다.

"지아키, 이거 다음에 읽을 로컬 뉴스 원고."

"신생아 탄생 알림에는 한자음을 꼭 달아주세요. 요전번같이 잘못 읽으면 큰일이거든요."

지아키가 평일 밤 여덟 시부터 열한 시까지 디제이 겸 구성작가로 내보내는 프로그램, 〈블루 나이트 하자키〉에서 가장 인기있는 코너가 열 시 반부터 시작되는 로컬 뉴스였다.

인구 12만 5000명인 하자키시에 그리 내세울 만한 뉴스가 있을 리 없었다. 그래서 하자키 시민의 관혼상제를 소개하고 있는데, 이것이 요긴한 데다가 재미도 있다고 평판이 자자했다. "추석에는 조상님께 손을 모아 절합시다. 전통이 살아 있는 하자키의 명찰 다이로쿠산 삼동사" 제공으로 죽은 사람의 이름이나 장례식장의 이름을 알리고, 이어서 "아기의 머리카락으로 평생의 추억이 될 붓을 만들지 않겠습니까? 기념 붓이라면 하자키 히가시긴자 상점가의 붓 가게 아라시야마 덴베" 제공으로 신생아의 이름을 소리 높여 읽어주는 거다. 지아키는 스스로도 이상하다고 생각했다.

최근에는 곤란하게도 아기의 이름이 나날이 기묘해져서 지난번에는 '大穴當瑠'라는 아기가 탄생했다. 지아키는 이것을 '오아나(큰 구멍) 아타루'라고 읽고, 안 해도 좋을 말을 했다.

"러키보이의 탄생을 진심으로 축하합니다. 분명 최고의 인생을 보낼 거예요. 축하해요."

그런데 나중에 부모로부터 클레임이 들어왔다. 아이의 이름은 '아타루(명중하다)'가 아니라 '도오루(통과하다)'였다.

"오늘은 괜찮아. 이름이 요코와 타로야. 아무리 지아키라도 이런 쉬운 이름은 안 틀릴 거야."

구도는 입술 끝을 올리며 씨익 웃었다. 지아키는 울컥했다.

구도 고이치로는 서른다섯 살. 오 년 전 하자키 FM의 개국과 동시에 도쿄의 라디오 방송국에서 옮겨왔다. 기술진, 아르바이트를 포함해 스태프가 열다섯 명 정도인 시골 도시의 작은 FM 라디오 방송국으로 이직을 한 건 구도 본인의 말에 의하면 그냥 바다 옆이 좋아서, 라고 한다.

어쩌면 나쁜 사람이 아닐지도 모르지만, 지아키는 입사 이후로 계속 그에게 호된 단련을 받고 있다. 그의 겉모습은 시대극에 나오는 무사 집안의 방탕한 아들 — 가여운 동네 처녀나 시녀를 강간해 투신자살하게 만드는 놈 — 을 똑 닮았다. 지아키로서는 상대하기 힘든 상사다.

"그런데 지아키 씨, 마에다 히데하루라고 알아?"

지아키는 마시던 차에 사레가 들렸다.

"마에다 히데하루가 어떻게 됐나요?"

"아는군. 어떻게 아는 사이야?"

구도의 눈이 형형히 빛났다. 지아키는 애매하게 대답했다.

"중학교 삼 학년 때 한 반이었는데요."

"그래. 친했나?"

"전혀. 지금은 얼굴도 생각이 안 나는데요."

"누구 친한 친구 알아?"

"글쎄. 마에다 히데하루가 어떻게 됐어요? 시노부한테서 무슨 소릴 들었나요?"

"어? 아니. 그럴 일이 좀 있어."

구도는 입안에서 웅얼웅얼하며 대답하더니 스튜디오 밖으로 나갔다. 그 뒷모습을 바라보자니 왠지 기분 나쁜 예감이 들었다. 하자키에 온 뒤로 겨우 오 년밖에 안 됐지만 구도는 이미 이 지역 출신인 지아키보다 몇 배나 많은 정보망을 쥐고 있었다. 시노부와 구도, 두 사람에게서 연달아 들은 마에다 히데하루라는 이름. 뭐가 있었나?

광고가 끝났다. "76.6메가헤르츠, 하자키 FM 방송이 열 시 반을 알려드립니다"라는 테이프가 흐르고 구도가 큐 사인을 보냈다. 지아키는 잡념을 떨치고 로컬 뉴스 원고에 집중했다.

"그러면 5월 15일 월요일 하자키 로컬 뉴스를 전해드리겠습니다. 오늘 오전 열한 시가 조금 지난 시각에 하자키 히가시비치에 남자의 사체가 떠오른 것을 지나가던 사람이 발견하고 경찰에 신고했습니다. 직접사인은 익사지만, 수면제를 복용한 사실로 미루어, 경찰에서는 사고, 자살, 타살, 모든 경우를 생각할 수 있다고 보고 수사를 시작했습니다. 남자는 신원을 알 만한 것을 몸에 지니고 있지 않았고 지금까지는 다른 곳에서 목격되었다는 정보도 없어서 경찰에서는 신원확인을 서두르고 있습니다. 남자의 나이는 이십오 세에서 삼십 세 사이로 추정되며, 하얀 면 셔츠에 하얀 면바지를 착용하고 있었습니다……."

아이자와 마코토는 이 방송을 커피숍 브라질의 카운터에서 듣고 있었다.

잘 연마된 두꺼운 나무판으로 만들어진 차분한 카운터였다. 못생긴, 깜짝 놀랄 만큼 거대한 고양이가 카운터 구석에 앉아 있었다. 그 고양이를 닮은, 둥근 얼굴에 처진 눈을 가진 마스터는 손님의 주문을 척척 처리해냈다. 커피는 진하고 맛있었다.

진달래 고서점의 주인, 마에다 베니코가 마코토를 이 가게로 데리고 왔다. 베니코는 마스터와 아주 친한 사이인 듯 서로 눈빛을 주고받았을 뿐인데 그 즉시 커피가 나왔다.

한 모금 마시고 나자, 마코토의 신원 조사가 시작됐다.

미주알고주알 다 물어대는데, 보통 때라면 처음 만난 상대에게는 절대 말하지 않았을 것까지 포함해서 마코토는 있는 것 없는 것 다 대답을 해주었다. 대형 출판사 편집장의 오만방자함, 편집 프로덕션 사장의 무기력함, 화재가 났을 때와 종교 집단에 옭아들었을 때의 공포, 불에 탄 시체의 손가락에 끼워져 있던 반지가 얼마나 무서웠는지까지.

베니코는 때때로 혀를 찼지만, 중간부터는 입을 다문 채 마코토의 얘기를 다 들어줬다.

"아가씨도 고생이 많았군."

한동안 코를 훌쩍이던 베니코가 드디어 입을 열더니 말했다.

"하지만 솔직히 나한테는 아가씨의 처지가 고마울 뿐이야."

"네?"

"기분 나빠하지 마. 실은 진달래 고서점을 한동안 맡아줄 사람을 찾고 있었어. 아가씨라면 안성맞춤이야. 어쨌든 그렇게 생각이 되네."

"저…… 말씀이세요?"

마코토는 당황해서 베니코를 바라봤다. 끝을 나란히 자른 새하얀 단발머리를 흔들며, 베니코는 많이 써서 노랗게 물든 상아 파이프에서 궐련 조각을 빼고 새것으로 바꿔 끼웠다.

"난 올해 일흔둘인데, 이 나이에는 여기저기 몸이 안 좋아지지. 얼마 전부터 심장이 안 좋은데 의사가 한번 입원해서 정밀검사를 받으라고 성화야. 잘못하다간 열흘은 못 나올지도 몰라. 도락으로 하는 가게니까 문을 닫아둬도 되지만 여러 가지 사정상 가게를 볼 사람이 아무래도 필요해."

"사정, 이라고 하시면?"

"실은 이달 말, 5월 26일 금요일부터 28일 일요일까지 이벤트를 하나 열기로 되어 있어."

"이벤트?"

베니코는 천 가방에서 유인물을 한 장 꺼내 마코토에게 건네줬다. 제목을 보고 입이 딱 벌어졌다.

"제1회 하자키 로맨스…… 축제?"

"뭐, 그렇다고 지역 활성화를 하자는 건 아니야. 난 로맨스 애호가 클럽을 몇 개 관장하고 있거든. 그 사람들을 한번 모두 모아서 대회를 열자는 거지. 미국 같은 데서는 여기저기서 성대하게 하잖아. 뭐, 대부분은 출판사가 매상을 올리기 위해 여는 팬 서비스지만."

"네에."

마코토는 유인물을 읽어나갔다. 이박 삼일의 스케줄. 숙박 장소는 하자키 로열 호텔, 대회장은 날씨가 좋으면 해안, 궂으면 호텔. 미국에서 인기 로맨스 작가 세 명이 일본을 방문해 사인회와 강연회. 일본의 로맨스 전문 번역가의 강연회. 팬들의 모임. 로맨스 퀴즈 대회. 로맨스 영화 상영회. 로맨스소설 판매. 기타 등등……

"성대하군요. 작가가 셋이나 오다니."

"정말은 영국에서 메리 웨슬리를 초대하고 싶었는데. 하지만 뭐 나이가 여든일곱이나 되니, 좀 그렇지."

베니코는 홋홋호 하고 웃었다.

"난 운영위원회 위원장이야. 뛰어난 부위원장이 있어서 실무는 그 여자가 다 처리하고 난 이름만 걸어놓은 셈이지만. 하지만 책이나 자료 등 필요한 건 일단 서점으로 전부 보내주기로 되어 있어. 그러니 사람이 없으면 안 좋겠지."

"그건 그렇겠네요."

마코토는 곤혹스러워하면서도 그렇게 대답했다. 베니코는 조금 촉촉해진 눈으로 엉뚱한 방향을 보면서 말했다.

"하지만 만약 누군가가 가게를 봐주면서 우편물을 받아주고, 때때로 와서 보고도 해주면 마음 편히 입원할 수 있을 거야. 무엇보다 그 가게는 내 생명이나 같아. 뭐라 표현할 길이 없군. 내

제안을 받아들여주겠나?"

"하, 하지만 전 고서점 같은 데서 일해본 적이 없어요. 그런 경험이 있는 사람이……."

"안 돼, 안 돼."

베니코는 얼굴을 찌푸리며 손을 흔들었다.

"십 몇 년 전에 미국의 로맨스소설 애호가 협회 모임에 불려 간 적이 있었어. 미국 전역의 이벤트를 다 돈 끝에 영국까지 들렀다 오느라 석 달쯤 가게를 비웠지. 그때 가게를 봐준 건 머리도 좋고 힘도 센, 게다가 자기 집이 책방이라는 대학생이었는데. 돌아왔더니 이게 무슨 일이야. 모처럼 분류해놓은 재고가 엉망진창이 되어 있었어. 분명히 말해두겠는데, 난 부자야. 거짓말 아니야. 뭐하면 저기 마스터한테 물어봐도 돼."

베니코는 휙 고개를 들어 마코토의 등 뒤로 시선을 보냈다. 쭈뼛쭈뼛 돌아보니 카운터 안의 마스터가 실없이 웃었다.

"부자라고 자랑하고 다니는 거 아니에요. 위험해요."

"쓸데없는 간섭 말고 어서 빨리 증언이나 해."

"네에네. 아가씨, 그분이 말하는 건 정말이에요. 글쎄 재산 대부분을 마에다 청소년육영기금이라는 데로 돌렸지만 아직도 현금으로 이 상점가를 통째로 살 정도의 돈이 남아 있다니까."

"아무리, 그렇게는 없어."

베니코는 떨떠름한 얼굴을 했다. 마코토는 불안해져서 주위를 둘러봤다. 브라질 안에는 혼자 온 손님이 네 명 있었다. 모두 잠자코 커피를 마시고 있다. 그중에 도둑이라도 있으면…….

"그러니까 아가씨는 장사 걱정은 전혀 할 필요가 없어. 가게를 열어두고 싶지 않으면 그것도 괜찮아. 난 말이지. 로맨스를 사랑하고 소설을 사랑하고 책을 사랑하는 사람에게 가게를 맡기고 싶은 거야. 아가씨는 합격이야. 하긴 그 테스트는 초급편이었지만, 훗훗호."

베니코는 큰 소리로 웃더니 바로 진지한 얼굴로 돌아왔다.

"별 볼 일 없는 고서점이지만 나한테는 그 무엇과도 바꿀 수 없는 소중한 가게야. 가게 보는 사람을 두지 않고는 병원에 입원 못 해."

"그것도 정말이에요."

마스터가 웃었다.

"베니코 여사는 하자키산 서쪽 경사면에 호화로운 저택이 있는데도, 지금은 집에도 안 가고 가게에서 지낼 정도예요."

마코토의 마음이 흔들렸다. 나쁜 얘기는 아니다. 하지만 처음 만난 사람의 얘기에 이렇게 쉽게 응해도 괜찮을까. 조금 시간이 있으면 좋겠다. 그녀는 아무렇지도 않게 다른 방향으로 화제를 돌리려고 했다.

"입원 기간은 열흘이라고 하셨나요?"

"일단은 열흘로 되어 있지만, 아가씨에게 거짓말을 하고 싶지 않으니까 분명히 말해두지. 검사 결과에 따라서는 일주일 만에 나올지 삼 개월이 걸릴지 알 수 없어. 하지만 장래가 있는 젊은 사람을 오랫동안 내 도락에 묶어둘 마음은 없어. 우선 로맨스 축제가 끝날 때까지 한 달만 있어주는 걸로 하면 어떨까. 가게 이층에 안 쓰는 방이 있으니까 거기서 지내도록 해. 물론 전기나 난방비는 내가 낼 거야. 그리고 아가씨의 아르바이트 급료는 그래, 한 달에 삼십만이면 어때?"

"삼십……."

"어? 적었나. 그럼."

"아, 아니에요, 너무 많을 정도인걸요."

"그래, 그래."

베니코가 빙긋이 웃었다.

"그럼 삼십만으로 해두지. 승낙해줘서 기뻐."

"어……."

이런, 하고 마코토는 하늘을 올려다봤다. 베니코는 닳아서 해진 고급 비단 지갑에서 만 엔짜리 지폐를 꺼냈다.

"내일 오전 중으로 짐을 가지고 가게로 와. 일을 인수받아야 하니까. 난 읽던 책을 마저 읽어야 해서 한발 먼저 갈게. 마코토는 천천히 있으라고. 커피는 마시고 싶은 만큼 얼마든지 마셔, 알았지?"

붙잡을 새도 없었다. 방울이 울리고, 베니코는 모습을 감췄다.

혼자 남은 마코토는 멍했다.

"난 도대체 이런 데서 뭘 하고 있는 거지?"

마코토는 카운터를 쓰다듬으며 중얼거리다가 저도 모르게 입 밖으로 흘러나온 말에 헉 하고 입을 가렸다. 마스터가 컵을 닦으며 작게 고개를 끄덕였다.

"인생에는 큰 파도가 계속해서 밀려오는 때도 있어. 거기에 제때 올라타지 못하고 떠밀려 물에 빠졌다고 자신을 비하할 건 없지. 파도가 밀려올 것을 미리 알고 기다리는 사람은 거의 없으니까. 내가 경외하는 하드보일드 작가, 쓰노다 고다이 선생님 책의 한 구절입니다."

"네?"

마코토는 조금 놀라 마스터를 바라봤다. 그가 계속했다.

"하지만 파도가 오는 걸 알면서도 올라탈 노력을 하지 않는 건 바보다. 썩 편하지는 않더라도 어쨌든 노력을 해야 한다. 이렇게 문장이 계속되지요."

"네."

"생각건대 진달래 고서점은 아가씨가 올라타볼 만한 파도가 아닐까요?"

그 고서점의 책꽂이가 생각나자 가슴이 뛸 듯이 기뻐졌다. 게다가 당분간 무직일 뻔했는데 삼십만이라는 수입을 확보했다는 안도감도 밀려왔다.

올라타기 위해 노력해볼 가치가 있는 파도.

그야 그렇지. 그런 고서점, 그리 흔한 게 아니야.

마음속으로부터 웃음이 솟아올랐다. 마스터는 한쪽 눈을 질끈 감아 보이고는 새 커피를 따라주었다.

커피를 마시며 하자키 FM의 로컬 뉴스를 들었다. 제1보는 웬걸, 마코토가 발견한 그 사체에 관한 뉴스였다. 왠지 자신까지 중요 인물이 된 기분이 들어 히죽거리며 뉴스를 듣는데, 원고를 읽는 여자 아나운서의 목소리는 어쩐지 흥분되어 있었다.

같은 뉴스를 마에다 시노부는 침대 속에서 들었다.

하자키산 서쪽 산기슭에 있는 마에다 저택은 넓다.

원래 이 저택은 극장에서 〈바람과 함께 사라지다〉를 서른여덟 번이나 본 베니코 왕고모가 미국 남부식 저택을 꼭 짓고 싶다며 만들게 한 것이다. 현관홀은 운동회를 할 수 있을 정도로 넓고, 방은 열다섯 개. 옥내 수영장에 어린이용 방이 따로 있고, 아침 식사용 방, 저녁 식사용 방, 만찬회용 방 등 식당만 세 개가 있다. 시노부가 어릴 때는 이 저택에서 베니코, 히데오 부부에 히데하루, 마치코와 시노부, 이렇게 삼대가 살았고, 게다가 가정부에 요리사, 정원사까지 있었다.

그 시절에는 손님도 많았다. 파티나 만찬회도 종종 열었다. 만찬회 때 아이들은 아이들 방에 들어가 있어야 하며 절대로 아래로 내려와서는 안 된다고 다짐을 받았지만, 그건 그것대로 재미있었다. 그런 때는 늘 베니코 왕고모가 말을 잘 들은 상이라면서 어머니가 못 먹게 했던 양주가 든 초콜릿을 몰래 줬기 때문이다. 그걸 먹으면 조금 어른이 된 기분이 들었다.

지금 이 집에 사는 건 시노부와 마치코뿐. 처음에 하쓰호 숙모가 없어졌고 다음으로 히데하루 오빠가 없어졌다. 히데오 삼촌이 죽은 후로는 베니코 왕고모도 좀처럼 이 집에서 지내지 않았다. 왕고모는 고서점에서 시노부를 돌봐주었고 상점가에는 시노부와 놀아줄 지아키 언니가 있었다. 집안일은 모두 가정부가 처리해주었다.

하지만 함께 자줄 사람은 없었다. 잠이 들 때까지 옆에 있어줄 사람도.

지아키가 하자키 FM에 입사해 평일 밤의 〈블루 나이트 하자키〉를 담당하게 되고서야 겨우 시노부는 깊게 잠들 수 있었다. 지아키의 목소리는 이 집이 아직 사람들 소리로 소란스럽고 그나름대로 즐거웠던 옛날을 기억나게 해주었다. 지아키는 자주 시노부를 무릎에 앉히고 그림책을 읽어줬다. 지아키의 목소리는 지금도 "그리고 공주님은 언제까지나 행복하게 살았습니다"라고 얘기해주던 그때와 다름이 없다.

평상시보다 빠른 말투로 뉴스를 읽는 지아키의 목소리를 들으며 누워 있기를 이십 분. 이제 자야지 하고 시노부가 눈을 감았을 때, 밖에서 차 소리가 났다. 저택까지 나 있는 길은 하나밖에 없다. 집으로 돌아오는 어머니 마치코의 차가 틀림없었다. 시노부는 일어나서 커튼을 조금 열고 밖을 내다봤다. 역시나 로터스였다. 자갈 소리를 내며 현관 앞까지 와서 차가 멈추자, 바로 내리는 사람이 보였다.

혼자가 아니네, 둘이야.

시노부의 방은 현관홀 바로 위였다. 소리 나지 않게 조심조심 문을 열고 몰래 나가 복도 난간 너머 홀을 내려다봤다. 어머니와 처음 보는 남자의 모습이 보였다.

"……그런 거, 잘 알잖아요."

어머니는 평소보다 더 초조한 것 같았다. 홀에 멈춰 서서 남자 쪽을 돌아다보았다.

"내가 도대체 뭘 위해서 돈을 융통해준다는 건지, 도통 모르나 봐."

"그야 알지. 하지만 만약에 들키면."

"들킬 리 없어요. 마지막은 내가 할 거니까. 참, 경찰도……."

어머니가 말을 막고 나서더니 갑자기 웃음을 터뜨렸다.

"경찰도 그렇게 신경을 써주다니, 고맙기도 해라."

"웃을 일이 아니야."

남자가 울컥한 듯 되받아쳤다. 어머니가 다시 웃었다. 녹기 시작한 초콜릿처럼 끈적거리는 웃음소리였다.

두 사람의 모습이 홀에서 사라지는 것을 기다렸다가, 시노부는 발소리를 죽여 방으로 돌아와 침대에 뛰어올랐다. 어머니가 저런 웃음소리를 낸 다음에는 이 저택에서 무슨 일이 일어나는지 시노부는 잘 알고 있었다. 익숙하기도 했다.

그러므로 어둠 속에서 다시 눈을 감았을 때 시노부의 뇌리에 떠오른 건 어머니에 대한 원망도 분노도 아니고, 그저 순수한 의문이었다.

저 남자는 누굴까. 한 번도 본 적이 없는데도 왠지 아는 사람 같았다.

3장

잊었어,
너의 옛 모습

1

언제 흐렸나 싶게 구름 한 점 없이 맑게 갠 하늘이었다. 오늘은 덥겠군, 하고 생각한 이쓰키하라 미쓰루 경사는 하자키 경찰서 회의실의 창문을 열었다. 실내는 사람들이 뿜어내는 훈김에 숨이 콱콱 막힐 것 같았다.

창문을 열자마자 서장의 질책이 날아왔다.

"어이 자네, 창문은 왜 여나."

"네, 저어, 공기가 나쁘지 않나요?"

"알고 있으니까 닫아. 외부인에게 들리면 어쩔 텐가. 이건 극비를 요하는 회의야."

이쓰키하라는 엉겁결에 창밖을 확인했다. 회의실은 오 층에 있고 올해 1월에 새로 칠을 한 벽은 새하얗고 미끄러우며 손잡이가 될 만한 것은 전혀 없다. 더구나 건물 외벽은 선로와 사차선도로에 접해 있다. 이 창문으로 회의를 훔쳐들을 수 있는 사람이 있다면 그것은 순백의 전신 타이즈로 몸을 감싼 쇼 코스기(일본의 무술 영화를 대표하는 배우 — 옮긴이) 정도일 것이다.

이쓰키하라는 고개를 절레절레 흔들며 창문을 닫았다.

서장은 천천히 일어나 길게 연설을 했다. 십오 분은 꼬박 걸린 그 연설은 요약하면 이런 것이었다. 고액 납세자가 관련된 사건이니까 내가 책임을 지는 일이 없게, 다들 주의해줘.

수사원들은 하나같이 팔짱을 끼고 머리를 깊이 숙이고 눈을 감은 채 연설을 음미하는 자세를 취했다. 고마지 형사반장도 같은 모양새를 하고 때때로 큰 콧숨을 내쉬었다. 이쓰키하라는 자료 한쪽 귀퉁이에 고양이 그림을 그리면서 어떻게든 하품을 눌러 참았다.

회의실을 뒤덮은 그 졸음의 유혹은 서장 다음으로 일어선 미우라 의사의 한마디로 깨끗이 날아갔다.

"결론부터 말씀드리겠습니다. 조금 전에 연락이 들어왔는데요, 하자키 의대 부속병원 치과의사인 마루오카 헤이스케 선생은 어제 하자키 히가시비치에서 발견된 익사체가 마에다 히데하루 본인이라는 것을 확인했습니다."

터져 나오는 소리들. 이쓰키하라는 옆에 앉은 고마지 반장의 얼굴을 흘끗 바라봤다. 고마지는 그다지 충격을 받은 것 같지 않았다. 그러나 그의 눈이 순간적으로 가늘어진 것을 이쓰키하라는 놓치지 않았다.

"마에다 히데하루의 옛날 진료카드가 발견됐나요?"

이쓰키하라가 손을 들고 미우라 의사에게 물었다. 의사는 고개를 흔들었다.

"아니요. 십이 년 전의 진료카드니까요. 폐기되었습니다. 그러나 당시 담당 의사였던 마루오카 선생의 기억에 의하면 마에다 히데하루는 이가 매우 튼튼하고 충치도 거의 없었다고 합니다. 단, 오른쪽 아래 사랑니를 발치한 것과 오른쪽 위 앞어금니 하나에 충치치료를 하고 아말감으로 마감한 것을 기억하고 있었어요. 그래서 그 사체는 아마도 틀림없이 자신이 치료한 환자일 거라고 말했습니다."

"저어."

이쓰키하라가 머리를 긁었다.

"아마도 틀림없이, 라니, 그건 뭐죠?"

"단언은 하고 싶지 않다는 거겠지요. 어찌 됐건 십이 년이나 전의 일이니까요."

미우라 의사는 쌀쌀맞게 답했다. 이쓰키하라는 물고 늘어졌다.

"전문가의 의견에 아마추어가 토를 다는 건 조금 그렇습니다만, 사랑니를 뺀 흔적을 보고 자신이 했다는 걸 알 수 있나요?"

"아니 아니."

미우라 의사는 당황해서 대답했다.

"마루오카 선생은 이의 질이나 충치치료 흔적, 엑스레이 사진, 거기에다가 자신이 치료한 것과 같은 부위의 사랑니가 빠져 있는 것 등을 근거로 사체를 마에다 히데하루라고 말한 겁니다. 요컨대 종합적인 판단에 따라."

"혈액형도 일치하고, 치과의사도 그렇게 말하고, 발신인이 마에다 히데하루로 된 편지도 있으니, 사체를 마에다 히데하루 본인이라고 보는 게 일단은 맞아. 이제 됐지?"

서장이 불쾌하다는 듯이 끼어들자, 이쓰키하라는 마지못해 자리에 앉았다. 일단은 맞다니 무슨 소리야, 하고 생각하면서.

서장은 다시 일어나 명문 가문에 대한 배려에 대해서 장황하게 설교하는 짬짬이, 수사 방침을 전달하고 수사원들이 맡아야 할 업무도 지정했다. 고마지와 이쓰키하라는 사체에서 나온 편지를 마치코 사장에게 가져가 개봉해도 좋다는 허가를 받고, 그 김에 사체 확인도 부탁하는, 실로 달갑지 않은 임무를 맡았다.

경찰서를 나와 역을 향해 가면서 이쓰키하라는 불평을 늘어놓았다.

"서장님도 참, 도대체 무슨 생각으로 그러는 걸까요. 그 정도의 근거로 그 사체를 마에다 히데하루 본인이라고 단정하다니, 이상하지 않아요?"

"물론 이상하지."

고마지는 무뚝뚝하게 말했다.

"하지만 자네의 불평은 빗나갔어. 오늘 서장이 보여준 모습에는 그보다 더 이상한 점이 있을 텐데."

"네?"

이쓰키하라는 눈부신 햇살에 눈을 깜빡이며 생각했다.

"아, 그래요. 그 무사안일주의인 서장이 사체를 적극적으로 히데하루로 인정하고 싶어 하는 게 이상하네요. 실종됐던 조카가 변사체로 발견된다는 건, 마에다 마치코한테는 별로 좋은 일이 아니지요. 하자키에서 죽은 게 되면, 좋든 싫든 마치코 사장한테도 불똥이 튈 테니까요. 필연적으로 서장님한테도 여러 가지로 압력이 들어오겠지요. 그런데 왜?"

"사체의 신원을 못 알아내면 그건 그것대로 성가셔."

고마지는 예전에 다뤘던 성가신 사건이 생각난 듯 입을 삐죽였다.

"하지만 힘든 건 수사를 하는 우리야. 서장은 연설이나 한마디 하고 나서 자기 방에서 포돌이 인형을 베개 삼아 낮잠이나 자면 된다고."

"그렇다면, 맞다."

이쓰키하라는 손바닥을 마주 쳤다.

"서장님은 마치코 사장을 무너뜨리려는 거구나."

고마지는 이쓰키하라를 말똥말똥 쳐다봤다. 그리고 고개를 흔들었다.

"이쓰키하라, 자네 말이야."

"네?"

"아침 멜로드라마를 너무 많이 봤군."

엘리베이터 옆 안내판을 확인했다. 일 층은 건축설계사무소, 이 층과 삼 층은 비어 있고, 사 층은 편의점 회사 사무실. 오 층과 육 층이 하자키 FM, 그리고 맨 위층인 칠 층이 마에다 마치코 오피스다. 오 층으로 갈지 칠 층으로 갈지 조금 망설였으나 우선 라디오 방송국에 얼굴을 내밀기로 했다.

엘리베이터가 오 층에 도착해 문이 열림과 동시에 고함이 들려왔다.

"어젯밤 꼬락서니 하고는. 무슨 원고를 그따위로 읽어? 오늘은 구성이고 나발이고, 해변에라도 가서 발성 연습부터 다시 하고 와."

"네, 그렇게 하지요. 구도 피디님이 쓰시는 쪽이 훨씬 재미있는 구성 원고가 될 테니까요."

"건방진 소리 하지 마, 지아키 씨. 아무리 좋은 대본이 나와도 정작 디제이가 얼간이 짓을 해놓으면 아무 소용 없다고. 마루오카 선생하고 한 대담도 형편없었어."

"그런 건 어젯밤에 말을 해주셨어야죠. 꼭 이렇게 다음 날로 넘길 거 없잖아요. 일찌감치 집에 가서 푹 자고 나온 사람한테 아침부터 야단맞고 싶지는 않군요."

"뭐라고?"

하자키 FM의 안내 카운터 앞에서 두 남녀가 언성을 높이고 있었다. 구도라 불린 남자 쪽이 말도 거칠고 고함도 심하게 질러대는 모양새였는데, 여자도 지지 않았다. 오히려 목소리가 훈련되어 있어선지 여자가 하는 말이 더 잘 들렸다.

남자는 고마지와 이쓰키하라를 의식하고는 머쓱해서 들어 올렸던 손을 내리더니 열린 엘리베이터에 올라타고는 아무 말 없이 문을 닫았다. 엘리베이터는 올라갔고 남겨진 여자는 분에 겨워 아무도 없는 안내 카운터를 발로 찼다.

"지아키?"

이쓰키하라가 조심조심 말을 걸었다.

"와타나베 지아키, 맞지?"

와타나베 지아키는 살기 띤 눈빛으로 이쓰키하라를 노려봤으나, 다음 순간, 어머 하고 힘없이 웃었다.

"이쓰키하라 선배. 오래간만인데 이런 꼴을 보였네요."

"누구야, 저거?"

"제 상사. 구도 고이치로라고, 피디예요."

"무슨 일인지는 몰라도 엄청 화가 났군."

"어쩔 수 없었어요."

지아키는 어깨를 움츠리며 자신의 손톱을 바라봤다.

"사실 어젯밤 뉴스는 프로로서는 창피한 것이었거든요. 그래도 그렇지, 야단을 치려면 그 자리에서 치는 게 상식이잖아요. 프로그램이 끝나기도 전에 집에 가놓고는, 오늘 와서 이제 막 일을 시작하려는 사람한테 소리를 질러대다니."

"너나 나나, 상사 때문에 고생⋯⋯."

이쓰키하라는 말을 꺼내다 말고 헛기침을 하더니, 멍청히 서서 지아키를 보고 있는 고마지를 소개했다.

"어머니가 〈블루 나이트 하자키〉를 무척 좋아한답니다."

완전히 거짓말은 아닌 듯, 고마지가 싱글싱글 웃으며 지아키에게 말했다.

"그걸 듣다가 출산 축하 선물을 사러 달려가곤 하지요. 와타나베 지아키 씨는 이 녀석하고는 어떻게 아는 사인가요?"

"하자키 중학교 방송부 이 년 아래 후배예요."

이쓰키하라가 얼른 나서서 대답하고는 고개를 갸우뚱했다.

"맞다, 그럼, 지아키는 마에다 히데하루랑 같은 학년이었겠네."

"같은 반이었어요. 어머?"

지아키가 이쓰키하라와 고마지를 번갈아 봤다.

"이쓰키하라 선배, 지금 하자키 경찰서에서 근무하시죠? 어제 하자키 히가시비치에 떠오른 사체는 역시 마에다 히데하루였군요?"

"역시라니?"

지아키는 뺨을 붉히고, 어제 마에다 시노부와 구도 고이치로에게서 차례로 히데하루의 이름을 들었다는 이야기를 했다.

"구도 피디가 마에다 히데하루의 이름을 꺼낸 건 뭔가 사건하고 관계가 있어서가 아니겠어요? 시노부의 편지 얘기도 있었고, 거기에 딱 마에다가의 도련님이다 싶은 변사체 뉴스를 읽게 되니까, 꺼림칙한 예감이 들더라고요."

"지아키는 마에다 히데하루하고 친했었나?"

지아키는 아주 잠깐 말문이 막혔으나, 바로 얼굴을 들었다.

"전혀요. 그 애는 눈에 띄지 않는 학생이었어요. 지금은 얼굴도 기억이 안 날 정도예요. 어제 집에 가서 졸업 앨범을 꺼내 큰 안경을 낀 사진을 봤는데요, 척하니 알아보기는 아무래도 좀 어렵던걸요."

"히데하루가 중학교를 졸업한 뒤에 행방불명이 된 건 아나?"

"가출했다는 소문을 듣긴 했어요. 하지만 베니코 아주머니나 시노부한테 그런 걸 물어보기는 좀 그렇고, 자세한 건 하나도 모르죠."

"지아키 씨는 마에다 베니코 여사하고도 친한가요?"

고마지가 끼어들었다. 지아키는 어깨를 으쓱했다.

"베니코 아주머니가 하시는 고서점이 히가시긴자 거리에 있는 건 아시죠? 우리 집이 커피숍인데, 그 고서점 맞은편이에요.

베니코 아주머니는 우리 단골 고객이죠. 괜찮으면 한번 오세요. 브라질이라는 커피숍이에요. 그런데 두 분은 사장님을 만나러 오신 거죠? 사장실은 칠 층 왼쪽 끝에 있는데."

고마지와 이쓰키하라는 지아키와 헤어져 칠 층으로 올라갔다. 바깥 책상에 새침하게 앉은 호리호리한 몸매의 여비서에게 기다리라는 말을 듣고 앉아 있길 십 분, 사장실에서 구도 고이치로가 나왔다. 지아키와 벌였던 언쟁의 여운이 아직 남았는지 불쾌하기 짝이 없다는 표정으로 인사도 없이 두 사람 사이를 스쳐 지나갔다.

둘은 사장실로 안내되었다.

마에다 마치코 사장은 웃는 얼굴로 형사들을 맞이했다. 눈이 번쩍 뜨일 만큼 선명한 파란색 정장에 거대한 진주알을 이어 만든 목걸이. 이멜다 부인풍으로 앞머리를 말아 올려 볼륨을 준 헤어스타일. 피부는 새하얗고, 온갖 비술을 다 동원해 만든 듯한 눈은 터무니없이 컸다. 이 사람이 쉰다섯 살이라니, 하고 이쓰키하라는 반쯤 어이가 없었다. 자기 어머니보다 나이가 위라는 사실이 도저히 믿기지 않았다.

"바쁘신데 이렇게 시간을 빼앗아 송구스럽습니다. 그동안 격조했습니다. 그때는 몹시 폐를 끼쳤습니다."

소파에 걸터앉은 고마지는 이쓰키하라가 깜짝 놀랄 정도의 저자세로 나갔다.

"아니요. 마음에 두고 있지 않아요. 고마지 씨한테는 업무였을 테니까요."

마치코는 여제다운 관록을 보이며 느긋하게 웃었다.

"그런데 또, 공교롭게도 별로 좋지 않은 소식을 가지고 왔습니다. 뭐, 이미 다 알고 계실 테지만."

"글쎄요, 무슨 일이죠? 나는 전혀 짚이는 데가 없는데."

"모르세요? 이상하군. 구도 씨나 우리 서장님, 아니면 하자키 의과대학 관계자가 이미 연락을 했을 거라고 생각했습니다만."

저자세를 이어가긴 했지만 고마지의 말에는 거리낌이 없었다. 마치코의 얼굴이 경직됐다. 하지만 그건 짧은 순간이었을 뿐 다시 웃음을 띠었다.

"구도는 일 얘기를 하고 간 것뿐이고, 서장님하고는 요즘 뵐 기회도 없었어요. 의대 쪽에서는 오늘 우리 고모님이 입원하신다는 연락을 받았지만, 그건 경찰분하고는 관계가 없는 일이고."

"네에, 그것도 그러네요."

비서가 커피와 뜨거운 레모네이드를 가지고 왔다. 고마지가 커피를 홀짝이며 잡담을 하는 등 완전히 여유를 부리고 있는 모습을, 이쓰키하라는 조마조마해하면서 지켜봤다.

"그래, 도대체 뭘 알리러 온 건가요?"

잠시 후에 마치코는 레모네이드를 내려놓고 자기가 먼저 화제의 궤도를 수정하려 들었다.

"그게 말입니다. 아무래도 지금 사장님께 이런 걸 알려드려야 하는 게 내키지는 않습니다만."

"도대체 무슨 뜻이지요?"

마치코가 눈썹을 치켜올리며 물었다. 고마지는 거기에는 대답하지 않고, 이쓰키하라에게 턱을 쑥 내밀었다. 이쓰키하라는 사체가 갖고 있던 편지가 든 비닐 봉투를 꺼냈다.

"어제 하자키 히가시비치에서 사체가 떠올랐습니다. 사인은 익사인데, 미량의 수면제를 복용한 점으로 보아 사건 성격이 있는 것으로 판단해 현재 수사 중입니다. 이 사건에 대해서는?"

"뉴스로 들었어요."

"편지는 그 사체가 가지고 있던 겁니다. 발송하기 전인데요, 수취인이 다름 아닌 마에다 마치코 사장님으로 되어 있어요. 개봉 허가를 해주셨으면 합니다만."

"발신인은 누구인가요?"

"마에다 히데하루로 되어 있습니다."

"히데하루요?"

마치코는 얼굴을 살짝 찌푸렸다. 고마지가 잠자코 있어서 이쓰키하라가 물었다.

"실례입니다만, 별로 놀라지 않으시네요."

"지난번에도 히데하루가 보낸 편지가 한 통 왔어요."

"언제, 어떤 내용이었습니까?"

메모를 하려 드는 이쓰키하라의 손끝을 응시하면서, 마치코 사장은 입술을 일그러뜨렸다.

"아마, 지난주 목요일이었을 거예요. 편지는 회사로 왔는데 다른 우편물하고 같이 집으로 가지고 갔다가 그 아이가 편지를 보낸 걸 알았어요. 내용은 이제 곧 하자키로 돌아가겠다는 내용이었어요."

"그 편지는?"

"버렸어요. 장난이라고 생각했으니까. 글쎄 십이 년이나 아무 소식이 없던 히데하루가 이제 와서 보내는 편지치고는 너무 이상하지 않나요? 연락처도 없이 그런 내용만 써서 보냈으니, 나로서는 뭘 어떻게 할 수도 없고요."

"보낸 사람의 주소는 쓰여 있지 않았다는 거군요."

"네."

마치코는 괜히 찻숟가락을 만지작거리다 레모네이드에 설탕을 더 넣었다. 고마지가 아무렇지도 않은 말투로 물었다.

"이 편지도 장난이라고 생각하시나요?"

"그럴지도 모르죠."

"그럼 제가 개봉해도 상관없겠군요."

고마지 반장이 손을 뻗었으나 마치코 쪽이 더 빨랐다. 바닷물에 젖었다 말라서 뻣뻣해진 봉투를 자기 앞으로 잡아당기고는 말했다.

"장난이겠지만 변사체가 갖고 있었다는 게 신경 쓰이네요. 일단은 내용을 확인한 뒤에 문제가 없으면 보여드리겠습니다."

"사장님."

고마지가 신음을 냈다.

"그러시다면 대단히 죄송합니다만 하자키 의과대학까지 함께 가주시지요. 어제의 변사체를 확인해주셨으면 합니다."

2

형사들이 엘리베이터로 사라지자 와타나베 지아키는 서둘러 제작부실로 돌아왔다. 파티션으로 나뉜 살풍경한 방이다. 어제 마치코 사장에게 내쫓기는 바람에 못 했던 일을 서둘러 메우려는 듯 다섯 명쯤 되는 사원은 제각각 전화와 컴퓨터를 마주하고 앉아 바삐 일하고 있었다.

지아키는 히가시긴자 거리의 아시아 잡화상에서 산, 안을 덧댄 네팔제 천 가방을 들고 방을 빠져나왔다.

팔에 선크림을 바르면서 역의 남쪽 출구로 연결되는 통로를 지나갔다. 하자키에 살면 바다를 만끽할 수 있는 대신 기미가 는다. 히스테릭한 여성 중에는 한여름에도 긴 장갑을 끼고 거대한 모자를 쓰고 다니는 사람도 있다. 지아키는 그 정도는 아니지만 선글라스와 선크림은 필수품으로 가지고 다닌다.

하자키 로열 호텔의 프런트는 텅 비어 있었다. 지아키는 친구를 발견하고는 손을 흔들었다.

"지아키 너, 어쩐 일이니?"

시노야마 마이가 지아키를 발견하고 가까이 다가왔다. 지아키가 주위를 둘러보고 작은 소리로 물었다.

"어제도 그렇고, 오늘 또 미안해. 잠깐이면 되는데, 얘기 좀 할 수 있니?"

"마침 잘됐다. 아침을 먹으러 나갈 참이었거든. 이번 주에는 쭉 늦은 출근인데, 오늘 아침에는 일찍 출근하는 두 사람이 감기로 쓰러졌다고 해서 대신 불려 나오는 바람에 아직 아무것도 못 먹었어."

전에는 하자키 로열 호텔의 일 층에 호텔이 경영하는 커피숍과 식당이 있었지만 예외 없는 경영난으로 폐쇄되었고, 지금은 그 대신 '패딩턴즈 카페'라는 전국 체인 패밀리 레스토랑이 들어와 있다.

조식 시간은 끝났지만 시노야마 마이는 로스트비프 샌드위치와 머핀, 그리고 쿠키가 딸린 밀크티를 주문해서는 거침없이 먹어댔다.

"잘 먹는구나."

"배가 고프면 전투도 못 한다잖아. 아침부터 인스턴트커피 한

잔밖에 못 마셨어. 지아키 너, 그 쿠키 안 먹을 거니? 그럼, 나 줘."

마이는 지아키가 대답할 틈도 주지 않고 쿠키를 낚아채 갔다. 쿠키는 마이의 입속에서 아드득 아드득 아드득 씹혀 사라져갔다.

지아키는 살그머니 한숨을 내쉬었다.

두 사람이 처음 만났을 무렵, 시노야마 마이는 내성적이고 부끄럼을 많이 타는 여자아이였다. 도쿄에서 학교를 다니다 아버지가 돌아가셔서 어머니의 친정이 있는 하자키로 이사 왔고, 그와 동시에 하자키 중학교로 전학 왔다. 남자아이가 말만 걸어도 귀까지 빨개지는, 늘 겁먹은 표정이던 그녀는 좋은 놀림감이었다. 그 도가 지나쳐 마이가 울음을 터뜨렸을 때 지아키가 집까지 데려다준 일이 있었는데 그 인연으로 두 사람은 친해졌다.

"뭐야, 남의 얼굴에 대고 한숨이나 쉬고."

마이는 로스트비프 샌드위치에 딸려 나온, 껍질째 튀긴 감자를 손으로 집어 먹으며 말했다.

"정말이지, 옛날에 너는 귀여웠는데 말이야."

"남 얘기 하네. 지아키 너도 옛날에는 후배들이 동경하는 대상이었잖아."

"여자 후배 말이지."

"옛날 얘기는 그만두자. 나이 먹은 느낌만 드니까."

"그런데 오늘은 옛날 얘기를 하러 왔어."

지아키가 포트를 들어 올려 컵에 따랐다.

"마에다 히데하루, 기억해?"

마이의 입 움직임이 한순간 멈췄다. 그러나 바로 어깨를 으쓱하며 말했다.

"그럭저럭. 거의 생각나는 일도 없어졌지만."

"어제 히가시비치에서 익사체가 발견됐어. 그게 아무래도 마에다 히데하루인 모양이야."

지아키가 단숨에 말했다.

"그 애 자체는 거의 기억이 나지 않지만, 마이 너랑 관련된 얘기는 아직도 기억해. 그래서 일단 너한테는 알려야 할 것 같았어."

"지금, 익사체라고 했니?"

마이의 얼굴이 험악해졌다.

"그건, 걔가 그동안 살아 있었다는 얘기네."

"응, 뭐, 그런 셈이지."

마이는 기름으로 빛나는 손가락을 종이 냅킨으로 하나하나 닦아냈다.

"그럼, 그때 그건 단순한 가출이었다는 거야?"

"그런 거 아닐까?"

"그 신원, 확실한 거겠지?"

"글쎄. 경찰도 아직 단정하고 있지는 않은 것 같아. 어찌 됐건 십이 년 전이잖아. 열다섯 살 때 사라져서 스물일곱 살이 되어 나타난 셈이니, 얼굴 모양도 꽤 달라졌을 테고. 그래도 아까 형사가 마치코 사장님을 만나러 온 걸 보면……. 게다가 이건 시노부한테 들은 얘긴데, 마에다 히데하루 이름으로 편지가 왔었대. 마치코 사장님은 장난이라고 생각하는 것 같지만."

마이는 눈썹을 찌푸리고 생각에 잠겼다. 지아키는 뭔가를 물어보려다 목이 메었다.

"저기, 있잖아. 마에다 히데하루가 행방불명이 됐을 때, 난 하자키 고등학교에 입학한 지 막 한 달밖에 안 됐댔어. 새로운 환경에 익숙해지는 것만으로도 힘에 부치던 때라서 당시 일이 그다지 잘 기억이 나지는 않지만, 마이 네가 한번 나한테 전화를 걸었었잖아. 그때 넌 분명히 마에다 히데하루가 살해당했다고."

"지아키."

마이는 사람이 드문드문 앉아 있는 레스토랑 안을 둘러보고 온화하게 말했다.

"목소리가 커."

"미안."

그때 전화기를 통해 들려오던 마이의 울음소리를 떠올리면서 지아키는 마이가 많이 변했다는 것을 새삼스레 느꼈다.

마이가 정말로 변한 것은 어머니 유이가 병으로 쓰러진 뒤부터였다. 고등학교와 대학교 모두 따로따로 다녔기 때문에 하자키 중학교를 졸업한 뒤로 두 사람이 다시 만나기 시작할 때까지는 칠 년간의 틈이 있었다. 그사이, 대학 이 학년 봄에 마이의 어머니는 뇌경색으로 쓰러져 그 후유증으로 거의 누워 지내게 되었다. 여름방학에 집에 돌아왔다가 아버지로부터 그 이야기를 들은 지아키는 늦게나마 병문안을 갔다가 마이의 변한 모습을 보고 놀랐다. 바다의 집(일본의 해수욕장에서 해수욕객들을 위한 편의를 제공하는 임시 건물―옮긴이)에서 아르바이트해, 라면서 척척 어머니를 돌보는, 볕에 타서 새카매진 마이에게는 옛날의 내성적인 소녀의 모습이 요만큼도 남아 있지 않았다.

"지아키, 내 얘기 얼마나 기억나니?"

마이가 탐색하듯이 지아키를 바라봤다. 지아키는 고개를 움츠렸다.

"그렇게 자세하게는 생각 안 나. 히데하루가 마이 너를 좋아했고 그래서 자기 아버지와 네 어머니의 재혼에 반대했다는 거."

"그거면 충분해."

마이는 유니폼 주머니에서 담배를 꺼내 불을 붙이고는 후, 하고 연기를 내뱉었다.

"그때는 여러 가지로 심경이 복잡했어. 나는 마에다 히데하루를 별로 좋아하진 않았지만, 재혼 얘기에 반대해준 건 고마웠어. 혼담을 꺼낸 건 외삼촌, 엄마의 오빠였어. 히데하루 아버지의 재산을 노린 거였지. 나중에 들은 얘기지만, 히데하루의 아버지도 의외로 재혼할 마음이 있었다나 봐. 히데하루의 어머니라는 사람이 몹시 기가 세서 살기가 힘들었던 모양이야. 알지? 히데하루네는 한술 더 떠서 기가 센 고모도 함께 살고 있었잖아?"

"아, 마치코 사장님 얘기구나."

혼자서 귀신 만 명은 너끈히 당해낼 여자다.

"그에 비하면 우리 엄마는 마음이 약하지도 세지도 않고, 딸이라는 혹이 하나 딸려 있는 만큼 남편의 말을 잘 따를 것이니, 후처로는 최적이라고 생각했나 봐."

지아키는 자기도 모르게 눈을 크게 떴다. 마이는 재떨이 끝에 담배를 가볍게 두드렸다.

"어찌 됐건 양쪽 다 타산적이었지. 솔직히 말해서 엄마도 싫지는 않았을 거야. 부잣집 후처 자리인걸."

"마이."

"하지만 난 엄마의 재혼이 싫었어. 내 반대 같은 건 아무 소용 없었지만. 마침 그때 히데하루가 갑자기 고백을 한 거야. 마이너랑 남매가 되는 건 절대로 싫다면서 재혼에 반대하겠다는 말을 들었을 때, 나 역시 주판알을 튕겼던 거지. 히데하루라면 재혼을 막을 수 있다, 애하고 사이좋게 지내서 손해 볼 거 없다고. 참, 여자란 우습지?"

"그때 그런 것까지 의식한 건 아니었을 거야."

지아키가 부드럽게 말했다. 마이는 필터 끝까지 담배를 빨아들이고 눌러 껐다.

"하긴. 나중에 생각해보니 그런 거였다, 뭐 그런 얘기지. 어쨌든 히데하루가 도쿄의 고등학교로 진학해 하자키를 떠난다는 얘기를 들었을 때는 오히려 마음이 놓였어. 글쎄 난 히데하루를 별로 좋아하지 않았거든. 같은 시내에 있는 것보다 멀리 있는 편이 낫지. 그렇지만 그런 나 자신도 혐오스러웠어. 그래서였나, 히데하루가 행방불명됐다는 말을 듣고 흥분해버렸던 거야."

"그래서 살해당했다느니 어쩌니 하는 말을 했다고?"

"그것도 그렇지만, 그 애한테는 가출할 이유가 전혀 없었어. 히데하루의 집은 아부로라도 도저히 즐거운 나의 집이라고는 할 수 없는 곳이긴 했지만, 그 애는 도쿄로 나갔으니까 그런 거 상관없었을 거 아냐. 게다가."

마이가 말을 망설였다.

"게다가 뭐?"

"졸업하기 전에 히데하루가 말했었어. 나 어쩌면 살해당할지도 몰라, 하고."

지아키는 입을 딱 벌렸다.

"누구한테?"

"자세한 얘긴 못 들었어. 나도 깜짝 놀라서 지나친 생각 아니냐고 말해줬을 뿐이야. 하지만 행방불명됐다는 말을 듣자 바로 느낌이 왔어. 이건 가출이 아니다, 히데하루는 살해당했다, 하는."

"설마."

"그때도 지아키 넌 그랬지. 설마라고. 나도 너의 말을 듣고 마음이 놓였어. 히데하루를 누구보다도 죽이고 싶어 한 사람은 우리 엄마였으니까."

"설마, 아무리 그래도 재혼을 반대했다고 상대방의 아이를 죽이는 사람은 없어."

지아키는 마른 입술을 핥았다. 마이가 빙긋 웃었다.

"그래, 어쨌든 그 설마가 맞았네. 히데하루는 바로 최근까지 살아 있었잖아? 혼자서는 집 밖으로 한 발짝도 못 나간 지 오래된 우리 엄마는 무죄야."

"그런 셈이군."

지아키는 저도 모르게 안도의 숨을 내쉬고는 물을 더 갖다달라고 부탁했다.

"하지만 그게 아니더라도, 우리 엄마는 히데하루를 살해할 만한 사람이 아니야."

"어째서?"

"우리 엄마는 히데하루를 죽일 만큼의 근성이 없으니까."

마이가 담담히 말했다.

"게다가 히데하루가 실종된 날, 십이 년 전 5월 10일이나 11일일 텐데, 그날은 우리 아버지가 돌아가신 날인 데다 그것도 7주기였어. 엄마는 제사 지내랴 친가 쪽 친척들한테 인사 다니랴, 계속 바빴거든. 알리바이가 확실해."

"뭐야. 그런 건 빨리 얘기해줬어야지."

지아키는 유리잔의 물을 꿀꺽꿀꺽 마셨다. 지아키의 생각 탓인지 마이는 오랜 친구를 빈정거리는 눈빛으로 바라보는 것 같았다.

"놀랐지? 나도 히데하루가 사라졌던 당시에는 놀랐어. 하자키 경찰서의 형사가 엄마의 알리바이를 인정해줬기에 다행이었지. 하긴 그 형사가 히데하루의 수사 담당에서 제외돼서 그 일은 유야무야되었지만."

"어쨌든 히데하루가 사람들을 떠들썩하게 만들었구나. 도대체 지금까지 어디에서 어떻게 지낸 걸까. 학교에도 안 가고 호적도 주민등록도 없이 십이 년간이나."

"정말 끝까지 남을 힘들게 하는 녀석이야."

마이는 계산서를 집어 들고 자신이 먹은 만큼의 돈을 소비세까지 암산해서 정확하게 내놓았다. 그리고 고개를 조금 갸우뚱했다.

"그런데 히데하루의 사인 말인데, 익사라고? 자살인가?"

"글쎄, 잘 모르겠어. 아직 자살인지 사고인지 살인인지 결론이 안 난 거 같긴 한데. 경찰이 움직이는 것도 마치코 사장님의 영향력을 생각해서일 테고. 아무리 뭐라 해도 십이 년이 지나서야 드디어 정말로 살해당했다, 같은 일은 없겠지."

와타나베 지아키와 헤어져 패딩턴즈 카페를 나와 프런트로 돌아가면서, 시노야마 마이는 생각했다.

지아키는 모른다. 아무것도 모른다.

어머니가 쓰러졌을 때 마에다 본가의 외삼촌이 와서 한 말은 평생 못 잊을 거다. 외삼촌이 건네주던 생활비는 매월 팔만 엔이었다. 아파트를 공짜로 쓰고 있다고는 하나, 마이가 진학을 하기에는 턱없이 모자랐다.

마이는 진학을 포기하겠다고 했지만, 대학만큼은 나와야 한다며 어머니도 물러서지 않았다. 어머니는 마이의 학비를 벌기 위해 간논시의 일본과자점에서 파트타임으로 일했다. 양갓집 규수로 고생을 모르고 자란 데다 몸도 약한 어머니에게 그건 힘든 일이었을 것이다. 결국 피로가 쌓여 일하다가 쓰러졌다.

그런 경과를 모두 알면서도 병문안을 온 외삼촌은 말했다. 내여동생이 파트타이머로 일했다는 사실이 세상에 알려지면 마에다 본가의 창피다, 라고.

그래놓고는 입원비도 위로금도 한 푼 내놓지 않았다.

프런트에는 손님이 있었다. 아이자와 마코토라는 젊은 여자 손님이었다. 체크아웃을 마친 그녀를 상냥하게 배웅하는 동안에도 마이는 계속해서 생각했다.

그때, 내가 재혼을 반대하지 않았다면. 마에다 히데하루가 반대하는 걸 말렸다면. 어머니가 마에다 히데오와 재혼했다면.

어머니는 지금까지 건강했을까.

3

'시노야마'라는 명찰을 단 프런트 담당자의 친절한 배웅을 받으며, 아이자와 마코토는 하자키 로열 호텔을 나왔다.

가재도구 대부분을 대여 창고에 넣어두긴 했지만, 당분간 차로 여기저기 돌아다닐 생각이었기 때문에 차 안에는 꽤 많은 짐이 들어 있었다. 어찌 됐건 주차장을 빌려야 할 형편이었다.

하자키역 남쪽 출구 앞의 빌딩 일 층에 고다마 부동산이라는 간판이 보였다. 마코토는 호텔을 나서자 곧장 그곳으로 들어갔다. 스킨헤드에 얼굴에는 상처가 있는 거구의 남자가 마코토를 맞이했다.

"무슨, 방이라도 찾으시나요?"

그 남자의 위협적인 목소리에, 마코토는 그냥 뒤돌아 나가고 싶어졌다.

"아니, 저, 주차장을."

"어디쯤이 좋으신가요?"

"저, 히가시긴자 거리 가까이……."

"거기는 하자키에서 가장 비싼 장소예요, 아가씨. 야외가 한 달에 만 엔, 실내라면 만이천 엔부턴데."

"의, 의외로 비싸네요."

"뭐, 주차비를 한꺼번에 내겠다면 얼마간 할인을 해주도록 주차장 주인한테 부탁해볼 수 있는데."

"저, 한 달만, 쓰면 안 될까요?"

마코토의 목소리가 자꾸 작아지자 부동산 주인의 표정은 그에 따라 자꾸만 험악해져갔다.

"아니, 겨우 한 달? 어떤 사정인가요?"

"한 달만 가게를 보기로 돼서요."

"여름 시즌도 되기 전에?"

부동산 주인은 수상함, 의혹, 탐색 등 있을 수 있는 모든 의심의 표정을 얼굴에 떠올렸다. 마코토는 더욱 위축됐다.

"시즌하고는 상관없을 거예요. 고서점이니까."

"뭐 고서점? 아가씨, 기토당 주인하고 아는 사이요? 그럼, 드디어 그들이 결혼을? 가게를 아가씨한테 맡기고 허니문이라도 멋들어지게 갈 작정인가? 이거, 가만있을 수 없지. 새집은 반드시 우리 부동산에서 구해야 할 텐데."

부동산 아저씨가 못 알아들을 소리를 하며 흥분하자, 마코토는 어리둥절했다.

"아니, 기토당이 아니에요."

"아가씨, 그게 무슨 소리야. 하자키에 고서점이라곤 기토당뿐인데. 이봐, 아가씨. 그렇게 어물쩍 넘기려 들지 않는 게 신상에 좋을 거야. 부동산은 말이지, 수상한 손님은 한눈에 알아본다고. 그런 식별력이 있어야 밥을 먹거든. 그러니까 말이야."

"진달래 고서점이에요."

마코토는 그만 될 대로 되라 하는 심정으로 외쳤다. 그 순간 부동산 아저씨의 목소리가 사라지고 귀가 아플 정도의 정적이 마코토를 덮쳤다.

"아가씨."

조금 후에 부동산 아저씨가 귀여운 목소리로 물었다.

"지금, 뭐라고 했지?"

"홋홋호."

마에다 베니코는 진달래 고서점의 계산대에 앙증맞게 앉아 큰 소리로 웃었다.

"그래서 자네가 마코토를 따라온 건가? 거짓말을 하나 싶어 서?"

"넷, 송구스럽습니다."

고다마 부동산은 거듭거듭 손수건으로 스킨헤드에 맺힌 땀을 닦았다.

"시절이 이러니까, 베니코 여사님을 끌어들인 사기 사건이라 도 발생하면 큰일이라고 생각했습니다."

"별소리를 다. 난 아직 사기꾼한테 당할 정도로 망령이 나진 않았어."

"넷, 죄송하기 이를 데 없습니다."

"그렇게 죄송스러워할 건 없어. 내 신변을 걱정해주는 사람이 있다니 고마운 일이지. 이제 오해도 풀린 것 같고 하니 슬슬 마코토를 놔주지 않겠나."

"넷, 분부대로 하겠습니다."

고양이처럼 뒤에서 목덜미를 붙잡힌 마코토는 질식 직전까지 갔다가 겨우 해방되어 콜록콜록 기침을 했다. 고다마 부동산은 마코토의 양손을 꽉 부여잡고 머리를 깊이 숙였다.

"아가씨, 아니 선생님. 참으로 실례했습니다. 당장 주차장을 준비해드리지요. 마침 좋은 데가 있어요. 여기에서 걸어서 삼십 초, 한 달에 육천 엔."

"주차장 비용과 보증금은 내가 낼 거야. 보증인도 돼주지. 그래, 심부름을 시켜 미안하지만, 그러는 김에 하자키 로열 호텔 주차장에 세워둔 마코토의 차를 그쪽 주차장으로 옮겨주게나."

"잘 알겠습니다. 당장 영수증을."

"필요 없어. 그리고 고다마 씨, 마코토가 한동안 여기 살게 된 건 여기저기 알리지 않는 게 좋겠어. 나하고는 달라서 젊은 여자가 혼자 사는 거니까. 질 나쁜 녀석들이 알게 하고 싶지 않아."

"넷, 명심하겠습니다."

베니코가 만 엔 지폐 세 장을 고다마에게 건네주었고, 마코토는 차 키를 내밀었다. 고다마는 양쪽 것 모두를 공손히 받아 들고 조신하게 나갔다.

"뭐, 뭐예요, 저 사람."

겨우 말을 할 수 있게 된 마코토가 베니코에게 물었다. 베니코는 입 가장자리로 훗 하고 웃었다.

"뭐, 제법 오래된 일인데, 고다마 부동산이 경제적으로 어려울 때 조금 도와준 적이 있어. 얼굴은 저렇게 무섭게 생겼어도 의리도 있고 좋은 사람이야. 하는 짓이 연극 같은 게 좀 문제지만 말이야."

베니코는 가뿐하게 일어나 가볍게 턱을 들었다. 마코토는 베니코를 따라 계산대 뒤 약간 높은 곳으로 올라갔다.

그곳은 네 평쯤 되는 다다미방이었다. 작은 텔레비전과 앉은뱅이 밥상, 방석이 두 개. 오래된 일본식 장롱 위에 텔레비전이 놓여 있고 그 옆에는 금속제로 보이는 화려한 항아리가 있었다. 열려 있는 오른쪽 문 너머로 부엌과 뒷문, 계단이 보였다. 그 밖에는 벽도 바닥도 모두 책으로 메워져 있었다. 대부분의 책 표지에는 슬픈 표정을 한 여자의 반신상이나, 성을 배경으로 서 있는 여자의 전신상, 그것도 아니면 상의를 벗고 울끈불끈한 근육을 자랑하는 남자가 뒤에서 여자를 안은 그림이 그려져 있었다.

"홍차를 탈까."

바닥에 산처럼 쌓인 책 사이로 좁은 길이 나 있었다. 베니코는 그 '야생동물 통로'를 사뿐사뿐 걸어가 일본식 장롱의 아랫문을 열고 훌륭한 앤티크 다기를 한 벌 꺼냈다.

"조지 시대의 로열 우스터야. 런던에서 샀지."

"외국에 자주 가시나요?"

"아무래도 로맨스소설의 본고장은 영미니까. 저기 저."

베니코는 산처럼 쌓인 페이퍼백을 턱으로 가리켰다.

"대량생산된 책은 일본에도 번역본이 많이 나와 있지만, 그 이외의 책은 현지에 가지 않으면 좀처럼 구할 수 없지. 최근에는 인터넷으로 손쉽게 중고 책을 살 수 있게 됐지만, 주문해봤자 반 이상이 안 와. 아가씨가 가게를 봐주는 동안에도 해외에서 짐이 올 텐데, 기가 막힐 거야. 엄청나게 큰 골판지상자를 열면 대부분이 신문지고 바닥 쪽에 얇은 페이퍼백이 딱 한 권 들어 있곤 하니까 말이야. 결국 내 발로 찾아가는 게 최고야. 요즘 내가 가장 좋아하는 책이 뭔지 보고 싶나?"

"네, 꼭 좀 보고 싶네요."

베니코는 다기 세트를 앉은뱅이 밥상에 올려놓더니 휙휙 다시 '야생동물 통로'를 지나 벽에 세워둔 책꽂이로 가서 맨 위의 큰 상자를 내렸다.

"이것 봐. 헨리 제임스의 친필 편지야."

"헨리 제임스라뇨, 그 『나사의 회전』을 쓴?"

"그래. 『나사의 회전』은 최상급의 로맨스소설이야."

"그……랬었나요."

베니코는 혼자 싱글거리며 마코토에게 말했다.

"내가 무얼 가지고 로맨스소설이라고 하는지 모르겠다는 얼굴이군."

"네."

"우선, 남자와 여자의 애증을 그려야 한다, 라는 조건은 있지만 말이야. 기본은 지극히 단순해. 내가 로맨스라고 정한 것이 로맨스야."

"……역시, 정말 단순하군요."

"다만 뭐, 남자와 남자, 여자와 여자 사이에도 로맨스는 존재하니까. 오스카 와일드의 삶 같은 경우는, 정말로 이렇게, 깊은 맛이 있다고 생각지 않나? 옛날에 런던에 갔을 때, 난 와일드가 남색을 했다는 죄로 체포된 캐도건 호텔을 찾아서 첼시를 온통 다 뒤졌지."

"괴, 굉장하군요."

불안이 마코토의 뇌리를 스쳐 지나갔다. 정말로 이 가게를 나 같은 사람이 맡아도 괜찮을까.

베니코가 타준 홍차는 진하고 맛있었다.

"여기서 지내는 동안에는 뭐든 사용해도 돼. 냉장고 안의 것도, 차도, 냄비들도 마음대로 쓰라고. 아가씨는 책 관리만 하면 돼. 이 층 방은 어제 다 치워놨어. 그래도 익숙하지 않은 사람이 여기서 밥을 해 먹는 건 좀 어려울걸."

"책에 얼룩이 묻을 것 같은걸요. ……그런데 베니코 여사님은 어떻게 로맨스소설 전문 고서점을 시작하게 되셨죠?"

"그 얘길 하자면 길지."

베니코는 빙그레 웃었다.

"지금부터 사십 년쯤 전에 약혼자가 죽었어. 그 사람은 몸이 약했어. 그래서 결혼도 미루고 건강이 좋아질 때까지 오래 기다렸는데, 저세상으로 가버렸어. 자랑은 아니지만 다른 구혼자가 줄을 섰었지. 부자인 데다가, 서른을 넘긴 나이였지만 여전히 미인이었으니까."

홋홋호 하고 베니코가 웃었지만, 마코토는 그건 정말일 거라고 생각했다. 화장기도 별로 없는 피부가 칠십 대라고 생각할 수 없을 정도로 희고 윤기가 있었다. 말투가 좀 거칠기는 해도 거동이나 옷차림에 기품이 있었다.

"뭐, 하지만 내 돈을 노리는 바보들뿐이었어. 죽은 약혼자는 정말 총명한 데다 어른스러웠지. 사는 게 싫어져서 매일 우울하게 지냈어. 바로 그때, 『핏빛 어제일리어』를 만난 거야."

베니코는 영롱한 눈을 가늘게 떴다. 마코토는 내심 고개를 갸우뚱했다. 『핏빛 어제일리어』가 그렇게 재미있었나.

"흥분했어. 가슴이 뛰었지. 세상에 이렇게 재미있는 게 있나 싶었어. 그전부터 로맨스는 좋아했지만 어제일리어에는 정말로 마음을 빼앗겨버렸어. 그 후로 몇 십 번을 다시 읽었는지 몰라. 영화도 봤어. 여주인공을 연기한 배우가 좀 아쉽긴 했지만."

"영화 제목은 〈유령의 사랑〉이었죠?"

말하면서 마코토는 아, 하고 깨달았다.

『핏빛 어제일리어』는 빅토리아 여왕 시대 영국의 황야를 무대로 펼쳐지는 유령 얘기다. 고아가 된 소녀가 예전에는 화려했으나 지금은 황폐해진 저택에 사는 한 남자에게 가게 된다. 남자는 자신을 버리고 다른 남자와 결혼한 옛 연인의 모습을 그녀에게서 발견하고 사랑을 요구하나 거절당한다. 그는 분노한 나머지 소녀에게 음험한 보복을 한다. 몰아치는 위기, 또 위기. 그러나 간발의 차이로 소녀를 구하는 건 소녀의 전 애인의 유령이다. 소녀는 유령의 도움을 받아 남자와 맞서고, 남자는 탑 꼭대기에서 벼락을 맞고 추락해 죽는다. 날이 밝자 유령은 저세상으로 떠나고, 소녀는 저택을 상속받는다. 그 후 죽은 애인과 똑 닮은 남자를 만나 아이를 낳아 키우면서 불쌍한 사람들을 돕는 데 일생을 바쳤다는 얘기.

해피엔드.

고딕 로맨스의 전형이라고나 할까, 흔한 패턴인 데다 무엇보다도 스토리가 너무 진부했다. 위기, 또 위기라고 해봤자, 거짓말인 게 뻔한 가짜 편지로 여주인공을 속인다거나, 여주인공에게 우유와 쿠키만 주고 다음 날 아침까지 방에 감금한다거나, 친구가 된 마을의 소녀와 못 만나게 한다거나 하는 정도다.

문장도 온갖 미사여구를 동원해 에둘러 표현한 문어체였다.

마코토가 읽은 건 번역서였으니 그 지루한 문체는 원작자의 책임이라기보다는 번역자의 책임일 텐데, 어쨌든 끝까지 읽는 건 정말 고역이었다. 번역이 나온 1959년 당시의 일본에서는 어쩔 수 없었겠지만, '로스트비프'가 '불고기'로 번역되어 있기도 했다. 집사가 와서 "주인님, 불고기가 다 준비되었습니다" 하는 부분에서는 빅토리아 시대 옷차림을 한 귀족이 불고기 석쇠를 앞에 놓고 앉아 있는 모습이 떠올라 절로 웃음이 나왔다.

하지만 약혼자를 잃은 베니코가 이 얘기를 좋아한 건, 어쩌면 당연한 일일 것이다.

"베니코 여사님은 원서로 읽으셨나요?"

"처음에는 번역. 다음에는 펭귄 페이퍼백 원서를 구해서 읽었지. 계산대 위에 장식으로 걸어놓은 건 1935년 딕슨판의 초판이야. 삽화는 당시에 한 시대를 풍미했던 동판화가 새뮤얼 애슬린이고. 애슬린의 친필 사인이 들어 있어. 아름다운 더스트 재킷(하드커버 책의 얇은 겉표지—옮긴이)이 딸려 있었는데, 나처럼 돈 많은 여자도 식은땀을 흘리며 수표를 끊었을 정도로 비싸게 사 왔어. 가지고 와서는 아까워서 도저히 읽을 수가 없었지. 팔랑팔랑 책장을 넘기면서 그림만 보고는 케이스에 넣어 장식한 채로 저기에 쭉 놔뒀어."

"그래요?"

"윌리엄 모리스가 시험 삼아 장정한 판이 있다는 전설도 있지만 아직 실물을 보지는 못했어. 만약에 정말이라면 살아 있는 동안에 꼭 한번 보고 싶군."

"흐음."

"그리고 『핏빛 어제일리어』는 작가 미상이지만, 실은 어떤 유명한 작가의 심심풀이 작품이었다는 설도 있는데, 그런 말 들어 봤나?"

"처음 듣는데요. 그게 누구죠?"

"우선은 윌키 콜린스라는 설. 그리고 디킨즈 설. 미국의 여성 로맨스 작가가 언급한 메리 로버트 라인하트 설. 재미있는 걸로는 그레이스 토크 경 부인 설."

"그레이스 토크 경이라니, 혹시 타잔 말인가요?"

"그래."

"그 부인이라면, 그러니까 제인?"

"아니, 타잔의 어머니야. 별나지? 뭐, 다들 반쯤은 농담으로 하는 말이겠지만. 『핏빛 어제일리어』는 발표된 연대와 작가가 미상이기 때문에 이런 농담 따먹기 놀이가 가능한 거지. 진정한 의미에서의 초판본이 발견되지 않은 거야. 현존하는 가장 오래된 판본은 1898년 출판된 건데, 초판이 그 이전에 출판되었다는 건 틀림없는 사실이야. 그러니까 애호가들이 모두 자기 멋대로 추측하면서 즐기는 거야. '어제일리어 컴패니언스'라고 팬클럽도 있는데, 거기서 기관지도 발행해."

"전혀 몰랐어요. 공부가 되는군요."

"그래. 일본에서는 별로 알려지지 않은 얘기지."

베니코는 씁쓸히 말했다.

"로맨스소설이 일본에서는 홀대당하고 있으니까. 물론 로맨스소설에도 졸작이 많아. 하지만 그건 어느 장르든 마찬가지 아닌가. 그런데도 '여자들이나 읽는 거다' 하고 의기양양해서 로맨스소설을 우습게 보는 녀석들이 있어. 양질의 로맨스는 보지도 못한 녀석들이 쓰레기 몇 권 읽고 로맨스 운운하다니. 입도 뻥긋 말라고 해. 백 년도 더 전에 나온 소설이 지금도 이렇게 사랑받고 있잖아! 그게 어디가 나빠!"

"베, 베니코 여사님, 흥분하면 심장에 나빠요."

"아, 그렇지."

베니코는 언제 그랬냐는 듯이 말투를 바꿨다.

"뭐, 그런 의분도 있고 해서 이 가게를 시작했어. 덕분에 좋아하는 로맨스 책을 사도 서점 경비로 처리할 수 있으니 세금 대책으로는 최적이지. 홋홋호."

엉겁결에 외마디 소리를 지른 마코토를 개의치 않고, 베니코는 홍차를 다 마시고 일어섰다.

"그럼 우선 아가씨가 쓸 방으로 안내하지."

서로 속이기

1

하자키 의과대학은 1929년에 창설되었다. 하자키시 대부분의 기관이 그렇듯이 이 대학 역시 창설 당시부터 마에다가의 은혜를 입었다. 창설자인 요시다 고레마사는 마에다가의 후원을 받아 독일에서 유학했고, 귀국 후에 의과대학의 전신인 하자키 의학연구소를 열었다.

쇼와 초기에 세워진 의과대학의 부속병원 본관은 빨간 벽돌 건물이다. 풍취가 넘치는 건물이라서 하자키시의 대표적인 상징물 중 하나가 되어 있으며, 드라마나 영화 촬영에 쓰게 해달라는 요청이 끊이지 않는다. 그러나 건물이 노후해 올 정초에는 남쪽 벽돌이 우르르 벗겨지며 떨어져나가는 사태가 일어났다. 다행히 정초라 통행이 뜸해 다친 사람은 없었지만, 까딱 잘못했다가는 대참사로 이어질 뻔했던 만큼 대학은 서둘러서 보수공사에 들어갔다.

본관은 현재 공사 중이지만 별관 쪽의 공간이 부족해 본관의 직원 식당과 병원장실, 자료실과 영안실은 계속 사용 중이다.

점심시간이라 공사가 멈췄는지 본관은 조용했다. 원장실 응접 세트에는 여섯 명이 말없이 둘러앉아 있었다. 벌레 씹은 표정의 원장, 손수건으로 눈을 누르고 있는 마에다 마치코, 곤혹스러운 얼굴의 치과의사 마루오카 헤이스케, 손에 든 서류를 마구 넘기는 법의학자 도다 조교수.

보통 때와 다름없는 건 고마지 형사반장뿐이군, 하고 이쓰키하라 미쓰루는 생각했다. 고마지는 이 자리의 긴장감이 전혀 느껴지지 않는지 홀로 의연히 차를 홀짝였다.

드디어 마치코가 손수건 뒤에서 가라앉은 목소리를 냈다.

"죄송합니다. 흐트러진 모습을 보여서."

"아니, 무슨 말씀을. 충격을 받으신 게 당연합니다."

원장은 얼른 위로의 말을 했다.

"오랫동안 소식이 없었다곤 하지만, 조카님을 잃으셨으니."

"그럼, 그 사체는 마에다 히데하루가 틀림없는 거지요?"

말한 순간, 이쓰키하라에게 비난의 시선이 집중되었다.

"자네, 무슨 소리를 하는 거야. 친고모님이 확인하셨어."

"이거 죄송하군요."

고마지가 태연한 말투로 사과했다.

"이것도 직무니까요. 본인 입에서 확실히 그렇다고 말을 듣지 않으면 안 됩니다. 사장님, 그건 조카분이 분명하지요?"

"네. 조카인 히데하루입니다."

마치코는 고마지를 노려보듯이 하며 말했다.

"실례입니다만, 사장님은 열다섯 살 때의 히데하루밖에 모르시지 않나요? 구체적으로 어떤 점을 보고 판단하신 건가요?"

"자네, 실례 아닌가."

다시 원장이 끼어들었다.

"육친이 인정했어. 어쨌든 그걸 트집 잡을 건 없지 않나. 도대체가 말이야. 마루오카가 마에다 히데하루임이 분명하다고 인정한 이상, 꼭 마치코 사장님까지 쓰라린 경험을 하시게 할 이유는 없었을 텐데. 서장은 자네의 이런 조치를 알고 있겠지?"

이쓰키하라는 벌컥 화가 났다.

"우리는 지극히 당연한 수사를 하고 있는 것뿐입니다. 히데하루 씨가 행방불명이 된 경위를 생각하면 신원확인에 세심한 주의를 기울이는 편이 훗날을 위해서도 좋다고 생각하는데요."

"무슨 소리야, 그게."

"이쓰키하라 군."

고마지가 느긋하게 말했다.

"그러면 안 돼, 그런 말을 하다니. 마치 마치코 사장님이 사체의 신원에 대해 거짓말을 하는 것같이 들리지 않나. 확실히 세상

사람들은 시끄러운 법이고, 이쓰키하라 군이 사장님의 신변을 걱정해서 말한 건 명백하지만, 조금 더 표현에 신경을 써야지."

항의를 하려 드는 이쓰키하라의 옆구리를 고마지가 재빨리 찔렀다. 이쓰키하라는 어쩔 수 없이 입을 다물었고, 그 대신 마루오카 헤이스케가 입을 열었다. 십 년 전이라면 멋쟁이 소리를 들었을 법한 한 치의 틈도 없는 옷차림, 곱게 매만진 머리, 계산된 매끄러운 몸동작 덕분인지, 강연회 등 가는 곳마다 중년 여성 팬을 모으는 마루오카였는데, 오늘은 표정이 피곤해 보이고 영 생기가 없었다.

"형사님들이 도대체 뭘 걱정하시는지, 통 모르겠어요. 설명을 해주시지 않겠습니까?"

"고마지 형사반장님이 말하는 건 아직 히데하루 씨의 죽음이 사고인지 자살인지 아니면 타살인지가 확실치 않으니까 신경을 써서 대답을 하는 게 좋다는 뜻입니다."

도다 조교수가 고마지에게 시선을 주며 대답했다.

"사인이 확실치 않다는 겁니까? 그건 몰랐네요."

"아니, 사인은 확실합니다. 익사입니다. 다만 이른 아침에 수면제를 복용하고 얕은 여울에서 물에 빠졌다, 라는 상황 탓에 사고라고 단정하기가 힘든 겁니다. 게다가 최근에 히데하루 씨의 행방에 대해서는 전혀 알려진 바도 없고요."

마루오카는 뚱하니 입술을 깨물며 침묵했다. 도다 조교수가 계속했다.

"물론 마루오카 선생님의 판단은 틀림없을 겁니다. 하지만 육친이라도 유체를 잘못 보는 수가 있지요. 하물며 최근에 히데하루 씨를 본 적이 없는 사장님이 그 사체를 히데하루 씨라고 인정한 구체적인 이유를 경찰이 알고 싶어 하는 건 어쩔 수 없는 일 아닐까요. 지금부터 죽음의 상황을 수사해야 하니까요."

"그럴 필요 없어요."

이마에 손수건을 대고 있던 마치코가 돌연 얼굴을 들었다.

"그건 자살이에요. 틀림없어요."

"무엇을 근거로 그렇게 말씀하시는 겁니까."

"편지예요."

마치코는 핸드백에서 편지 봉투를 꺼냈다. 가위로 깨끗이 자른 봉투에서 내용물을 꺼내 펼쳐서 고마지에게 건네준다. 흰 종이에 눈길을 주던 고마지의 눈썹이 치켜올라갔다. 이쓰키하라가 옆에서 들여다봤다. 워드 프로세서로 친 글자가 다음과 같이 찍혀 있었다.

'오랫동안 집을 비우고, 게다가 또 폐를 끼쳤습니다. 앞으로의 일들 잘 부탁드리겠습니다.'

마지막에 마에다 히데하루라는 서명이 만년필 같은 잉크로 쓰여 있었다.

"이건 유서가 아닐까요."

마치코는 하얀 얼굴에 살짝 웃음을 띠며 고마지에게 말했다.

"그렇게도 볼 수 있겠군요."

반장은 고개를 끄덕이고 도다 조교수에게 종이를 건네줬다. 마루오카 의사, 원장도 거기에 눈길을 주고 크게 고개를 끄덕였다.

"마치코 님이 말씀하신 대로 이건 유서입니다. 히데하루 군은 자살을 한 거예요."

"하지만 왜요?"

이쓰키하라가 엉겁결에 중얼거렸다. 원장은 귀찮다는 표정으로 말했다.

"그건 경찰이 조사할 일이지. 십이 년 동안 히데하루 씨를 만난 적 없는 마치코 님이 자살 동기까지 알 수는 없지 않은가."

"그런 것까지 수사합니까?"

갑자기 마루오카 의사가 말했다. 형사 둘과 도다 조교수뿐 아니라, 원장까지 의심스러운 눈빛으로 마루오카를 바라봤다.

"당연하지요. 히데하루 씨가 어디서 살았는지 그 장소를 찾아야 할 것이고, 유품 등도 정리하려면 절차가 필요하지 않겠어요?"

"그건 그렇지만."

"그럴 필요 없을 거예요."

마치코가 의연하게 말했다.

"필요 없다니요?"

"집안의 수치예요. 우리 쪽에서 사람을 고용해서 조사하겠습니다. 경찰의 손을 빌릴 만한 일은 아닙니다."

"배려는 훌륭하십니다만 그럴 수는 없지요."

"어머, 왜죠? 살인이라면 몰라도 자살이니까 그다음은 유족 문제잖아요."

"아쉽게도 이대로는 자살이라고 단정 지을 수가 없군요. 그렇지, 이쓰키하라 군?"

고마지의 말에, 이쓰키하라도 고개를 끄덕였다.

"아까 제가 왜, 라고 물은 건 자살 동기가 아니라, 왜 자살이라고 판단하는가, 하는 뜻이었습니다. 보통은 자살하는 데 얕은 여울을 선택하진 않지요. 수면제도 그 자체로는 죽을 양은 아니었잖아요, 도다 선생님?"

"그래요. 혈액 중에서 채취된 건 미량이었습니다."

"즉 아무리 유서 비슷한 편지가 남겨져 있었다 해도, 아직 자살로 단정하기에는 무리가 있다는 겁니다."

"그럼 어떻게 하면 자살로 인정될까요?"

마치코 사장은 이쓰키하라에게 강렬한 추파를 보냈다.

"네. 히데하루 씨가 지금까지 어떤 생활을 했는지, 친구나 지인에게 자살을 얘기했는지를 밝히거나, 자살할 만한 동기 같은 걸 찾아내면, 어쩌면 자살로 귀착될지 모르겠습니다."

"그렇군요."

마치코는 가볍게 고개를 끄덕였다. 이쓰키하라는 안 좋은 예감이 들었다. 며칠 지나면 행방불명 기간 중의 히데하루를 잘 안다는 인물이 나타나서 히데하루의 자살 이유에 대해 담담히 떠들어대는 게 아닐까 하는 생각이 들었다. 물론 그 인물은 마치코에게서 거금의 뒷돈을 건네받았을 거다.

그걸 알아차릴 리 없는데도, 고마지는 화제를 바꿔서 전혀 관계 없는 얘기를 꺼냈다.

"마에다 베니코 여사님은 벌써 입원하셨나요?"

"오늘 오후에 입원하시는 걸로 아는데요."

"그럼 꽤 일찍 결정된 것이겠군요. 본인은 입원을 반기지 않지요?"

"그렇긴 했지만 베니코 여사님은 결단하면 빨라요. 게다가 어쨌든 매년 이 시기에는 검사한답니다. 다만 이번 입원은 좀 길어질 거예요."

"마치코 사장님의 말을 의심하는 건 아니지만, 확인자는 많은 편이 좋아요. 베니코 여사님께도 유체 확인을 부탁하고 싶군요."

"고모는 심장이 나빠요."

마치코는 맹렬하게 화를 냈다.

"그런 고모한테 히데하루의 사체를 보인다는 건가요? 농담하지 마세요. 고모한테는 히데하루 얘기를 모두 비밀로 해주세요."

"모두라니요. 그건 어렵지 않을까요. 장례식은 어떻게 합니까?"

"그런 건 경찰이 걱정해주시지 않아도 됩니다."

마치코는 새침하게 고개를 들고 일어섰다.

"어쨌든 고모의 신상에 무슨 일이 일어날 만한 행동만큼은 삼가주세요. 그것이 히데하루였다는 건 나하고 마루오카 선생님의 보증으로 충분합니다. 게다가 자살이 아니라면 그 근거를 보여주셨으면 해요. 근거에 따라서는 수사도 허가하지요."

당신 따위에게 허가받을 필요 없어, 라고 소리를 지를 뻔한 이쓰키하라의 옆구리를 고마지가 다시 찔렀다.

"알겠습니다. 다음에 뵐 때는 근거를 몇 가지 지참해서 찾아뵙지요. 이쓰키하라 군, 그만 갈까."

본관을 나서자 눈부신 햇살 때문에 눈이 아팠다. 이쓰키하라는 불평을 늘어놓았다.

"도대체 뭐예요, 그 사람."

"그 사람이라니, 마치코 사장 말인가?"

"그래요. 잘난 척하긴. 경찰의 코를 꿰어서 끌고 돌아다닐 기세예요."

"당분간은 그냥 내버려둬."

이쓰키하라는 변함없이 여유로운 상사의 얼굴을 기가 막히다는 듯이 바라봤다.

"반장님은 아무렇지도 않나요? 그 유체를 히데하루라고 하고 더구나 자살이라고 주장하다니. 게다가 히데하루의 최근 생활은 숨기려 들잖아요. 아무리 생각해도 이상해요. 그리고 그 여자는 히데하루의 죽음을 조금도 슬퍼하지 않았어요."

"호오, 그걸 어떻게 알지?"

고마지는 재미있다는 듯이 부하를 봤다.

"판다같이 눈 주위를 검게 칠한 여자가 울고 난 뒤에 하얀 얼굴로 있을 수 있나요? 앗, 젠장. 얼굴을 보고 그 얘기를 해줬어야 했는데."

고마지와 이쓰키하라는 역을 향해 난 가로수 길을 걸어갔다. 사체를 확인하러 나서기 전에 마치코가 외출 준비를 해야 한다고 해서, 복도에서 새침한 비서의 얼굴을 보며 기다리기를 이십분. 병원에서 유체에 매달려 울부짖는 마치코를 원장실로 데리고 가기까지 한 시간. 그런 소란을 겪고 나니 시간은 이미 한 시 반이 지났다.

"쓸데없이 반감을 사서 뭘 어떻게 하려고. 게다가 하나쯤은 이쪽에도 '근거'가 있어."

"뭡니까?"

"이거야, 이거."

고마지는 겉옷 주머니에서 비닐봉지에 다시 넣어놓은 편지 봉투를 꺼냈다.

"히데하루가 남긴 유서니까 당연히 우리에게 주셔야죠, 하는 말을 꺼내기 전에 가지고 올 수 있어서 다행이야. 요놈이 제1근거야."

"이게요?"

"자네, 눈치채지 못했나? 봉투가 아니라 안에 든 편지."

이쓰키하라는 잠시 생각한 뒤에 이해했다.

"그러고 보니 편지가 바닷물에 젖었다가 마른 것치고 너무 깨끗했어요."

"외출 준비를 해야 한다면서 우리를 사장실에서 내보내고는 그 틈에 워드 프로세서로 다시 작성해서 넣은 걸 거야."

이쓰키하라는 놀란 나머지 웃음을 터뜨렸다.

"하는 짓이 대담한 건지 바보인 건지. 아무리 시간이 없다손 치더라도 바로 들켜버릴 공작을 하다니, 수완 좋은 여사장이 할 일이 아니네요."

"응, 그래."

고마지는 미간에 주름을 잡고 멈춰 서서 겉옷 주머니에서 종이를 한 장 더 꺼내 이쓰키하라에게 건네줬다.

"뭐죠, 이게?"

종이는 복사본인 것 같았다. 펼치니 서툰 손 글씨로 이렇게 쓰여 있었다.

'만약에 나에게 무슨 일이 있다면 모두 그녀가 한 겁니다.'

"아니, 이건…… 잠깐만, 고마지 반장님, 설마."

이쓰키하라는 입을 딱 벌리고 상사와 종이를 번갈아 봤다.

"설마, 이건."

"설마 자네, 내가 변사체가 가지고 있던 편지를 조사도 안 해보고 본인에게 건네줄 거라고 생각했나?"

"마치코 사장한테 건네주기 전에 편지를 꺼내서 복사해뒀다는 겁니까? 미, 믿을 수 없어. 도대체 어떻게. 첫째로 그런 일을 해서……."

"봉투를 남몰래 개봉하는 거야 간단하지. 복사를 해두길 잘했지?"

고마지는 천연스럽게 대답하고 부하의 손에서 복사물을 낚아채 다시 주머니에 넣었다.

"왜 정식으로 허가를 받지 않았어요? 이건 증거로 쓸 수 없잖아요."

"어쩔 수 없지 않나. 경찰서 내에서 당당히 마치코 사장 앞으로 온 편지를 개봉했다가는 순식간에 그 여자 귀에 들어가. 그랬다가는 지난번에 그랬던 것처럼 압력이 들어와서 난 수사에서 제외될 거야. 내가 제외되는 건 괜찮아. 하지만 중요한 사건이 사소한 부주의 때문에 유야무야되면 안 되지. 십이 년 전의 히데하루 실종 사건은 결국 중간에 수사가 종결되고 말았어. 아버지 히데오가 죽기 전에 어떻게든 만나게 해주고 싶었는데 말이야."

"이건 히데하루의 글씨일까요?"

"그건 지금부터 사람을 사서 조사해봐야겠지."

"히데하루가 아니라도, 그 죽은 남자의 글씨라면, 그녀란 마치코 사장을 이르는 게 되겠지요. 그는 마치코 사장에게 살해당할 수 있다는 위협을 느끼고 이 편지를 써둔 게 돼요. 역시 그건 자살이 아니라 살인이었어요. 아니, 이건 좀 이상해요. 그렇다면 굳이 수취인을 마치코 사장으로 하지 않았을 텐데."

고개를 이리저리 갸웃거리는 이쓰키하라에게 고마지가 어조를 바꿔 말했다.

"그런데 배가 고프군. 어디 가서 점심이나 먹지."

2

중화요리점 후쿠후쿠의 주인은 고마지의 얼굴을 보자마자 만두를 굽기 시작했다.

"이 식당은 다른 메뉴도 그럭저럭 괜찮지만 어쨌든 만두가 최고야."

고마지는 그렇게 말하며 카운터에 앉았다.

"한 달쯤 안 먹으면 꿈에 나온다니까."

"그런데도 최근에는 통 안 왔네요, 고마지 나리."

주인은 싱겁게 웃으며 이쓰키하라의 얼굴을 봤다. 이쓰키하라도 권해주는 대로 만두 정식을 주문했다. 뜨거운 물을 부은 철판에서 기분 좋은 소리가 났다.

"실은 맥주라도 마시는 게 정석이지만. 대낮부터 그럴 수는 없고."

고마지가 진심으로 억울하다는 듯이 중얼거렸다.

"그러고 보니 낮에 오신 건 처음이군요."

"응. 그게 오늘은 주인장한테 뭐 좀 확인하고 싶은 게 있어서."

"에이, 또 왜 그래요?"

"별 대단한 건 아닌데."

말을 꺼내며 가게 구석을 흘끗 돌아보던 고마지가 갑자기 시선을 멈췄다. 이쓰키하라는 고마지의 주의를 끈 것이 뭔가 하고 자신도 고개를 돌렸다.

맨 구석 의자 자리에 여자가 혼자 앉아 있었다. 깜짝 놀랄 만큼 미소녀였는데 한쪽 손에 덮밥을 들고 오로지 만두 먹는 데만 열중하고 있었다.

"누구죠, 저게?"

이쓰키하라는 고마지에게 속삭였다.

"마에다 시노부, 마치코 사장의 딸이야."

"네에? 그런 아가씨가."

이런 곳에서, 하고 이어져 나오려던 말을 이쓰키하라는 삼켰지만, 후쿠후쿠의 주인은 기분이 상했다.

"저 아가씨는 우리 집의 만두로 자란 거나 마찬가지예요. 어린 시절 내내 옆 고서점의 베니코 여사님에게 맡겨져 자라면서 우리 가게에도 단골이 되었으니까."

"아아, 그랬군요."

덮밥과 만두 열 개, 그리고 야채절임과 된장국이 고마지와 이 쓰키하라 앞에 놓였다. 만두는 고소하게 구워져서 씹으면 향료 의 희미한 향기와 함께 육즙이 입안으로 확 밀려들었다.

먹는 데 골몰해 있는 사이에 시노부 아가씨는 정식을 깨끗이 먹어치우고 기름으로 번들거리는 입술에 아름다운 미소를 지으 며 가게를 나갔다. 주인은 대머리를 분홍색으로 물들인 채 공손 히 배웅을 하고 돌아왔다.

"가정교육이 좋아서일까요, 한 번도 남긴 적이 없어요. 게다 가 서민들하고는 젓가락 사용법이 달라요."

"서민이라 미안하군."

고마지는 남은 덮밥에 된장국을 부어 한꺼번에 입안으로 다 쓸어 담고는 물을 마셨다.

"도대체가 마치코 사장은 저 아이를 몸소 기른 적이 없대."

"가정교육은 베니코 여사님이 하셨어요. 그분도 뭐든지 유례 없는 일만 하는 분이지만, 알고 보면 양갓집 아가씨니까요."

"양갓집 아가씨니까 그럴 수 있는 거지."

고마지는 흥미롭지도 않다는 듯이 말하고, 사람들이 다 가버 린 가게를 둘러보더니 목소리를 낮췄다.

"옛날 일을 꺼내서 미안한데. 딱 한 번 더 물어보고 싶어."

"뭘요?"

"하쓰호가 마에다 히데오랑 이혼하고 마에다가에서 쫓겨난 건 지금부터 십오 년 전인 1985년 8월 5일. 일주일 후에 자네는 간논시에서 하쓰호를 봤어. 틀림없지?"

"아이고 참 몇 번을 말해야 돼요. 이 두 눈으로 똑똑히 봤다니까요."

주인이 고마지를 응시하며 대답했다.

"하쓰호라는 사람도 이 가게 단골이었나요?"

이쓰키하라는 벨트를 늦추며 물었다. 주인은 무뚝뚝하게 대답했다.

"젊은이는 잘 모르겠지만, 하쓰호는 일단 마에다가의 사모님이 된 뒤로는 이런 곳에 올 만한 사람이 아니었어요. 그 점이 태생부터 아가씨로 자란 것하고 다르죠. 태어날 때부터 명문가에 태어나서 아무런 구속 없이 자란 사람이란 말이죠. 베니코 여사님이나 시노부 아가씨도 그렇지만, 다른 사람의 시선 같은 건 별로 신경 쓰지 않아요. 하고 싶은 걸 하고 먹고 싶은 걸 먹죠. 하지만 벼락출세를 한 사람이나 마치코 님같이 눈 감으면 코 베어 가는 세계에 사는 사람들은 늘 세상의 평판에 신경을 쓴다니까. 그래서 가격도 인테리어도 일류인 곳에서 식사를 하지 않으면 마음이 불편해지지."

"성가셔서 어떻게 그러고 산담. 어라? 그렇다면 어떻게 하쓰호 씨를 아셨던 거죠? 저……."

"아, 내 이름은 고이케 이사무요. 그 하쓰호라는 여자는 옛날에 간논시의 바에서 호스티스를 했었어요. 거기서 썼던 이름은 미스 슈거."

"미스 슈거?"

"뭐, 겉모습은 확실히 달콤하고 귀여웠죠. 하지만 성격을 생각하면 미스 페퍼나 미스 비니거로 하는 편이 나았을지도 몰라요."

고이케는 스스로도 꽤 괜찮은 표현이라고 생각한 듯 대머리를 쓱 문질렀다.

"나는 가끔 그 바에 술을 마시러 가곤 했으니까, 하쓰호를 알았지요. 내가 들은 바로는 아버지는 미군기지에 있던 백인 소위였고 어머니는 그 사람한테 속아서 하쓰호를 임신했다고 해요. 하지만 다른 녀석한테는 아버지는 정치가고 어머니는 그의 첩인 게이샤였다고 했고, 또 다른 손님한테는 어느 명문 집안의 사생아라고 했어요. 결혼식 때 소개된 경력이야 말 안 하는 게 낫죠."

"하쓰호는 거짓말쟁이였군요."

"그야, 거짓말쟁이라면 거짓말쟁이겠지요, 신참 형사님. 여러 가지 쓰라린 경험을 해본 여자가 자신의 신상 얘기를 꾸며내는 것을 다짜고짜 거짓말이라고 단정하는 것도 세상 물정 모르는 소리예요. 최소한 말만으로라도 경력을 화려하게 꾸미고 싶어 하는 걸 탓할 수는 없지요."

신참이라는 말을 듣고 이쓰키하라는 샐쭉했으나, 반발하지 않고 물었다.

"마에다 히데오가 그 미스 슈거를 알게 된 건, 고이케 씨가 바에 데려갔기 때문입니까?"

"그것 때문에 나중에 마치코 사장님한테 엄청 당했어요."

고이케 이사무는 뚱하니 팔짱을 꼈다.

"히데오 씨와 나는 물론 친한 사이는 아니었어요. 어느 날 베니코 여사님 가게에서 마주쳐서 어쩌다가 함께 그 바에 가게 된 거예요. 히데오 씨는 외출을 싫어해서 집에 틀어박혀서는 뭔지 모를 어려운 공부를 하는 사람이었으니까, 권해도 따라오지 않을 거라고 생각하고 그냥 한번 말해본 건데 의외로 따라오더라고요. 면역성이 없다 보니 그만 단번에 미스 슈거에게 빠져버렸지요. 하쓰호도 그런 돈줄을 순순히 놓아줄 만큼 멍청하진 않았고요. 그런데 설마 결혼까지 할 줄이야, 주위는 물론 하쓰호 본인도 거기까지는 생각하지 않았던 모양이지만."

"그래요?"

"뭐, 다들 이러쿵저러쿵 말이 많지만, 난 하쓰호가 그렇게 나쁜 여자였다고는 생각하지 않아요."

고이케는 미지근한 차를 따라 형사들에게 내밀었다.

"결혼 생활이 잘 풀리지 않았던 건 한쪽만의 탓은 아니었어요. 게다가 함께 사는 시누이한테서 가정교육이 나쁘다느니 머리가 나쁘다느니 센스가 없다느니 상식이 결여되어 있다느니 하는 싫은 소리를 하루도 거르지 않고 계속해서 들었으니. 그런 것치고는 잘 참은 거 아니에요? 결혼하자마자 바로 이혼이라는 소리를 들으며 십오 년을 버텼으니 말이에요."

"하지만 성격이 독했잖아."

"그야 그렇지요. 여자 혼자서 취객을 상대로 생계를 유지해야 했으니까요. 돈에는 환장했고 표리부동하기가 이루 말할 수 없었지요. 제멋대로이기도 했고. 히데하루를 임신했을 때도 이쪽 병원이 좋다 저쪽 병원이 좋다 하면서 가나가와에서 도쿄까지 산부인과를 이리저리 옮겨 다니던 끝에 결국에는 어디 저 먼 병원에서 출산을 했어요. 하지만 제멋대로인 데다가 돈에 환장한 건 마치코 사장님도 마찬가지잖아요."

맞아요, 하는 말이 나오려는 걸, 이쓰키하라는 차와 함께 꿀꺽 삼켰다.

"그래, 이혼하게 된 직접적인 원인은 뭐였습니까?"

"하쓰호의 불륜."

"네? 상대가 누구죠?"

"그건 수수께끼예요. 어쨌든 젊은 남자랑 도저히 변명할 수 없는 모양새로 있는 걸 하필이면 마치코 사장님한테 미행을 당해 들켰다고 하더군요. 그래서 순식간에 이혼 서류에 도장을 찍을 수밖에 없었대요. 하쓰호로서는 평생 후회할 일이었겠지요."

"위자료 없이요?"

"본인의 부정이 이혼 사유였으니까. 미국 여행 중이라서 석 달 동안 집을 비웠던 베니코 여사님이 귀국 후에 그 말을 듣고 격노했다던데……."

"부정을 저지른 걸요?"

"아니, 위자료 없이 쫓아낸 걸 말이에요. 그래도 그렇지, 대를 이을 아들을 낳았지 않느냐, 조금쯤은 관대할 수 있지 않았느냐 하고 말했다나 봐요. 게다가 베니코 여사님은 불륜 정도로는 꿈 쩍도 안 해요. 어차피 그렇게 될 거면 그 젊은 남자랑 도망이라도 치지, 그랬다면 재밌었을 텐데, 홋홋호, 하고 말했을 정도예요."

"도망을 안 간 거군요."

"그랬을걸요."

고이케의 말투가 갑자기 신중해졌다.

"적어도 내가 봤을 때, 하쓰호는 혼자였어요. 하긴 읍내에서 흘깃 본 거라서 살림을 차린 게 아니라고는 단언할 수 없지만."

"그 이후로 하쓰호를 본 사람은 아무도 없는 건가요?"

"그런 거, 난 몰라요."

고이케가 불쑥 일어나서 도마를 닦기 시작했다.

"나랑 눈이 마주친 걸, 자기한테 불리하다고 생각했나? 어쨌 든 도망쳤어요, 다른 곳으로."

"왜 도망을 치죠?"

"글쎄. 마치코 사장님이 무서웠겠지요. 이 부근에 있는 것치고 마치코 사장님의 숨결이 가 닿지 않는 건 거의 없으니까."

"하자키 신용금고도."

고마지가 불쑥 끼어들었다. 고이케의 손이 딱 멈췄다.

"뭐예요, 고마지 반장님. 그게 무슨 뜻이죠?"

"특별한 뜻 같은 건 없어. 이거 하자키 신용금고 거지?"

고마지가 카운터 위에 놓여 있는 티슈 상자를 가리켰다. 지갑을 든 고양이 일러스트 아래에 '정기예금은 단연 하자키 신용금고'라는 글자가 보인다.

"그야, 여기 이 히가시긴자에서 하자키 신용금고와 거래하지 않는 가게는 없어요."

투덜투덜하는 주인의 말을 듣는 둥 마는 둥, 고마지는 가게 안을 둘러봤다.

"이 가게, 리모델링한 게 언제였더라? 옛날에는 보건위생부의 주의를 들을 정도로 더러웠는데, 제법 깨끗해졌군. 그래도 개축한 뒤로 십 년, 아니 십오 년이 되나. 역시 그랬나. 자금은 하자키 신용금고에서?"

"잠깐 잠깐, 고마지 반장님."

고이케 이사무는 대머리를 새빨갛게 물들였다.

"도대체 무슨 말을 하고 싶은 거예요?"

"뭐 별로. 무슨 일이야? 땀을 다 흘리고. 그냥 해본 얘긴데 말이야."

"이렇게 더운 날씨니 누구든 땀 정도는 흘리죠."

고이케는 횡설수설하면서 괜히 이쓰키하라를 노려봤다.

"어쨌든 하쓰호가 도망친 걸 두고, 왜 내가 추궁을 당해야 하지요? 그건 벌써 십오 년이나 지난 옛날애기 아닙니까. 이제 와서 왜 하쓰호 애기를."

"마에다 히데하루가 돌아왔어."

고마지가 말한 순간 고이케의 말이 딱 멈췄다.

"히, 히데하루 도련님이, 돌아왔다고요? 그거…… 잘된 일이네요."

"별로 잘되지 않았어. 히데하루가 죽었거든."

"네, 그럼, 역시."

고이케가 말을 하다 헉 하더니 눈을 홉뜨며 두 형사를 쳐다봤다. 고마지는 하품을 섞어 고이케에게 말했다.

"역시라니, 무슨 말이야?"

"아니 그거 참, 특별히 깊은 의미는 없어요. 열다섯 살에 집을 나가서 아버지가 돌아가셨을 때도 돌아오지 않았으니, 그렇다면 역시 죽은 거였구나 하고 생각했기 때문에."

"살아 있었어."

고마지는 귀찮다는 듯이 한마디 하고 일어섰다. 후쿠후쿠의 주인은 여우에게 홀린 것 같은 표정이 됐다.

"하, 하지만 나리, 방금 이미 죽었다고."

"옛날에 죽었다고는 하지 않았어. 그냥 죽었다고 했지. 잘 먹었네. 또 오지."

3

화요일 오후의 인터뷰 프로그램 방송이 끝났다. 프로그램은 한 시부터 한 시 사십오 분까지였고 녹음을 해서 편집한 테이프를 내보내는 것이니 와타나베 지아키가 굳이 회사에 남아 있을 필요는 없었다. 하지만 온에어 체크를 해야 할 구도 고이치로가 급한 볼일이 생겼다며 나가버려서, 방송 시작 직전에 지아키에게 그 역할이 돌아왔다. 덕분에 눈이 핑핑 돌 정도로 배가 고팠다.

"점심밥, 먹고 올게요."

비실비실 핸드백을 집어 들자 옆자리의 기노우치 유키야가 거리낌 없이 웃으며 말했다.

"지아키 누나, 변함없이 요령부득이군."

"시끄러워. 상대가 구도 씨인걸. 너도 꼼짝 못하면서."

"그야 그렇죠. 그 사람은 무섭거든요."

기노우치 유키야는 구도 밑에서 일하는 아르바이트 사원인데 지아키하고는 어려서부터 아는 사이고 나이는 지아키보다 다섯 살 아래다. 집은 히가시긴자에서 비디오 대여점을 경영했다. 조만간 비디오 가게를 이어받을 것이므로 무리해서 일할 것 없다며 대학을 중퇴하고 집에서 놀고 있었는데 어머니가 지아키에게 울며 매달리는 통에 아르바이트 일자리를 구해준 것이었다.

머릿속에 바다와 영화와 여자밖에 들어 있지 않은 낙천적이기 이를 데 없는 친구라서, 구도한테 혹독한 꾸중을 들어도 전혀 개의치 않고 지아키의 일을 도와줬다. 구도와 지아키 사이의 좋은 완충재이기도 했고, 영화 관련 정보가 풍부해서 〈블루 나이트 하자키〉의 소재가 궁할 때는 아이디어를 주기도 했다. 그를 불러들인 건 뜻밖의 횡재였다.

"유키야는 밥 안 먹어?"

"누나가 사주길 기다렸는데 몰랐어?"

"아유, 요 얌체."

점심 식사 시간이 지난 터라 결국 브라질로 갔다. 가게는 비어 있었다. 마사루는 두 사람을 보자마자 스파게티 면을 삶기 시작했다.

"아저씨. 전 명란젓하고 아메리카노요. 여어, 카페오레, 잘 지냈냐."

기분 좋게 그르렁거리는 고양이와 한바탕 논 뒤에, 유키야가 입을 열었다.

"그런데 지아키 누나, 들었어요? 마에다 히데하루 얘기."

"으우."

지아키는 허기진 배를 움켜쥐고 카운터에 엎드려 웅얼웅얼 신음을 냈다. 유키야는 평상시대로 상대의 반응 따위 신경도 쓰지 않고 말을 이었다.

"죽었다는 데도 놀랐지만, 마에다가의 도련님이 가출을 했었다는 사실조차 난 몰랐어요. 아까 형한테 전화해서 물어봤는데, 형도 놀라더라고요."

유키야의 아버지가 다른 형 미쓰히코는 지아키하고 동갑인데 중학교 삼 학년 때 같은 반이었다. 히데하루하고도 한 반이었던 셈이다. 미쓰히코는 초등학교 때부터 이 지역 폭주단과 어울렸고 해마다 여름이면 이 히가시긴자와 역 앞 교차로 주위에 친구들과 무리지어 앉아 새벽까지 행인을 노려보거나 시비를 걸거나 했다. 그러던 녀석이 지금은 도쿄 부슈시에서 장의사의 사위이자 자식을 끔찍이 사랑하는 아버지가 되어 있다.

"형이 말이죠. 기가 죽었어요."

유키야는 금발을 흔들며 웃었다.

"왜?"

"중학교 때 몇 번 도련님을 위협해서 용돈을 뺏었대요. 히데하루가 가출한 건 내 탓이야, 하면서 베니코 아주머니를 뵐 낯이 없다고 울상을 지었어요."

"바보구나, 히데하루가 가출한 건 도쿄의 고등학교로 진학한 뒤의 일이니까 중학교 때 돈을 뺏은 거하고는 관계없잖아. 아니면 도쿄까지 쫓아갔었대?"

"설마. 형한테 그 정도 근성은 없었을걸요."

"하지만 거기에 왜 베니코 아주머니가 나오는 거야?"

"어라? 지아키 누나 몰랐어요? 형은 베니코 아주머니 덕에 고등학교를 졸업했어요. 아무리 니시 고등학교라도 수업을 반이나 빼먹은 상태에서 졸업시켜줄 정도로 세상이 녹록하진 않잖아요."

하자키 니시 고등학교는 이 부근에서는 최하위라고 일컬어지는 고등학교다. 입학시험에 알파벳 26자를 써라, 하는 문제가 나온 것으로 유명하다.

"그래서 결국 아버지가 화가 머리끝까지 났어요. 계부라서 나한테도 책임이 있다고 생각해 참아왔는데 이젠 더 이상 못 참겠다, 그렇게 학교에 가고 싶지 않으면 안 가도 돼, 유급한 데 대한 학비는 안 줄 거야, 그만둬버려, 하고 소리쳤죠. 그렇게 험악한 아버지를 본 건 처음이었어요."

"그랬어? 기노우치 아저씨가?"

비디오 대여점 주인인 유키야의 아버지는 온후하기로 정평이 난 인물이다.

"그래서 형도 깜짝 놀라서 앞으로는 마음을 바꾸겠습니다, 하고 머리를 숙였어요. 그랬더니 아버지가 말로만 그럴 게 아니라 남자라면 자기가 한 말을 지켜라, 마에다 청소년육영기금에 응모해서 장학금을 받아봐라, 했죠. 형도 필사적으로 공부를 해서 그 시험을 쳤는데, 다른 친구들의 성적이 훨씬 좋았어요. 하기야 형의 머리가 너무 나쁜 탓도 있었겠지만."

"초등학교 이후로 맘 잡고 공부한 적 없잖아."

커닝도 많이 시켜줬지, 하고 추억에 잠기며 지아키가 말했다.

"그래서 베니코 아주머니한테 직접 사정하러 갔어요, 형이. 그랬는데 아주머니가 선뜻 장학금을 내줬어요. 나중에 알고 보니 사실은 명예이사라도 기금은 자기 마음대로 할 수가 없대요. 그러니까 겉으로는 장학금이라고 했지만, 실은 베니코 아주머니의 쌈짓돈을 내준 거였죠."

"흐음. 감동적인 얘기야."

"그 후로 형은 베니코 아주머니를 위해서라면 언제든 목숨도 바칠 수 있다고 했어요."

스파게티가 완성됐다. 화이트 와인과 스파게티를 삶은 국물로 불린 명란젓을 넣고 버무려서 푸른 차조기 잎과 잘게 썬 김을 뿌린 마사루 특제 명란젓 스파게티. 메뉴에는 나와 있지 않아서 아는 사람만 먹을 수 있는 한정품이다.

정신없이 스파게티를 먹고 있자니까, 지아키의 아버지 마사루가 누군가에게 고맙습니다, 하고 말하는 소리가 들렸다. 지아키는 곁눈으로 그쪽을 보다가 그만 겸연쩍어졌다. 미소녀이면서 존재감이 없는 마에다 시노부가 멍한 얼굴로 지갑을 꺼내고 있었던 거다.

"아, 지아키 언니. 여기 계신 거 전혀 몰랐어요."

시노부는 늘 그렇듯 정중하게 말했다. 지아키는 어깨의 힘이
빠졌다.

"안녕. 그런데 수업은 매일 땡땡이치는 거야?"

"네. 나가봤자 어차피 강의 내용도 못 알아듣고 졸리기도 하고."

유키야가 벙긋 웃었다. 지아키가 뭐라고 타일러야 하나 하고
잠시 고민하는데, 시노부가 멍하니 물었다.

"저어, 어젯밤 〈블루 나이트 하자키〉의 게스트."

"아, 하자키 의대의 치과의사 마루오카 선생님. 평상시에는
더 재미있는 사람이야. 어제는 긴장한 탓인지 좀 별로였지."

"어젯밤에, 우리 집에 왔었어요. 어머니가 데려왔어요."

"마치코 님, 아니 사장님이?"

"처음에는 누군지 몰랐어요. 얼굴을 봐도 모르겠는데, 꼭 어
디선가 만난 적이 있는 것 같아서 계속 생각하다가 아침까지 잠
도 못 잤어요. 그러다가, 아, 방송에서 들은 목소리다, 하고 깨닫
고 기분이 좋아졌어요. 그래서 오늘은 너무 졸리네요. 지아키 언
니, 내가 이러는 건 역시 비정상인가요?"

시노부는 버려진 강아지 같은 눈을 하고 지아키를 쳐다봤다.
지아키는 명란을 사방으로 날리면서 얼른 고개를 흔들었다.

"생각날 듯 생각날 듯 생각나지 않는 거, 그게 신경 쓰여서 잠

못 자는 거, 다 자주 있는 일이야."

"기억의 덮개 위에 꿈의 귀신이 올라타고 있다."

금전등록기를 연 채로 기다리고 있던 마사루가 불쑥 중얼거렸다. 지아키는 아버지를 노려봤다.

"아빠, 부탁이니까 쓰노다 고다이를 인용하는 것 좀 적당히 하세요."

아, 안심이다, 하고 시노부가 기뻐하며 나갔고, 지아키는 다시 스파게티에 달려들었다. 단숨에 먹어치우고 위가 안정됐을 무렵 문득 묘한 걸 깨달았다.

"유키야, 아까 미쓰히코한테 전화했다고 했지."

"했죠."

"평일 대낮에 전화해야 할 만큼, 도련님 사건이 너랑 미쓰히코한테 큰일인 거야?"

"아, 그거요."

유키야는 가게에 놓인 만화잡지를 넘기면서 성가시다는 듯이 대답했다.

"구도 씨가 부탁을 해서요."

"구도 씨가?"

"네. 너 하자키 토박이니까 마에다 히데하루에 대해서 알지, 하기에 형이 중학교 때 한 반이었다고 했더니 뭘 좀 물어봐달라고 해서."

"뭘?"

"집 나가기 전후에 뭔가 색다른 게 없었나 하는 거랑 친한 친구가 누군가 하는, 뭐 그런 거."

지아키는 눈썹을 찌푸리고 커피를 한 모금 마셨다. 구도 고이치로가 이 지역에서 일어난 살인사건에 관심을 갖는 것까지야 별로 이상하지 않았다. 그러나 생각해보니 구도가 마에다 히데하루에 대해 지아키에게 물었던 건 사체 발견 직후, 아직 사체의 신원이 히데하루라는 말이 돌기 전이었다.

그러고 보니 지아키 자신도 어쩌다 오늘 하자키 FM에서 이쓰키하라와의 만남, 히데하루에게서 편지가 왔다는 시노부의 애기, 구도가 한 질문, 변사체의 추정 연령, 형사들이 아마도 마치코 사장님을 만나러 온 것일 게다, 하는 순서로 유추해 사체를 히데하루라고 단정했던 것이다. 형사들은 그 사체가 히데하루라는 말은 한마디도 하지 않았다.

부정도 하지 않았으니까, 아마 틀림없을 테지만.

"그런데 유키야는 그 변사체가 마에다 히데하루라는 걸 어떻게 알지?"

"구도 씨한테 들었으니까."

"저기요, 아빠는 알고 계셨어요? 어제 오전에 히가시비치에서 떠오른 사체가 도련님이라는 거."

마사루는 말아 올린 데님 작업복의 셔츠 소매를 내리며 얼굴을 문질렀다.

"지금 처음 들었어."

"구도 씨는 어떻게 어젯밤에 이미 그 사실을 알고 있었을까?"

턱을 괴고 앉아 있던 유키야가 몸을 일으켰다.

"글쎄, 구도 씨는 마치코 사장님 맘에 든 사람이잖아? 마치코 사장님한테 들은 게 분명해. 마치코 사장님은 경찰에도 어느 정도 영향력이 있고."

"아, 그렇군."

지아키가 다시 침묵하자, 유키야가 웃었다.

"구도 씨는 마치코 사장님이 시켜서 조사하는 거 아닐까? 도련님에 대해서."

"조사하다니, 뭘?"

"그게 십이 년 전에 가출해서 그 후로 행방불명이 된 거잖아? 지금까지 어떻게 살았는지 모르면 곤란하지."

"곤란하다니?"

"정말 머리가 둔하네, 누나."

유키야는 답답하다는 표정을 지으며 금발을 쓸어 올렸다.

"저기 있지, 지금 하자키 FM은 시의 보조금이 끊길지도 모르는 상태야. 마치코 사장님은 그 밖에 빌딩 임대업도 하고 신용금고도 하고 있으니, 그쪽이 잘되면 시의 보조금이 깎여도 별문제 없겠지만."

"그래도 지금은 최악의 불경기인걸."

실제로 하자키 FM이 있는 마에다 마치코 오피스 소유 빌딩의 이삼 층에는 입주자가 없다.

"그러니까 결국 마치코 사장님은 돈이 궁하단 얘기야. 알아?"

"그 정도는 알아. 그래서."

지아키는 눈을 크게 떴다.

"그렇구나, 히데하루의 유산……."

"겨우 눈치챘군."

기노우치 유키야가 으스댔다. 카페오레가 야옹 하고 울었다.

"마에다 히데오 씨가 죽었을 때 재산은 도련님과 여동생인 마치코 사장님에게 상속됐지? 도련님이 상속한 재산은 아마 베니코 아주머니가 관리하고 있을 거야. 하지만 죽은 거라면 그 돈은 몽땅 고모인 마치코 사장님한테로 가."

"만약에 도련님이 결혼도 하지 않았고 아이도 없으면 말이지."

지아키가 손바닥을 짝 하고 쳤다.

"그렇구나. 그러니까 지금 구도 씨는 마치코 사장님의 명령으로 히데하루의 사생활을 조사하고 있어. 가출한 후에 어디에 있었고 무엇을 했는지. 그 힌트를 옛날 친구한테서 알아내려고 한 거였어. 유키야, 훌륭해. 지금까지 멍청하다고 생각했던 거 사과할게."

"뭐라고?"

유키야가 손을 들어 올렸을 때, 방울이 울렸다. 마사루가 반사적으로 어서 오세요, 하고 소리쳤다. 들어온 건 하자키 경찰서의 고마지 형사반장과 이쓰키하라 경사였다.

"지아키, 아까는 미안."

이쓰키하라는 어깨까지 닿는 유키야의 금발을 곁눈으로 뚫어져라 쳐다보면서 붙임성 있게 말을 걸어왔다. 한번 올 거라곤 생각했지만 설마 이렇게 빨리 올 줄은 몰랐네 하고 속으로 생각하면서, 지아키는 긴장해서 의자를 권했다.

"비어 있군."

오늘의 추천 커피인 모카커피를 두 잔 주문한 후에 이쓰키하라가 가게 안을 둘러보며 중얼거렸다. 지아키는 뾰로통했다.

"두 시부터 세 시까지는 가게가 가장 한가한 시간대예요. 점심시간도 끝났고 휴식을 하며 차를 마시기에는 아직 이르고."

"지아키는 이런 시간에 뭘 하고 있지?"

"늦은 점심. 피디가 갑작스러운 볼일이 생겼다면서 사라졌거든요. 그 사람 대신 한 시부터 온에어 체크라는 걸 했어요."

"온에어 체크라니?"

"방송 사고가 있나 없나를 방송 중에 회사에 있으면서 확인하는 거예요. 솔직히 사고가 일어나도 내가 할 수 있는 일은 없으니 제작 담당자가 자리를 지켜야 하는 건데."

"피디란 건 그 구도 씨 말인가?"

고마지 반장이 끼어들었다. 지아키는 의자를 빙글 돌려 카운터로 다가가 대답했다.

"네, 그런데요."

"마치코 사장님한테 찍혔나, 그 사람?"

이쓰키하라가 물었다. 지아키와 유키야는 얼굴을 마주 봤다.

"그럴 리가요. 구도 피디는 도쿄의 라디오 방송국에서 피디를 하고 있었는데 하자키 FM의 개국이 결정됨과 동시에 마치코 사장님이 스카우트해 왔어요. 그냥 신임이 두터운 정도가 아니에요. 그렇지?"

유키야가 고개를 크게 끄덕이고 헤헤 하고 웃었다.

"한때는 구도 피디가 마치코 사장님의 애인이라는 말도 돌았던 모양이에요. 사실은 아니었지만."

"잠깐 유키야, 너 어떻게 그런 걸 알지?"

"오기와라 씨한테 들었어."

오기와라 부이치는 마흔이 넘은 프리랜서 구성작가인데, 도쿄의 텔레비전 방송국에서 대형 프로젝트에 관여하고 있어 바쁘다는 말을 입버릇처럼 하면서도 하자키 FM 라디오 방송국 내의 데스크를 하나 점령해 연락처까지 그리로 해놓고는 하루도 빠짐없이 방송국에 나와 어슬렁거린다.

"그런 나불나불 아저씨가 하는 말 진짜로 듣지 마."

"어라, 지아키 누나 얼굴이 왜 빨개지지?"

아버지는 그렇다 치고 형사들까지 쳐다보자 지아키는 주먹을 쥐었다.

"오기와라 씨 탓에 있지도 않은 소문이 나서 엄청나게 힘들었던 적이 있어요. 아, 생각만 해도 열받네."

"헤, 그건 처음 듣는 얘긴데."

"유키야가 우리 회사에서 아르바이트를 하기 전이야. 내가 입사한 지 얼마 안 됐을 때니까."

"그래, 무슨 일이었는데?"

"내가 구도 피디한테 마음이 있다는 소문이 돌았었어. 있지, 난 일을 시작한 지 얼마 안 된 상태에서 구도 피디하고 팀을 이루어 하루 스물네 시간 내내 함께 있었거든. 그러고 싶어서 그랬던 게 아니야. 하여간에 오기와라 아저씨가 지아키가 구도를 따라다닌다는 소문을 냈어. 그것으로 끝났으면 다행이게. 구도 피디가 그 소문을 듣고는, 지아키 미안하군, 나한테는 그런 마음이 없어, 하는 거야. 훗 하고 앞머리를 입바람으로 불어 올리면서 말이지. 식은땀이 다 날 정도였어, 정말. 누가 그런 시대극에 악당 사무라이로 나올 것 같은 놈을 좋아한대."

"지아키, 그러지 말고 그 구도 피디라는 사람을 우리 가게에 한번 데려와봐라."

묘한 표정으로 듣고 있던 마사루가 잔을 꺼내면서 진지하게 말했다.

"잠깐만요, 아빠. 제발 그만두세요. 내 얘기를 듣고도 그러시기예요?"

유키야와 이쓰키하라가 동시에 웃음을 터뜨렸다. 마사루가 무슨 말을 하려다 말고 어깨를 으쓱하더니 잔에 커피를 따랐다.

"하지만 오늘 아침 사장실에서 나올 때는 뭔가 굉장히 기분이 안 좋은 느낌이었어. 난 그래서 마치코 사장님과 사이가 아주 나쁜가 보다 하고 생각했지."

지아키가 노려보는 걸 느끼며 이쓰키하라가 서둘러 말했다.

"아, 그건요."

지아키와 유키야는 다시 얼굴을 마주 보고 유키야가 조금 전까지 했던 이야기를 간결하게 반복했다. 두 형사는 집중해서 들었다.

"그럼, 구도 씨는 마치코 사장님의 부탁으로 죽기 전까지 마에다 히데하루의 족적을 찾고 있는 건가?"

"아마도요. 하긴 이건 우리의 상상이니까 근거는 없지만."

지아키가 한계선을 그었으나 유키야가 그걸 지워버렸다.

"아, 확실하다니까요. 글쎄 오늘 구도 피디가 지아키 누나에게 억지로 온에어 체크를 떠맡긴 건 전화를 끊고 난 후였다고요."

"전화라니?"

"열두 시 반 지나서 구도 씨의 휴대전화가 울렸어요. 그래 어디 살았었는데? 틀림없지? 하는 소리가 들렸어요. 저기, 언젠가 구도 피디가 자랑했잖아요. 흥신소에 아는 사람이 있다고."

"구도 씨가 탐정을 고용해서 도련님의 소재를 조사시켰단 말이지. 그래서 뭘 찾아내긴 했나?"

"떡은 떡집에서라잖아요. 아마추어가 조사하는 것보다는 안전하고 확실하겠죠."

지아키는 앞머리를 잡아당기며 입을 삐죽 내밀었다.

"하지만 그거 이상하지 않아?"

"어디가?"

"생각해봐. 도련님의 사체가 발견된 건 어제 오전이야. 그 정보가 마치코 사장님한테 바로 갔다 해도 겨우 하루 만에 뭘 알아낼 수 있었겠어? 아무리 우수한 탐정일지라도 그렇게 바로 도련님의 소재를 찾아낼 수 있었을까?"

"의외로 가까이에 있었을 수도 있잖아요."

"그렇다면 어째서 십이 년이나 몰랐다는 거야. 도련님이 없는 동안에 아버지가 돌아가셨어. 보통 상식으로는 그때 모든 수단을 동원해서 찾았다고 봐야지."

"그야 뭐, 맞는 말이지만."

유키야는 형사들을 바라봤다. 고마지는 떨떠름한 표정으로 모카커피를 홀짝였다. 이쓰키하라가 헛기침을 했다.

"무슨 힌트가 있었던 게 아닐까? 예를 들어 편지가 왔다든가."

"아아, 그렇지."

지아키가 고개를 끄덕였다.

"시노부가 지난주에 마에다 히데하루의 이름으로 편지가 왔다고 했어. 그래서 주소를 알았나?"

"그랬다면 굳이 흥신소를 고용할 것까지야."

"그러게요."

지아키는 이마를 득득 긁었다. 이쓰키하라가 고개를 갸웃하고는 물었다.

"지아키가 말한 시노부 말이야, 혹시 그 마에다 시노부인가?"

"네. 좀 전까지 이 가게에 있었어요. 시노부도 제 소꿉친구 중 하나라고 할 수 있지요. 시노부는 진달래 고서점의 베니코 아주머니한테 자주 왔었으니까."

"지금 그 고서점에 들렀다 왔는데 비어 있는 것 같더군."

이쓰키하라에게 대답한 건 마사루였다.

"베니코 여사님은 오늘 저녁에 입원하실 예정인데, 그것 때문에 장을 보러 나간 건 아닐까요? 급히 결정된 입원이라 이것저것 바쁘겠죠."

"입원?"

소리를 지른 건 지아키가 아니라 유키야였다.

"큰일이다. 형한테 알려줘야지."

5장

어느 도둑의 노래

1

그날 오후 일곱 시 지나서 하자키 경찰서 수사과의 회의실에서는 '하자키 히가시비치 변사체 수사본부' 두 번째 회의가 열렸다.

우선 현장 부근의 탐문수사에 대한 보고가 있었다. 시즌 전의 이른 아침인 데다가 춥고 흐린 날씨라서 조깅하러 나온 사람은 거의 없었다.

"다만 여섯 시 오 분에 도착한 요코하마선 열차에서 내린 손님 중에 사체와 비슷한 남자가 있었다고 하자키역 역무원이 증언했습니다. 하얀 셔츠에 하얀 면바지, 하얀 스니커를 신었는데 온통 하얀색이어서 인상에 남았답니다."

"여섯 시 삼십 분경 개를 산책시키러 나왔던 노인이 비치에서 흰색 복장을 한 사람을 목격했습니다. 사체가 발견된 장소보다 일 킬로미터쯤 남쪽입니다만. 날이 흐렸고 멀어서 남잔지 여잔지 불분명했다고 했어요. 사체와의 관련성은 불명확합니다."

"여섯 시 삼십 분 지나서 비치 근처의 편의점에 배송하러 온 트럭 운전수가 해변을 걷는 남녀를 목격했습니다. 남자 쪽은 키가 크고 여자는 유모차를 밀고 있었던 것 같다고 했습니다. 남자는 하얀 복장, 여자는 검은 복장이었던 것 같다는데 멀리서 힐끗 본 정도라서 확실하지는 않습니다."

"일곱 시 조금 전에 비치 근처 노상에서 세 명의 남자를 봤다는 정보가 있습니다. 출근 중이던 샐러리맨의 말인데, 세 명 중 한 명의 복장이 흰색이었답니다."

"마찬가지로 일곱 시 조금 전에 비치 C형 주차장에 검은 차가 세워져 있는 걸 인근에 사는 주부가 목격했습니다. 타고 있던 건 중년보다 조금 나이가 더 든 여성, 또 한 명은 확실치는 않지만 남자인 것 같았다고 합니다."

"이날 만조는 오전 일곱 시 일 분. 간조는 오후 두 시, 사체는 바닷물이 빠져나가면서 함께 바다로 딸려 들어갔지만, 멀리 가지 않고 해안선을 따라 이리저리 떠다녔던 것으로 보입니다."

간단히 말해 수확은 전혀 없었다. 이쓰키하라는 맨 뒷자리에서 단전에 힘을 넣었다. 발언 순서가 돌아온 것이다.

이쓰키하라는 고마지가 턱으로 지시하는 것을 보고 자리에서 일어나, 마에다 마치코가 유체를 조카 히데하루라고 분명하게 인정했고, 그 죽음을 자살이라고 했다는 것, 그 근거로 히데하루의 사체가 갖고 있던 편지를 내밀고 유서라고 주장했다는 것 등을 보고했다.

"그렇다면 이 건은 끝난 거군."

서장이 잘됐다는 표정을 지으며 코밑을 문지르더니 당장이라도 회의를 끝낼 태세를 취했다. 이쓰키하라는 당황해서 편지지가 바닷물에 잠겼었다고 보기에는 지나치게 깨끗하다는 말을 덧붙였다.

"더구나 워드 프로세서로 작성한 거였어요. 내용을 봐도 유서라고 단언하기에는 좀 그렇습니다만."

"무슨 말을 하고 싶은 건가, 자네?"

서장이 거북하다는 듯이 손을 흔들었다. 이쓰키하라는 정색을 했다.

"자살로 치부해버리기에는 이상한 점이 너무 많습니다. 우선 마에다 마치코의 태도가 석연치 않습니다. 히데하루의 최근의 행적은 조사하지 마라, 자살이니까 경찰은 손을 떼라고 주장하는데 이상하지 않나요?"

"뭐가 이상해?"

서장도 지지 않고 정색을 했다.

"마치코 사장은 큰 사업가에다 부자야. 스캔들을 피하고 싶은 건 당연하지 않나? 경찰이 움직이면 얘기가 새어 나가기 마련이지. 어쩌면 십여 년 전 히데하루의 실종과 이번 죽음을 이용해서 마치코 님, 에헴, 마치코 사장을 함정에 빠뜨리려는 사람이 있을지도 몰라."

"그렇게 말씀하신다는 건, 서장님도 마치코 사장에게 동기가 있다는 걸 인정하시는 거군요."

고마지가 뽑은 코털을 휙 불어 날리고 끼어들었다. 서장은 흠칫하며 몸을 뒤로 뺐다.

"이봐, 무슨 말을 하는 건가, 고마지 반장."

"마에다 베니코가 관리 중인, 히데하루가 아버지한테서 물려받은 유산은 히데하루가 죽으면 고모인 마치코의 것이 됩니다. 꽤 거액이겠죠."

"하, 함부로 말하면 곤란해. 보나마나 그런 어리석은 소릴 하는 사람이 나올 테니까, 그야말로 비밀리에 해결하려고 마치코 사장이 그러는 거야."

"그러니까 히데하루가 최근에 어디에서 무엇을 했는지 이쪽에서도 파악해둘 필요가 있지 않겠어요?"

이쓰키하라는 서둘러 서장의 말을 가로막았다. 서장은 떨떠름한 얼굴을 했다.

"자살로 결말난 수사를 계속할 수는 없어."

"자살로 결말나? 거짓 유서와 그로 인해 이익을 얻는 사람의 말만 믿고? 우리 경찰이 해마다 대담해지는군."

고마지가 들으라는 듯 이쓰키하라에게 속삭였다. 서장이 무섭게 눈을 부릅떴다.

"거짓 유서라니, 말이 너무 지나치군."

이쓰키하라는 하마터면 고마지가 원래의 편지를 복사해두었다고 말할 뻔했다. 고마지가 그걸 눈치챘는지 얼른 책상 밑에서 부하의 다리를 찼다. 이쓰키하라는 필사적으로 움직일 수 없는 증거를 짜냈다.

"편지는 과학수사연구소에 제출했습니다. 오늘이라도 정식 회답이 있겠지만 담당자가 웃었어요. 안에까지 바닷물이 스며든 봉투에 들어 있던 편지가 이렇게 깨끗할 리 없다고. 그건 가짜예요. 서장님."

"만약에 가짜라 하더라도 말일세."

서장이 땀을 닦으며 응전했다.

"거기에는 틀림없이 그 나름의 이유가 있었을 거야."

"어떤 이유인지는 몰라도 경찰을 속여도 되는 건 아니죠."

"그 점에 대해서는 유감의 뜻을 표명하겠네. 하지만 정상참작이라는 것도 있고, 말이야 어쨌든, 융통성 있게 대응해야 한다는 거야."

회의실의 맨 앞과 맨 뒤에서 주거니 받거니 하는 말을, 탁구 시합을 구경하듯 고개를 좌우로 돌리며 듣고 있던 다른 형사들에게서 실소가 새어 나왔다. 서장은 주먹으로 책상을 두드렸다.

"시끄러워. 어쨌든 마에다 히데하루는 자살했어. 이 건은 중지다. 가뜩이나 적은 예산을 쓸데없는 데 쓸 수는 없어."

"잠깐만요."

항의의 소리를 질렀으나 소용없었다. 이상이다, 하고 서장은 의자를 박차고 나가버렸다. 고마지는 양손을 벌리고 어깨를 으쓱했다.

"알기 쉬운 남자군. 저래가지고야 출세할 수 있겠어, 어디?"

참으로 미덥지 못한 회의가 끝나고, 이쓰키하라와 고마지는 '독자 회의'를 하기 위해 나란히 밖으로 나왔다. 불경기 때문에 대형 슈퍼가 철수한 하자키역 빌딩의 빈 공간은 몇 개월 전부터 '스테이션 비어 파크'라는 뷔페 형식의 거대한 비어홀이 되어 있었다. 일 인당 삼천오백 엔을 내면 맥주를 중간 크기 잔으로 두 잔까지 마실 수 있고, 안주는 맘껏 먹을 수 있다. 세 시간 이상 앉아 있을 수 없으므로 필요 이상으로 오래 있게 되지 않는 데다 심야 두 시까지 영업을 한다.

가게 안은 의대생과 퇴근길 샐러리맨으로 북적북적했다. 어느 그룹이나 시끄럽게 스트레스를 발산하고 있어서 무슨 얘기든 자유롭게 할 수 있는 것이 비어 파크의 좋은 점이라고 이쓰키하라는 생각했다. 머스터드를 듬뿍 바르지 않고는 도저히 먹을 수 없을 것 같은 소시지와 쉰내가 나는 볶음밥, 따뜻하게 데워진 후 뻣뻣해진 햄버거는 그럭저럭 참을 만했다.

"포기하는 건가요, 고마지 반장님? 차라리 그 진짜 복사물을 제출하고."

"끈질기군, 자네도."

고마지는 햄버거와 볶음밥, 삶은 양배추를 엉망으로 섞어 포크로 떠서 입안에 넣더니 얼굴을 찌푸리고 맥주와 함께 뱃속으로 밀어 넣었다.

"글쎄, 십이 년 전의 오명을 지울 수 있는 찬스 아닙니까."

"난 오명 같은 거 뒤집어쓴 적 없어. 게다가 자네 아직 눈치 못 챘군."

"뭘 말입니까?"

이쓰키하라는 두 번째 맥주를 홀짝이며 물었다.

"마치코 사장에게 조종당하고 있는 걸 말이야."

"넷, 제가? 농담 마세요. 저야 서장에게 저항하지 않았습니까. 자살로 수사를 끝내면 안 된다고."

"그러니까 더 그렇다고. 이봐, 자네가 그때 말했듯이 빈틈없는 여사장이 곧바로 거짓이라는 게 들통날 유서를 내놓은 건 이상해. 그렇지?"

"네, 글쎄. 하지만 그건 시간이 없어서."

"그야, 마치코 사장 본인이 공작하려고 생각했다면 확실히 시간이 없었지. 하지만 오늘 자네의 후배한테서 들은 얘기로는 사내에 공들여 키운 사원이 있었어. 그 녀석한테 시키면 되잖아. 워드 프로세서로 좀 더 그럴듯한 유서를 만들고 잠깐 바다까지

가서 바닷물로 적셔가지고 돌아와 드라이어든 뭐로든 말린다. 간단한 일이야. 그사이에 마치코 사장은 눈물도 나오지 않는데 유체 앞에서 대소동을 일으키면서 충분히 시간을 벌어놓고는, 유서는 사장실에 놓고 왔습니다, 비서를 시켜 가지고 오게 하지요, 하면 되는 거야."

"그건, 고마지 반장님 말이 맞네요. 하지만 아무리 믿는 부하라 하더라도 유서 위조에 협조할지 어떨지도 모르고, 거꾸로 약점을 잡힐 수도 있지요."

"글쎄. 하지만 그 밖에도 방법은 있었겠지. 기절한 척하고 유서를 다음 날 보내겠다고 할 수도 있고."

"그건 좀, 일부러 그런 것 같다고 생각하지 않을까요?"

"뭐가? 위조 유서를 내미는 것보다 훨씬 둘러대기 쉽잖아."

이쓰키하라는 알코올로 흐릿해진 머리로 고마지의 말을 검토해보고는 마지못해 고개를 끄덕였다.

"알았습니다. 하지만…… 그래서 뭐가 어떻다는 거예요?"

"유서가 가짜라는 것이 문제로 부각되는 바람에 그 변사체가 자살인지 아닌지 하는 것으로 쟁점이 좁혀졌다는 거야."

"네?"

고마지는 눈을 깜빡깜빡하는 이쓰키하라를 무시하고 일어나더니, 케첩을 잔뜩 뿌린 포테이토를 접시에 산처럼 쌓아가지고 돌아왔다.

"마누라가 프라이드 포테이토는 안 만들어줘. 튀김은 체지방의 적이라면서 말이야. 만들어줄 때도 있는데 그때도 케첩은 안 된다고 빼. 단맛은 몸에 나쁘다면서 말이야. 나는 케첩을 밥에 뿌려 먹는 것도 좋아하고, 국수를 국물에 마는 대신 케첩으로 비벼 먹는 것도 좋은데."

"고마지 반장님."

이쓰키하라가 목소리를 낮췄다.

"이런 건가요? 문제는 그 사체가 자살인가 아닌가에 있는 게 아니라, 그 사체가 정말로 마에다 히데하루인가 아닌가 하는 데 있다, 라는."

"자네도 먹을 텐가?"

고마지는 산처럼 쌓인 감자튀김 접시를 내밀었다. 이쓰키하라는 아무렇게나 감자를 쥐어 입에 집어넣었다.

"만약에 그 사체가 마에다 히데하루가 아니라면 히데하루의 사망은 인정되지 않고, 따라서 유산도 마치코 사장에게로 가지 않는 거죠. 히데하루의 유산을 맡은 마에다 베니코는 절대로 실종 신고를 하려 하지 않을 거고요. 마치코 사장이라도 베니코를 함부로 거슬렀다간 고모의 유산을 못 받을지도 모르니 섣불리 거역하지 못하겠지요. 마치코가 멋대로 히데하루의 실종 신고를 하려 했다는 게 베니코의 귀에 들어가면, 그 자리에서 베니코는 자신의 재산을 육영기금이나 다른 어떤 걸로 돌려버릴 테니까요."

"그걸 막기 위해서는 어찌 됐건 히데하루가 죽었다고 하는 움직일 수 없는 증거가 필요했을 거야. 상당히 재미있겠는걸."

고마지는 입술에 케첩을 묻힌 채 행복한 듯 중얼거렸다.

"뭐가요?"

"히데하루를 화장해버린 뒤에 마치코 사장이 어떤 유서를 꺼내놓을지 말이야. 그때 그 자리에서 숨긴 걸 사과드립니다. 진짜 유서는 이쪽입니다. 자, 여기 이렇게 이런 내용이, 하면서 바닷물에 젖은 유서를 내밀 거야. 마치코 사장은 분명 거기서 손수건을 꺼내 눈물을 닦겠지. 이런 것이 세상에 알려지면 있는 오해 없는 오해 다 불러올 것 같아서, 하지만 생각해보면 잘못된 일이었어요, 역시 뭔가를 숨기는 건 좋지 않아요, 경찰에는 큰 폐를 끼쳤습니다, 하고 말하겠지."

이쓰키하라는 고마지가 내는 가성을 참을 수 없어서 남은 맥주를 단숨에 입안으로 부어 넣었다.

"고마지 반장님이 복사해둔 진짜가 나올 거라는 생각은 안 하세요?"

이쓰키하라가 초조해져서 말허리를 꺾었다. 고마지는 반쯤 풀린 눈으로 부하를 봤다.

"있을 수 없지. 그렇게 하면 자살설이 완전히 뒤집혀버리잖아."

"아, 그렇군."

"자, 도깨비가 나올지 뱀이 나올지. 마치코 사장이 내밀 유서에 어떤 불미스러운 내용이 쓰여 있을지. 다음 주, '제45화 밝혀진 진실'을 기대하시라."

"아침에 하는 멜로드라마를 너무 많이 본 건 반장님이네요. 이제 우린 어떻게 하죠?"

"우선 가장 빠른 방법을 시도해보고."

고마지는 빙긋이 웃고 새끼손가락에 묻은 케첩을 날름 핥았다.

"마에다 베니코, 여사요? 여사한테 유체를 보여주자는 거죠?"

"히데하루의 유체가 병원 영안실에 안치되어 있다는 걸 알면, 꼭 보려 들 거야."

"유체가 아직 병원에 있을까요? 마치코 사장은 베니코 여사가 이번 건에 끼어드는 걸 굉장히 싫어하는 것 같던데."

"다행히 오늘은 도모비키(도모비키는 무엇을 해도 승부가 나지 않는다는 날. 이날 장례를 치르면 친구가 죽는다고 해서 꺼림—옮긴이)야. 밤샘 의식은 내일 밤이고. 날씨까지 이러니, 유체를 자택으로 옮기는 건 내일이 될걸."

"하지만 어떻게 베니코 여사 귀에 정보가 들어가게 하죠?"

"걱정 마."

고마지가 빙긋이 웃었다.

"방법이 있어."

2

시노야마 마이가 귀가한 건 밤 아홉 시가 지나서였다.

"다녀왔어요. 늦어서 미안."

요양 침대에 누워 로맨스소설을 읽던 어머니는 희미한 신음으로 대답하고, 읽던 책을 천천히 덮어 한옆에 놓았다. 마이는 휴식 시간에 역 앞 과일 가게에서 사둔 앵두를 냉장고에 넣고 방을 둘러봤다.

그럭저럭 깨끗했다. 언젠가처럼 주스가 쏟아져 있지도 않았고 감자칩이 방 안에 흩어져 있지도 않았다. 어머니의 손이 닿는 곳에 놓아두었던 주먹밥과 샌드위치도 깨끗이 먹은 상태였다.

"오늘은 호텔 일이 하루 종일 힘들었어. 아침 일찍부터 밤늦게까지 계속이었거든. 다들 차례차례 감기로 쓰러져버렸다지만, 그게 말이 돼? 5월에 감기라니. 아마 술에 취해서 못 나온 걸 거야."

어머니가 또 희미한 신음을 냈다. 마이는 호텔 손님 흉을 보면서 스타킹을 벗고 편한 옷으로 갈아입고 화장을 지웠다. 얼굴을 씻고 머리를 묶어 올리고서야 겨우 정신이 들었다. 어머니가 연속해서 신음을 냈다.

"괜찮아. 저녁은 지배인이 사줬어. 이렇게 일하는데 당연하지. 엄마는 어땠어? 미나야마 씨가 뭘 좀 먹여줬어?"

일주일에 두 번 가정부를 불러서 유이를 돌보고 청소도 하게 한다. 마이는 뭘 만들어놓았나 하고 냄비를 들여다보았다. 또 스튜다. 가정부가 만드는 화이트 스튜가 맛있다는 건 인정하지만, 먹이기 쉬워서 만드는 게 아닌가 하는 생각이 들었다.

"내일은 쉬는 날이니까, 우리 채소를 많이 먹자, 엄마. 고기 넣고 감자조림도 만들어 먹고. 또 푸성귀 유부초조림, 가지랑 호박이랑 연근튀김에, 전갱이 회도 먹고, 오이랑 미역초무침도 해 먹고. 그것 말고 또 뭐 먹고 싶은 거 있어?"

어머니가 웅얼거렸다. 마이가 소리 내어 웃었다.

"그래. 오래간만에 팥 넣고 찰밥도 할까?"

어머니를 씻기고 뒤이어 자신도 목욕을 했다. 어머니는 욕조 속에 앉아서 귀 뒤를 잘 씻어라 하는 뜻의 소리를 냈다.

둘은 개운해져서 욕실 밖으로 나와 창문을 열고 시원한 바람을 맞으며 찬 앵두를 먹었다. 마이는 오른손으로 어머니를 먹이고, 왼손으로는 자기 몫을 먹었다. 앵두는 싱싱하고 달았다. 채널을 〈블루 나이트 하자키〉로 맞추고 와타나베 지아키의 목소리에 귀를 기울였다. 담백하고 올곧은, 애교를 떨지 않는 지아키의 목소리를 어머니는 좋아한다.

로컬 뉴스 순서였다. 히가시비치의 사체는 마에다 히데하루, 그 죽음은 자살로 보인다, 라고 원고를 읽어가는 지아키의 목소리가 어쩐지 놀란 것 같았다.

"그러니까 내일 밤에는 밤샘 의식이라니까."

귓가에서 쨍쨍 울려대는 전화기 속 어머니의 목소리에 마에다 시노부가 희미하게 눈썹을 찌푸렸다.

"엄마는 일이 바빠서 도저히 준비할 시간이 없으니까 시노부네가 지휘를 해야 돼."

"지휘라니, 뭘요?"

"히데하루 오빠의 밤샘 의식 말이야. 실제로는 장의사 사람들이 와서 할 테니까 넌 그 사람들이 이상한 짓 하지 않게 감시만 잘 하면 돼."

시노부는 멍하니 주위를 둘러봤다. 일 층 현관 로비, 먼지와 거미줄로 뒤덮인 샹들리에, 지저분한 계단 카펫.

"카펫 좀 빨라고 할까요?"

"뭐, 그것까지 할 건 없어. 무도회를 열 것도 아닌데. 게다가 죽은 사람이 죽은 사람이니만큼 우리 가족만 참가할 거야. 삼동사의 주지 스님을 모셔 올 거고, 나머지는 나하고 너, 그리고 친척 몇 분이 오실 뿐이야. 작은 거실을 청소해놓으렴. 거기는 히데하루한테 추억이 많은 방일 테니, 밤샘 의식을 하기에 더할 나위 없이 좋아."

"베니코 고모할머니는요? 퇴원하셨어요?"

마치코의 목소리가 갑자기 날카로워졌다.

"고모가 입원한 건 누구한테 들었니?"

"고모할머니한테서 전화가 왔었어요. 그래서 저녁때 병원에 다녀왔어요."

시노부가 머뭇머뭇 대답했다. 혀 차는 소리가 가볍게 난 후에, 마치코의 어조가 부드러워졌다.

"심장이 나쁘시니까 히데하루 오빠 얘기는 하지 않는 게 좋겠다, 시노부야."

"히데하루 오빠의 장례식을 고모할머니 없이 해요?"

"물론, 그렇게는 하지 않을 거야."

마치코가 안절부절못하며 대답했다.

"밤샘 의식 뒤에 화장을 해놓고, 고별식과 밀장(공식적인 장례 전에 집안 식구끼리 치르는 장례―옮긴이)은 고모님이 건강해지신 뒤에 할 생각이야."

"먼저 태우는군요?"

시노부가 천진하게 물었다. 전화 건너편에서 숨을 깊게 들이마시는 소리가 들렸다.

"무슨 말을 그렇게 하니? 그래도 네 사촌 오빠 아니니. 어릴 때는 너를 많이 예뻐했잖아. 기억 안 나니?"

마치코와 히데하루의 어머니 하쓰호의 다툼이 심해졌을 때, 히데하루가 시노부를 연못에 밀쳐 넣었었다. 그때의 히데하루의 얼굴은 또렷하게 기억났다.

"히데하루 오빠의 얼굴이라면 기억이 나요. 피부가 하얗고……."

"바보 같은 소리. 넌 아주 어릴 때잖니. 히데하루의 얼굴이 기억날 리 없어."

마치코는 딸의 몽롱한 추억 얘기를 딱 끊어버리고 덧붙였다.

"어쨌든 밤샘 의식 준비는 너한테 맡겼다. 필요하면 홈 클리닝 서비스를 부탁해라. 잘 알았으면 어서 빨리 자."

전화가 끊겼다. 시노부는 맨발로 계단을 올라가 자기 방으로 뛰어 들어가서는 라디오에 귀를 기울였다. 고양이 울음소리가 나오는 하자키 신용금고 광고가 흐르고 있었다.

침대에 대자로 누워 시노부는 생각했다. 밤샘 의식이 쓸쓸해서 아쉬워. 만약에 사람들이 많이 와서 옛날 파티 때처럼 북적이면, 이 저택도 멋진 장소로 돌아갈 수 있는데.

마법이 풀린 잠자는 공주의 성같이.

지아키의 경쾌한 목소리가 들리기 시작했다. 영화음악 특집이었다. 내용은 뭐라도 좋았다. 어차피 잘 알지도 못하니까.

기분 좋게 잠이 들기 직전에 시노부는 어떤 사실을 기억해내고 작게 웃었다.

미안해요, 엄마. 나 벌써 엄마의 지시를 어겼어요.

아이자와 마코토는 베개 위에서 머리를 이리저리 움직였다.

메밀껍질이 가득 들어 있는 딱딱한 베개였다. 햇볕에 잘 말린 이불과 풀 먹인 시트는 기분이 좋았지만, 남의 집 냄새가 나서 아무래도 마음이 안정되지 않았다. 게다가 아까부터 어디선지 모르게 쥐가 호두를 깨무는 것 같은 소리가 들려왔다. 깨물고 있는 것이 책이 아니라 호두라면 그나마 좋겠는데.

마코토에게 주어진 방은 진달래 고서점 이 층의 한 평 반짜리 남향 방이었다. 오래된 책방답게, 이곳도 책이 햇볕에 바래지 않게끔 북향으로 되어 있었다. 이 층에는 상점가 쪽의 북향 방이 두 개, 그리고 이 한 평 반짜리 남향 방이 있다.

"이쪽 방은 책으로 가득 찼고."

마에다 베니코는 방으로 안내하면서 미안한 듯이 말했다.

"다른 방은 내 침실이야. 좁아서 불편하겠지만 햇볕만큼은 잘 들 테니까, 참고 쓰라고."

벽장도 없는 한 평 반짜리 방, 머리맡에 스탠드와 이불 한 벌이 놓여 있는 것 말고는 전등조차 없었다. 하지만 책꽂이로 가득 찬 지난번 아파트의 방을 생각하면, 오히려 넓은 편이었다. 고다마 부동산이 옮겨준 차에서 당분간 입을 옷과 세면도구를 가지고 올라왔는데 그것도 대단한 양은 아니었다. 남쪽을 향해 난 창문으로 좁은 골목이 내려다보였다. 골목길은 잡초가 날 정도로 황폐했고 건너편에 서 있는 빌딩에는 이쪽을 향한 창이 없었다. 어쨌든 공짜라는 걸 생각하면 고마울 정도로 좋은 방이었다.

마코토가 방으로 짐을 옮기고 나자, 베니코는 열쇠를 주고 욕실과 부엌 사용법, 계산대나 현금 다루는 방법, 쌓여 있는 책의 분류법 등에 대해 설명해주었다. 그리고 팔아도 좋은 책과 팔면 안 되는 책에 대해 자세하게 강조했다.

입주가 일단락될 무렵에는 벌써 한 시가 지나 있었다. 입원 전에 맛있는 걸 먹어두고 싶다는 베니코의 희망에 따라 둘은 마코토의 차를 타고 가마쿠라산으로 가이세키 요리(일본의 전통 코스 요리 — 옮긴이)를 먹으러 갔다. 부자라고 호언한 것이 허언은 아닌 듯, 베니코는 그곳에서 융숭한 영접을 받았다. 후지산과 바다가 보이는 최고의 방으로 안내되었는데, 고서점에서의 작업을 생각해서 무릎이 나온 청바지에 색 바랜 티셔츠, 너덜너덜한 스니커 차림새였던 마코토는 마음이 영 불편했다. 덕분에 음식 맛도 제대로 느낄 수 없었다.

베니코는 왕성한 먹성을 발휘해 차례로 나온 요리를 말끔히 먹어치웠다.

"어떻게 된 거야? 이 음식점은 우리 집에서 파티를 할 때도 부르는 일류 음식점이야. 가격도 일류지. 여간해선 이런 음식 못 먹어볼걸. 어서 더 먹어."

"네."

마코토는 푹신푹신한 방석 위에서 엉덩이를 움찔하고 화제를 바꿨다.

"가게 일은 이제 대강 알겠는데요, '로맨스 축제' 쪽은 어떻게 하면 좋을까요?"

"전화를 받아줘야 해. 축제와 관련된 연락이 오면 용건을 메모해뒀다가 매일 저녁 일곱 시쯤 병실에 와서 보고를 해줘. 그 즉시 내가 병원에서 필요한 연락을 취할 거니까."

"전화를 할 수 있나요?"

"그래. 내가 입원할 특실에는 전화가 딸려 있어."

베니코는 당연하다는 투로 말하고 등을 쫙 폈다.

"축제와 관련해서 연락을 하는 건 네다섯 명일 텐데, 주로 축제 운영위원회 부위원장인 오가타 후미코라는 여자한테서 연락이 올 거야. 가마쿠라에 사는 유복한 변호사 부인이지. 아주 유능해서 실질적으로는 그 사람이 모든 일을 다 처리해. 충고를 하자면 그 여자를 만날 땐 바쁜 척하는 게 좋아. 움직이는 건 고양이라도 끌어다가 일을 시킬 사람이니까."

"네."

"카운터 옆에 로맨스 축제와 관련된 자료를 스크랩해놓은 것이 있을 거야. 중요한 건 대충 카운터 주변을 찾으면 나와. 뭐든 곤란한 일이 생기면 바로 병원으로 달려오라고. 그렇게 걱정할 일은 없을 거야. 아, 그리고 그 가게에 혼자 기거한다는 사실을 쓸데없이 여기저기 얘기하지 말고. 덧문도 잘 닫고. 무슨 일이 있을까 봐 걱정이니까."

여자 혼자 사는 건 베니코도 마찬가지였을 테지만, 고다마 부동산의 태도로 보아 이곳에서 마에다 베니코를 화나게 할 짓을 할 바보는 없을 것이다. 마코토는 고개를 크게 끄덕였다.

"현금은 신용금고의 야간 금고에 넣고 가게에는 가능한 한 두지 않도록 할게요. 가게를 닫으면 카운터를 비우고 나머지는 머리맡에 두고요. 책이 팔리면 노트에 제목과 가격을 기재하고, 빈 책꽂이는 말씀하신 대로 차례차례 메워나가겠습니다."

"좋아. 그렇게만 하면 돼."

베니코는 만족한 듯 고개를 끄덕였다.

"그리고 내가 가게를 볼 때는 마음에 들지 않는 손님한테는 책을 안 팔았지만, 마코토는 그렇게 할 수 없을 테지. 그런 건 적당히 처리하도록 해."

"네."

"카테고리 로맨스 같은 건 가끔 여러 권을 한꺼번에 사가는 손님이 있는데, 그럴 땐 조금은 깎아줘도 돼. 그건 정말 장소만 차지하니까. 개중에는 링 하워드같이 인터넷에서 삼만 엔이나 하는 희귀본도 있지만 대부분은 예정조화를 얘기하는 동화들이야. 뭐, 그게 좋아서 읽겠지만. 007류의, 주인공은 절대로 죽지 않는 모험소설 같은 거지."

카테고리 로맨스라는 건 영어로 육만 단어 정도의 짧은, 일정한 양식에 따른 로맨스소설을 말한다. 할리퀸이나 실루엣 로맨스 같은 거다.

"사장님은 카테고리 로맨스는 안 읽으세요?"

"이제 살날도 얼마 안 남았다고 생각하니 아무래도 거기까지는 손이 안 가. 카테고리 로맨스 팬이 열어놓은 홈페이지를 들여다보다가 화제가 된 책은 한번 훑어보긴 하지. 그래도 난 역시 오래된 고딕 로맨스가 좋아."

애기가 고딕 로맨스 쪽으로 옮겨오자, 베니코는 젊음이 돌아온 듯 심장이 나쁘다고는 도저히 생각할 수 없을 만큼 얼굴에 생기가 돌았다.

"마이클 애벌런이라는 작가 아나? 탐정소설도 쓰고 텔레비전 드라마를 소설화하기도 한 작가야. 고딕 로맨스도 썼는데, 읽으면 웃음이 나오지. 자신이 만든 사립 탐정의 이름을 여자 이름으로 바꿔서 펜네임으로 사용했거든."

신이 나서 시간 가는 줄 모르고 그런 애기를 나누다가 오는 도중에 마코토가 쓸 휴대전화를 사느라 시간을 더 지체하기도 한 탓에, 서점으로 돌아왔을 때는 이미 해가 졌다. 마코토는 병원까지 배웅을 하겠다고 했으나, 베니코는 완강하게 고개를 저었다.

"앞으로 열흘간은 마코토가 진달래 고서점의 임시 주인이야. 쓸데없는 걱정 말고 가게 일만 확실하게 해줘."

"하지만 짐이 있잖아요."

"아는 사람한테 부탁해서 오늘 아침에 병원에 갖다 놨어. 병실은 701호실이야. 입원 중에 갈아입을 옷은 가정부가 가져와줄 거야. 그럼 부탁해."

베니코는 한 손에는 작은 백을 들고 다른 손에는 점심때 들른 가이세키 요리점에서 만든 도시락을 늘어뜨린 채 재빨리 뒷문으로 나갔다. 그렇게까지 말하는데 따라 나갈 수가 없어서 마코토는 가게에 남아 눈에 띄는 곳을 대충 청소하고 덧문을 닫았다. 일찌감치 차를 끓여 도시락을 먹은 마코토는 목욕을 한 다음 하자키 로맨스 축제 자료와 가게에 있던 대니얼 스틸의 책 한 권을 가지고 이 층으로 올라가 이불 속으로 들어갔다.

하지만 자료도, 여주인공의 파란 많은 생애도 머리에 들어오지 않았다.

어둠 속에서, 마코토는 이리저리 몸을 뒤척였다. 역시 서점 보는 일은 안 맞는 게 좋지 않았을까. 인생과 생활에 변화를 주고 싶기는 했지만 이건 조금 지나친 게 아닐까.

그렇지만 이미 시작해버린 일. 이제 와서 되돌릴 수도 없고.

그렇지만.

고민에 고민을 거듭하며 이리저리 뒤척이던 마코토의 귀에 쥐가 식사할 때와는 완연히 다른 소리가 들려왔다.

소리는 아무래도 아래층에서 들려오는 것 같았다.

3

와타나베 지아키는 뭉친 어깨를 주무르면서 교차로를 건넜다. 교차로 화단의 시계를 보니 열두 시 삼십 분이었다.

또 아빠한테 설교를 들을 거야.

지아키의 아버지 마사루는 이해심이 상당히 많은 편이지만, 커피숍 마스터만 해봤지 회사 생활 경험이 없다. 열한 시에 프로그램이 끝나니까 걸어서 오 분 거리도 안 되는 하자키 FM에서 가게까지는 아무리 늦어도 가게 문을 닫는 열두 시까지 귀가할 수 있다는 것이 마사루의 주장이다. 하지만 프로그램 종료 뒤에도 계속 걸려오는 전화에 응대를 해야 하고, 팩스, 메일 같은 것도 체크해야 하고, 때로는 상사의 지시에 따라 평가 회의를 열기도 한다. 프로그램을 방송하는 것만으로 일이 끝나는 게 아니라고 아무리 설명해도 잘 이해가 안 되는 모양이었다.

스물일곱이나 먹은 딸을 좀 내버려둬달라고 말하고 싶은 맘이 굴뚝같지만, 바쁘게 일하느라 집안일의 대부분을 아버지에게 맡겨버린 터라 그럴 수도 없었다. 지칠 대로 지쳐서 집에 돌아가 설교를 들은 뒤에 야식을 먹고 목욕을 하고 다음 날 방송 프로그램의 구성을 짤 일을 생각하니 넌더리가 났다. 지아키는 혀를 차면서 빠른 걸음으로 히가시긴자 아치를 지나갔다. 구도와의 사이에 있었던 소문은 아버지가 들어서는 안 되는 것이었다. 괜히 엉뚱한 추측을 할 게 아닌가.

끊임없이 걸려오는 전화를 받느라고 퇴근이 이렇게 늦은 거다. 주로 '마에다 히데하루의 자살'에 놀란 동창생들의 전화였다. 지아키도 원고를 읽다 깜짝 놀랐지만, 정작 원고를 적어준 구도가 프로그램 종료와 함께 또다시 사라져서 상세한 내용은 잘 모른다.

이쓰키하라는 히데하루의 죽음을 자살이라고는 말하지 않았다. 이것저것 알아내려 했던 태도로 봐서 그들은 그걸 자살이라고 생각하지 않는 것 같았다. 히데하루의 '자살' 보도에는 마치코의 의도가 느껴졌다. 구도는 아무래도 마치코 사장의 지시로 그 원고를 썼을 것이다. 유키야가 말했듯이 히데하루의 죽음이 마치코에게 거액의 유산을 가져다주는 거라면 그 죽음이 언제까지나 미해결로 남아 있어서는 곤란할 것이다. 자살이 가장 빠른 길일 테고, 마치코 사장에게도 무난하리라.

생각에 골몰한 탓에 브라질을 지나치고 말았다. 지아키는 발길을 돌리려다 그대로 멈춰 섰다.

어딘가 아주 가까이에서 비명이라고도 절규라고도 할 수 없는 소리가 들렸고, 이어서 한적한 밤의 상점가에 우당탕탕 꽈당 하는 소란스러운 소리가 울려 퍼졌다.

진달래 고서점에서 나는 소리였다.

베니코 여사는 오늘 저녁에 입원한다고 아버지가 그랬다.

그럼.

그 즉시 지아키는 있는 힘껏 소리를 질러대면서 고서점과 중화요리점 후쿠후쿠 사이의 좁은 통로를 빠져나갔다. 바로 그때 왼쪽에서 나타난 사람 그림자와 쾅 하고 부딪쳐 둘 다 땅 위에 넘어졌다. 어제 비가 온 뒤라서 서점의 뒷길은 아직 젖어 있었다. 일어서려다 다시 털썩 주저앉으면서 지아키는 네팔제 천 가방으로 힘껏 사람 그림자를 후려쳤다.

"이, 이, 도둑놈. 이놈."

"아야, 아니라니까. 그게 아니라."

"뭐야, 도둑이 뻔뻔스럽게. 누구 없어요? 사람 살려요."

잘 훈련된 지아키의 목소리는 굉장히 멀리까지 들렸다. 여기저기서 창문이 열리는 소리가 났다. 구깃구깃한 러닝셔츠에 도라에몽 무늬 트렁크스 차림새인 후쿠후쿠의 주인이 잘 닦인 중화냄비를 한쪽 손에 들고 뒷문에서 나타났다.

"도둑은 어디야?"

"고이케 아저씨, 이놈이에요."

"아니야, 아니라니까."

"영차."

후쿠후쿠의 주인은 두 발로 버티고 서서 중화냄비를 크게 들어 올려 내리쳤다.

"앗, 그만……."

슬리퍼를 신고 뛰어나온 지아키의 아버지 마사루가 멈춰 세우려고 뛰어들었을 때는 이미 늦었다.

"정말, 믿을 수 없어."

아이자와 마코토는 이마에 거대한 반창고를 붙여주는 지아키와 후쿠후쿠의 주인 고이케 이사무를 번갈아 노려봤다.

"아니라고 하는 말이 안 들렸어요? 느닷없이 그런 쇠냄비로 때리다니. 그러다 죽으면 어떻게 하려고 그래요?"

"정말 죄송합니다. 그, 그렇긴 해도, 참 그 소리만큼은 좋았는데. 안 그래요?"

"그게 참, 정말 그래요. 하자키 최고의 명찰 다이로쿠산 삼동사에서 치는 제야의 종소리에도 뒤지지 않을 만큼……."

"상해죄로 고소당하고 싶어요?"

마코토의 섬뜩한 시선에 부딪친 지아키와 고이케는 고개를 숙였다. 마사루가 구급상자를 닫고 뜨거운 김이 오르는 우유를 날라 왔다.

"혹시 모르니까 내일 뇌파를 찍어보세요. 있는 힘껏 때린 게 아니라서 괜찮을 것 같지만요. 물론 비용은 내가 부담하지요."

"그렇게까지 하지 않아도 돼요. 물론 코피가 나거나 두통이 있거나 하면 지체 없이 병원으로 갈 거지만요."

소리만큼 아프지 않은 건 사실이었다. 순간 고개를 움츠린 것,

브라질의 주인 마사루가 중간에 끼어든 것, 진짜 도둑일지라도 죽일 작정은 아니었던 고이케가 적당히 내리친 것. 이 모든 것이 알맞게 조합되어 큰일이 벌어지지 않을 수 있었다. 마코토는 그 냥 있는 대로 화가 났을 뿐이다.

어째서 나한테는 계속 이런 일이 생기지?

"진달래 고서점을 봐주고 있는 분, 계십니까?"

방울이 울리면서 경찰관이 브라질로 들어섰다. 마코토는 뾰루 퉁한 얼굴로 네, 하고 손을 들었다. 경찰관은 신원 조사부터 시 작해서 서점을 맡게 된 경위를 자세하게 물었다. 스스로 얘기하 면서도 참으로 의혹투성이로 들리겠구나 하고 생각했지만, 와타 나베 마사루가 옆에서 말참견을 해준 덕에 적어도 지아키는 믿 는 것 같았다. 베니코의 성격을 잘 알아서겠지.

"하자키에 달리 아는 사람은?"

안타깝게도 경찰관은 반신반의 상태인 모양이었다. 마코토는 짓궂은 마음이 들었다.

"하자키 경찰서의 이쓰키하라 미쓰루 경사요."

"호오, 어떤 관계이신가?"

"호텔 비용을 내주는 관계예요."

지아키가 그만 뜨거운 우유를 뿜었다. 경찰관은 얼른 화제를 바꿨다.

"그래서, 에에, 계단 아래 소음을 들은 건 몇 시였습니까?"

"열두 시 반 조금 전이었을 거예요. 머리맡의 손목시계를 봤으니까. 하지만 처음에는 그냥 기분 탓이겠거니 했어요. 어찌 됐건 처음 묵는 곳이고 신경도 날카로운 상태였으니까요. 그런데 요전번에 베니코 사장님이 난 부자야, 하셨을 때 마스터가 위험하다고 말리셨잖아요."

마사루는 고개를 끄덕이고 간단히 설명했다. 마코토가 계속해서 말했다.

"그때 일이 생각나서 혹시 모르니까 확인하자 하고 계단을 내려가면서 누구냐고 했죠. 계속 뭔가 딱딱한 것을 갉고 있는 것 같은 소리가 나서 쥐겠거니 하며 말한 건데 갑자기 손전등 빛이 정면으로 나를 비추는 게 아니겠어요. 깜짝 놀라서 발을 잘못 내딛는 바람에 단숨에 계단 아래까지 미끄러져 떨어졌어요. 그 소리에 놀란 사람 그림자는 뒷문으로 뛰어나갔고요. 난 그래도 허리를 움켜쥐고 필사적으로 뒤를 쫓아 나왔는데."

마코토가 지아키를 힐끗 쳐다봤다. 지아키는 웃음을 참고 있었지만 마코토의 시선을 느끼고는 짐짓 얌전한 표정을 지었다.

경찰관이 볼펜으로 관자놀이를 긁었다.

"잠깐. 아이자와 씨는 계단 중간에서 아래를 봤다. 그러자 손전등 불빛이 비쳤다. 그랬다면 그 외에는 아무것도 보이지 않았겠군요."

"그야 그렇죠. 눈이 부셨으니까."

"그럼 어떻게 그게 사람 그림자라는 걸 알죠? 게다가 소리에 놀란 것까지."

마코토가 입을 딱 벌렸다.

"뭐예요, 그럼 고양이가 손전등을 들고 날 비추기라도 했다는 건가요?"

때마침 카페오레가 야옹 하고 울었다.

"그게 아니라. 다만 당신은 그 그림자를 사람이라고 단정할 만큼 앞이 보이지는 않았다는 거지요."

"당신 말이에요."

마코토는 우유 잔을 테이블에 놓고 팔짱을 꼈다.

"그야 보이지 않았지요. 하지만 사람이라는 것 정도는 알 수 있잖아요. 사람이 아니라면 뭐예요. 오랑우탄 그림자라도 된다는 건가요? 난 여기가 하자키의 히가시긴자라고 생각했는데 실은 모르그가(에드거 앨런 포의 추리소설 「모르그가의 살인」에 나오는 거리 이름 — 옮긴이)라도 되나요?"

"그렇게 흥분하지 마세요."

경찰관이 허둥지둥 달래려는데 방울이 울리면서 다른 경찰관이 나타났다.

"뒷문 자물쇠가 망가졌어요. 도둑은 아무래도 그쪽으로 침입한 것 같습니다."

"그것 보세요. 원숭이가 어떻게 자물쇠를 비틀어 열어요."

의기양양해서 경찰관을 힐난하는 마코토에게 또 한 명이 착실히 말했다.

"아니요, 비틀어 연 게 아닙니다. 그 뒷문은 싸구려 합판으로 만든 거라서요. 자물쇠 주위를 동그랗게 잘라냈어요. 조각도 같은 것으로 합판에 구멍을 내고 거기에 톱을 끼워 넣어 잘랐다면 시간도 그리 오래 걸리지 않았을 겁니다."

쥐가 호두를 갉아먹는 소리는 아니었던 거다.

"프로가 한 짓인가요?"

"아니요, 아마도 아마추어일 거예요. 죄송하지만 가게 쪽으로 함께 가주시겠습니까? 없어진 게 있는지 확인을 해주셨으면 해서요."

마코토는 마사루에게 감사 인사를 하고 브라질을 나왔다. 어디에 숨어 있다가 나타났는지 상점가는 구경꾼으로 넘쳐났다. 그 시선이 일제히 잠옷 차림의 마코토에게 쏠렸다. 지아키가 따라와서 마코토의 팔을 잡았다.

"괜찮아요? 뭐하면 오늘 밤엔 우리 집에 묵어요."

"그거, 고마운 얘기네요. 하지만 내가 맡은 가겐데 비어 있게 놔둘 수는 없죠. 그보다도 이 주변에 야간에도 문을 여는 열쇠수리점이 없을까요? 열쇠보다 문을 다시 달아야 하겠지만."

둘은 뒷문에 도착해서 문을 유심히 살펴봤다. 경찰관이 설명한 대로 망가져 있었는데, 문틀에 손잡이가 남겨져 있었다. 골목에 접한 집 뒤쪽 쪽문은 처음부터 열쇠가 없어서 열린 채였다.

"내일 아침까지 기다릴 수밖에 없겠는걸. 그나저나 베니코 사장님이 안 계실 때라서 다행이야. 가게 보는 일 맡길 잘했군. 내가 없었으면 아주 엉망이 됐을 테니까."

"한 번 더 사과하겠는데, 베니코 아주머니가 입원한다는 건 알고 있었지만, 난 누가 가게를 볼 거라곤 생각도 못 했어요."

"갑자기 결정된 거예요. 그냥 자연스럽게 말이죠. 그래서 오늘, 이라고나 할까, 벌써 어제가 되네. 베니코 님이 입원하시면서 내가 대신 여기 묵게 된 거예요."

"베니코 아주머니가 입원하고 바로 말이지요. 마코토 씨가 맡지 않았다면 오늘 밤 서점에는 아무도 없을 뻔했네. 도둑에게는 절호의 기회였네요, 이건."

지아키는 묘한 얼굴이 되어 중얼거렸으나, 마코토의 귀에는 들어오지 않았다. 마코토는 복도에 서서 망연자실한 채 다실을 바라봤다.

"우아앗, 너무해. 책이 엉망이 됐잖아. 잠깐."

마코토가 경찰관의 멱살을 잡았다.

"이거 어떻게 할 거예요. 이 산처럼 쌓인 책들은 베니코 사장님이 굉장히 소중히 여기는 거고 복잡기괴한 분류를 해둔 거란 말이에요. 난 원래 상태로 못 돌려놔요."

"경찰이 한 게 아니에요."

경관은 버둥버둥하며 대답했다.

"도둑이 한 겁니다. 내가 달려왔을 때는 이미 이렇게 되어 있었어요."

지아키는 호기심에 방을 들여다봤다. 확실히 심했다. 중앙의 다다미 부근이 둥글게 비어 있는 것 말고는 팔방에 책이 산더미처럼 쌓여 있었다. 그 일부가 난폭하게 밀쳐져 가게의 카운터 쪽으로 눈사태가 난 것처럼 무너져 내려 있었다.

울상이 된 마코토는 헨리 제임스가 쓴 서간과 값비싼 서양 고서 종류가 없어지지 않은 걸 확인하고, 방 안을 빙그르르 둘러본 뒤에 도둑맞은 것은 없다고 확인했다.

"다행이네요."

지아키는 마음이 놓인다고 말했으나, 마코토는 돌아다보지도 않았다. 마코토는 제멋대로 흩어진 책의 산을 둘러본 뒤 머리를 움켜쥐면서 말했다.

"그것보다 이걸 어떻게 원래 상태로 되돌려놓느냐고. 여주인 공의 직업별로 분류되어 있었던 건데. 저기요. 혹시 내 뒤에 불에 타 문드러진 여자가 서 있지는 않나요?"

6장

만날 땐
언제나 시체

1

맥주 탓이라기보다 비어 파크의 지나치게 맛없는 음식 탓이겠지. 이쓰키하라는 복통에 시달리느라 잠을 제대로 못 잤다. 때문에 늦잠을 자다 정신을 차렸을 때는 열 시가 이미 지나 있었다.

가능한 한 눈에 띄지 않게 수사과로 뛰어들었는데, 들어서는 순간 웃음소리에 휩싸여 우뚝 섰다.

"아, 안녕하세⋯⋯."

또다시 폭소. 무슨 일인지도 모른 채, 이쓰키하라는 신문을 펼치고 있는 고마지 반장에게 다가가 넥타이를 매며 속삭였다.

"늦어서 죄송합니다. 저, 무슨 일이 있었나요?"

"어젯밤에 자네 애인이 원숭이한테 습격을 당했대."

이쓰키하라는 살집이 좋은 상사의 얼굴을 멀거니 바라봤다.

"네?"

"읽어봐."

고마지는 수사보고서 복사본 한 부를 이쓰키하라에게 밀었다.

"절도 미수와 불법 침입? 어젯밤? 헉, 진달래 고서점?"

보고서와는 별도로 메모가 한 장 딸려 있었다. 그걸 읽고 이쓰키하라는 꽥 하고 비명을 질렀다.

"그 제1발견자 언니 아니야! 완전히 잊고 있었는데."

고마지는 부들부들 떠는 부하를 향해 느긋하게 말했다.

"호텔에 하룻밤 재워주고 나서 뒷수습을 하지 않았군. 덕분에 이 난리야."

"이게 내 탓이란 말입니까?"

이쓰키하라가 달려들었다. 고마지가 손사래를 치며 말했다.

"뭐, 그거야 아무래도 좋지만."

"좋지가 않아요."

"문제는 마에다 베니코가 입원한 날 밤에 서점에 도둑이 들었다는 거야. 자네의 명예보다 그게 더 중요해. 뭐, 상관없잖아. 처자가 있는 것도 아니고, 애인 하나나 둘쯤."

"남의 얘기라고 그렇게 쉽게 말하지 마세요."

이쓰키하라는 내심 사실이라면 모를까, 하고 생각하다가 정신이 들었다.

"고마지 반장님, 마에다 히데하루 건과 이 도둑 사이에 무슨 관계라도 있다는 건가요?"

"보고서에 의하면, 아이자와 마코토가 진달래 고서점을 봐달라고 부탁받은 건 이웃에서도 거의 몰랐어. 베니코 여사가 입원한 당일 밤이고 아이자와 마코토가 가게를 열기 전이잖아. 그러니 이웃에서 모르는 게 당연해. 바로 그럴 때 도둑은 문손잡이를 잘라내는 대범한 방법으로 침입했어. 하지만 가게는 비어 있지 않았지. 도둑은 아이자와 마코토를 보고 놀라서 도망을 친 거야."

"우연일까요?"

"글쎄. 브라질의 주인장에 의하면 베니코가 공공연하게 자기가 부자라고 말했다는군. 그때 가게에 있던 손님 중에 서점을 자기 사냥터로 안성맞춤이라고 생각한 놈이 있어도 이상할 거 없지. 하지만 어젯밤에 든 도둑이 브라질에 있던 손님이라면 아이자와 마코토가 가게를 보게 됐다는 사실을 알고 있었을 거 아냐. 하지만 도둑은 그런 사실을 몰랐으니 딴 놈이야."

"아니, 제 말은 그런 뜻이 아니에요."

이쓰키하라가 목소리를 낮췄다. 마에다 히데하루의 수사는 겉으로는 끝난 것으로 되어 있다.

"히데하루의 사체를 발견한 여자가 이번에는 그 고모할머니의 가게를 맡게 된 것이 우연이냐 아니냐 하는 겁니다. 아이자와 마코토, 도대체 정체가 뭘까요?"

"그건 자네가 가장 잘 알잖아. 어쨌든 자네의 애인이니까."

"그만 하세요, 그런 농담."

이쓰키하라가 미간을 찌푸렸다.

"일단 신원을 조사해둘까요?"

"도둑 건은 다른 형사들이 움직이고 있어. 그래도 역시 신경이 쓰인다면 자네 혼자 움직여. 난 달리 할 일이 있으니까."

"그러고 보니 베니코 여사에게 히데하루의 사체를 보이겠다고 한 얘기는 어떻게 됐죠?"

"실패했어. 마치코 사장이 베니코 여사의 병실을 완전히 봉쇄해버린 모양이야. 하지만 감시하는 간호사가 말하는 걸로 봐서는 베니코 여사는 히데하루의 사체가 발견된 걸 알고 계셔. 그래서 국면이 바뀌면 좋겠지만. 자, 그럼 나가볼까."

"어디로요?"

고마지가 빙긋이 웃고 손목시계를 봤다.

"시민의 협력을 청하러 가야지."

"그 얘기는 벌써 끝난 줄 알았는데요."

하자키 FM 프로듀서 겸 디렉터 구도 고이치로는 침착하기 짝이 없는 태도로 형사들을 상대했다.

"끝났다고 말씀하시면?"

고마지 반장은 응접실에 느긋하게 앉아 있었다. 지아키의 얘기를 들은 탓인지 이쓰키하라는 구도가 왠지 싫었다. 구도는 지방의 작은 라디오 방송국 사원 같지 않게 의기양양한 태도였다.

앞머리가 이마를 덮은 얼굴에 눈초리는 길게 째졌고 눈알은 번득였다. 거기에 고급스러운 블루 스웨이드 구두를 신은 긴 다리를 이것 보라는 듯이 꼬고 앉았다. 돈이 제법 있는 품새다.

"마치코 사장님께 히데하루 씨 건이 자살로 마무리됐다고 들었습니다. 댁의 서장님도 찬성하셔서 수사가 종결됐다고요. 종결된 수사에 협조하라고 말씀하시니, 어떻게 해야 할지."

"수사가 중지됐어도 서류 업무는 남아 있어서요. 경찰의 수사가 불충분하다는 질타를 받는 일이 많아진 건, 구도 씨도 아시죠."

이쓰키하라는 반감이 솟아오르는 것을 필사적으로 억눌렀다.

"그러시다면."

"요 십이 년간, 마에다 히데하루는 소식이 없었습니다. 그런데 어디에서 어떻게 지냈는지, 가족은 없는지, 서류상 문제를 정비해두지 않으면 안 되죠. 만약에 히데하루 씨에게 아이나 부인이 있으면……."

"히데하루 씨가 호적이나 주민등록을 옮겨가지 않은 건 확실하지 않습니까?"

구도가 무뚝뚝하게 대답했다. 이쓰키하라는 냉정하게 말을 계속했다.

"하지만 내연의 처에게도 상속상의 권리가 있다는 것 정도는 아실 것이고, 혈연이 입증되면 그 아이는 당연히 히데하루 씨의 재산을 상속받을 겁니다."

"아이 같은 건 없어요. 게다가 어떻게 입증을 합니까? 혈액검
사나 DNA 감정인가요? 하지만 내일이면."

구도는 비웃는 표정을 짓다 화들짝 놀라 웃음을 지우고 두 형
사를 쳐다봤다.

"어째서 그렇게 비협조적입니까? 마치코 사장님도 그러시더
니."

고마지는 구도의 말을 못 들은 척하며 화제를 바꾸면서 이쓰
키하라를 찔렀다.

"저희들도 범죄와 관계없는 한, 귀찮게 고개를 들이밀 생각
따윈 없습니다. 다만 서류 작성에 협조해달라는 부탁을 드린 것
뿐입니다. 구도 씨, 구도 씨가 흥신소를 고용해서 마에다 히데하
루에 대해 정보를 모으고 있다는 거 다 알아요. 알아낸 걸 가르
쳐주면 되지 않습니까. 아니면 뭔가 가르쳐줄 수 없는 이유라도
있는 겁니까?"

"가정 내의 일이에요. 경찰에게 알릴 필요까지야."

"그럼, 구도 씨도 마치코 사장님의 가족인가요?"

"내가 언제 그런 말을 했나요? 당신, 도대체 무슨 생각으로."

구도는 갑자기 화를 내며 이쓰키하라를 노려봤다. 이쓰키하라
도 지지 않고 일어섰다. 고마지가 자자, 참지들, 하고 끼어들었다.

"죄송하군요. 젊은 사람이 말하는 방식을 잘 몰라서. 이쓰키

하라 군, 자네는 밖에서 머리를 좀 식히고 오게."

쫓겨나 밖으로 나오는데 와타나베 지아키가 이쪽을 보고 킥킥 웃었다.

"선배, 안됐네요. 구도 씨는 툭하면 화를 내요."

"너도 고생하겠구나. 그런데."

이쓰키하라가 주위를 둘러봤다. 오 층 플로어는 언뜻 봐도 사람이 적었다.

"거기가 사무실이야?"

"그런데요?"

"구도의 책상은?"

"그 행운목 화분 옆. 잠깐, 선배?"

이쓰키하라가 구도의 책상으로 달려가더니 아무도 이쪽에 신경 쓰지 않는 걸 확인하고는 서랍을 열었다. 서랍 속은 명함과 플로피 디스크, 노트, 문고본이 뒤엉켜 엉망이었다. 이쓰키하라는 허겁지겁 서랍을 뒤졌다. 지아키가 어이없다는 얼굴로 다가왔다.

"주소록은 없나?"

"경찰이 이래도 되나?"

"일러바치면 지아키가 안내해줬다고 구도한테 말할 거야."

"그래, 생각났어요. 선배는 옛날부터 이런 성격이었지. 아."

툴툴거리면서도 착실히 도와주던 지아키가, 서랍에서 한 장의 명함을 꺼냈다. 이름은 '무라키 요시히로', 회사 이름은 '하세가와 탐정 조사소'라고 되어 있다. 이쓰키하라는 서둘러 수첩에 옮겨 적고 복도로 돌아갔다. 지아키가 따라왔다.

"선배, 구도 씨한테 혐의가 있는 거예요?"

"본인한테 물어봐. 지금은 화가 나서 입이 꽤 가벼울 거야."

"알았어요."

지아키가 빙긋 웃고 멀어져감과 동시에 응접실 문이 열리면서 고마지가 나왔다. 힐끗 바라보니, 구도는 소파에 다리를 꼬고 앉은 채 담배 연기를 마구 뿜어대고 있었다. 두 형사는 하자키 FM을 빠져나왔다.

"괜찮을까요?"

"뭐가?"

"마치코 사장을 통해서 서장한테로 말이 갈 텐데요."

"신경 쓸 거 없어. 말하라지 뭐. 그런데 수확은?"

이쓰키하라는 옮겨 적은 탐정의 이름을 보여주었다. 고마지의 눈썹이 흥미롭다는 듯이 치켜 올라갔다.

"이 녀석이라면 내가 잘 알아. 신주쿠에 있는 탐정이야. 좋아, 이쪽은 나 혼자서 맡도록 하지."

"고마지 반장님. 그건 안 되는데요."

"혼자인 게 나아. 경찰에서 나왔습니다, 하고 드러내놓고 탐문 형식을 취하면, 이런 녀석들한테서는 아무것도 못 알아내."

"저는 어떻게 하죠?"

"글쎄."

고마지는 개찰구를 향해 걸으며 내뱉었다.

"애인의 신원이라도 조사하는 게 어때?"

2

소란이 가라앉은 뒤에도 아이자와 마코토는 잠을 이룰 수가 없었다.

경찰이 물러간 후에 청색 테이프와 의자를 써서 바리케이드를 만들고 이불 속으로 들어갔지만 졸리기만 하지 영 잠이 들지 않았다. 그러다 새벽녘에 새 울음소리를 들으며 깜빡 잠이 들었나 본데, 몇 시간 후에 가옥 전체가 흔들흔들해서 눈을 떴다.

서둘러 옷을 갈아입고 내려가니 애써 만든 바리케이드는 사라지고 문짝마저 뜯겨 뻥 뚫린 공간으로 해가 비쳐 들었다. 고다마 부동산 사장이 바깥에 두 발을 떡 버티고 서서 일꾼으로 보이는 남자들에게 이것저것 지시를 하는 중이었다.

사장은 마코토를 알아보고는 아빠 황제펭귄만큼이나 걱정을 했다.

"어젯밤 일은 들었어요. 하필 베니코 여사님의 가게를 엉망으로 만든 못된 놈이 다 있다니. 금방 문을 새로 달고 열쇠도 새로 할게요."

"어머나, 정말 고맙습니다."

고다마 사장이 등 뒤에서 눈을 부릅뜨고 있어선지 순식간에 새 문이 완성되었다. 마코토는 슬리퍼를 신고 사장과 나란히 서서 문을 바라봤다. 떡갈나무 목재로 만든 문이 아침 해를 받아 반들반들 빛났다. 노커까지 달린 것이 사장 저택용 문이 아닐까 싶을 정도로 훌륭했다. 덕분에 낡은 가옥 전체가 더 낡아 보였다.

"이거라면 톱으로 자르는 짓 따위는 못 할 겁니다. 이제 안심하고 가게를 보십시오. 사실 슬슬 이 집 전체를 개축해야 할 때예요. 베니코 여사님은 싫다 이대로가 좋다 하고 고집을 피우시지만, 여사님에게 무슨 일이든 일어나면 그땐 이미 늦은걸요. 아가씨가 개축을 하시라고 권해주면 좋겠네요."

고다마 사장은 마코토에게 열쇠를 두 개 건네주더니 일꾼들을 데리고 떠났다. 그와 교대로 와타나베 지아키가 나타났다. 은쟁반을 들고 있었다.

"안녕하세요. 모닝 서비스예요. 방금 구운 보리빵 브리오슈에 카페오레, 삶은 달걀과 토마토 샐러드."

"그렇게 신경 쓰지 않아도 돼요. 코피도 안 나고 두통도 없으니까. 혹 난 데가 지끈지끈할 뿐이에요."

"신경 쓰지 말라니, 걱정 말아요. 오늘 아침뿐이니까. 우왓,

굉장한 문이네."

지아키는 심플한 한마디를 던지고 돌아갔다.

살짝 달콤한 맛이 도는 브리오슈는 맛있었다. 다 먹어치우고 나니 얼마간 힘이 났다. 무너져 내린 책더미를 바라보면 한숨이 나왔지만, 한 달 정도면 가게를 보는 틈틈이 조금씩 체크해서 원래 상태대로 분류할 수 있을 거다. 아마도.

브라질에 가서 쟁반을 돌려주고 가게로 돌아왔다. 바깥 덧문과 커튼을 열고 그런 김에 유리문도 열어젖히고 청소를 했다. 어젯밤의 구경꾼들이었을 상점가 사람들이 반쯤 장난삼아 말을 붙여오는 데 대꾸하면서 일을 하다 보니 열한 시나 되어서야 개점 준비가 끝났다.

개점.

마토코는 계산대 의자에 앉아 안도의 한숨을 쉬었다. 어차피 한동안 손님은 오지 않을 테지만 어젯밤 그만큼 소란이 있었는데도 이렇게 무사히 문을 열 수 있었다는 게 스스로 대견스러웠다. 마코토는 준비해둔 차를 옆에 두고 짐에서 담배를 꺼내 한 모금 빨았다.

"실례하겠습니다."

순간, 드르르륵 하고 여닫이 상태가 나쁜 유리문 열리는 소리가 나면서 손님이 들어왔다. 마코토는 벌떡 일어나 담배를 끄고 말했다.

"어서 오세요."

이런 인사를 하는 고서점은 없겠지 하고 깨닫고, 얼른 다시 의젓하게 자리에 앉았지만 뒤늦은 일이었다. 손님은 의아하다는 듯이 말했다.

"어머, 당신, 누구?"

"사장님께 가게를 봐달라는 부탁을 받았어요. 그런데……."

마코토의 인사는 목구멍에 달라붙어 사라졌다. 손님은 새로 단 뒷문보다도 더 인상적인 인물이었다. 나이는 사십 대 후반, 새까만 머리를 늘어뜨리고 주름을 하얀 가루로 메워 감췄다. 게다가 가슴 위에서는 영화 〈타이타닉〉의 중요한 소품이었던 목걸이 '대양의 심장'의 이미테이션이 반짝였다. 〈타이타닉〉이 유행했을 무렵 어디 통신판매 카탈로그에서 본 일이 있긴 하지만 어쨌든 화려하고 크고 어깨 결림을 더 악화시키는 것 외에는 사용 용도가 없을 거라고 생각한 물건이었다.

그런데 이 손님이 몸에 달고 있으니 이 '대양의 심장'조차 전혀 눈에 들어오지 않았다. '황실 앨범'이 아니고서는 본 적이 없지 않나 싶은, 챙이 넓은 보랏빛 모자를 쓰고 같은 천으로 만든 망토를 둘렀다. 그 아래도 세련된 재단의 보랏빛 정장. 역시 같은 천으로 된 신발에는 검은 비로드 리본을 달았다. 하얀 레이스 장갑, 하얀 지팡이, 하얀 거대한 핸드백. 푸들을 데리고 있지 않은 게 신기할 정도다.

"가게를 본다고요? 베니코 여사님께 무슨 일이 있으신가요?"

"넷, 어제부터 하자키 의대 부속병원에 검사를 받으러 입원하셨어요."

"어머나, 입원하셨다고요?"

"네에, 입, 입원입니다."

"아유, 어쩌지? 로맨스 축제 준비를 해야 하는데. 축제까지 이제 이 주일도 안 남았어요."

과장되게 소란을 피우는 손님을 보고 마코토는 정신을 차렸다.

"저는 아이자와 마코토라고 합니다. 베니코 사장님이 서점을 맡아보면서 로맨스 축제에 대해서도 전언을 하라고 하셨어요. 실례입니다만."

"어머, 송구스럽군요."

손님은 백에서 명함을 꺼냈다. 코를 막고 싶을 만큼 향수를 듬뿍 뿌린 보라색 명함에는 '로맨스 애호가'라는 별난 직함이 쓰여 있고 그 아래에 '오가타 후미코'라고 쓰여 있었다.

"오가타 후미코 님, 베니코 여사님께 말씀 들었습니다. 로맨스 축제 운영위원회의 실질적 책임자시죠."

"어머, 난 그냥 부위원장인데. 로맨스를 사랑하는 마음이 남보다 클 뿐이에요. 로맨스라는 이름이 붙은 거라면 뭐든 아주 좋아해요."

오가타 후미코는 소리높이 웃고 나더니 겨우 흥미가 동한 듯 마코토를 물끄러미 쳐다봤다.

"그런데 아가씨는 어느 분야죠? 카테고리? 대하? 역사? 고딕?"

"고, 고딕을 조금."

"베니코 여사님이 고딕을 좋아하시니까. 하지만 고딕 말고도 멋진 로맨스가 많아요. 『저 먼 곳의 연인』이라고 읽어봤나요?"

오가타 후미코는 신이 나서 설명을 시작하려다, 문득 시선이 다실 입구에 가닿자 입을 딱 벌린 채 그대로 굳었다. 책이 엉망이 되어 쌓여 있는 것을 본 모양이다.

"어젯밤에 도둑이 들었어요."

마코토가 얼른 말했다. 오가타 후미코의 뺨이 원래 상태로 돌아왔다.

"어머나, 그랬군요. 아가씨도 힘들었겠네요. 미안해라, 난 영락없이······."

"영락없이?"

오가타 후미코는 질문에는 대답하지 않고 눈썹을 쓱 치켰다.

"어쨌든, 이 가게는 손님이 많이 드나드는 가게가 아니잖아요. 아가씨도 지루하겠네요."

마코토의 뇌리에 베니코의 충고가 되살아났다. 마코토는 서둘러서 대답했다.

"아뇨, 그렇지도 않아요. 도둑이 엉망진창으로 만들어놓은 책도 분류해야 하고, 베니코 여사님께 메일로 보고도 해야 하고."

"컴퓨터를 사용하시는군요. 아유, 훌륭해라. 로맨스 축제 참가자분들께 초대장을 발송해야 해요. 행사 장소로 오는 교통수단을 알리고 참가비를 미리 은행에 부치도록 안내도 해야 하고. 그래서 말인데요. 백오십 명이나 되다 보니, 그게 제법 힘들어서, 호호호."

오가타 후미코는 큰 핸드백에서 차례차례 자료를 꺼내 카운터에 쌓아 올렸다.

"이쪽이 참가자 주소록, 그리고 이것이 메시지 초안, 베니코 여사님께 보여서 고친 다음 가능한 한 아름다운 서체로 인쇄를 해서 이번 주 중에 발송해주세요. 종이와 라벨 그리고 봉투, 우표도 모두 준비되어 있어요."

"아, 저……."

"그럼, 잘 부탁해요. 실례했습니다."

멈춰 세울 틈도 없었다.

오가다 후미코는 위풍당당하게 가게를 나갔다.

마코토가 보라색 인쇄용지, 빛을 비추면 나타나는 제비꽃 무늬가 들어간 봉투, 보라색 레이스로 가장자리를 두른 수취인 라벨을 앞에 두고 멍하니 있는데 또 손님이 들어왔다. 마코토의 입에서는 또다시 반사적으로 어서 오세요, 라는 소리가 튀어나왔고, 어라, 하는 소리가 뒤를 이었다. 들어온 건 하자키 로열 호텔의 프런트 담당 시노야마 마이였다.

마이도 가게 앞에 우뚝 섰다가 바로 싱긋이 웃으며 고개를 숙였다.

"아이자와 님, 이었죠?"

"네. 하지만 님은 그만두세요. 주객이 전도됐으니까."

마이는 웃고, 기분이 개운해진 듯 가게 안을 둘러봤다.

"베니코 여사님 병문안을 갔다 집에 가는 길이에요. 병원에서 못 만나게 해서 가게는 무사한가 싶어 들렀는데, 설마 아이자와 씨가 가게를 보고 있을 줄이야. 소개한 보람이 있네요."

"시노야마 씨는 베니코 여사님하고 친한가요?"

마이의 뺨이 살짝 긴장됐다.

"친척이에요. 봐도 돼요?"

마이는 카테고리 로맨스가 가득히 꽂혀 있는 책꽂이로 가더니 잠시 후 책 네 권을 골라서 돌아왔다.

"괜찮으면 한 권 더 가져가세요. 베니코 여사님이 이 종류의 로맨스를 사 가시는 손님께는 덤으로 한 권 더 드리라고 하셨어요."

"난 안 읽어요. 엄마가 좋아해요. 책이 가볍고 짧아서 기분 전환에 좋은 모양이에요. 특히 현실하고 동떨어진 역사물을 좋아하는 것 같아요. 참, 아이자와 씨가 편집한 《코지 타임》도 아주 맘에 들어 했어요. 외출을 거의 못 하니까 그런 유의 특집기사가 좋은가 봐요. 그런데 덤으로는 뭘 추천하시겠어요?"

"아멜리아 샘슨은 어떠세요? 리전시 로맨스('섭정'이라는 뜻의 리전시는 영국 조지 황태자의 섭정 기간과 그가 조지 4세로서 재위한 1811~1830년까지의 기간을 포함한다. 리전시 로맨스는 이 시대를 배경으로 한 로맨스소설이다―옮긴이)라면 알레슈저 몽크?"

"역시."

시노야마 마이가 프런트 담당의 가면을 완전히 벗고 빙긋이 웃었다.

"베니코 고모할머니가 가게를 맡길 만하네요."

마이가 책을 잔뜩 끌어안고 나간 지 삼 분도 지나지 않아 또 유리문이 열렸다. 들어온 건 성실해 보이는 중년 남자였다. 그는 곧장 페이퍼백 코너로 직행하더니, 오옷 하고 외치면서 한 권을 빼들었다. 책을 사서 나갈 때까지 일 분도 채 걸리지 않았다. 그가 나가자 이번에는 슬리퍼에 흰 옷, 지갑만 손에 든 여자가 왔다. 상점가 약국 점원인 모양이다. 기분 안 좋은 일이라도 있었는지 뚱한 얼굴로 카테고리 로맨스 중에서도 특히 에로틱한 묘사로 알려진 시리즈만을 움켜쥐고 사 갔다.

마코토는 책꽂이 아래 서랍에서 빠져나간 책의 재고를 꺼내 빈자리를 메웠다.

가게를 보는 일이 지루할 거라더니, 터무니없는 얘기였다. 베니코가 자리를 비운 걸 궁금해하는 단골손님이 대부분이었지만 길 가다 들른 손님도 있었다. 그들은 대부분 가게에 들어왔다가 로맨스소설만 있는 걸 보고는 흠칫 놀라서 바로 나갔다.

매상은 어떻든 간에, 손님은 생각보다 많았다. 마코토는 손님을 응대하는 틈틈이 초대장의 주소를 컴퓨터로 입력하다, 그 일에 지치면 다실에 산처럼 쌓인 책 중에서 몇 권을 뽑아 여주인공의 직업에 따라 분류하는 작업을 했다.

두 시가 지나서 배가 슬슬 고파지는데 또 손님이 왔다. 애교 있는 얼굴을 하고 그쪽으로 고개를 돌리던 마코토가 악 하는 비명을 입안으로 삼켰다.

하자키 경찰서 이쓰키하라 경사의 표정은 험악했다.

"설명 좀 해주시지."

"설명이라니, 뭘요?"

마코토는 천연덕스럽게 대답했다. 이쓰키하라가 맨손으로 카운터를 쳤다.

"당신 말이야. 난 오늘 아침부터 당신 덕에 경찰서 내의 웃음거리가…… 뭐, 그건 아무래도 좋다고. 당신이 어떻게 이 가게를 맡게 된 거지? 사정 청취 때 마코토 씨 당신은 이렇게 말했어요. 하자키에는 아는 사람이 없다, 여기에 온 건 회사에서 잘린 데다 아는 사람과 종교 문제로 싸우는 게 지긋지긋해져서 바다를 향해 나쁜 놈아 하고 소리를 지르기 위해서다, 라고."

"정말이에요."

마코토가 정색을 했다.

"이 가게에 대해서도 몰랐었어요."

"거짓말쟁이. 당신이 다니던 《코지 타임》이라는 잡지에 문의를 해봤더니 당신의 취미가 고서점 순례라던데. 그래서 고서점과 전문 서점의 특집 기획을 썼고 평판이 좋았더군. 이 서점에 대해서도 알고 있었지요?"

"몰랐어요. 뭐하면 잡지를 전부 뒤져보지 그래요. 이 서점에 대해선 한마디도 언급하지 않았으니까."

"언급하지 않았다고 해서 모르는 건 아니지."

이쓰키하라 형사는 쌀쌀맞게 말했다. 마코토는 욱했다.

"그래요? 나에 대해서 조사했어요? 경찰도 꽤나 한가하군요. 사체를 발견한 동네에서 어쩌다가 서점 보는 일을 하게 됐다고 그렇게까지 세심하게 대해주다니 영광이네요."

"어쩌다가? 그럼, 우연이라는 거요?"

"우연이 아니면 뭐냐고요."

"그 사체는 마에다 베니코 여사 조카의 사체였소."

"그러니까 그게."

말하다 말고 마코토는 그만 입을 다물었다. 잠시 후에 그녀가 말했다.

"……뭐라고요?"

"그래, 그랬었군."

새로 만든 뒷문 열쇠를 움켜쥐고, 베니코가 고개를 크게 끄덕였다.

마에다 베니코의 병실은 정말 특별실이었다. 새빨간 융단에 샹들리에, 레이스가 팔랑대는 침대 커버, 훌륭한 응접세트와 대리석으로 만든 세면대까지. 호화로운 방에 호화로운 침대, 엄청난 꽃다발, 눈을 확 잡아끄는 보라색 장미 화환—누가 보낸 건지 이름을 보지 않고도 알 것 같았다—에 파묻히다시피 한 베니코는 서점의 카운터에 자리 잡고 있었을 때에 비해서 몹시 작아 보였다.

"마코토가 해안에서 발견한 사체가 설마 히데하루였다니 그것 또한 묘한 인연이군."

"경찰은 저에 대해서 의심을 했던 모양이에요. 우연이 너무 많다, 베니코 여사 밑에서 일을 해서 뭘 어쩌려는 거냐, 하고 이쓰키하라 형사가 덮어놓고 고함을 치지 않겠어요."

마코토는 완전히 기겁을 해서 일도 손에 잡히지 않았다. 베니코의 병실로 전화를 해봤지만 연결되지 않자 세 시가 넘어가면서 더 이상 못 참고 가게를 닫고는 병실로 뛰어왔다. 병실로 들어오는 건 쉽지 않았다. 여우와 방울뱀을 합쳐서 나눈 것같이 생긴 간호사가 병실 앞에 버티고 앉아서 면회 사절이라는 것이었다.

새로 단 뒷문의 열쇠만이라도 전달하겠다, 아니 안 된다, 하며 주거니 받거니를 반복하고 있는데 와타나베 지아키가 기노우치 형제를 데리고 나타났다. 베니코가 입원한 사실을 알고 도쿄에서 왔다는 기노우치 미쓰히코가 무서운 얼굴로 간호사를 위협하는 사이에 마코토가 전선을 돌파했다. 베니코는 나머지 세 사람도 바로 안으로 들어오게 했다.

"그건 그렇고, 베니코 아주머니는 오늘까지 친척분의 유체가 발견된 사실을 모르셨나요?"

"그 유체를 도련님, 아니 히데하루 씨라고 마치코 사장님이 확인한 건 어제 점심때가 지나서였어요. 그제 유체가 발견됐을 때 소지품은 거의 없었던 모양이에요. 다만 히데하루 씨 이름으로 마치코 사장님께 보내는 편지만이 발견돼서, 사안이 사안인 만큼 경찰도 우선은 신중하게 혈액형이나 이의 흔적을 조사한 다음, 사체가 히데하루 씨인 것 같다고 짐작하게 된 시점에서 마치코 사장님께 확인을 요청했다나 봐요. 베니코 아주머니가 심장이 나빠 입원하셨다니까, 경찰도 아주머니께 말하긴 어려웠을 거예요."

지아키의 설명에 유키야가 눈을 크게 떴다.

"지아키 누나, 잘 아네."

"구도 씨한테서 알아냈어."

"저어, 사안이 사안이라니, 무슨 얘기죠?"

마코토가 조심조심 물었다. 지아키가 히데하루의 실종에 대해 얘기하고, 미쓰히코가 중학교 시절 히데하루에게 나쁜 짓을 한데 대해 베니코에게 사과하고, 마코토가 질문을 쏟아내며 시끌벅적 얘기하고 있는데, 특별실 문이 열렸다. 방울뱀이 병문안을 왔다가 내쫓긴 손님들이 가져온 꽃다발을 양팔에 안고 얼굴을 들이밀었다.

"병실에서 왜 이리 소란이에요? 이 환자분은 면회가 제한되어 있어요. 이제 슬슬 가주시죠."

일동이 풀이 죽어 잠잠하자, 베니코가 상반신을 일으키고 한마디 해줬다.

"말 함부로 하지 마. 난 병자가 아니야. 여기에는 검사를 받으러 온 거야. 자꾸 잔소리를 해대면 당장 퇴원해버릴 거야."

"여사님은 안색이 안 좋으세요. 식사도 거의 드시지 않았잖아요. 완벽한 환자예요."

"내 손으로 공들여 키운 조카손자가 자살을 했다는데 그 유체도 못 보게 하잖아. 그런데 밥이 넘어가겠어?"

"조카분이 여사님의 심장을 걱정해서……."

"입원비를 내는 건 마치코가 아니라 나야. 자랑은 아니지만 마에다 육영기금으로 도와준 의사는 여기 말고도 많아. 순천당이나 게이오대 부속병원으로 가서 진료를 받고, 하자키 의대에서 못 고친 병이 나았다고 떠들어댈 거야. 원장하고 담당 의사한테 그렇게 전해."

간호사는 입을 딱 벌렸다가 다물더니 빙그르르 발길을 돌려 나갔다. 미쓰히코가 어이쿠 하고 고개를 움츠렸다.

"베니코 아주머니, 무섭네요."

"열받아서 원. 마치코가 날 여기 가둬놓으려고 저 간호사한테 감시 역할을 맡긴 거야."

네 사람은 얼굴을 마주 봤다. 지아키가 대표로 물었다.

"마치코 사장님은 베니코 아주머니께 히데하루 씨의 유체를 보이지 않으려는 거군요. 그건 왜죠?"

"정말은 죽은 사실도 알리고 싶지 않았던 모양이야. 어젯밤에 시노부가 병문안 올 때 라디오를 갖다줬어. 지아키의 방송을 들었지. 히데하루가 자살했다는 뉴스를 들었을 때는 정말 놀랐어."

"……죄송해요."

"지아키 네가 사과할 일이 아니지. 뉴스를 읽었을 뿐이니까. 난 그 즉시 마치코한테 연락을 했지. 심장이 나쁘니까 얌전히 입원하고 있어라, 밤샘 의식은 오늘 할 거고 고별식은 퇴원 후에 할 거다, 하는 거야. 그리고 전화가 끝난 뒤에는 저 간호사가 와서 전화와 라디오를 다 가져가버렸어."

"제 휴대전화, 놔두고 갈까요?"

마코토가 말했지만 베니코는 고개를 저었다.

"아니, 그건 마코토가 가지고 있어. 또 도둑이 들지 않을 거라고 장담할 수 없으니까. 내가 갖고 있으면 어차피 또 가져가버릴 거야."

"이건 마치 감옥 같잖아. 너무하군. 베니코 아주머니, 그런 간호사 한둘쯤은 내가 당장이라도 처치할 수 있어요."

미쓰히코가 나섰다. 지아키가 가볍게 고개를 흔들었다.

"미쓰히코, 처자식이 있다는 거 잊었어? 간호사가 아무리 못됐다고 해도 함부로 손찌검했다가는 그냥 끝나지 않아."

"베니코 아주머니를 위해서라면 난 어떻게 되더라도."

"게다가 베니코 아주머니는 지금 마치코 사장님에게 저항하지 않는 게 좋아요."

지아키가 고개를 흔들고 계속했다.

"기분 나쁜 상상이지만 생각해보세요. 마치코 사장님이 왜 베니코 여사님에게 유체를 보이고 싶어 하지 않는지. 그건 어쩌면 그 유체가 히데하루 씨가 아니기 때문일지도 몰라요."

"그게 뭔 소리야, 지아키 누나?"

"유키야 네가 말했잖아. 마치코 님은 돈이 궁하다, 행방불명이었던 히데하루의 죽음이 확인되면 베니코 여사님이 관리하고 있는 히데하루의 유산이 마치코 사장님의 손으로 들어간다, 하고. 다른 사람의 사체든 뭐든, 히데하루의 이름으로 묻어버리면 결과는 마찬가지잖아."

"그렇게는 안 되게 돼 있어. 하지만 마치코는 그걸 아직 몰라."

베니코가 중얼거리고, 유키야가 다른 말을 했다.

"그렇지만 말야. 혹시 그렇게 가짜 도련님을 죽이고 나서, 진짜 도련님이 나타나면 어떻게 되는 거지? 게다가 혈액형하고 치아도 조사했을걸."

"그건 확실히, 문제지만."

기노우치 미쓰히코가 돌연 손바닥을 탁 쳤다.

"알았다. 이런 거야. 마치코 사장님은 마에다 히데하루가 죽기를 바랐어. 그래서 특별히 조건이 딱 맞는 녀석을 찾아내서 죽인 거야."

병실의 공기가 굳었다. 그러나 다음 순간, 유키야가 말했다.

"이까지 같은 사람은 없어. 비슷한 녀석이 있다 하더라도 도련님의 이 중에서 치료한 이가 어느 건가 하는 것까지는 모르잖아."

"그건 치과의사를 꾀어서 거짓말을 하게 하면 돼."

미쓰히코가 태연하게 말했다. 지아키와 유키야는 어제 시노부에게 들은 얘기가 생각나서 얼굴을 마주 봤다. 마치코와 치과의사 마루오카 헤이스케는 히데하루의 신원을 확인하기 직전에 마에다 저택에서 만났었다.

"게다가 십이 년이나 행방불명이었던 녀석이 왜 지금 와서 이렇게 나타나느냐 하는 거야. 벌써 어딘가에서 죽었겠지. 어쩌면 십이 년 전에 마치코 사장님이 죽였을지도 몰라. 그때 마에다 아저씨는 이미 암이었잖아. 도련님이 죽으면 재산은 마치코 사장님이 몽땅 차지하는 거 아니었어?"

"그러니까 마치코 사장님한테는 당분간 저항하지 않는 것이……."

지아키는 말을 하다 멈췄다. 욱, 하는 울부짖음이 들려왔던 거다. 돌아보니 베니코가 이불에 얼굴을 묻고 있었다. 눈에는 눈물이 어렸다. 미쓰히코가 하얗게 질렸다.

"아이쿠…… 베니코 아주머니, 그냥 한 말인데."

"그런 말을 어떻게 그냥 막 해, 형."

유키야가 미쓰히코를 노려봤고, 마코토는 티슈 상자를 손에 들고 침대로 달려갔다.

"괜찮아, 괜찮아, 걱정들 말아."

풀이 죽은 미쓰히코를 보고 베니코가 가볍게 웃었다.

"솔직히 마치코는 어렸을 때부터 냉정한 데가 있었어. 게다가 그 얘긴 앞뒤가 잘 맞잖아."

"베니코 아주머니, 지금 얘기는 그냥 상상이에요."

지아키가 당황해서 끼어들었다. 베니코는 그걸 가로막듯이 의연하게 등을 쭉 폈다.

"그렇다면 그걸 확인해봐야지."

"확인하다니요, 그걸 어떻게?"

"뻔하지."

베니코가 진지한 시선으로 일동을 돌아봤다.

"마에다 베니코가 하는 평생의 부탁이야. 들어주게나."

3

네 명은 방울뱀의 시선을 피해 병실을 나왔다. 유키야는 다 안기에 버거울 정도로 꽃다발을 잔뜩 안았다. 병실 앞에는 다른 문안객도 있었다. 네 시 반이 조금 지난 시각, 여섯 시 기상 아홉 시 취침이라는 섬뜩한 시간표를 준수하는 병원에서는 슬슬 저녁 식사 시간대다.

마코토는 텅 빈 배를 끌어안고 하품을 했다. 점심을 놓친 데다 어젯밤에는 거의 잠을 못 잤다.

"병원에서 시체를 훔치는 영화, 있었잖아."

별관의 현관을 나오자 유키야가 말했다.

"다키다 요지로 감독, 다카기 고 각본의 핑크영화(일본의 독특한 독립영화 장르로, 극장 상영용 35밀리 성인영화—옮긴이). 그거, 나 정말 좋아해."

"입 다물어. 어이, 저거 봐."

미쓰히코가 본관 뒤쪽에 세워져 있는 두 대의 밴을 턱으로 가리켰다.

"장의사 밴이야. 안 좋은걸, 벌써 유체를 나르러 왔어."

"어떻게 알아?"

"내가 장의사 사위란 거 잊었어? 큰일이군. 내가 운전해 온 우리 장의사 서비스의 이름이 쓰여 있는 밴으로 먼저 꺼낼 생각이었는데."

"잠깐만."

지아키와 유키야가 이구동성으로 말했다.

"미쓰히코가 말한 사체를 훔치기에 좋은 아이디어라는 게 그 거였어?"

"혀엉?"

"시끄러. 다른 방법을 생각해볼게."

본관의 통용문은 열려 있었다. 직원 식당도 저녁 식사 준비 중 인 듯, 식사를 하는 사람은 보이지 않았다. 넷은 잠겨 있지 않은 자료실로 들어갔고, 유키야가 꽃다발을 내려놓았다. 안성맞춤으 로 낡은 휠체어 한 대가 먼지를 뒤집어쓰고 복도에 서 있었다.

창밖을 바라보던 지아키가 앗 하는 소리를 냈다.

"왜?"

"마치코 사장님이야."

굉장한 스피드로 달리는 노란색 로터스의 차창으로 빨간 정장 을 입은 마치코가 힐끗 보였다. 로터스는 병원 모퉁이를 돌아 주 차장으로 사라졌다.

"그 간호사가 바로 알렸나 보군. 그래서 달려온 걸 거야."

"서둘러야 돼."

일동은 뒷문 쪽으로 향했다. 흰 옷을 입은 의사와 함께 관 두 개가 운반되어 왔다. 장의사 직원으로 보이는 두 남자가 바퀴 달린 들것을 밀고 있다.

"밴에 신기 전에 어떻게든 해야 돼. 저쪽은 세 명이군. 우린 넷이야."

미쓰히코가 손가락을 딱딱 꺾어 소리를 냈다. 지아키가 혀를 찼다.

"당치도 않은 소리. 좋아. 내가 어떻게든 해볼게. 뒤를 맡아."

지아키는 자료실로 돌아가 창밖으로 사라졌다. 남은 세 사람은 침을 삼키고 뒷문 쪽을 살폈다. 의사와 장의사 남자들이 서류에 사인을 하면서 담소하다 갑자기 뒤를 돌아보더니 튀어 올랐다. 밴 한 대가 급발진을 한 것이다. 밴은 뒷문을 열어놓은 채 달리기 시작해 오른쪽으로 갔다 왼쪽으로 갔다 하면서 본관과 별관 사이의 부지를 빙글빙글 돌았다. 남자들이 거품을 물고 그 뒤를 쫓았다. 의사는 혼이 나간 모습으로 또 한 대의 밴 옆에 서 있었다.

"과연 지아키야. 도저히 무면허라고는 생각 못 하겠어."

"간다. 내가 사체를 관에서 꺼낼 거야. 유키야 넌 바로 자료실로 날라."

"난?"

마코토가 물었다. 기노우치 미쓰히코가 빙긋이 웃었다.

"당신이 가장 중요한 역할이야. 자, 간다."

셋은 살그머니 관으로 다가갔다. 의사는 멍청히 입을 벌린 채 등을 보이고 서 있었다. 미쓰히코가 관 뚜껑을 열고는 순식간에 사체를 꺼내 바로 유키야의 등에 업혔다. 유키야는 사체를 등에 업고 힘껏 달려 자료실로 사라졌다. 미쓰히코가 마코토를 꽉 잡아당겨서는 귀에 대고 속삭였다.

"관이 비면 가벼워서 금방 들키거든. 잠시만 참아."

"헉?"

미쓰히코는 마코토를 관으로 밀어 넣고 뚜껑을 닫았다.

간발의 차로 의사가 돌아봤다. 미쓰히코는 방금 온 것처럼 하고 물었다.

"도대체 어떻게 된 거예요? 저 차."

그로부터 이십 분 후 마에다 마치코가 거친 콧소리를 내며 베니코의 병실에서 나와 엘리베이터를 타고 아래층으로 내려갔다. 간호사가 엘리베이터 홀까지 마치코를 정중히 배웅하고 다시 특별실 앞으로 돌아와 의자에 앉자, 유키야가 나타났다.

"아줌마, 미안하지만요. 나, 베니코 아주머니 병실에 휴대전화를 놓고 왔거든요. 가져와도 될까요?"

"여사님의 병실에는 들어갈 수 없습니다."

간호사가 의기양양하게 대답했다.

"왜요, 아까는 들어가게 해줬잖아요."

"안 된다면 안 돼요."

"그래도 되나? 그런 말을 하다니. 베니코 아주머니가 감금되어 있다고 경찰에 연락해도 계속 그럴 건가?"

간호사는 기분 나쁜 웃음을 짓고 서류를 내밀었다.

"면회를 허락하지 않는다고 우리 원장님이 서명한 서류입니다. 여사님은 심장이 나쁘신 데다 친척분이 불행을 당하셨어요. 영원히 못 만나게 할 건 아니에요. 한 이틀 요양하시고 기력을 되찾으시면 바로 면회시켜드릴 거예요."

"그러엄, 내 휴대전화 좀 갖다줘요."

간호사는 험악한 눈초리로 유키야를 노려봤지만, 휴대전화가 베니코에게 있는 건 안 좋다고 판단했는지 자리에서 일어섰다. 아니, 일어서려 했다.

"빨리 해요. 일하러 가야 하니까."

"그게, 그."

간호사가 얼굴이 새빨개져서 다시 의자에 주저앉았다. 무거운 바퀴 달린 의자에 엉덩이가 달라붙어 일어나지 못하는 것이다. 유키야가 씨익 웃으며 간호사에게 말했다.

"〈시스터 액트 2〉 봤어요? 우피 골드버그가 순간접착제로 의자에 붙어서 꼼짝도 못 하게 되잖아요. 아줌마, 그거 흉내 내는 건가요?"

간호사는 뭐라고 항의를 하려 했지만, 유키야는 태연한 얼굴로 의자를 옆으로 멀리 밀어버렸다.

간호사와 교대로 휠체어가 한 대 나타났다. 얼굴과 몸이 호화로운 꽃다발로 가려진 사람이 타고 있다. 기노우치 미쓰히코는 특실 문을 열고 휠체어를 안으로 밀어 넣었다.

"베니코 아주머니, 데려왔어요."

베니코는 침대에서 튀어 올라 미쓰히코의 손을 꽉 잡았다.

"고마워, 미쓰히코. 성가신 일을 부탁해서 미안하군. 다른 사람들은? 무사한가?"

특실 문이 열리고 유키야가 들어오고, 뒤이어 숨이 찬 지아키가 나타났다. 베니코는 두 사람에게도 깊은 감사를 표했다.

"됐으니까 빨리 유체를 확인해요. 이번엔 이걸 되돌려놓아야 해요."

"그 간호사도 옷을 갈아입으면 돌아올 거예요."

"아아, 그래."

눈물지으며 고개를 끄덕인 베니코는 휠체어 쪽으로 몸을 숙여 꽃다발을 치우고는 사체의 얼굴을 들여다봤다. 그리고 말했다.

"히데하루가 아니야."

지아키와 기노우치 형제는 얼굴을 마주 봤다.

"역시, 그랬군. 전부 유산을 노린 마치코 사장의 음모였어."

"어, 어쩌지? 경찰에, 그래, 이쓰키하라 선배한테 연락을."

"잠깐."

긴장과 흥분에 어쩔 줄 모르는 셋을, 베니코의 날카로운 목소리가 멈춰 세웠다. 일동은 불만스럽게 베니코를 봤다.

"글쎄, 이건 아니잖아요. 이대로 놔두면 도련님도 아닌데 도련님의 사체라고 주장하면서."

"확실히 히데하루의 사체는 아니지만, 그렇다고 마치코의 음모라는 증거도 안 돼."

베니코는 허리를 펴고 고개를 흔들었다.

"어째서 안 되죠? 훌륭한 증거잖아요."

"이 시체, 여자거든."

긴 침묵이 병실을 지배했다. 잠시 후에 셋은 튕겨 일어나 휠체어로 다가가, 사체를 바라봤다. 쇼트커트를 한 할머니가 힘없이 의자에 깊숙이 앉아 있었다.

"관은 두 개, 있었죠?"

지아키의 목소리는 바람을 피우다 들킨 직후의 남편에게 저녁밥은 없다고 선언하는 아내의 목소리같이 차가웠다.

"한쪽이 도련님이고, 다른 한쪽이 이 할머니였던 거야."

"젠장, 잘못됐군."

"난 형이 업혀준 대로 정신없이 달렸어."

"감촉으로 알잖아, 보통은."

"무리야, 사체를 등에 업은 건 처음이거든. 무서운 생각을 떨쳐버리는 것만으로도 필사적이었어. 관에서 꺼낸 것도 휠체어에 태워 꽃다발을 안긴 것도 형이잖아."

일동의 차가운 시선이 미쓰히코에게 집중됐다.

"서두르느라 자세히 안 봤어. 언뜻 보고 그렇구나, 했거든. 나 참, 이 할머니는 어쩌자고 머리를 이렇게 짧게 자른 거야."

"미쓰히코는 장의사 사위잖아. 사체에는 익숙하지 않나?"

"도둑질에는 익숙하지 않아."

"옛날에 그렇게 나쁜 짓을 많이 해놓고."

"난 싸움하고 돈 빼앗는 거 전문이었어."

"그만들 둬."

서로 노려보는 지아키와 미쓰히코에게 베니코가 일갈했다.

"할 수 없는 일이야. 애당초 내 부탁이 잘못됐던 거야. 다른 방법을 생각하도록 하지. 그런데."

면목 없다는 듯이 풀이 죽은 세 사람에게 베니코가 물었다.

"마코토는 어떻게 된 거야?"

마에다 시노부는 저택 정면 현관에 서 있었다.

해 질 녘, 불이 켜진 콜로니얼풍의 현관에, 청초한 검은 원피스를 입고 곱슬머리를 검은 리본으로 묶고 우두커니 선 시노부의 모습은 인상파 그림 그 자체였다. 우거질 대로 우거진 수풀, 가장자리가 무너지기 일보 직전인 오래된 연못, 저택의 이 황폐한 모습과 우수에 찬 표정이 시노부의 아름다움을 더해주었다. 관을 든 장의사 남자들은 곁눈으로 계속 그녀를 쳐다봤다.

그러나 실제로는, 시노부는 혼란스러웠다.

어린 시절에 히데오 삼촌의 장례식이 있은 뒤로 장례식은 처음이었다. 딱 한 번 반 친구 어머니가 돌아가셔서 장례식에 간 적이 있었지만, 그건 밤샘 의식은 아니었고 장소도 집이 아니라 절이었다. 시키는 대로 분향을 하고 절을 하고 돌아왔을 뿐이다. 아침에 일어나서 자신의 경험 부족을 깨달은 시노부는 서둘러 장례식이 나오는 비디오를 몇 편 봤다.

점심때가 지나서 장의사 사람이 밤샘 의식 설명을 하러 왔다.

"마치코 사장님이 말씀하시기로는 오늘 밤샘 의식은 적은 수의 가족끼리만 모여 한다더군요. 그래서 관을 안치할 장소와 분향하고 등을 켜놓을 수 있는 대, 그리고 스님과 친척분들이 앉으실 장소, 그것만 있으면……."

"성조기는 가지고 와주실 건가요?"

시노부가 물었다. 장의사는 멍하니 말을 반복했다.

"성조기, 말씀입니까?"

"영화에서는 다들 관에 성조기를 두르던데, 우리 집에는 없어서."

"아, 네, 그러니까, 여긴 일본이니까. 네, 방은 이 거실을 사용해도 되겠지요."

"일장기도 없거든요."

시노부가 곤란하다는 듯이 가늘고 아름다운 손가락으로 소파의 보풀을 문질렀다.

"그리고 관 옆에 서서 총을 발사하는 거, 그건 경찰에 부탁을 하면 될까요? 아니면 자위대?"

장의사 남자는 안경 속에서 눈을 휘둥그레 떴지만, 겨우 정신을 차리고 기침을 했다.

"아가씨, 나머지는 저희가 할 거니까요. 식사 준비를 하시는 게 어떨까요?"

"식사?"

"밤샘 의식의 독경이 끝난 뒤에 스님이나 친척분들이 드실 요리입니다. 초밥이나 맥주 같은 게 일반적인데요."

쫓겨난 시노부는 부엌으로 가서 가정부에게 요리에 대해 물어봤다. 가정부는 무뚝뚝하게 대답했다.

"우오마사에서 특상 초밥을 주문하면 되겠네요. 전화를 해두세요, 아가씨. 저는 청소하고 컵 씻느라 바쁘니까요."

우오마사의 전화번호를 알아내는 데 대략 한 시간이 걸렸다. 시노부는 위세 좋게 전화를 받은 우오마사에 특상 십인분을 주문하고 덧붙였다.

"히데하루 오빠의 밤샘 의식이니까 오빠가 싫어하는 건 빼줘요."

"네에 네, 그래, 뭘 뺄까요?"

"참치하고 성게하고 새우, 생선알하고 조개류."

전화선 건너에서 우오마사는 침묵했다.

"거참, 곤란한데요. 그게 없으면 특상이 안 돼요, 손님. 그 오빠께서 좋아했던 건 뭡니까?"

"박고지말이하고 계란말이."

"……그러면요, 이렇게 합시다. 특상 초밥을 십인분 배달하겠습니다. 박고지말이는 서비스로 드릴게요. 그걸, 적당히 골라서 오빠께 올리고, 나머지는 살짝 드시면 되지 않겠습니까?"

"발각되지 않게 처리하나요?"

"그래요. 처리해버립시다."

우오마사는 다섯 시 조금 지나 초밥을 배달했다. 시노부는 세 개의 거대한 초밥 통을 앞에 놓고 필사적으로 참치를 처리했다. 참치는 두껍고 지방이 충분히 차 있어 부드러웠다. 목이 메어 꺽꺽대면서 열 개를 먹어치우고 성게에 매달리려는데 가정부가 왔다.

"어머나, 아가씨가 그렇게 손으로 쥐고 먹다니. 슬슬 준비를 하셔야죠."

"하지만 오빠가 싫어하는 초밥을 처리해야 돼서."

"도련님은 신경 안 쓰세요. 죽었으니까요. 자, 어서 빨리."

옷을 갈아입고 내려와보니 거실은 가구는 모두 치워져서 안 보이고 하얀 천이 덮인 살풍경한 가늘고 긴 테이블과 관을 안치할 대, 그리고 방석 몇 개가 놓여 있을 뿐이었다. 시노부는 불안해져서 장의사를 찾았다.

"이것으로 준비가 끝난 거예요?"

"그렇습니다."

장의사 남자는 경계하듯 대답했다.

"오늘은 가족들끼리 하는 행사입니다. 베니코 여사님이 건강하게 퇴원하신 뒤에 진짜 장례식을 할 겁니다. 그러니까 오늘은 아무것도 걱정 안 하셔도 됩니다. 그럼 함께 유체가 도착하길 기다립시다."

그래서 시노부는 결국 거의 아무것도 하지 않은 채 진짜 밤샘 의식을 맞이하게 되었다. 어머니는 아직 안 오고 초밥도 다 먹어 치우지 못했는데 꽃과 사진도 없네. 히데하루 오빠 화내지 않을까. 화를 내면 언젠가 그랬던 것처럼 또 날 연못으로 밀어 넣을지도 몰라.

어떻게 하면 히데하루 오빠가 기뻐할까?

장의사의 밴이 미끄러지듯이 현관 앞으로 들어왔다.

아이자와 마코토는 퍼뜩 눈을 떴다.

캄캄하고 좁아서 숨을 쉬기가 힘들었다. 패닉을 일으킨 순간을 떠올렸다. 어이없게도 마코토는 화나고 무서운 와중에도 어젯밤부터 쌓인 피로와 수면 부족 탓에 어느 틈엔가 관 속에서 기분 좋게 잠들었던 거다.

"마에다 히데하루 님, 귀가하셨습니다."

장의사인 듯한 남자의 목소리가 들리고 관이 흔들흔들 흔들렸다. 마코토는 오른쪽으로 구르다 코를 부딪혔다. 입에서 비명이 나오려는 걸 필사적으로 막았다. 그랬더니 배가 꾸르륵 울렸다.

"어이 제대로 들어, 싸구려 관이군. 소리를 내면서 삐걱대네."

"부자인 주제에 구두쇠야."

"하지만 그런 것치고 돈은 후하게 준 것 같던데. 사장이 기분 좋아 죽으려고 했어."

속삭이는 소리가 들리고 드디어 쿵 하고 두 번쯤 심하게 흔들린 뒤에 관은 움직이지 않게 됐다. 놓아야 할 장소에 놓인 모양이었다. 어쨌든 이제 마코토가 들어 있는 관이 주목을 받게 된 것만큼은 틀림없었다. 죽은 사람의 얼굴을 보여달라는 친척이나 친구가 나타나면, 관의 작은 창이 열릴 것이다.

"어, 어떻게 하지?"

마코토는 필사적으로 생각했다. 드라큘라 흉내를 내자. 아니, 잠자는 숲속의 미녀 흉내를 내자. 이것이 소파라면 에도가와 란포의 팬 흉내를 낼 수 있는데.

기억상실증에 걸린 사람 흉내를 내는 게 무난하겠다고 결정했을 때 목소리가 들렸다.

"히데하루 오빠의 얼굴, 보여주지 않을래요? 오랜만이거든요."

심장이 목구멍까지 튀어 올라왔다. 하지만 구원의 손길이 뻗어왔다.

"죄송합니다만 마치코 사장님께서 그 부분은 엄하게 금지해 달라고 부탁하셨습니다."

"어머, 왜요?"

"여러분께서 건강했던 시절의 히데하루 님의 얼굴을 기억해 주셨으면 하는 의미라고, 마치코 사장님이 말씀하셨습니다."

"난 작년에 화장 도구를 세트로 샀어요. 대학 입학 축하 선물로요. 히데하루 오빠의 얼굴을 예쁘게 해줄 수 있는데."

"……슬슬 친척분들이 오실 때가 아닌가요? 저쪽으로 가시죠."

장의사 직원 남자의 목소리가 뒤집어졌다. 멀어져가는 발소리가 들리고 방은 조용해졌다.

마코토는 조심조심 뚜껑을 밀어 올리고 얼굴을 내밀었다. 고래가 물을 뿜어낼 때처럼 숨이 터져 나왔다. 관 안은 생각했던 것보다 쾌적했지만 묘한 냄새가 스며 있었다.

마음을 놓으면서 주위를 둘러봤다. 넓지만 심플한 방이었고 무엇보다 고맙게도 일 층이었다. 게다가 프랑스식 창은 열려 있었다.

뚜껑을 완전히 열고 빠져나오려는데 다시 발소리가 들려왔다. 마코토는 허겁지겁 관으로 돌아가 뚜껑을 다시 닫았다.

"히데하루 오빠."

좀 전의 여자 목소리였다.

"오빠가 좋아하는 박고지말이, 우오마사에서 서비스로 줬어요. 나둘 테니까 많이 먹어요. 아니면 안에 넣어줄까요?"

싫어, 하고 속으로 부르짖은 것도 허망하게 작은 창이 열렸다. 눈앞에 하얀 손이 나타나더니 말기만 하고 자르지 않은 기다란 박고지말이가 쑥 밀려 들어왔다.

"어머니가 보면 안 된다고 했으니까, 안 볼게요."

얼굴 위로 박고지말이가 한 개 떨어졌다.

"몇 개 드실 거예요?"

순진무구한 목소리에 소름이 돋을 때 멀리서 아가씨 전화니 하는 소리가 들렸다. 아무래도 이 소녀가 소문으로만 듣던 마치코 사장의 딸인 모양이다.

"네에. 지금 가요."

덜컥 하는 소리가 나고 종종걸음 소리가 멀어져갔다. 마코토는 떨리는 손으로 뚜껑을 밀고 가능한 한 빨리 그 자리를 벗어나려고 몸을 일으켰다.

미끈.

뚜껑 위에서 묘한 소리가 났다. 마코토는 고개를 들어 틈새로 밖을 엿봤다.

관 뚜껑 위에 박고지말이가 잔뜩 담긴 접시가 놓여 있었다. 뚜껑을 움직이자 접시는 미끌미끌 소리를 내며 움직였다. 바닥을 향해.

상반신을 일으켜 뚜껑을 지탱한 채로 마코토는 얼어붙었다.

어떻게 하지?

7장

하오의 살인

1

고마지 형사반장이 하자키 경찰서로 돌아온 건 일곱 시가 다 되어서였다. 지각을 한 터라 얌전히 전화 당번을 하고 있던 이쓰키하라에게 고마지가 턱을 움직였다.

"무슨 일이 있었나?"

"아니요. 뭐 별로. 방금 묘한 전화가 왔지만요. 밤샘 의식을 하러 삼동사에 실어 간 할머니의 사체가 다른 사람하고 바꿔치기되어 있었답니다. 전화를 걸어온 그 할머니의 딸이라는 사람이 하도 난리를 쳐서 혹시 몰라 경찰이 그쪽으로 갔는데, 뭐 장의사의 단순한 실수겠지요. 고마지 반장님은 어땠어요?"

"아, 잠깐 나갈까."

둘은 그대로 경찰서를 나와 히가시긴자를 향해 어슬렁어슬렁 걸었다.

"무라키 요시히로라는 흥신소 사원, 옛날엔 경찰관이었어. 아침에 일찍 일어나는 것이 너무 힘들다며 그만뒀지만 말이야. 그 무렵부터 아는 사이야. 재미있는 사내야. 의뢰인의 비밀은 철저하게 지키는 사람이지. 나불나불 뭐든 떠드는 놈한테는 두 번 다시 일이 들어오지 않을 테니까. 그 친구가 나한테서 일 얘기를 들을 생각일랑 하지 마세요, 하고는 화장실에 간 채 돌아오지 않는 거야. 보니까 테이블 위에 자료를 한 건 놔뒀더라고. 이건 다른 데는 말하지 마."

"알았어요. 그래서요?"

"마치코 사장 쪽으로 지난주 목요일 처음 도착한 편지에도 주소는 없었어. 하지만 발신인과 관련이 될 만한 것이 있었어. 신주쿠의 프라이어즈 호텔 내 우체국 소인이 찍혀 있었지. 구도 고이치로가 무라키의 흥신소에 편지를 보여주고 누가 보냈는지 알아봐달라고 의뢰한 게 토요일. 월요일엔 전주 목요일 호텔 숙박자 리스트를 비밀리에 입수해서 범위를 좁혀갔지만, 하루에 천 명이 넘는 사람들이 드나드는 거대한 호텔이라 쉽지가 않았지."

"그렇겠죠."

"그런데 구도가 월요일 오후에 '마에다 히데하루의 사체'에 대한 정보를 흥신소에 보내왔어. 그래서 흥신소에서 다시 15일 월요일 아침 일곱 시에는 하자키에 있었다. 사체의 특징은 이렇다, 하는 조건을 넣어서 찾아본 결과, 딱 맞는 숙박객이 나왔어.

그게 화요일이야. 이름은 마이클 가토, 1972년생으로 스물일곱 살. 지난달 4월 20일부터 숙박했고 5월 15일 즉 월요일 새벽 네 시 반에 체크아웃했어. 체크인을 할 때는 미국 여권을 제시했고 지불은 전액 현찰. 숙박 기록에 의하면 하와이에 사는 컴퓨터 엔지니어야."

"지문은?"

고마지는 쓴웃음을 지었다.

"어이, 무라키는 이제 경찰관이 아니야. 게다가 그는 누가 편지를 보냈는지 알아봐달라는 의뢰를 받은 탐정에 지나지 않아. 거기까지 체크할 이유가 없지."

"그랬군요. 그래서요?"

"호텔 안이긴 하지만, 우체국을 딱히 숙박객만 이용한다고 할 순 없어. 하지만 프라이어즈 호텔의 우체국은 호텔 안을 잘 아는 사람이 아니면 좀처럼 찾아내기 힘든 장소에 있거든. 그러니까 숙박객일 가능성이 높지."

"즉 그 마이클 가토가 편지를 보냈다는 건가요?"

"아마도. 하지만 편지를 보냈다 하더라도 단순히 부탁을 받고 보내준 선의의 제삼자일 가능성도 있지."

"아니면 마이클 가토가 마에다 히데하루 본인일 수도."

"그 사체는 히데하루가 아니라 가토일지도 몰라."

"아, 복잡해라!"

이쓰키하라가 머리를 감싸 쥐었다. 고마지는 낮게 웅얼댔다.

"그래. 하지만 마이클 가토에 대한 상세한 내용을 알게 되면 조만간 실타래가 풀릴 거야. 무라키는 어제 오후 구도를 불러내 상세한 상황을 설명한 뒤 마이클 가토에 대해 추적 조사를 할지 어쩔지 물어본 모양이야. 하지만 구도는 조사를 중지해달라고 했대."

"왜죠?"

"마치코 사장은 사체가 마이클 가토든 마에다 히데하루든, 그 두 사람이 동일 인물이든 아니든 상관없거든. 그녀의 목적이 히데하루를 정식으로 죽게 하고 유산을 손에 넣는 것이라면 말이야."

"하지만 우리는 애초에 마에다 마치코가 히데하루의 과거를 조사하기 시작한 건 유산의 권리를 갖는 처자의 유무를 확인하기 위해서였다고 생각했잖아요. 사체가 누구라도 좋다면 흥신소를 고용할 이유가 없죠."

"그래서 말인데."

고마지는 미간을 찌푸렸다.

"아무래도 뭔가 석연치 않아. 추측만 난무하고 확실한 게 하나도 없어. 제대로 수사할 수도 없어."

"드문 일이네요. 고마지 반장님이 그런 식으로 말씀하시다니."

두 사람은 이야기를 주고받으며 히가시긴자 거리를 반쯤 걸어갔다.

"아니 이거, 만두도 못 먹겠네."

고마지는 중화요리점 후쿠후쿠의 문에 내걸린 금일 휴업 안내를 노려봤다.

"가끔은 일찍 집에 들어가서 부인이 만들어주는 요리를 먹지 그래요."

"오늘은 수요일이지? 마누라가 플라멩코 배우러 가는 날이라 저녁밥은 밖에서 먹기로 되어 있다고."

고마지가 무심코 시선을 옆의 진달래 고서점으로 보냈다. 고마지는 고개를 갸우뚱했다.

"어이, 가게가 닫혀 있어. 자네 애인은 어떻게 됐지?"

"그 농담은 그만하시라니까요. 두 시 넘어까지는 열려 있었어요. 가게를 닫은 거겠죠 뭐."

서점의 앞쪽 덧문은 닫혀 있지 않았다. 유리문과 커튼은 닫혀 있었고 'CLOSED'라는 작은 표찰이 걸려 있었다. 하지만 가게 안에는 불이 켜져 있었고 커튼 틈새로 빛이 밖으로 새어 나왔다.

"어제 그런 일이 있었는데 부주의하군. 덧문도 제대로 닫아야 하는데."

이쓰키하라가 혀를 차며 가게로 다가가 유리문을 두드리며 불렀다.

"아이자와 씨, 안에 있나요?"

대답이 없었다. 이쓰키하라는 커튼 틈으로 가게를 엿보고 숨을 삼켰다.

카운터 앞, 책꽂이와 책꽂이 사이 바닥에 사람이 엎드린 채 쓰러져 있는 것이 어두운 전등 빛 아래로 보였다. 이쓰키하라의 온몸에서 피가 역류했다.

"아이자와 씨, 어떻게 된 겁니까. 아이자와 씨."

외치며 유리문을 쉴 새 없이 두드렸다. 사람 그림자는 꼼짝도 하지 않았다.

"유리문을 부수겠습니다."

고마지의 대답도 듣지 않고 이쓰키하라는 가까이에 있는 벽돌을 주워 유리를 깼다. 그러고 나서 파편을 신중하게 떼어내고 팔을 안쪽으로 넣어 자물쇠를 찾으며 다시 외쳤다.

"아이자와 씨, 정신 차리세요. 들립니까?"

"뭐가요?"

이쓰키하라는 마음이 놓여 긴장됐던 뺨 근육을 풀었는데, 다음 순간 깜짝 놀라 뒤를 돌아봤다. 대답이 등 뒤에서 들려왔기 때문이다.

지칠 대로 지친 마코토가 뾰루퉁한 얼굴로 서 있었다.

"정신 차리게 하고 싶으면 밥 좀 사줘요, 형사님. 열 시에 모닝 서비스를 먹은 뒤로 아무것도 못 먹었으니까."

비슬비슬 다가온 마코토가 이쓰키하라의 손을 보고 눈을 부릅

떴다.

"잠깐. 무슨 짓이에요? 그게 뭐죠? 도둑하고 경찰이 베니코 여사님이 없는 사이에 고서점 부수기 경쟁이라도 하는 건가요?"

"아니, 그……."

"그가 아니지요. 뭐든 변명을 해봐요."

"시끄럽군. 우리도 걱정이 돼서. 앗, 그래. 이럴 때가 아니지."

나사식 자물쇠를 돌려 열고 유리문을 열었다. 여자인 게 확실해 보이는 그 사람은 엎드린 채 쓰러져 꼼짝도 하지 않았다. 머리카락이 소용돌이치며 바닥에 퍼져 있고 정수리가 딱 벌어졌다. 피비린내가 이쓰키하라의 코를 찔렀다. 그는 무릎을 꿇고 여자의 목에 살짝 손을 댔다. 마코토는 여태 고시랑고시랑하며 가게를 들여다보다 그 광경을 보고 양손으로 입을 막았다. 고마지가 마코토를 밀쳤다.

"어때?"

이쓰키하라는 고마지를 향해 고개를 흔들었다. 사후 한 시간은 경과했을 겁니다, 하며 반사적으로 손목시계를 들여다봤다. 일곱 시 십이 분이었다. 상처 주위의 머리카락에 피가 끈적끈적 달라붙어 있었고 바닥에도 피가 흘러 굳어가고 있었다. 머리를 살그머니 들어 올려 오른쪽으로 향해 있던 얼굴을 조심스레 들여다본 이쓰키하라가 튀어 올랐다.

"무, 무슨 일이에요?"

새파래진 마코토가 속삭이는 목소리로 물었다. 이쓰키하라가 꿀걱 침을 삼켰다.

"이 사체, 마에다 마치코야."

2

히가시긴자 거리는 어젯밤 이상으로 대소동이 벌어졌다. 경찰차 세 대가 들어왔고 진달래 고서점은 봉쇄되었다. 아이자와 마코토를 이 층으로 올려 보내고 경찰관을 한 명 배치하고 나서 이쓰키하라는 일 층으로 돌아왔다.

"사후 한 시간 내지 두 시간이군."

검시의인 미우라가 흥분을 감추지 못한 빠른 말투로 말했다.

"그럼 사망 추정 시각은 오후 다섯 시 넘어서부터 여섯 시 넘어서겠군요."

"사망 원인은?"

"머리 꼭대기에 가해진 일격에 의한 두개골 균열골절. 거의 즉사야. 완벽하달 정도로 알기 쉬워."

"어이, 선생님, 우린 아마추어가 아니니까 코멘트에 좀 더 신경을 써주지그래. 최소한 흉기의 크기 정도는 말해줘도 좋을 텐데. 예를 들어 해머라든가 좀 더 큰 거라든가."

"해머치고는 상처가 너무 커. 좀 더 면적이 큰 거겠지."

"예를 들면?"

"금속제 항아리, 둥근 돌, 프라이팬, 뭐든 좋은 걸로 골라잡아. 감정해줄 테니. 상처를 세심하게 조사하면 좀 더 확실해질 거야."

"들고 다니기엔 좀 큰 흉기인가. 흐음, 그렇다면 이 집 안이나 주위에 있는 것을 생각하는 게 자연스럽겠군."

고마지는 겉옷 주머니에서 먼지투성이 이쑤시개를 꺼내 톡 분질러 이를 쑤시기 시작했다. 이쓰키하라는 한 번 더 사체와 그 주위를 둘러봤다.

마에다 마치코는 앞문 쪽으로 머리를 두고 쓰러져 있었다. 비교적 수수한 진회색 마로 된 바지 정장 차림이다. 뒷문 자물쇠가 열려 있는 점, 사체가 슬리퍼를 신고 있고 뒷문 콘크리트 바닥에 이탈리아제 구두가 놓여 있는 것으로 보아, 마치코는 뒷문으로 들어와 가게에 놓여 있던 슬리퍼로 갈아 신고 가게로 내려섰다가 등 뒤에서 얻어맞은 것 같았다.

상처의 위치를 보면 범인은 가게보다 삼십 센티미터쯤 바닥이 높은 다실에 있다가 거의 바로 위에서 마치코의 머리를 가격했을 것이다.

다실은 엄청난 수의 책으로 메워져 있었다. 원래는 깨끗이 쌓여 있었을 책들이 무너지면서 사방으로 난삽하게 흩어졌다. 감식반이 와서 사진을 찍고 범인이 지나간 경로를 조사했다.

"발자국은 없어요. 범인은 구두를 벗고 들어왔던 것 같습니다."

"그렇다면 피해자가 범인과 같이 들어왔다는 건가?"

"아마도. 미리 와 있다가 이만큼의 책 속에서 소리를 내지 않고 뒤에서 접근하는 건 무리지요."

이쓰키하라는 관자놀이를 긁었다. 상처 위치로 봐도 범인은 등 뒤에 서 있다가 마치코를 공격한 게 분명했다. 즉 마치코가 아는 사람일 가능성이 높았다. 하긴 오만불손한 마치코다. 평소 원한을 품고 있던 사람이 같이 있다가 화를 못 참고 흉기로 쳤다고 해도 이상할 거 없다.

"아니면, 범인은 원래 이 가게에 있었고, 피해자를 끌어들였을 수도 있지요."

감식관이 덧붙였다. 이쓰키하라가 흠칫했다.

"어, 왜 그렇게 생각하나요?"

"그냥 떠오른 생각이에요."

감식관은 이쓰키하라의 험악한 얼굴에 놀란 듯 몸을 뒤로 뺐다. 사체가 들것에 실려 밖으로 나가고 감식반이 물러가자, 고마지가 말했다.

"그럼, 드디어 아이자와 마코토의 말을 들어야겠군. 불러오게."

경찰관이 나가자, 고마지가 이쓰키하라를 가게 한구석으로 밀었다.

"좀 조심하지그래. 점점 더 오해받기 십상으로 되어가잖아. 물론 오해일 경우의 얘기지만."

"무슨 뜻입니까?"

고마지는 발밑의 로맨스소설을 한 권 들어 올려 먼지를 떨었다. 다부진 체격의 보안관과 검은 머리의 여자가 서로 마주 보며 끌어안고 있는 표지 그림을 의미심장하게 들이밀었다.

"로맨스도 나쁘지 않지만 때와 장소를 가려야지, 그렇지 않으면 도리어 그녀에게 불리해져."

애인까지는 농담으로 용납하겠는데 이건 정말 너무하다. 이쓰키하라가 화를 내려고 할 때 아이자와 마코토가 계단을 내려왔다. 머리는 흐트러지고 얼굴은 하얗게 질리다 못해 회색에 가까웠다. 이런, 처량한 생쥐 꼴이잖아, 하고 이쓰키하라는 생각했다.

"쇼크를 받았는데 정말 죄송하지만, 두세 가지 질문에 대답을 해줬으면 합니다."

이쓰키하라가 차갑게 말을 꺼냈다. 마코토는 나른한 듯 웃음 지었다.

"뭐든 물어봐요. 단, 지금은 머리가 잘 돌지를 않아서 정확히 대답해줄 수 있을지 모르겠네요."

"가게 안에 변한 부분은 없나요?"

"경찰 아저씨들이 많이 있군요."

이쓰키하라는 깊게 숨을 들이마셨다. 마코토는 목을 움츠리고 주위를 둘러봤다.

"글쎄요…… 책꽂이에는 변한 게 없는 것 같군요. 아니, 잠깐만요."

마코토는 카운터 뒤에 있던 핑크색 샌들을 신고 가게로 내려가 책꽂이 아래쪽에 놓인 책들을 응시했다.

"너무해. 로절린드 애시의 『개미』에 피가 묻었어. 이 책 절판인데!"

경찰관들이 더러워진 문고본 책을 무심히 바라봤다.

"사진 찍었나?"

"물론입니다. 피해자가 쓰러질 때 피가 튀었겠죠."

마코토는 믿을 수 없다는 눈으로 모두를 둘러봤다.

"이런 무서운 만행이 있었는데 사진 찍었나? 댁들은 아무 느낌도 없어요? 경찰에 비리가 횡행하는 건 당연하군요."

"살인은 확실히 만행입니다."

이쓰키하라는 필사적으로 냉정을 지키려 노력했다.

"뭐 없어진 건 없나요?"

마코토는 조금 전과는 싹 달라져서 눈을 번쩍번쩍 빛내며 가게 안을 빈틈없이 살펴보기 시작했다. 경찰관들이 지켜워할 정도로 시간을 들여 책꽂이를 살펴본 뒤에 카운터로 돌아와서 돈과 자료를 체크했다. 고개를 흔들며 일어나다 기둥에 눈을 고정시키고는 앗 하고 소리쳤다.

"사진이 없어졌어요."

"사진?"

마코토가 가리킨 기둥은 이 층으로 올라가는 입구 옆, 카운터 뒤에 있는 상처투성이 굵은 기둥이었다.

"이 케이스 아래에 오래된 사진 몇 장이 압핀으로 꽂혀 있었어요. 봐요, 압핀이 남아 있죠?"

압핀은 다섯 개였다.

"어떤 사진인지 기억나요?"

"아니요. 이 가게에 처음 온 게 그제. 어제랑 오늘은 바빠서 여유 있게 볼 틈도 없었는걸요. 베니코 여사님이 함께 찍은 단체 사진하고 다른 누군가하고 찍은 사진이었을 텐데, 생각이 잘 안 나요. 사진에 대해서는 베니코 여사님한테 물어보세요."

"케이스 위에도 사진이 몇 장 있는데."

고마지가 끼어들었다. 액자에 든 가족사진, 마찬가지로 액자에 든 남자의 사진.

"이쪽은 없어지지 않았나요?"

마코토는 올려다보고 고개를 흔들었다.

"그건 있는지조차 몰랐어요. 그 남자, 베니코 여사님의 죽은 약혼자인가?"

다 같이 다실로 돌아왔다. 다실이라 해봤자 발 디딜 틈도 없어서 이쓰키하라 이외의 경찰관들은 복도나 가게에 내려서서 다실을 살펴보는 마코토를 아래에서 위로 올려다보게 됐다.

"책이 서른 권, 아니 백 권 사라졌다 해도 나는 몰라요. 도둑이 들어서 산처럼 쌓인 책을 무너뜨리기 전이었다면 알 수 있었겠지만."

"오늘 이 책들을 원래 상태로 돌려놓지 않았나요?"

"하려고 노력은 했지만, 한 달은 걸릴걸요. 하지만 물론 책이 상할까 봐 그 자리에 쌓아놓기는 했어요."

마코토는 팔짱을 끼고 한 번 더 방을 둘러봤다.

"어라, 이상하네."

"뭐가요?"

"분명 이상한 항아리가 놓여 있었는데."

"이상한 항아리?"

이쓰키하라와 고마지가 재빨리 시선을 주고받았다.

"어떤 항아리인가요?"

"뭐랄까. 아라비안나이트에 나오는 것 같은 번쩍번쩍 빛나는 큰 항아리. 지진이 나면 맨 먼저 구를 것 같아서 위험하겠네, 하고 생각했기 때문에 기억나요."

"금속제인가요?"

"만져본 건 아니라서 잘은 모르지만, 아마 놋쇠에 도금을 한 게 아닌가 싶어요."

"확실히 오늘까지 있었지요? 어젯밤에 도둑맞은 게 아니라."

"글쎄요. 확실하긴 할 텐데. 분명하진 않아요."

"어디에 있었나요?"

"그 일본식 장롱 위. 아이구야."

마코토는 손가락으로 가리키며 앞으로 나아가다 바닥에 있던 카테고리 로맨스를 밟고는 미끄러졌다. 이쓰키하라는 즉시 팔을 뻗어 마코토가 쓰러지는 것을 막았다. 마코토는 이쓰키하라의 가슴으로 쓰러지면서 위태위태하게 그의 팔을 붙잡고 자세를 바로 세웠다.

이쓰키하라와 마코토는 서로의 얼굴을 마주 보며 반쯤 끌어안은 모양이 되었다.

"에헴."

잠시 후에 고마지 반장이 기침을 했다.

"〈바람과 함께 사라지다〉의 테마가 필요한 부분이지만, 아이자와 씨에 대한 질문을 계속해주지 않겠나?"

둘은 제정신으로 돌아와 떨어져 섰다. 이쓰키하라가 정신을 차리고 보니 동료들이 빙글빙글 웃으며 이쪽을 바라보고 있었다. 이쓰키하라가 아침부터 쭉 참아왔던 화를 폭발시키기 직전 마코토의 화내는 소리가 들렸다.

"이봐요. 놀리는 것도 적당히 해요. 뭐가 〈바람과 함께 사라지다〉예요, 발이 좀 미끄러진 것뿐이잖아요. 정말로, 정말, 어째서 나만 이런 꼴을 당하는 거냐고요."

"아, 죄송. 말이 잘못 나와서."

당황한 고마지의 사과를 들으려고도 않고, 마코토는 말이 점점 더 격해졌다.

"실직당해 경황 없는 사람이 지인한테는 속고, 바다에서는 사체가 나오고, 호텔에는 불이 나고, 중화냄비로 얻어맞고, 도둑이 들고, 게다가 또 사체. 도대체 이게 어떻게 된 동네냐고요. 여기는."

고마지는 딴전을 피우며 이쓰키하라의 옆구리를 찔렀다. 누구 탓으로 이렇게 된 건데, 하고 생각하면서 이쓰키하라가 마코토에게 말했다.

"얼른 얘기를 끝내도록 하지요. 아이자와 씨가 가게를 닫은 건 몇 시지요?"

"세 시 지나서예요."

마코토는 눈물을 닦고 퉁명스럽게 대답했다.

"두 시쯤에 어느 무례한 형사가 찾아와서 사람을 사기꾼이라느니 살인자라느니 하는 바람에 도저히 침착하게 가게를 볼 수가 없었어요. 그래서 가게를 닫고 베니코 여사님하고 의논을 하려고 병원에 갔어요."

"그때 가게 문단속은?"

"바로 어제 그런 일도 있었고, 돌아오면 다시 가게를 열 생각이었기 때문에 유리문을 안쪽에서 걸어 잠그고 커튼을 닫고 불을 끄고 창문도 다 잠겼는지 살펴봤다고요. 마지막으로 뒷문으로 나가 열쇠로 잠갔죠."

"틀림없습니까?"

"지겨울 정도로 확인했어요. 틀림없어요. 처음에는 옆집 중화요리점에 가게 좀 봐달라고 부탁할까 했는데, 쉬는 날인 것 같아서 브라질의 마스터한테 베니코 여사님 병문안 다녀오겠다고 말하고 갔어요."

"뒷문이 훌륭한 새 문으로 바뀌었던데."

"고다마 부동산 사장님이 오늘 아침에 달아줬어요. 열쇠도 두 개 맡았고."

마코토는 주머니에서 열쇠를 하나 꺼내 이쓰키하라에게 내밀었다.

"또 하나는?"

"베니코 여사님께 드렸어요."

이쓰키하라는 힐끗 고마지를 바라봤다.

"베니코 여사를 만났다니 용하네요. 간호사가 면회 온 사람을 다 쫓아내고 있다던데."

"강제로 돌파했죠. 그런 것까지 말해야 하나요?"

마코토는 새침했다. 무뚝뚝한 그녀의 대답에 이쓰키하라는 점점 짜증이 났다. 또 사체와 맞닥뜨린 거다. 쇼크를 받고 화를 내는 것도 무리는 아니지만, 나한테까지 화풀이할 건 없지 않은가. 내가 뭘 어쨌다고.

"그래서 병원을 나온 건 몇 시입니까?"

"아마 다섯 시경."

"그리고 나서는 어디 있었나요?"

"그건."

마코토가 말을 꺼내려다 입을 다물었다. 이쓰키하라가 그녀를 쏘아봤다.

"어디 있었습니까?"

"내가 어디에 있었든지 형사님하고는 상관없잖아요."

"상관없다, 로 돼요?"

이쓰키하라가 고함을 질렀다. 마코토는 흠칫 놀라 몸이 뻣뻣해져서 입술을 깨물었다.

"뭐예요, 날 의심하는 거예요? 나는요, 그 죽은 사람을 본 적도 없어요. 얼굴도 몰라요. 게다가 난 죽였다면 저쪽 카테고리 로맨스 앞에서 죽였을 거예요. 그쪽 책은 싸니까."

"한 번 더 묻겠소. 다섯 시부터 여섯 시 지나서까지 도대체 어디에 있었나요?"

"그게 범행 시간? 그래도, 난……."

"질문에 대답해요."

마코토가 심호흡을 하고 이쓰키하라를 노려봤다.

"싫어요."

"뭐라고?"

"묵비권을 행사하겠어요. 절대로 질문에 대답 안 해요."

이쓰키하라는 주변의 책을 집어 던지고 싶은 걸 억지로 참았다.

"그렇게 나오면 오늘은 유치장에서 지내야 할걸요."

"어머 멋져라. 한 번쯤 경찰서의 유치장을 보고 싶었어요."

"당신 말이야."

"뭐욧. 어디다 대고 당신?"

고마지가 자아자, 하고 끼어들었다.

"아이자와 씨. 조사하면 당신이 어디 있었는지, 경찰은 금방 알 수 있다고. 서점에 없었다 해도 말이오. 하지만 순순히 얘기 해주면 서로 불쾌할 일 없이 얘기를 끝낼 수 있어요. 그렇지 않 겠어요?"

"그렇겠지만. 그래도 내 입으로는 말할 수 없어요. 얘기해도 믿어줄 것 같지도 않고."

"일단 얘기를 해보는 게 어떨까요."

마코토는 분한 듯이 눈물 젖은 눈으로 힐끗 이쓰키하라 쪽을 보고 말했다.

"다른 사람들에게 폐를 끼칠 테니 자세한 설명은 할 수 없어 요. 그러니까 내가 있었던 장소만 얘기할게요. 다섯 시부터 여섯 시까지 난 관 속에 있었어요."

"……뭐라고?"

"관. 관 말이에요. 사람이 죽으면 넣는 관이라고요. 몰라요?"

고마지와 이쓰키하라가 입이 반쯤 벌어진 채 마코토를 쳐다 봤다.

"당신은 죽은 사람으로는 안 보이는데."

"아직 안 죽었어요."

"그럼 왜 관에 들어간 거지?"

"……그게, 졸려서요."

"바, 바보야, 당신? 세상에 누가 졸린다고 관에 들어가? 설명을 제대로 해보라고."

마코토는 입을 딱 다물었다. 고마지가 긴 한숨을 쉬었다.

"할 수 없군. 당신은 제1용의자요. 뒷문 열쇠를 갖고 있고 서점 내부도 자세히 알고 알리바이도 없으니 유치장에 들어가줘야겠소."

"역시 안 믿잖아요."

"당신 정말로 바보군. 관에서 잤다는 알리바이를 인정하는 건 트란실바니아(『드라큘라』의 배경인 루마니아의 도시 ─ 옮긴이)의 경찰 정도일걸."

말투가 험악해진 걸 깨닫고, 이쓰키하라가 이런, 하고 후회했을 때는 늦었다. 마코토는 소리 높여 울음을 터뜨렸다.

3

여덟 시가 지난 시각, 마에다 마치코 오피스에는 인적이 없었다. 두 형사는 계단을 걸어서 아래층으로 내려갔다가, 시디 다발을 안고 도서실에서 나온 기노우치 유키야와 마주쳤다.

"어? 형사님들, 무슨 일이죠?"

유키야는 도서실 문을 잠그며 비위를 맞추듯이 웃었다. 그렇게 생각해선지 그는 조금 굳어 있는 것 같았다.

"와타나베 지아키 있나?"

"있는데요, 생방송 중이에요. 오늘은 수요일이라서 영화음악 특집을 하고 있어요. 괜찮으시면 스튜디오를 들여다보시죠."

"구도 고이치로도 있나?"

"네. 무슨 일이 있나요? 사체가 사라졌다든가."

"호오, 어째서 그런 생각을 하지?"

고마지가 천천히 물었다. 유키야의 코끝이 토끼처럼 움찔움찔 움직였다.

"아니, 뭐 그냥. 오늘의 테마가 서스펜스 영화여서 그랬나 보지요. 〈악마 같은 여자〉, 〈할리의 재난〉 등등, 사체가 사라지는 영화가 많거든요. 아, 스튜디오는 이쪽이에요."

유키야가 총총히 걷기 시작했다.

조정실 문은 열린 채였다. 구도와 기술자로 보이는 남자가 등을 보이며 앉아 있었고, 각종 설비가 보였고, 유리판 너머로 방송 중인 스튜디오까지 들여다보였다. 와타나베 지아키는 마이크를 향해 앉아 뭔가 열심히 말하는 중이었다.

"〈블루 나이트 하자키〉 수요일의 영화음악 특집, 오늘의 테마는 서스펜스 영화입니다. 하자키 기타초의 '곰곰 고양이' 님이 보내주신 엽서입니다. 앞부분은 생략하고요. 제가 아주 좋아하는 서스펜스 영화는 뭐니뭐니 해도 〈파고〉입니다. 섬뜩한 블랙코미디지만, 임신을 해서 몸이 무거운 경찰서장이 보여준 따뜻한 성품이 최고였어요. 그 영화를 보고 노스다코타에 꼭 한번 가보고 싶어졌습니다, 라고 쓰여 있는데요. 좋지요, 〈파고〉. 저도 아주 좋아하는 영화입니다. 눈 속에 돈을 숨겨놓은 스티브 부세미가 나중에 왔을 때 표식이 될 만한 게 아무것도 없다는 걸 깨닫는 신이 가장 인상적이었죠."

얼굴을 들던 지아키는 형사들이 와 있는 것을 보고 놀란 듯 말을 멈췄다.

"하지만 노스다코타로 놀러가는 건 좀 그런데요. 눈사람이 될지도 모르거든요. 그럼 '곰곰 고양이' 님의 신청곡, 들도록 하지요. 영화 〈파고〉의 메인 테마 〈파고, 노스다코타〉."

음악이 흐르기 시작하자 구도가 스톱워치를 보고 혀를 찼다. 뭔가 불만을 말할 작정이었겠지만 지아키가 자기 등 뒤를 보고 있는 걸 알아채고 돌아봤다.

"형사님들이 이런 시간에 웬일이시죠?"

"바쁘신 것 같군요."

"보시는 바와 같이, 방송 중입니다. 심문은 방송이 끝난 뒤에 해주시지 않겠습니까?"

구도가 짜증스럽게 담배를 입에 물었다. 고마지가 직설적으로 고했다.

"마치코 사장님이 살해당했습니다."

유키야가 시디를 떨어뜨렸다. 기술자가 의자에서 떨어질 뻔했다. 구도는 입술에서 난폭하게 담배를 잡아 뺐다.

"사장이 살해당해? 살해당하다니, 무슨 소리야."

"마에다 마치코 오피스에도 사람이 없고, 하자키 FM에도 달리 사람이 없는 것 같아서 어쩔 수 없이 이렇게 방해를 하게 됐는데, 죄송하게 됐군요. 방송 종료 후에 다시 찾아뵙죠."

"자, 잠깐만요. 형사님."

구도는 눈을 번쩍번쩍 빛내며 형사들을 따라 복도로 나왔다.

"어찌 된 건가요. 사장님은 어디서 살해당한 겁니까? 왜, 언제, 도대체 누구에게? 용의자는 있나요?"

고마지는 짐짓 꾸민 듯이 손목시계를 바라봤다.

"아홉 시에는 하자키 경찰서에서 기자회견을 할 겁니다. 상세한 건 그때."

"아, 그러지 마시고 가르쳐주세요. 우리 사장님이 살해당했다는 빅뉴스를 우리 로컬 뉴스가 전해야 하지 않겠습니까?"

"로컬 뉴스는 열 시 반부터잖아요. 기자회견 후에라도 충분히 할 수 있죠."

"생방송 중이에요. 기자회견장에 갈 수가 없어요."

"마에다 마치코 사장님의 오늘 밤 스케줄을 알고 계신 분이 있나요?"

고마지가 시치미를 떼고 되물었다. 구도의 움직임이 멈췄다.

"오늘 밤은 조카분의 밤샘 의식이잖아요. 그래서 집에 계실 거라고 생각했죠. 사장님의 비서인 후루카와 씨도 거기에 가 있을 겁니다."

음악이 끝나가고 있었다. 구도는 스튜디오에 고개를 들이밀고 빠르게 지시를 하고는 돌아왔다.

"후루카와 씨라고요?"

"후루카와 쓰네코 씨. 형사님들도 어제 만났을 텐데요."

얼굴색이 좋지 않은, 앙상한 체격의 비서를 이쓰키하라는 기억해냈다.

"댁에는 다른 형사들이 가 있어요. 따님한테 불행한 소식을 전해야 하니까."

"아, 그렇군요."

구도의 눈이 갑자기 격렬하게 움직였다. 이쓰키하라는 속으로 뭔가를 생각하는 거겠지, 하고 생각하다 눈치챘다. 마에다 마치코가 죽은 지금 뒤를 잇는 건 그 멍한 미소녀, 시노부일 터. 마치코 사장의 심복이었던 수완 좋은 디렉터 구도 고이치로가 뭘 생각했을지는 이쓰키하라가 아니라도 짐작이 갈 것이다.

"구도 씨. 사장님이 살해당한 만큼, 마에다 히데하루의 자살건도 다시 조사를 해야 할 겁니다. 아시는 게 있으면 솔직히 가르쳐주시죠."

"경찰은 사장님의 죽음과 히데하루 씨의 자살이 관계가 있다고 생각하는 건가요?"

"마치코 사장님이 살해당할 만한 사정이 달리 있다면야 얘기는 별개지만."

고마지가 멀쩡한 얼굴로 말했다. 구도의 뺨이 일그러졌다.

"그런 일은 없었을 텐데요. 하긴 사장님은 수완이 좋은 실업가였으니 일을 하다 보면 원한을 살 만한 일이 왜 없었겠어요. 그러니 살해당할 만한 사정이 절대로 없다고 단언할 수는 없는 일이지만."

"그럼 마에다 히데하루에 대해서 알고 있는 걸 가르쳐주지 않겠소?"

구도는 앞머리를 옆으로 쓸어 올렸다.

"지난주 금요일에 사장님이 절 부르시더니 편지를 보여주시더군요. 보낸 사람은 마에다 히데하루, 수취인은 사장님이었습니다. 편지에는 오랫동안 집을 비웠지만, 이제 슬슬 하자키로 돌아갈 겁니다, 하는 내용이 쓰여 있었어요. 사장님은 이 편지는 장난 편지인 게 분명하지만, 누가 무슨 목적으로 이런 걸 보냈는지 조사해주면 좋겠다고 하셨습니다."

"어째서 구도 씨한테?"

"여기 오기 전에 도쿄의 라디오 방송국에서 리서치 업무를 한 적이 있어요. 사장님은 그래서 내가 탐정 일을 할 수 있다고 생각했겠지요."

"할 수 있나요?"

"설마요. 하지만 사장님은 한번 말씀하시면 절대로 물러서지 않는 분이죠. 할 수 없이 토요일에 아는 선을 통해서 도쿄의 흥신소에 의뢰했습니다."

"어째서 가나가와현이 아니라 도쿄의 사무실에 의뢰했죠?"

"말했잖아요. 아는 선을 통했다고."

구도는 고마지가 무라키한테서 얻은 정보와 같은 얘기를 반복했다.

"마이클 가토의 추적 조사는 계속 진행 중인가요?"

고마지는 굳이 그렇게 물었다. 구도는 고개를 흔들었다.

"아니, 사장님이 그만두게 했어요."

"거 이상하군."

고마지는 이쑤시개를 빙빙 돌렸다.

"특별히 이상할 건 없죠. 사체를 보고 히데하루 씨 본인이라는 걸 안 이상 발신인의 신원을 조사할 필요가 없어진 거고."

"하지만 사장님은 그건 장난 편지인 게 분명하다고 하셨다면
서요. 왜 그런 말을 했을까요?"

구도는 쉴 새 없이 앞머리를 쓸어 올렸다.

"그런 건 내가 알 리 없죠. 사장님의 생각까지는 나도 몰라요."

"흐음. 참고가 됐습니다."

고마지가 담담히 물러나자, 구도는 휴우 하고 숨을 내쉬었다.

"그런데 오늘 다섯 시부터 여섯 시 반까지 어디 있었습니까?"

"그게 사장님이 살해당한 시간입니까?"

구도는 눈썹 하나 까딱하지 않고 되물었다. 기다리고 있었다
는 식이었다.

"그거야 해부해보지 않고는 정확한 걸 모르죠. 그래, 어디 있
었어요?"

"계속 여기에서 일을 했습니다."

"그걸 증명해줄 사람은?"

"글쎄요. 바쁠 때는 옆에 인어가 앉아 있어도 아무도 눈치채
지 못할걸요. 마구 소리를 질러대지 않는 한 말이죠. 게다가 이
회사는 일손이 부족해서 일 년 내내 바쁩니다. 여섯 시부터는 지
아키와 아르바이트를 하는 기노우치하고 오늘 밤 방송에 대해
회의를 했어요."

"다섯 시부터 여섯 시 사이에는 지아키 씨나 기노우치 군하고

도 얼굴을 마주하지 않았나요?"

"〈블루 나이트 하자키〉는 여덟 시부터 열한 시까지 나가는 방송이에요."

구도는 차갑게 대답했다.

"매일 여섯 시쯤에는 그날의 방송에 대해 회의를 하기로 되어 있지만, 그때까지는 각자 원고를 쓰거나 취재하러 가거나 다른 방송 일을 하거나, 의논 같은 것을 하면서 바쁘게 일합니다. 맡은 일만 하면 빈 시간을 어떻게 쓰든 본인 재량에 맡기고 있어요. 영화를 보러 가든 낚시를 하든 일에 지장만 없으면 됩니다. 사실상 이십사 시간 근무나 마찬가지니까요."

"좋은 회사군요."

고마지는 몹시 감동한 것처럼 말했다.

"우리도 그렇게 일을 하고 싶어요. 여유로울 때 바다낚시를 해도 수사에 빈틈만 없으면 되는 식으로요. 구도 씨는 낚시 합니까?"

"뭐, 가끔은."

"그럼, 아침 일찍 바다에 가기도 하겠군요."

구도가 얼굴을 찌푸렸다.

"그건 마에다 히데하루가 죽은 월요일 아침 일찍 하자키 히가시비치에 가지 않았냐, 하는 질문을 굉장히 돌려서 한 거겠죠? 분명히 해둡시다. 아침에 일찍 낚시하러 가는 일이 있더라도 하자키 히가시비치로는 가지 않습니다. 그런 얕은 바다에서 무슨 낚시를 해요. 게다가 월요일 아침 일찍 나는 하자키에 있지도 않았어요. 증명해줄 사람도 있습니다."

"누굽니까?"

"그 질문에 대한 대답은 마에다 히데하루의 자살이 정식으로 살인 수사로 전환되었을 때 하도록 하죠."

걸어가는 구도의 뒷모습을 바라보며 고마지 반장이 중얼거리는 소리가 이쓰키하라의 귀에 들어왔다.

"흥미롭군. 정말 흥미롭군."

여덟 시 반을 지난 하자키 의과대학 부속병원은 쥐 죽은 듯 고요했다. 두 사람은 수위와 간호사 대기실을 경찰수첩으로 쉽게 통과했지만 마에다 베니코가 입원해 있는 특실 앞에서는 발걸음을 멈춰야 했다.

"누가 뭐라 하든 절대로 여사님을 만날 수 없습니다."

심보가 나빠 보이는 간호사는 딱 버티고 서서 물러서려 들지 않았다.

"병원장의 진단서도 있습니다. 면회 사절입니다. 아시겠어요?"

"아니, 조금도 모르겠군."

고마지가 낮게 웅얼거렸다.

"마에다 베니코 여사는 검사차 입원한 거잖아. 그런데 어째서 면회 사절이라는 거지? 병원 측에서 뭔가 중대한 과실을 저질렀다고밖에 생각할 수 없군."

"말씀 함부로 하지 마세요."

간호사는 세로로 주름이 진 얇은 뺨을 떨었다.

"환자에게 무리한 질문을 해서 만약에 무슨 일이라도 일어나면 서장님께 말씀드릴 거니까요. 이게 진단서예요."

고마지는 진단서를 낚아채서 굉장한 소리를 내며 코를 풀어 구겨버렸다. 이쓰키하라는 간호사를 밀치고 병실 문을 열었다.

마에다 베니코는 침대에 누워 스탠드 불빛으로『장미의 살의』라는 소설을 읽고 있었다. 이 사람이 소문으로 듣던 뛰어난 투자가이며 마치코의 고모인 베니코 여사인가, 하고 이쓰키하라는 생각했다. 두꺼운 타월 천 이불로 몸을 감싼 베니코는 어딘가 이쓰키하라 자신의 할머니를 떠올리게 하는 데가 있었다. 장난을 치면 엄하게 야단치지만 집에 놀러 가면 언제나 맛있는 유부초밥을 만들어놓고 기다리던 할머니.

이쪽을 알아보고는, 그녀는 빙긋이 웃으며 책을 덮었다.

"오래간만이군, 고마지 반장. 자 거기들 앉지."

"이거 오랫동안 격조했습니다."

고마지가 의자를 끌어와 앉았다. 등 뒤에서 간호사가 뭔가 말을 하려다가 잰걸음으로 사라졌다. 베니코는 고개를 갸웃하고 말했다.

"당직 의사한테 일러바치러 간 거겠지. 할 얘기가 있으면 빨리 해주는 게 좋겠어."

"상태는 어떠신가요?"

"난 병자가 아니야. 마치코가 날 히데하루의 밤샘 의식에 못 가게 하려고 저 간호사를 고용해서 감시를 시킨 거야. 참, 너무하지 않은가, 고마지 반장. 왜 내가 아니라 마치코에게 사체를 보여주느냐고. 걘 히데하루를 알아볼 수 없어."

"심장이 나쁘시다고 들어서요."

베니코는 답답한 소리 그만하라는 듯이 손을 내저었다.

"가을에 영국의 로맨스 애호가 모임에 출석하기로 되어 있어서 그전에 검사를 마쳐두려고 한 것뿐이야. 마치코도 그렇지만, 당신들도 날 꼭 쓸모없는 노인 취급한단 말이야. 지금이라도 늦지 않았어. 히데하루의 사체를 아직 화장하진 않았겠지. 보여줘. 수고를 덜 수 있을 거야."

"수고, 라고 하시면."

"내일 아침에 집에 가서 사체를 볼 생각이었어."

고마지는 생각에 잠겨 턱을 쓰다듬었다.

"한 가지 가르쳐주셨으면 하는데요. 아까 이상한 통보가 있었어요. 삼동사로 운반돼야 할 할머니의 유체가 젊은 남자 사체와 바뀌었다는. 그 일에 대해서 심증 가는 데가 있으신가요?"

베니코는 이불에 얼굴을 묻고 우물우물 대답했다.

"글쎄, 무슨 얘긴지 모르겠군."

"그러세요? 그럼 아이자와 마코토는 당분간 유치장에서 못 나오겠군요. 여러 가지 힘든 일을 당해서 조금 이상해진 모양이에요. 오후 다섯 시부터 여섯 시까지 관 속에 있었다는 소리를 하더라고요."

"다섯 시부터 여섯 시 사이에 도대체 무슨 일이 일어났다는 거야?"

고마지 반장은 깊은 숨을 내쉬었다.

"실은 조카인 마치코 씨가 돌아가셨습니다."

"뭐라고?"

베니코는 이불을 젖히고 상반신을 일으키고는 고마지의 얼굴을 뚫어져라 쳐다봤다.

"농담이지?"

"저도 농담이라면 좋겠는데요."

고마지는 애도의 뜻을 표하느라 시간을 낭비하는 행동은 하지 않았다. 베니코 역시 그런 걸 기대하는 사람이 아닐 거야, 라고 이쓰키하라는 생각했다.

"살해당했군."

베니코가 이불을 꽉 움켜쥐면서 물었다.

"내 가게에서, 맞지?"

"말씀하신 대로입니다. 그걸 어떻게?"

"자네가 방금 말했지 않나. 마코토가 지금 유치장에 들어가 있다고. 마코토와 마치코는 서로 만난 적이 없어. 살인이 아니라면 알리바이 같은 게 문제가 되지 않을 테지. 더구나."

베니코는 아주 조금 말을 머뭇거렸다.

"다섯 시 조금 전까지 마치코는 이 병실에 있었어."

고마지와 이쓰키하라가 얼굴을 마주 봤다.

"마치코는 히데하루 사건을 나한테 알리지 않으려고 필사적이었어. 말도 안 되는 얘기인데 말이야. 내가 그 사건을 알게 되자 이번에는 나를 밤샘 의식에 못 가게 하려고 애썼어. 자네들도 만났겠지, 그 케르베로스(그리스 신화에서 명계冥界를 지키는 상상의 동물—옮긴이)를."

"……뭐라고요?"

"지옥의 개야. 그 간호사 말이야. 마치코가 나를 여기서 못 나가게 하려고 고용한 거야. 병문안 오는 손님하고도 못 만나게 하려고 한 건데, 네 시 조금 전쯤에 마코토하고 지아키가 병문안하러 왔었어. 면회 사절이라는 말에, 아, 그렇습니까, 하고 물러갈 애들이 아니지. 간호사가 당황해서 연락을 했던 모양이야. 네 시 반이 넘었을 무렵에 마치코가 달려왔지."

"그때 마코토 씨는?"

"나한테 부탁받은 일을 하러 가서 이 자리에는 없었어. 마치코는 있는 대로 화가 나서 절대로 병원에서 내보내지 않겠다고 부르 짖더니 마코토가 가져다준 서점의 뒷문 열쇠를 빼앗아 나갔어."

"순순히 건네줬나요?"

"그 간호사가 지옥의 개라면 마치코는 악마의 여왕이야. 저항 못 해. 마치코는 그길로 서점으로 갔을 거야."

"뭘 하러?"

베니코는 기묘한 웃음을 지었다.

"내가 조금 위협을 했거든."

"위협? 베니코 여사님이 마치코 사장을 위협했다고요?"

"그래. 위협했다는 게 그렇게 신기한가, 신참 형사님?"

이쓰키하라의 뺨이 붉어졌다. 베니코는 얼굴을 확 구겼다.

"히데하루가 죽었다고 그 애의 재산이 마치코 너한테 가지는 않아, 모두 내 것이니까 그렇게 알고 있어라, 하고 말해줬지. 그 증거로 히데오의 유언장을 받아두었다고 말이야. 히데오는 죽을 때 히데하루의 재산을 나한테 위탁하고, 히데하루가 살아 있으면 모두 본인에게 주고 사망이 확인되면 나에게 양도하겠다고 하는 내용의 유서를 썼어. 히데하루가 행방불명이 됐을 때 히데 오는 암에 걸린 상태였고 자신에게 남은 생명이 얼마 없다는 걸 알고 있었지."

"그렇습니까? 그래서 마치코 사장은 허둥지둥 그 유언장을 찾 으러 서점으로 간 거군요. 하지만 왜죠? 왜 마치코 사장에게 유언장 얘기를?"

"시간 벌기였어, 애기 형사. 히데하루의 유체인지 뭔지를 이 눈으로 봐두고 싶었으니까."

"그럼, 베니코 여사도 그 유체는 히데하루가 아닐 거라고 생각했나요?"

"그게 아니라면 마치코가 그렇게 나를 떨어뜨려놓으려고 애쓸 이유가 없다는 생각이 들어서."

꽈당 하는 소리가 나고 병실 문이 열렸다. 의기양양한 간호사 뒤에 병원장이 서 있었다.

"보세요, 면회는 안 된다고 했는데 이 형사님들이 억지로. 어머 여사님 얼굴색이 나빠졌네요."

원장은 거드름을 피우며 앞으로 나섰다.

"형사님, 고마지 씨였나요? 아무리 경찰이라도 의사가 면회 사절이라고 진단한 환자를 심문할 권리는 없습니다. 이 사실은 서장님께 보고를 하지 않을 수 없겠군요."

"입 다물어."

베니코가 날카롭게 말했다.

"고마지 반장, 난 언제든지 불법 감금으로 이 바보 녀석들을 고소할 용의가 있네. 서장에게도 그렇게 전해주기 바라네."

"베니코 여사님, 그렇게 말씀하시지 마세요. 이건 모두 가족 분의 허가 아래 하고 있는 거니까요."

원장이 얼굴에 웃음을 바르고 말했다. 베니코는 쌀쌀맞았다.

"그 가족분이라는 건 마치코 얘기겠지. 그 애라면 죽었어. 고마지 반장이 전해줬어. 자, 어떻게 할 건가? 죽은 마치코와의 의리를 지켜서 의사면허증을 취소당할 건가? 의사회에는 나한테 은혜를 입은 의사들이 많아. 아니면 나한테 제대로 된 입원 생활을 하게 해줄 텐가? 응, 어떻게 할 거야?"

원장의 얼굴이 창백해지더니 바로 붉어지고 결국에는 보랏빛이 됐다.

"죽어요?"

"살해당했어."

"살해당해?"

원장은 도움을 구하듯 형사들에게 시선을 던졌다. 고마지는 무겁게 고개를 끄덕였다.

"마치코 사장님의 죽음에 대해서는 우선 베니코 여사께 알리는 게 타당하다고 생각해서요. 내일 뉴스로 갑자기 듣게 되는 것보다 이게 낫지요. 원장님의 조치를 존중하지 않은 건 완전히 우리의 부덕의 소치입니다. 서장님께 고충을 말씀하신다면……."

"아니, 아니요, 아니."

원장이 심하게 손을 내저었다.

"말도 안 돼요. 조금 전의 일은 잊어주세요. 전 밤에 용건도 없이 환자의 안정을 방해하는 사람이 있다고 들어서, 그만 말이

심하게 나왔습니다. 그런 중요한 용건이라면 예외입니다. 제대로 알려줘야지, 자네. 엉?"

"아니, 어떻게 그런 말씀을?"

원장과 간호사가 집안싸움을 하는 걸 무시하고, 고마지는 베니코에게 속삭였다.

"오늘 밤은 이만 물러가겠습니다. 날이 밝으면 다시 올 테니 그때까지 몸조심하세요."

"고마지 반장."

베니코가 마지막으로 한 말은 이쓰키하라의 의표를 찌르는 것이었다.

"우리 가게는 괜찮겠지? 비워둔 사이에 더 이상 엉망이 되지 않게 주의해주게나."

8장

알리바이는
가득히

1

5월 18일 아침 여덟 시 반부터 진행된 마에다 마치코 살해 사건 수사 회의는 복잡하게 뒤얽혔다. 그 최대의 원인은 늘 그렇듯 서장이 제공했다. 머지않아 경찰청 최고 자리에 올라가겠다는 꿈을 버리지 않은 서장은 '출세하는 관리는 기회주의적이다'라는 명제의 표본이 되려고 결심한 모양이었다. 마치코의 살해에 히데하루의 죽음이 관련된 것은 아니냐는 억측을 콧숨을 거칠게 내뿜으며 부르짖는가 하면, 머뭇머뭇 히데하루 건은 재수사가 필요하다고 하더니, 다시 자살이라고 말을 고쳤다가, 하지만 사체 확인을 베니코 여사에게 부탁해도 문제없을 거라는 등, 회의를 있는 대로 휘저어놓았다.

결국 사체의 재확인과 마이클 가토에 대한 추적 조사를 하기로 결정할 즈음, 서장은 지쳐서 입을 다물었다. 형사들은 겨우 사실관계 검토에 들어갔다.

마에다 마치코의 사망 추정 시각은 역시 어제 오후 다섯 시 지나서부터 여섯 시가 조금 지난 시각 사이, 오차가 있을 수 있으므로 관계자는 다섯 시부터 여섯 시 반까지의 알리바이를 확인할 것.

흉기는 무거운 둔기, 상처에서 돌조각이나 기타 흔적은 나오지 않았다. 고서점에 놓여 있던 금속제 항아리가 행방불명인 점으로 미루어 그것을 흉기로 추정.

피해자 마에다 마치코는 어제 오후 다섯 시 조금 전에 하자키 부속병원에 입원 중인 고모의 병문안을 갔었다. 그 후의 발자취는 지금으로서는 알 수 없으나, 마치코의 차는 병원 주차장에 그대로 있었다. 가방은 뒤쪽 신발장 위에 놓여 있었고 돈과 그 밖의 소지품들은 없어지지 않고 그대로 있는 것으로 보인다.

그다음에는 일을 분담했다. 이쓰키하라와 고마지는 관계자 탐문을 하게 되었고, 병원의 허가가 나는 대로 베니코가 '히데하루의 자살 사체'를 확인하는 자리에도 동행하기로 했다.

이 층으로 내려가자 놀랍게도 와타나베 지아키가 찾아와 기다리고 있었다. 기노우치 유키야와 어디서 본 듯한 젊은 남자가 동행했다. 그들은 불안한 표정으로 이쓰키하라를 올려다봤다.

"선배님, 고마지 반장님, 안녕하세요? 얘기할 게 있어서 왔는데요."

"무슨 얘기지?"

"마코토 씨에 관한 겁니다. 아직 여기 있나요?"

"그래."

이쓰키하라는 뚱하니 대답했다. 아이자와 마코토는 유치장에 들어간 뒤로 아직 못 만났다. 들리는 바에 의하면 돈가스 덮밥을 시켜달라고 해서 우적우적 다 먹어치운 후에 코 고는 소리도 요란하게 잠을 잤다고 한다. 덕분에 옆방에 있던 속옷 도둑이 수면 부족이다, 인권위원회에 호소하겠다, 하고 씩씩거린 모양이다. 간이 엄청나게 큰 건지 머리에서 나사가 하나 빠진 건지. 그런데 들어가는 게 익숙하지 않고서야 유치장에서 숙면을 했다는 건 거리낄 게 없다, 즉 무죄라는 얘긴데, 하지만 그게 무죄의 증거가 되지는 않는다.

"어젯밤 유키야가 경찰의 기자회견장에 갔었어요. 구도 씨랑 나는 방송 중이라 움직일 수 없어서요. 뉴스는 보통은 돈을 주고 통신사에서 사들이는데, 피해자가 우리 사장님이라 기자회견장을 직접 찾은 거지요. 그래서."

"마치코 사장님이 살해당한 게 어제 저녁 다섯 시부터 여섯 시 반 사이라면서요."

유키야가 초조해하며 지아키의 얘기에 끼어들었다.

"그 시간에 아마 마코토 씨는 알리바이가 있을 거예요."

"자네들과 같이 있었나?"

"아니, 그게 아니라."

"도대체 무슨 소리를 하고 싶은 거야?"

이쓰키하라의 질문에 세 사람은 얼굴을 마주 보며 머뭇거렸다. 고마지가 재채기를 하고 끼어들었다.

"말을 못 하겠으면 내가 대신 말해주지. 당신들 셋이, 거기에 아이자와 마코토까지 가담을 해서 넷이, 아니지, 마에다 베니코 여사를 넣어서 다섯 명이군. 마에다 히데하루의 사체를 훔쳐내려다 실패한 거지?"

"고, 고마지 반장님, 무슨 그런 말도 안 되는."

이쓰키하라가 웃음을 터뜨렸으나 다음 순간 딱 멈췄다.

"말씀하신 대로예요."

지아키가 진지한 얼굴로 고개를 끄덕였고, 이쓰키하라는 망연해져서 예전의 후배를 바라봤다.

"엉, 뭐라고?"

"네. 죄송합니다."

지아키와 유키야, 그리고 젊은 남자는 깊이 머리를 숙였다. 그리고 입을 모아 말했다.

"하지만 고마지 반장님, 어떻게 아셨죠?"

"마에다 베니코 여사는 히데하루의 유체를 못 본 채 반쯤 감금상태였어. 아이자와 마코토가 자세한 사정에 대해서는 말하기를 완강하게 거부했지만, 자신은 다섯 시 지나서부터는 관 속에 있었다고 했어. 자네들을 보호하기 위해서였던 거지. 그리고 삼동사에서는 할머니의 사체가 젊은 남자의 사체로 바뀌는 사건이 일어났지. 마지막으로 베니코 여사는 마치코 사장을 서점으로 가게 한 이유를 '시간 벌기'라고 했어. 히데하루의 유체를 이 눈으로 보고 싶었다면서 말이지. 그런데 밤샘 의식 시간을 조금 늦춘다고 해서 병실에 누워 있는 베니코 여사가 히데하루의 유체를 볼 수 있는 건 아니잖아. 자, 그럼."

고마지는 풀이 죽은 세 사람을 무서운 눈초리로 둘러봤다.

"아이자와 마코토가 말하지 않은 자세한 사정을 얘기해보게."

젊은 남자가 앞으로 나와 유키야의 형 기노우치 미쓰히코라고 이름을 밝혔다. 고마지는 눈을 가늘게 떴다.

"아, 자네, 옛날에 곧잘 역 앞이랑 히가시긴자 부근에 진 치고 앉아 지나가는 사람들을 겁주던 애송이군."

"옛날얘기를 하러 온 게 아닙니다."

미쓰히코는 그렇게 말하고 사체를 옮긴 전말을 설명했다.

"하지만 할머니의 사체가 젊은 남자랑 바꿔치기된 건 장의사의 실수입니다. 히데하루가 아니라 할머니의 사체라는 걸 알아차리고 우리는 당연히 마코토가 들어 있는 건 할머니의 관 쪽이라고 생각했으니까요. 동생하고 지아키는 일하러 가야 해서 내가 그 할머니를 밴에 태워 삼동사까지 갔어요. 틈을 봐서 마코토하고 바꿔치기하려고. 아무래도 우리가 사체를 꺼내고 마코토를 대신 들어가게 한 후에, 관이 바뀌었나 봅니다."

"그걸 알아차리고 어떻게 했나?"

"어쩔 수 없잖아요. 할머니를 다시 병원으로 데려와서 영안실
에 돌려놓았죠."

"흐음, 대충 상상이 가는군. 마에다 베니코 여사의 꼬임에 넘
어가 자네들은 큰 범죄에 손을 대고 말았어. 사체 절도가 범죄라
는 걸 모르지는 않았겠지."

고마지가 코를 비비며 말하자 미쓰히코가 되받아쳤다.

"꼬임에 넘어갔다는 말은 하지 마십시오. 나는 베니코 아주머
니를 위해서라면 머스터드 대신에 탄저균을 바른 핫도그라도 먹
을 각오가 되어 있으니까."

"그런가? 그거 믿음직스럽구먼. 그럼 분명 베니코 아주머니를
위해서라면 마치코 사장의 머리도 내리칠 수 있겠군."

미쓰히코가 튀어 올랐다.

"노, 농담하지 마요. 도대체 베니코 아주머니가 그런 무서운
부탁을 할 리 없지요."

"사체를 훔쳐 오라고 했지 않나?"

"그건 베니코 아주머니의 당연한 권리잖아요. 도련님은 조카
의 아들인 데다 베니코 아주머니가 키운 거나 마찬가지라고 들
었는데요. 한번 보지도 못하고 화장해버린다는 건 너무한 얘기
잖아요. 누구나 안됐다고 생각하지 않겠어요? 실수로 할머니를

데리고 온 건 잘못했다고 생각하지만."

"어제 오후 다섯 시부터 여섯 시 반까지 당신은 어디 있었지?"

고마지가 코웃음 치며 물었다. 미쓰히코는 펀칭볼이라도 보는 눈빛으로 고마지를 노려봤으나 얌전히 대답했다.

"베니코 아주머니의 병실에 할머니의 사체를 가지고 올라간 것이 대충 다섯 시쯤이었어요. 잘못 데려갔다는 걸 알고 다시 나와서 유키야가 역 앞 주차장에서 가져온 내 밴에 태운 것이 다섯 시 반 전후. 사람 눈을 피해야 해서 시간이 많이 걸렸기 때문에 어쩌면 시간이 더 흘렀을지도 모르지요."

"마치코 사장님이 네 시 반 지나서 병원에 온 건 틀림없어요. 내가 자료실 창으로 봤으니까. 빨간 정장 차림으로 노란 로터스를 몰고 병원 주차장으로 가는 걸 봤어요. 그게 사장님을 마지막으로 본 게 되네요."

지아키가 거들었다. 고마지는 고개를 빙 돌리고 미쓰히코를 재촉했다.

"그랬군. 그래서?"

"유키야와 지아키는 하자키 FM으로 돌아갔어요. 나는 삼동사에서 기회를 엿봤고. 그래요, 여섯 시 반쯤까지 삼동사 주차장에 있었어요. 성묘객용 주차장에. 그때쯤에 사체가 어떠니 하면서 울부짖는 소리가 들리기에 도망쳤어요."

"그걸 증명해줄 사람은?"

"없어요. 있을 리 없잖아요. 난 사람 눈을 피했다니까요."

삼동사는 하자키역 앞에서 차로 이십 분 거리에 있다. 더구나 그 시간대라면 해안도로가 크게 붐벼서 그럭저럭 시간이 걸렸을 것이다. 이쓰키하라가 삼동사에서 걸려온 죽은 할머니의 딸의 히스테릭한 전화를 받은 것이 여섯 시 반 지나서였다. 여섯 시 조금 전에 절에 있었다는 미쓰히코의 얘기가 정말이라면 미쓰히코는 마치코를 죽일 수 없었다.

어디까지나 정말이라면의 얘기지만.

아이자와 마코토는 말쑥한 얼굴로 취조실에 나타났다. '애인' 운운하는 소문이 서장 귀에 들어갔다면 아마도 이쓰키하라는 그녀를 취조할 수 없었을 것이다. 하지만 서 내의 암묵적인 합의 덕분에 서장은 부하에 대한 그런 소문을 들을 수 없었다.

"와타나베 지아키랑 다른 친구들이 당신 얘기를 입증해주러 왔어요."

"그래요."

마코토는 무관심한 척하며 머리채를 획 돌렸다. 고마지가 연필을 부러뜨릴 뻔한 이쓰키하라의 어깨를 두드려주고 나서 마코토에게 뗾은 차를 주며 말을 꺼냈다.

"어떻게 된 건지 자세한 설명을 해도 이젠 아무한테도 피해가 가지 않는다는 얘기요."

"알았어요."

마코토는 심호흡을 하고 얘기를 시작했다. 기노우치 미쓰히코의 얘기와 거의 같았다. 형사들이 열심히 얘기를 듣는 걸 보고 마음이 조금 풀렸는지, 마코토는 박고지말이 건에 대해 상세하게 보고했다.

"그때 그 여자애한테 전화가 걸려오지 않았다면 어떻게 됐을지 생각만 해도 소름 끼쳐요. 어젯밤에는 무서워서 잠도 못 잤어요."

"거짓말쟁이."

엉겁결에 중얼거린 이쓰키하라의 머리를 고마지가 콕 쥐어박고 부드럽게 물었다.

"그래서 관에서 탈출에 성공한 건 몇 시쯤이었나요?"

"다섯 시 반일 거예요. 한 손으로는 접시를 잡고, 다른 한 손으로 뚜껑을 여느라 악전고투했으니까."

"정말?"

이쓰키하라는 그만 의심하는 말투로 끼어들고 말았다. 마코토는 새침하게 대답했다.

"내가 히키다 덴코(일본의 마술사. '탈출왕'으로 불림―옮긴이)로 보이나요? 게다가 겨우 관에서 기어 나왔을 때 어디선가 시계가 딱 한 번 울렸어요."

이쓰키하라의 옆구리를 엄청난 힘으로 찌르고는 고마지가 온

화하게 말했다.

"흐음, 그래서?"

"프랑스식 창을 통해 정원으로 나왔고, 사람들한테 들키지 않게 출구를 찾느라 애를 먹었지요. 정원에는 연못도 있었고 작은 산 같은 것도 있었으니까. 마당이라기보다 개 훈련장이에요. 겨우겨우 밖으로 나온 것까지는 좋았는데 글쎄 난 그쪽 지리를 전혀 모르잖아요. 휴대전화로 지아키 씨한테 연락을 해서 역까지 가는 길을 가르쳐달라고 했는데……."

"그건 몇 시쯤이었나?"

"여섯 시 오 분이나 육 분쯤? 휴대전화에 그렇게 표시됐었어요. 하지만 그 주위의 길을 전혀 모르잖아요. 미나미산 3가를 지나 우치하마, 그걸 지나면 유히오카라는 블록이 나오니까 오른쪽으로 꺾어서 오라는 말을 들었는데, 미나미산 3가에서 이상하게도 미나미산 1가로 나오게 되는 거예요. 돌아가서 다른 길로 갔더니 이번에는 미나미산 7가가 나와서 처음부터 다시 시작. 이번에는 꼭 제대로 가야지 했는데 소토하마라는 블록이 나오잖아요. 열받아서 계속 돌아다니다가 정신을 차리고 보니 산속이었어요. 되돌아가다 마주친 사람한테 물어서 그때야말로 역까지 가는 길을 알게 됐죠."

"어떤 사람이었나?"

"이십 대 후반쯤 되는 남자. 하자키산 너머에 있는 목련 빌라에 산다고 했어요."

고마지가 입안의 차를 뿜을 뻔하다가 입 주변을 손수건으로 닦았다.

"이거, 실례. 그래서 그 사람을 만난 건 몇 시였지?"

"글쎄요, 그때는 시계를 안 봤으니까. 도착했을 때의 시간을 생각하면 여섯 시 반은 너끈히 지났을 거예요. 어때요, 알리바이가 성립될 것 같나요?"

"확인해볼 필요는 있겠지만, 뭐, 괜찮겠지. 어쩌면 지금 말한 대로 하자키의 길을 모르는 게 아닐지도 모르지만. 실은 마에다 저택에서 다섯 시 반에 빠져나와 곧장 진달래 고서점으로 가서 마치코 사장을 죽이고, 알리바이를 만들기 위해 지아키 씨한테 전화를 걸고는 산에서 길을 잃은 척했다, 라고 생각할 수도 있어."

"그러니까 말했잖아요. 난 마치코 사장이라는 사람을 전혀 모른다고."

"또 도둑으로 오해를 해서 즉시 해치워버렸다, 하는 일도 있을 수 있지. 그런 무서운 얼굴 하지 말라고. 어디까지나 가정이야. 알리바이 공작을 하면서 인적이 없는 산길을 선택할 만큼 당신이 바보는 아닐 테니까. 그래도 당분간은 하자키를 떠나지 않도록 하시오. 지난번에는 부탁이었지만 이번에는 명령 같은 거요."

"알았어요. 어차피 로맨스 축제가 끝날 때까지는 서점을 돌보겠다고 베니코 여사님이랑 약속했는걸요. 이런 상태에서 돌본다고 말할 수 있는 건지 의심스럽긴 하지만."

"좋아요. 그럼 진술서에 사인을 하고 가도 됩니다. 베니코 여사는 가게 일을 굉장히 걱정하고 있으니 돌아가서 청소라도 해놓으면 기뻐하시겠지."

취조실은 바닥도 벽도 책상도 의자도 서 있는 형사들이 입고 있는 양복까지도 회색 일색이었다. 그 방으로 격자 창문을 통해 햇빛이 들어와 아이자와 마코토의 희뿌연 얼굴을 밝게 비췄다.

"괜찮아요? 관에 관한 건은?"

"그건 아마 마에다 베니코 여사가 잘 처리할 거요. 이쪽도 살인사건으로 힘이 부치는 판에 그런 어리석은 소동에까지 관여할 여유 따위는 없소."

어깨를 움츠리며 일어선 마코토에게 고마지는 턱을 쓰다듬으며 물었다.

"혹시 몰라 묻는 건데, 어젯밤에 요 얼마 사이에 만난 불행을 열거할 때 호텔 화재도 있었는데?"

"아, 그거요. 형사님들한테는 얘기하지 않았나요? 지난달 19일에 신주쿠 로열 할리우드 호텔에서 화재가 났었어요. 기억하죠?"

"열네 명이나 사망한 그 대참사 말인가?"

"그래요. 난 그날 그 호텔에 묵었었어요. 우연히 담배가 떨어져서 로비까지 사러 내려간 덕에 살아난 거나 마찬가지예요. 로

비에 내려간 순간 화재경보기가 울리기 시작했고, 아아, 다시 생각하고 싶지 않아. 난 동전 지갑밖에 없어서 집으로 돌아갈 수도 없는 터라 계속 호텔 밖에 있었는데, 대혼란이었어요. 아침이 되어 운반대 위에 실린 불에 탄 사체를 정면으로 봤어요."

마코토가 울상이 되어 자세히 설명했다. 이쓰키하라는 마음속으로 동정했다.

"안됐군. 힘든 일을 겪었군."

"하트 모양 반지가 생각날 때마다 소름이 끼쳐요. 역시 난 뭔가에 씌인 걸까. 어제 겪은 일 때문에 이제는 회색 정장도 못 볼 것 같아요. 박고지말이도 못 먹을 거고."

"관에도 못 들어가겠군."

괜히 신이 나서 쓸데없는 말을 한 이쓰키하라가 아이쿠 하고 입을 막았지만, 마코토는 혈색을 되찾고 생긋 웃었다.

"그러게요."

이쓰키하라가 멍하니 마코토의 웃는 얼굴을 넋을 놓고 바라보자, 고마지가 이쑤시개를 입에서 빼고 훼방을 놓았다.

"말 나온 김에 한 가지 더. 로맨스 축제란 게 뭐요?"

2

하자키 FM은 적어도 곁에서 보기에는 평소처럼 방송을 계속하고 있었다. 두 형사는 사무실을 둘러봤다. 여기저기서 전화가 울리는 걸 보면 하자키시의 명사였던 마치코 사장의 죽음에 대한 하자키 시민의 관심 정도를 알 수 있었다. 하지만 전화를 받는 사원은 거의 없었다. 너무나도 큰 소란에 넌더리가 난 건지, 아니면 단순히 비상사태 때문에 바빠진 것인지. 아르바이트로 보이는 아가씨가 울기 일보 직전인 상태로 혼자서 전화를 받느라 쩔쩔맸다.

마흔이 넘은 남자가 울리는 전화벨을 완전히 무시하고 맨 구석 책상에 앉아 있었다. 특별히 일을 하고 있는 것 같지도 않은 그는 알로하셔츠에 청바지, 고무 슬리퍼 차림으로 며칠은 안 깎은 듯한 구레나룻을 긁적긁적 긁었다. 그는 형사들이 자기소개를 하자 희색이 만연해 의자를 권하고 오기와라 부이치라고 자기를 소개했다. 지아키가 그제 가십 아저씨라고 조롱조로 언급한 프리랜서 방송작가인 모양이다.

"거참, 놀랐습니다, 정말. 마치코 사장을 한 방에 때려눕히고 싶다고 생각해본 녀석들이야 하자키 해변의 모래알만큼 많겠지만, 진짜로 그럴 수 있는 사람이 있을 줄이야."

오기와라는 알리바이 확인에 대해서, 그런 건 없다고 한마디로 처리한 뒤에, 말 구석구석에 경외하는 마음을 담고 입술 끝에는 침을 담아 단언했다.

"당신도 때리고 싶었던 적이 있나요?"

"그야, 없다고는 말 못 하지요. 그 사람은 어쨌든 제멋대로인데다가 뭐든 막무가내로 밀어붙였으니까요. 이번 월요일에도 느닷없이 와서 몽땅 나가버리라면서 사무실 안의 사람들을 쫓아냈다니까요."

"잘들 모두, 불평도 없이 따랐군요."

"익숙했으니까요. 거스를 만한 가치가 있을 때만 거스르면 돼요. 그렇지 않을 때는 머리를 낮춰서 지나가야죠. 당신들도 그렇게 하고 있죠?"

오기와라는 히죽거리면서 해지기 직전의, 원래는 노란색이었을 알로하셔츠를 긁어댔다.

"오기와라 씨는 사내의 정보통이라고 들었는데요."

이쓰키하라가 물었다.

"마치코 사장의 머리를 후려치고 싶어 할 만한 사람 중에 심증이 가는 사람은?"

"그건 회사 안보다 밖에 많지 않을까요. 이러니저러니 해도 마치코 사장이 있어야 하자키 FM도 있을 테니까요. 그 사람이 죽었으니 앞으로 어떻게 될지 모르겠네요. 특히 사장파는 겁먹지 않았을까요?"

"사장파?"

"그래요. 하자키 FM은 마치코 사장이 좌지우지했어요. 그런데 어쨌든 적자가 계속됐죠. 하지만 그건 회사 탓이 아니에요. 라디오 광고는 싸요. 여긴 예를 들어 이십초 스폿이 아침 일곱시부터 밤 아홉 시까지는 사천 엔. 야간에는 삼천 엔이에요. 횟수가 많으면 할인도 하지요. 예를 들어 '경찰관이 되지 않겠습니까. 지금이라면 실탄을 이백 발까지 맘껏 쏘고, 세 번까지라면 교통위반도 취소해주는 특전이 있습니다. 자, 다 같이 경찰관이 됩시다!' 같은 스폿을."

"오기와라 씨."

"실례. 뭐 그런 스폿을 하자키 경찰서가 하루에 밤낮으로 두 번 낸다고 해도 그 비용은 월 이십만 엔 정도예요. 일주일에 한 번만 야간에 내보낸다면 만사천 엔이죠. 겨우 이 돈이면 삼만 명의 청취자의 귀에 들어가요. 효과에 비해 비용이 싸지요. 덕분에 광고를 내고 싶어 하는 사람이, 특히 여름에는 넘치죠. 시장이 보조금을 잘라버려도 하자키 FM은 지속 가능해요. 본래는요."

"그럼 적자의 원인은?"

"한마디로, 임대료."

오기와라 부이치는 양팔을 빙빙 돌렸다. 그러자 알로하셔츠 아래 축적되어 있던 덜 마른 양말에서 나는 것 같은 체취가 확 덮쳐왔다.

"이 빌딩의?"

이쓰키하라가 리놀륨 바닥에 미끄러진 척하며 뒤로 물러나면서 물었다.

"그래요. 마치코 사장의 소유인 이 빌딩에서, 하자키 FM은 이오 층과 육 층을 임대해서 쓰고 있으니까요. 무려 월 오백만 엔으로."

"오백만?"

"터무니없죠? 연간 육천만 엔이면 보통 소기업이라면 철수를 하죠. 그 정도 액수면 해변의 훌륭한 집 한 채를 살 수 있잖아요. 미니 FM 같은 건 기자재만 있으면 가건물에서도 방송을 할 수 있으니까요. 그런데 방송 기자재도 마치코 오피스 소유라 그것도 임대료를 낸답니다. 지하의 주차장 요금도 그렇고. 아무리 노력해서 돈을 벌어도 전부 마치코 사장 주머니로 들어가는 시스템으로 되어 있어요."

"지금까지 아무도 그것을 문제 삼지 않았습니까?"

어이가 없어진 이쓰키하라가 묻자, 오기와라 부이치는 코웃음을 치면서 군데군데 거무스름해진 고무 슬리퍼를 벗었다.

"해봤자 의미 없죠. 융자를 하는 하자키 신용금고, FM, 오피스, 전부 다 마치코 사장 거라고 해도 좋을 정도니까요. 일부 사원 빼고는 이 사실을 모르고 말이죠. 그런데 지금의 하자키 여시장이 이 문제를 파헤치려 들자 사장은 당황했어요. 의회에 실탄을 마구 쏘아대지 않으면 상황이 어렵게 전개되게 생겼죠. 하지만 하자키 FM에서 거둬들인 돈도 여기저기 부동산에서 나온 적자를 메우는 데 쓰여서 남아 있지 않아요."

"마치코 사장이 죽었으니 이제 어떻게 될까요?"

오기와라는 흥미 없다는 듯 고개를 흔들고, 또다시 야릇한 체취를 흩뿌렸으나, 눈은 변함없이 장난스럽게 빛났다.

"글쎄요. 아마 FM은 신용금고가 가져가겠죠. 그렇게 되면 사장파는 우선 남아 있을 수가 없어요. 신용금고의 지금 이사장은 실질적인 권력자였던 마치코 사장에게 꼼짝 못하다가 드디어 반역을 시작한 것 같으니까."

"그래서 사장파가 겁을 먹었다는 거군요. 사장파는 누구죠?"

"영업부장과 과장. 제작 담당으로는 구도 씨죠."

이쓰키하라는 자잘한 글씨로 새카매진 수첩을 펼쳤다.

"구도 씨는 사장의 연하의 정부라는 소문이 있다던데요."

"아, 그건 내 착각이었어요. 구도 씨가 감쪽같이 속인 건 사장이 아니라 사장 비서인 후루카와 쓰네코라는 여자예요. 겉모양은 오징어 같은 여자지만, 틀림없이 씹으면 씹을수록 맛이 있나 보네요. 사 년이나 계속되고 있으니까."

"사 년이라니 오래 사귀었군요."

"뭐, 그렇죠. 나는 한때 지아키와 구도 사이가 수상하다고 생각했었어요. 그랬더니 오징어가 클레임을 걸더군요. '구도 씨하고 사귀는 건 나니까 어린 여자애하고 묘한 소문 내지 말아주세요' 하고."

"그래요?"

"구도 씨는 보기에는 그래도 〈젊은이의 양지〉예요."

오기와라 부이치의 수다는 멈출 줄 몰랐다.

"알지요? 하층계급 출신의 야심에 찬 젊은이가 부잣집 아가씨를 잡아서 상류층으로 올라가는 영화. 처음에는 구도 씨도 지아키한테 마음이 있었어요. 지아키는 제법 팔팔하고 귀여운 데가 있으니까. 하지만 히가시긴자 커피숍의 딸이라는 말을 들은 순간 태도를 싹 바꿨죠. 구도 씨도 어딘가 작은 상점의 자식이었던 터라 더 싫었겠죠. 그에 비해 오징어의 아버지는 국가공무원, 고급관료예요. 어딘지는 몰라도 낙하산 인사로 갔다던데."

나라면 아버지가 어떤 직업이든 와타나베 지아키 쪽이 좋은데, 하고 이쓰키하라는 생각했다. 그 순간 이상하게 관이 뇌리에 떠올랐다.

"마치코 사장도 구도 씨와 오징어의 교제를 지원했어요. 그 정도였으니, 그 커플도 이제 큰일이야."

오기와라의 말투는 장난을 지나쳐 독기를 품기 시작했다.

"구도 씨는 도쿄의 라디오 방송국에 있었던 적이 있는데, 소문으로는 당시에 빚 문제, 여자 문제도 있었던 데다, 억지로 남을 밀어내려다 거꾸로 자신이 밀리는 등, 영 말이 아니었다고 해요. 하자키 FM으로 오게 되어 감지덕지 아니었을까? 여하튼 사장은 구도가 마음에 들어서 공짜로 맨션을 하나 빌려줬어요. 내가 연하의 정부라고 오해할 만하지요?"

"마치코 사장은 왜 그렇게까지 해서 구도 씨를 하자키로 끌어온 걸까요?"

오기와라는 그 질문을 기다렸다는 듯이 몸을 앞으로 내밀었다.

"한마디로 말해서 비슷한 사람이었기 때문일 거예요. 상승 지향이 강하고 원하는 걸 손에 넣기 위해서라면 수단과 방법을 가리지 않지요. 게다가 사장은 제작에 대해서는 완전 무지하니까 누군가 믿을 수 있는, 이라고나 할까, 쐐기를 박아놓고 싶었던 거지. 그렇게 하면 간접적으로 제작 쪽도 컨트롤할 수 있으니까요."

"컨트롤할 수 있었나요?"

오기와라는 눈꺼풀을 천천히 움직이면서 조소하듯이 말했다.

"본인은 그렇다고 생각했겠지."

이쓰키하라는 놀라서 그를 다시 봤다. 수다쟁이 남자의 속에서 다루기 벅찬 영악한 들개가 잠깐 모습을 드러낸 것 같았다.

"뭐, 어쨌든 마치코 사장을 죽이고 싶을 정도로 증오한 사람은 하자키 FM 내에는 없어요. 절대로 못 죽일 법한 녀석이라면 많이 있었지만. 찾는다면 바깥쪽을 찾아보는 게 좋을 걸요. 하자키 의대 방면이라든가, 신용금고 방면이라든가, 부동산 방면이라든가, 친척들이라든가 말이지요."

오기와라 부이치는 그렇게 마무리 짓고 수다쟁이 중년 남자의 얼굴로 돌아가 히죽 웃었다.

사장이 죽고 나면 비서는 어떤 모양새를 해야 하는지 이쓰키하라는 짐작도 가지 않았지만, 오징어, 아니, 후루카와 쓰네코한테는 그럴 때를 위해서 미리 마련해둔 확고한 이미지가 있었던 모양이었다. 오래 써서 낡은 걸레 같은 색조의 반소매 정장에 오래된 진주 목걸이, 정성껏 닦은 검은 펌프스를 신고 시든 양상추 같은 아이섀도를 한 모습으로, 그녀는 형사들을 맞이했다. 테마는 고용주의 죽음을 추모하면서도 유능한 비서이기를 멈추지 않는 씩씩한 여자, 라고나 할까.

"무서운 일이에요."

후루카와 쓰네코는 형사들을 사장실 응접세트로 안내하면서 시원시원하게 대답했다.

"사장님은 보통 분이 아니었어요. 그래서 자주 세상의 무능한 사람들로부터 원한을 사셨어요. 본인은 마음에 두지 않으셨지만. 전 당당하게 사장님께 개중에는 무능을 넘어 유해한 사람도 있으니까 주의하시는 게 좋다고 말씀드렸어요."

"그 유해한 사람이란 건, 구체적으로 누구죠?"

"그냥 비유를 들어 한 얘기예요. 오해하지 말아주세요."

후루카와 쓰네코는 단호하게 대답했다.

그제, 이 장소를 방문했을 때는 방의 인테리어 같은 건 눈에 들어오지 않았다. 마치코 사장의 존재감이 모든 배경을 압도했었다. 그러나 오늘은 달랐다. 이탈리아 직수입으로 보이는 가죽 소파, 묵직하니 안정감 있는 책상, 등 뒤에 놓인 사치스러운 꽃병, 방구석의 훌륭한 벽장, 이 모든 것이 방 안에 있는 사람들, 후줄근한 형사 둘에 비쩍 마른 사장 비서를 한층 더 초라해 보이게 했다.

"후루카와 씨는 마에다 마치코 사장 밑에서 일한 지 얼마나 되나요?"

"칠 년입니다."

후루카와 비서는 새침하게 턱을 들고 대답했다.

"전에는 어떤 대기업에서 근무했었는데, 비서 검정 1급을 취득해서 그에 걸맞은 직장을 찾다가 이쪽을 소개받았어요."

"그런 커리어를 쌓았다고는 생각 못 했네요. 젊어 보여서."

고마지가 이가 들떠서 입에서 튀어나올 것 같은 접대용 멘트를 정색을 하고 말했다. 후루카와 비서의 얼굴에 언뜻 웃음이 스쳐 지나갔다. 놓쳐버릴 뻔할 정도로 아주 짧은 시간이었지만, 그 웃음은 그녀를 신비로워 보이게 했다.

"올해로 서른일곱이에요. 사장님하고는 그러니까, 서른 살 때부터 일을 했죠."

"어때요, 부하가 본 사장님은 어떤 사람이었나요?"

"어쨌든 정력적인 분이셨어요. 한번 이거라고 결정을 내리면

끝까지 밀어붙이는 근성이 있으셨죠. 저도 사장님의 형편에 따라서 휴일 근무라든가 야근, 조기 출근도 심심치 않게 했어요. 하지만 큰일이 끝난 뒤에는 몰아서 휴가를 주셨고, 사적인 볼일을 부탁하셨을 때는 반드시 나중에 그 감사 인사로 식사를 사주셨고, 고가의 백이나 구두를 선물해주신 적도 있었어요."

"아주 좋은 분이셨던 것 같군요."

이쓰키하라는 고마지의 목소리에 약간의 야유가 섞여 있다고 생각했으나 다행히 비서에게는 그렇게 들리지 않았던 모양이다. 그녀는 아주 조금 가슴을 젖혔다.

"적에게는 엄해도 아랫사람으로서는 더 이상 없는 상사였어요. 전에 일했던 회사에는 공사를 혼동하고 그걸 당연하게 여기는 상사가 있었거든요. 하지만 마치코 사장님은 은의를 잊지 않는 분이셨어요."

"사적인 볼일이라는 건 어떤 일이었나요?"

"글쎄요, 휴가 때 여행 예약이나 개인적인 은행 일, 따님의 졸업식에 대신 가주는 일 등 여러 가지가 있었어요."

"그럼 히데하루 씨의 밤샘 의식 준비도 하셨나요?"

후루카와의 껍질이 한순간 깨질 것처럼 보였으나, 기분 탓이었던 모양이다. 그녀는 어디까지나 비즈니스 톤으로 대답했다.

"이번에는 사정이 사정인 만큼 가족분들끼리 하신다면서, 따님한테 맡기셨던 것 같아요."

"호오, 후루카와 씨는 마치코 사장님을 아주 잘 알고 계신 것 같군요."

"글쎄요. 사장님은 선악 구별하지 않고 오는 대로 누구나 다 받아들일 만큼 도량이 넓으셨어요. 칠 년을 함께 지내도 아직 그 속을 다 볼 수 없을 만큼 속이 깊은 분이셨어요."

형사를 하다 보면 때때로 이런 인간 통조림 같은 인물과 마주치게 된다. 후루카와 쓰네코는 지나치게 공손한 말투를 하나도 어색하지 않게 사용했고, 응수하는 내용에도 빈틈이 없었다.

"사장님이 살해당한 걸 어떻게 생각하나요?"

이쓰키하라는 창을 내리꽂으려고 해봤다.

"잘못된 일이라고 생각합니다."

후루카와 비서는 꿈쩍도 하지 않았다.

"범인으로 심증이 가는 사람은?"

"그건 이미 말씀드렸어요."

"조카인 히데하루 씨의 사체가 발견된 사건에 대해서, 사장님이 무슨 말씀을 하시지 않으셨나요?"

"들은 바 없습니다."

"어제 오후 다섯 시에서 여섯 시 반까지 어디에 계셨나요?"

"여기서 일을 하고 있었어요."

"그걸 증명해줄 사람은?"

"여섯 시 지나서 시노부 아가씨한테서 사장님이 밤샘 의식 자리에 오시지 않는다는 내용의 전화를 받았어요. 그것 말고는 없습니다."

쓸데없는 대화를 계속할까 어떻게 할까 하고 이쓰키하라가 고민하기 시작했을 때, 고마지가 완전히 엉뚱한 말을 꺼냈다.

"그런데 저건 쓰레기통입니까?"

후루카와 비서는 의아한 표정으로 고마지의 시선을 좇았다. 거무스레한 둥근 통이 책상 옆에 있었다.

"쓰레기 처리도 당신이 하나요?"

"그건 청소 용역의 일이에요."

또다시, 무표정한 비서의 내면이 번개처럼 표면에 나타났다. 이쓰키하라는 오싹했다.

"아니, 화내지 마세요."

고마지는 시치미를 떼고 계속했다.

"당신이 고무장갑을 끼고 사무실 청소를 하다니, 아무리 그래도 그렇지, 그랬을 거란 생각에서 한 말은 아니에요. 우리 어머니가 아는 분이 벌써 꽤 옛날에 어떤 정계 거물의 비서를 했던 적이 있어요. 거물은 실수를 해도 거물급으로 하더라고요. 중요하기 이를 데 없는 내부 서류를 아무렇지도 않게 휙 하고 버린다네요. 한번은 스태프가 총출동해서 쓰레기를 추적, 물건을 되찾아 오는 대소동을 벌였다고도 해요. 그 후로 비서가 반드시 쓰레기통을 체크하게 됐다네요. 후루카와 씨가 상당히 유능한 데다 사장님의 신뢰도 받고 있었다고 생각하니, 어쩌면 비슷하지 않았을까 하는 생각에, 그 얘기가 떠올랐습니다."

"네, 일단은 귀가 전에 들여다봅니다."

후루카와 비서의 갑옷이 벗겨져 나가는 것을, 이쓰키하라는 반쯤 멍청한 상태로 바라봤다. 배시시 웃음 짓는 비서는 오징어라기보다는 생굴같이 즙이 듬뿍 배어 있었다.

"전에 사장님의 이어링이 쓰레기통에 들어 있었다면서 청소하는 아주머니가 가져다줬어요. 에메랄드를 다이아몬드로 둘러싼 것이라 팔백만 아래로는 살 수 없는 물건인데, 아주머니가 정직한 사람이 아니었다면 큰일 날 뻔했어요. 그래서 저도 가능한 주의를 했습니다. 그게 비서의 업무이기도 하니까요."

"과연 빈틈이 없군요."

"무슨 그런 말씀을요. 당연히 해야 할 일인데요."

고마지와 소리를 맞춰 웃고 나서, 후루카와가 낮게 말했다.

"아, 생각난 게 있어요. 수사에 참고가 될지 모르겠네요."

"꼭 좀 들려주십시오. 후루카와 씨의 눈이라면 신뢰할 수 있습니다."

"어느 날 봉투를 개봉하지 않은 편지가 쓰레기통 안에 있어서 잘못 버리셨나 보다 하고 사장님께 말씀드렸더니, 그건 안 읽어도 되는 편지라고 하셨어요. 그런 편지를, 글쎄요, 일고여덟 번은 봤어요."

"발신인이 동일 인물이었나요?"

"네. 실은 그 편지를 보낸 사람이 제가 아는 사람이라서, 그래서 이상하다 생각했기 때문에 기억에 남아 있어요."

"누구입니까?"

"저, 제가 말씀드렸다고는."

후루카와는 처음으로 말끝을 흐렸다. 고마지는 고개를 깊이 끄덕였다.

"걱정 마세요. 경찰 밖으로 이야기가 새어 나가는 일은 없을 겁니다."

"그럼 말씀드릴게요. 하자키 의과대학 부속병원 치과의사이신 마루오카 헤이스케 선생님이에요."

두 형사는 얼굴을 마주 봤다.

"마루오카 선생님과 사장님은 특별한 사이셨군요."

"그걸 전 잘 모르겠더라고요."

후루카와 비서가 분한 기색을 내보였다.

"물론 마루오카 선생님하고 사장님은 둘 다 하자키에서는 명사라서, 파티나 그 밖의 일들이 있을 때 함께하신 적도 많았을 거예요. 연하장도 보냈고 복날 안부 편지도 보내셨어요. 사장님은 부지런히 편지를 쓰시는 분이라 처음에는 연하장이나 복중의 더위 인사도 수취인의 주소나 이름까지 본인이 직접 쓰셨는데, 역시나 아는 분들이 너무 많아져서 보내야 할 편지가 오백 통을 넘어선 뒤로는 봉투는 제가 컴퓨터로 처리했지요. 그 리스트에 마루오카 선생님의 성함도 있었어요."

히데하루의 신원확인 건이 더 수상해진 셈 아닌가.

"혹시 우연히 편지 내용을 봤다든가 그런 일은 없나요?"

고마지가 멍청하게 후루카와에게 물었다. 아마도 사람들에게 부고장을 보내야겠군, 하는 따위의 생각을 하고 있었을 유능한 비서는 흠칫하며 고마지를 노려봤다.

"설마, 형사님. 제가 그런 짓을."

"우연히, 라고 말씀드렸는데요. 유능한 비서인 당신을 와이드 쇼를 지나치게 본 나머지 남의 뒷조사나 하러 다니는 사람이라고 생각하겠습니까."

후루카와 비서는 고마지가 내민 낚싯밥을 덥석 물었다.

"실은요, 두 번쯤 본 적이 있어요. 뭔가 불길한 편지일지도 모른다고 생각해서 주제넘은 짓이긴 했지만 확인했습니다."

"그래서요?"

"내용물이 들어 있지 않았어요."

"들어 있지 않았다고? 뜯지도 않았는데?"

"네. 확실해요."

후루카와 비서가 말하는 이상 틀림없는 사실일 것이다. 두 번이라는 건 수상하고, 매번 열어봤을 것이 분명하다 해도. 이쓰키하라는 생각에 잠겼다. 무언 전화의 편지판이라고나 할까.

"그런데 아까 밑에서 오기와라 씨를 만났어요."

고마지는 편지 건을 어떻게 생각한 건지, 쉽게 화제를 바꿨다. 후루카와 비서는 맥 빠진 듯이 대답했다.

"그래서요?"

"후루카와 씨와 디렉터인 구도 씨가 사귀고 계신다면서요. 그것도 사장님이 인정하셨다고."

후루카와 비서의 얼굴이 순식간에 일그러졌다.

"사장님은 상냥한 분이라 우리 사이를 걱정해주셨어요."

"실례지만 걱정하실 만한 일이 있었나요?"

"그런 게 아니에요. 슬슬 가정을 이루는 게 어떠냐고 말씀하신 것뿐이에요."

"그거 축하할 일이군요. 결혼은 언제 하시죠?"

"사장님이 불행한 일을 당하셨는데 그럴 수는 없지요."

후루카와 비서가 새침해졌다. 고마지는 고개를 갸우뚱했다.

"하지만 열렬한 사이시죠? 구도 씨도 행복한 남자군. 거참, 분명 이번 주도 주말부터 월요일까지는 계속 두 분이 함께 지내셨겠네요. 그렇게 들었어요."

당당하게 거짓말을 하는 상사의 옆얼굴에 이쓰키하라는 시선을 보내지 않을 수 없었다. 다행히 후루카와 쓰네코는 그걸 알아차리지 못한 것 같았다.

"그건 뭔가 착각이세요. 요즘 서로 바빠서 여유 있게 만날 틈

같은 거 없었어요. 게다가 오기와라 씨 얘기는 믿지 않는 편이 좋을 거예요. 별 능력도 없으면서 입만 살아서 하자키 FM에 눌러앉아 있는 사람이에요. 불화와 거짓말을 아주 좋아하는 사람이죠, 그 남자는."

그렇게 대답하는 후루카와는 이미 유능한 비서라는 가면을 벗어버린, 지독하게 사람 냄새 나는 사람이 되어 있었다.

3

한 번 더 하자키 FM으로 내려가자 사무실에 오기와라의 모습은 없고 와타나베 지아키와 기노우치 유키야가 축 늘어진 모습으로 뭔가 얘기를 나누고 있었다. 지아키는 이쓰키하라와 고마지를 보자 서둘러 다가와 속삭였다.

"아까는 고마웠어요. 괜찮으시면 브라질로 오실래요? 회사 안에서는 얘기하기 힘든 것도 있으니까."

마침 잘됐다 싶어서 삼십 분 후에 브라질에서 만나기로 약속하고, 우선은 지아키와 유키야가 일부러 밖에 약속이 있어 나간다는 식의 얘기를 큰 소리로 주고받으며 사무실을 나갔다. 이쓰키하라와 고마지는 남아서 사내 사람들을 대상으로 하나하나 탐문조사를 했다. 조사할 사원은 얼마 없었다. 사장이 살해당했다는 말을 듣고 계속 킥킥 소리 죽여 웃는 여대생 디제이와 직장을 정년퇴직한 뒤 이곳에 계약직으로 들어왔다는 초로의 영업 사원, 그리고 메밀국수집 배달원으로부터도 얘기를 들었는데, 다들 사장과는 만난 적도 없다는 거였다.

브라질에 들어갔을 때 이쓰키하라가 정말 마음이 편해지는 느낌이 들었던 것도 하자키 FM의 어수선한 분위기에 질려 있었기 때문일 것이다. 물론 후줄근한 데님셔츠를 입고 커피를 내리느라 여념이 없는 마스터 와타나베 마사루의 존재감이나 게슴츠레한 눈으로 카운터에 웅크리고 앉아 있는 거대한 고양이 탓도 있었겠지만.

이제 막 문을 연 열한 시, 가게 안에는 지아키와 유키야 말고는 손님이 없었다. 넷은 카운터 바로 앞의 사인용 테이블에 앉아 아이스커피를 주문했다.

"오늘의 탐문, 뭐 좀 수확이 있었나요?"

지아키의 첫마디였다. 이쓰키하라는 탐문 결과에 대해 적당히 알려줬다. 사망 추정 시각인 다섯 시부터 여섯 시 반 사이에 사내에서 구도를 봤다고 증언하는 사람은 있지만, 지아키와 회의를 하기 전 시간은 애매하다, 같은 시각 혼자서 사장실에 남아 잔업을 했다는 후루카와 비서에게도 알리바이가 없다, 아이자와 마코토를 석방했다, 따위.

"라디오 방송국은 정말 다들 각자 바쁘더군. 알리바이가 있는 사람이 거의 없어. 그제 지아키가 말한 오기와라 씨하고도 얘기를 해봤는데. 나 같은 사람에게 알리바이 같은 게 어딨냐, 하데."

"재미있는 아저씨죠. 지아키 누나는 싫어하지만."

"난 그 사람에게 원한이 있으니까. 게다가 냄새가 나거든, 그 사람."

지아키가 콧등에 주름을 잡았다. 유키야는 손가락을 흔들었다.

"하지만 그래 봬도 그 아저씨는 부자야. 그러니까 마치코 사장님이 회사에서 어정거리는 걸 그냥 놔뒀던 거야."

"부자? 오기와라 씨가? 거짓말."

이쓰키하라도 찢어지기 일보 직전의 알로하셔츠를 떠올리면서 지아키의 말에 공감했다. 그러나 유키야는 어이없다는 얼굴이 되었다.

"둘 다 정말 하자키 토박이 맞아? 오기와라 씨가 입고 있는 알로하셔츠랑 청바지, 그거 빈티지야. 엄청난 프리미엄이 붙어 있어. 하자키 서해안 고양이섬 근처에 있는 '카하나모쿠 브라더스 하자키'라고 서핑 용품하고 알로하를 파는 가게가 있는데. 오기와라 씨는 거기 단골 고객이야. 오늘 입은 알로하셔츠도 팔십만엔 정도는 하지 않을까 싶은데."

"팔십만! 그 넝마가?"

이쓰키하라가 수첩을 떨어뜨렸다.

"그래요. 카하나모쿠에서도 찾고 또 찾아서 구해 온 최고의 상품을 전부 오기와라 씨가 사버린다고요. 거기 사장인 친구의 큰아버지 말에 따르면 오기와라 씨는 도치기 현 러브호텔왕의 아들이래요. 그래서 말이지…… 아, 이거, 말해도 되려나."

유키야는 빨대를 꺼내 접어서 물을 똑똑 떨어뜨리며 시간을 벌었다. 졸린 듯 소파에 기대 있던 고마지가 눈꺼풀을 치켜떴다.

"그래, 자네는 어제 중대한 범죄행위에 한몫을 했었지."

그 순간 유키야는 독살되기 일보 직전의 개와 눈이 마주쳐버린 가난한 애견가를 똑 닮은 다급한 표정이 되었다.

"거참, 무슨 말씀을, 말할게요. 지금 말하려고 했다니까요. 그 사장한테서 들은 얘긴데요, 한번은 오기와라 씨가 술에 취해서 구도 이 자식 언젠가 죽여버릴 거야, 하고 외쳐댔대요."

"그 구도란 게 우리 방송국 구도 씨?"

지아키가 눈을 깜빡였다.

"사장 비서 아줌마요. 그 사람, 아주 잠깐 오기와라 씨하고 사귄 적이 있대요. 하지만 지금은 구도 씨의 애인이잖아요. 빼앗긴 거예요, 오기와라 씨가. 비서 아줌마가 떠난 것은 구도 씨가 자신에 대해 안 좋은 이야기를 했기 때문이라고, 오기와라 씨는 생각하고 있는 모양이에요."

오기와라 부이치가 후루카와 쓰네코를 오징어라고 비하해서 불렀던 것, 구도 고이치로의 숨겨진 과거를 폭로했던 것, 또 거꾸로 후루카와 비서가 오기와라에 대해서 평소와는 달리 상당히 감정적인 투로 말한 것 등을 여러모로 생각해보니, 유키야가 가져온 정보는 타당성이 있었다. 하지만 지아키는 계속 미심쩍어했다.

"사장 비서라는 건 후루카와 씨를 두고 한 말이야? 지금도 구도 씨랑 사귀고 있어?"

"거참, 지아키 누나, 몰랐어?"

지아키는 입을 뾰로통하게 하고 잠시 생각한 뒤 대답했다.

"알고는 있었지만, 벌써 끝났다고 생각했어. 글쎄 요전번 황금연휴 때 쇼난에서 구도 씨가 젊은 여자애랑 손을 잡고 있는 걸 봤거든."

"뭐라고? 아니, 그런 재밌는 얘길 왜 숨기고 있었던 거야?"

"누가 누구랑 사귀든 상관할 일은 아니잖아. 게다가 그런 얘기를 했다는 사실이 알려지면 괴롭힘을 당할 게 불을 보듯 뻔한걸."

"그 젊은 여자는 처음 보는 사람이었나?"

이쓰키하라의 질문에 지아키는 어깨를 으쓱했다.

"글쎄, 깜짝 놀라는 사이에 어디론가 가버렸어요. 본인한테 물어보는 게 어때요? 하지만 나한테서 들었다는 얘기는 하지 말아줘요. 선배."

"알았어. 그런데 마치코 사장을 죽인 범인으로 심증이 가는 사람은 달리 없나?"

"달리라니, 구도 씨랑 비서 아줌마가 사장님을 죽인 건 아니잖아요. 마치코 사장님이 없어지면 가장 어려워지는 게 그 사람들이에요. 오기와라 씨도 구도 씨를 죽인다면 모를까, 왜 마치코 사장님을 죽이겠어요."

"게다가 오기와라 씨는 어제랑 똑같은 알로하셔츠를 입고 있잖아요."

지아키가 웃으며 끼어들었다.

"아무리 강심장이라도 그렇지. 사람을 죽이면 입고 있던 옷을 빨든가 버리든가 하잖아요?"

"흐음. 그렇군."

오기와라의 체취가 생각나서, 이쓰키하라는 쓴웃음을 지었다.

"그렇다면 달리 용의자 후보는 없나?"

"그야 치과의사 마루오카 헤이스케 씨죠."

유키야가 맨 먼저 대답했다.

"그제, 시노부 아가씨가 지아키 누나한테 얘기했대요. 마치코 사장님이 월요일 밤에 자택으로 마루오카 선생님을 끌어들였다고요. 우리 프로그램에 나온 뒤에. 그래서 선생님이 인터뷰도 대충대충 한 거겠지만요."

징그러운 웃음을 짓는 유키야의 머리를 한 대 때리긴 했지만, 지아키도 고개를 끄덕였다.

"혹시 사체를 마에다 히데하루라고 확인한 건 마치코 사장님과 마루오카 선생님 아닌가요? 그렇다면 그게 마에다 히데히루인지 어떤지 굉장히 의심스럽네요. 그런데 선배나 고마지 반장님의 수사가 좁혀져오니까 거짓 확인 모의를 은폐하려고 마치코 사장님을 죽이게 됐다, 하는 줄거리는 어때요?"

지아키는 맥이 풀리는 모양이었으나, 이쓰키하라와 고마지는 후루카와 비서에게 편지 얘기를 들은 뒤다 보니 이 얘기를 듣고도 놀라지 않았다.

"흐음. 그렇군. 그래 그 밖에는?"

"글쎄요, 이 주변의 상점 주인은 어떨까?"

유키야가 실실거리며 내뱉은 말에 지아키는 사레가 들렸다.

"유키야 너 말이야, 우리 아버지랑 너희 부모님을 팔 작정이니?"

"숨겨봤자 금방 들킬걸, 뭐. 자수하는 편이 죄가 가볍다고, 오늘 아침에도 지아키 누나가 말하지 않았어?"

유키야는 사체 도난 사건 고백의 내막을 순순히 밝히고, 말을 계속했다.

"저기요, 마치코 사장님은 신용금고에서의 실력을 믿고 여기저기서 심한 지시를 했어요. 우리 집 같은 경우는 남부 역에 커다란 비디오 대여점이 생겨서 일시적으로 손님이 줄었잖아요. 그랬더니 마치코 사장님이 오래된 영화 같은 건 처분하고 판매가 잘되는 에로비디오를 충실히 갖추라고 한 거예요. 우리 엄마가 경영에 참견하지 말라고 한마디 했더니, 신용금고 융자를 못 받아도 좋냐고 했대요. 엄마는 격분해서 신용금고 통장을 해약하고 전액을 도시 은행에 맡겼어요. 그리 큰 액수는 아니었지만."

이쓰키하라 시선을 지아키의 아버지 쪽으로 향했다. 와타나베 마사루는 카운터 안에서 복잡한 표정을 한 채 고개를 젓고는 입을 열었다.

"지금 유키야 군이 말한 것과 비슷한 얘기를 다른 데서도 몇 번쯤 들었어요. 하지만 무슨 까닭인지 마치코 사장님은 우리한테는 친절했어요. 나야 건물이 기울 때까지는 이 스타일을 고수할 생각이지만, 장기간에 걸쳐서 숙성된 건 술이든 사람이든 집이든……."

"아빠, 쓰노다 고다이의 인용은 그만두세요. 우리는 하자키 신용금고에서 융자를 받을 마음이 전혀 없어요. 하지만 친절했다니, 무슨 얘기죠?"

지아키가 빠른 어조로 아버지에게 물었다. 마사루는 관자놀이를 긁었다.

"너를 회사에 넣어줬잖아. 이번에 하자키에서 FM 개국을 할 예정이니까 한번 시험을 치게 해보라고 말해준 건 마치코 사장이었어. 말 안 했나?"

"마치코 사장님이, 왜요?"

표정이 험악해진 지아키를 염려하듯이 카페오레가 울었고, 유키야가 일부러 늘어진 말투로 끼어들었다.

"그야, 시노부하고 지아키 누나가 사이가 좋으니까 그런 거 아냐?"

"아니, 그건 아니야. 아마 마치코 사장님은 멋쩍은 상황을 벗어나려고 그랬을 거야."

마사루는 고양이를 쓰다듬어주며 고개를 옆으로 기울였다.

"마치코 사장님이 베니코 여사님을 찾아왔다 돌아가는 길에 어쩌다 여기 들렀었어. 히데하루가 실종된 지도 슬슬 칠 년이 되어가니 실종선고 절차를 밟자고 베니코 여사님한테 말했다가 크게 다퉜다던가 하면서, 그 여걸이 거기."

마사루는 카운터 중앙을 가리켰다.

"그 자리에 앉아서는 있는 대로 불평을 늘어놓았었어. 우리 집에는 좀처럼 오는 일도 없고, 물론 다른 사람에게 자기 집안 얘기를 하는 사람도 아닌데, 그만 이것저것 쓸데없는 얘기를 했다고 생각해서인지 매우 겸연쩍어했어. 히데하루에 대해 험악한 소리도 했고, 그 어머니인 하쓰호에 대해서는 욕설까지 퍼부었거든. 마에다가에서 쫓겨난 지 꽤 됐는데도 말이지. 뭐, 그래서 그 멋쩍음을 숨기려고……."

"하쓰호에 대해서 뭐라고 했나요?"

이쓰키하라가 몸을 앞으로 내밀었다.

"그게, 늘 그렇듯이 가정교육을 제대로 받지 못했다, 사고만 친다, 툭하면 발악을 한다, 그런 식이었지요. 나는 듣다가 질려

서, 하쓰호 씨도 로맨스소설 팬이었지요, 하고 얘기를 다른 데로
돌리려고 했는데."

"하쓰호가 로맨스소설 팬이었다고요? 그건 처음 듣는데."

별안간 꾸벅꾸벅 졸고 있는 줄 알았던 고마지가 불쑥 일어나
앉았다. 마사루는 놀라 몸을 뒤로 뺐다.

"이상하군. 지금 형사님하고 비슷한 말을 마치코 사장님도 했
었어요. 그러고는 어떻게 마스터는 그런 걸 알지, 하고 묻더라고
요."

"어떻게 알았는데요?"

"한 번인가 두 번쯤 하쓰호 씨가 진달래 고서점에 들어가는
걸 봤거든요. 마침 베니코 여사님이 미국인가 어딘가로 장기 여
행을 가고 없을 때였는데, 하쓰호 씨가 재클린 케네디 비슷한 선
글라스, 모자에 장갑까지 낀 차림새로 가게 앞을 지나가는 거예
요. 시선이 저절로 그쪽을 따라갔지요. 하긴 서점의 손님 중에는
개성적인 사람이 많은 것 같기는 하더군요. 어제도 온몸을 보라
색으로 싸고 다니는 여자가 서점에 들어갔었어요."

"마스터, 좀 더 자세히 얘기해주지 않겠어요? 마치코 사장이
따님을 하자키 FM 입사 시험을 보게 하라고 권유한 건 그 얘기
를 하기 전이었나요, 후였나요?"

백으로 입사한 걸 아버지가 폭로하는 바람에 잔뜩 부어 있던
지아키는 물론, 이쓰키하라도 고마지가 왜 그런 질문을 하는지

알 수 없었다. 하지만 마사루는 즉시 대답했다.

"네, 뒤였어요. 갑자기 화제가 지아키 취직 쪽으로 옮겨가서 당황했었기 때문에 또렷이 기억나요."

"흐음. 그랬군."

고마지는 희미하게 웃고 다시 눈을 감았다.

점심시간 직전에 두 형사를 맞아들인 중화요리점 후쿠후쿠의 주인 고이케 이사무는 맹렬한 스피드로 만두를 빚으면서 쌀쌀맞게 말했다.

"나리들, 꼭 이렇게 제일 바쁠 시간에 오지 않아도 되잖아요. 어제 옆에서 살인사건이 있었다는 얘기는 아까 들었어요. 어제는 휴업일이라 난 여길 비워서, 아무것도 보지도 듣지도 못했어요. 그 얘기는 다음에 하지요. 아, 어서 오십시오."

고마지는 우르르 몰려 들어온 작업복을 입은 남자들의 무리를 무시하고, 카운터에 앉았다. 고이케는 만두피를 휘둘렀다.

"좀 봐달라니까요, 고마지 나리."

"볶음밥 두 개. 아니, 이 가게는 손님을 직업으로 차별하나."

고이케는 뚱해가지고 중화냄비에 불을 붙였다. 그러자 그에 비하면 고이케 정도는 절간의 부처님으로 보일 정도로 무섭게 찌푸린 얼굴을 한 노파가 물과 물수건을 내왔다. 그 물을 쭉 들이켜고, 고마지는 가차 없이 말했다.

"어제는 어디 갔었지?"

"그만 좀 두세요. 우리 가게에서는 손님은 주인을 심문하지 않기로 되어 있어요."

"점심시간이 끝날 때까지 우리를 앉혀두고 싶진 않겠지."

"잠깐, 동료들 모임이 있었어요."

고이케가 퉁명스레 대답했다. 그러자 등 뒤에서 노파가 큰소리를 냈다.

"노름이야, 형사님들. 이 허랑방탕한 아들놈을 잡아가줘."

"그만하세요, 어머니."

고이케의 애원을 무시하고, 노파는 더 큰소리를 냈다.

"죽은 남편은 술에 노름에 여자, 전부 다 해댄 변변치 못한 작자였어. 이놈은 다른 두 가지는 어떻든 간에 노름만큼은 그만두질 못하는 거야. 그 탓에 마누라도 도망치고, 불쌍한 팔순 노인을 이렇게 부려먹고 있다고."

"아직 일흔다섯이잖아요."

"사사오입도 모르냐, 이눔아."

등 뒤에서 남자들이 봐, 또 시작이네, 하고 속삭이는 소리가 들렸다. 아무래도 그들은 이 모자의 싸움을 즐기는 단골손님인 모양이다.

"어디서 놀았다고, 응?"

"잠깐. 쓸모없는 노인네가 하는 소릴 믿는 건 아니겠죠?"

"누가 쓸모없는 노인네야?"

"자아자, 누님."

고마지가 끝날 것 같지 않은 모자의 싸움에 끼어들었다.

"죄송하네요. 물어볼 걸 물어본 후에 먹을 걸 먹고 나면 바로 물러갈 겁니다. 그래, 그 알리바이를 증명할 수는 있겠지?"

"잠깐만요, 나리."

허둥대기 시작한 고이케에게 고마지는 히죽 웃어 보였다.

"경찰도 작은 도박판에 그물을 던질 정도로 한가하진 않아. 알지?"

"나중에 말할게요."

풀이 죽은 고이케가 달걀을 깨서 중화냄비에 넣고 섞기 시작했다.

"좋아, 그렇게 하도록 해. 그럼 어제는 저녁 다섯 시부터 여섯 시 반까지 거기서 주사위를 던졌다, 그런 얘기군. 그런가?"

"그래요."

고이케가 중화냄비에서 나는 굉장한 소리에 지지 않을 만큼 큰 소리로 대답했을 때, 또다시 노파가 고함을 질렀다.

"거짓말이야. 속으면 안 돼. 이놈은 어제 다섯 시 지나서 돌아 왔어요."

"일단 돌아왔다가 곧바로 나갔잖아요."

"어미의 쌈짓돈을 훔쳐내 갔지."

노파는 화가 나서 뼈와 가죽뿐인 팔을 휘둘러댔다.

"몇 시에 돌아왔다 몇 시에 나간 거야? 정확히 대답해."

"그런 억지소리 하지 말아요. 시계 같은 거 봤을 리 없잖아요. 도대체 내가 왜 마치코 사장님의 머리를 때리겠어요."

"그래. 그런가? 내가 들은 바로는 자네는 여자의 머리를 중화 냄비로 때리는 취미가 있다던데."

"그건……."

고이케 이사무가 횡설수설했다.

"도, 도둑이라는 말을 들었기 때문이에요. 상대가 누구든 상 관없이 때리지는 않는다고요."

"그래. 요전번에 중화냄비를 치켜들고 어미를 쫓아다닌 건 어 디의 누구였더라."

"그건, 어머니가 먼저……."

모자 싸움을 끝내기까지 또 한바탕 소란이 일었다. 나온 볶음 밥은 눌어붙은 냄새가 났고 씹다가 이가 깨질 만큼 말라 고드러 진 밥알이 섞여 있었다. 이쓰키하라는 나중에 소화불량으로 가 슴이 쓰릴 것 같은 그 볶음밥을 묵묵히 먹어치웠다. 이미 후쿠후 쿠 안은 불평을 할 상황이 아니었던 거다.

"어쨌든 나한테는 마치코 사장님을 죽일 동기 같은 거 없어 요."

단골손님에게 만두 정식을 내놓은 뒤에 노파가 전화를 받느라 없어지자, 고이케가 작은 소리로 고마지에게 말했다. 가게는 쥐 죽은 듯이 조용했다. 단골 고객이 만두는 저만치 밀쳐놓고 귀를 쫑긋 세워 얘기를 듣는 기색이 등 뒤에서 그대로 전해져왔다.

"정말 그럴까? 내 생각으로는 자넨 마치코 사장한테서 부탁을 받았어. 아니 위협을 당했겠지."

고마지는 볶음밥에 딸려 나온 중국식 수프를 기세 좋게 들이마시고는 말했다. 고이케의 얼굴은 볶음밥 접시에 그려져 있는 빨간 용 같은 색깔이 됐다.

"어, 어디에 그런 증거가."

"자네, 거짓말을 하라는 위협을 받았지? 십오 년 전, 이 가게 개축 자금을 하자키 신용금고에서 융자받는 대신으로 말이야. 혹시 몰라 말해두겠는데 시간이 많이 지난 일이라 그 거짓말로 자네를 탓하거나 잡아넣거나 할 수는 없어. 하지만 코앞에서 거짓 증언을 의뢰하고 협박한 인물이 살해당했으니, 경찰도 마냥 내버려둘 수는 없다고. 지금 여기서 깨끗이 얘기하는 게 좋아. 그러고 싶지 않다면 서에 와줘야겠어."

고이케의 대머리에서 핏기가 싹 사라졌다. 노파가 달려와서 고마지에게 달려들었다.

"잠깐, 나리. 우리 아들을 끌고 가려는 건가? 이놈은 사람을 죽일 만한 인물이 못 돼. 소심하고 머리도 나쁘고, 그런 가당찮은 짓을 할 만한 인물이 못 돼. 부탁이니까 데려가는 것만큼은 봐줘. 이

사무, 뭘 멍청히 서 있냐. 고마지 반장님께 다 말씀드려."

"고이케, 이러쿵저러쿵해도 부모는 고마운 법이야."

이십 년 전의 형사 드라마에나 나올 법한 대사를, 요즘 같은 때에 조금도 쑥스러워하지 않고 말할 수 있는 사람은 이 사람밖에 없을 거다, 하고 이쓰키하라는 어안이 벙벙한 채 사태의 추이를 지켜봤다. 고이케는 코를 훌쩍이고, 노파는 울부짖고, 단골손님은 입에 만두를 문 채 라이브로 펼쳐지는 〈모자의 정〉을 정신없이 지켜봤다. 잠시 후에 고이케는 있는 힘껏 코를 풀고 눈을 비비며 말문을 열었다.

"십오 년 전 8월에 태풍이 분 뒤였는데 낡은 집이 드디어 비가 새기 시작했어요. 그래서 개축을 해야 했지요. 하자키 신용금고에서 융자 상담을 하고 일주일쯤 지나자 연락이 왔는데, 마치코 사장이 혼자 신용금고 회의실에서 나를 기다리고 있었어요. 내 앞에 대고 융자 서류를 팔랑거리면서 이상한 얘기를 하더군요."

"뭐라고 했는데?"

고마지가 부드럽게 물었다.

"당신, 이혼당한 하쓰호가 이번 달 5일부터 행방불명된 거 알지? 그 여자를 당신이 히데오 오빠에게 소개했잖아, 하고 이런 저런 싫은 소리를 늘어놓더니 융자를 고려해봐야겠다고 하더군요. 그러고는 뭐라고 표현할 길 없는 묘한 시선으로 나를 가만히 보더니, 8월 중순쯤에 간논시에서 하쓰호를 봤지, 하는 거예요."

"그래서 자넨 뭐라고 대답했는데?"

"처음에는 무슨 소린지 몰라서 아니, 안 봤는데요, 하고 대답했지요. 그런데 마치코 사장은 두 번 세 번 같은 질문을 반복하면서 그때마다 융자 서류를 의미심장하게 내려다보는 거예요. 그래서, 그래서."

"그랬군."

고마지는 이쑤시개를 문 입으로 쩝 소리를 냈다. 고이케가 계속했다.

"도대체 무슨 일인지, 나는 잘 몰랐어요. 하지만 9월 초에 베니코 여사님이 돌아와서 하쓰호를 못 봤느냐고 물었을 때, 난 그만 마치코 사장이 가르쳐준 대로 대답했어요. 네, 이혼하고 일주일쯤 됐을 때 간논시에서 봤다고. 행방불명이 되기 전 히데하루가 나한테 물었을 때도 같은 말을 할 수밖에 없었어요. 그러니 히데하루를 찾던 고마지 반장한테만 다른 얘기를 할 수 없어서 같은 소릴 했고요."

"즉, 사실은 이혼한 후의 하쓰호를 본 적이 없다는 거군."

"네, 그래요."

침묵이 가게 안을 지배했다. 노파가 울부짖으며 아들을 때렸다.

"넌 바보멍청이야. 거짓말을 하면 안 된다고 어릴 때부터 그렇게 가르쳤는데 잊어버렸니."

"그때는 어머니 신경통도 심했잖아. 겨울은 다가오는데 비가 새는 집에 살게 할 수가 없어서."

"나를 위해서였다고? 바보. 이 못난 놈아."

"어머니."

후쿠후쿠의 모자는 서로를 꽉 끌어안았고 단골손님들에게선 열광적인 박수가 터져 나왔다.

9장

함정에 빠져

1

눈부신 햇살이 방으로 비쳐들었다. 클래식 음악이 흐르는 가운데 꽃무늬 커튼이 바람에 날리고, 소파에는 프릴 달린 커버가 씌워져 있고 테이블에는 곰인형이 놓여 있다. 벽에는 한여름의 하자키 해안 사진이 몇 점. 이쓰키하라는 올여름은 헤엄치러 갈 여유가 있을까, 하고 생각하다가 문득 모래사장을 걷는 자신 — 물론 혼자가 아니다 — 을 상상하고는 뺨을 붉혔다.

다음 순간 문이 열림과 동시에 등골이 얼어붙을 것 같은 금속성 소리가 울려 퍼졌다. 치과의사의 드릴이 칫솔질을 게을리한, 안됐기는 하지만 자업자득인 희생자를 괴롭히는 소리다. 고문, 아니 치료를 받으러 온 환자를 안정시키기 위해 하자키 의과대학 부속 치과 병원의 대합실은 이처럼 아기자기하게 꾸며져 있건만, 치료실의 문이 열릴 때마다 그런 소리를 들을 수밖에 없으니 도리어 역효과다. 천국에서 지옥으로 곤두박이치는 게 아닌가.

고마지는 소파에 푹 파묻혀서 눈을 감고 잠든 사람이 내는 숨소리를 냈다. 이쓰키하라는 수첩을 꺼내 지금까지 얻은 정보를 정리하기 시작했다.

용의자 1. 아이자와 마코토.

그녀의 알리바이는 여섯 시 반 지나서 하자키산에서 그녀를 만나 길을 가르쳐줬다는 이와사키 아키라라는 학원 강사의 증언으로 일단은 인정됐다. 마에다 시노부도 시간은 확실치 않지만 아마도 다섯 시 반쯤에 "히데하루 오빠가 기뻐할 거라고 생각해서" 관에 박고지말이를 집어넣은 것을 인정했다. 한 시간 사이에 하자키산 서쪽 기슭의 마에다 저택에서부터 아무에게도 목격되지 않은 상태로 히가시긴자의 진달래 고서점으로 가서 마치코를 살해하고, 다시 하자키산 중턱으로 가는 건 불가능하지는 않지만 거의 가능성이 없다. 게다가 고마지도 말했듯이 알리바이를 만들기 위해 인적이 없는 산으로 가지는 않을 것이다.

현재까지의 상황으로 봐서는 동기 없음.

이쓰키하라는 마코토가 사체가 발견된 고서점의 임시 점원이라는 '우연'에 대해서 잠시 생각해보다가 더 이상의 생각은 보류하기로 했다. 동기는 없다. 없다면 없는 거다, 확실히. 아마도. 바라건대.

용의자 2. 와타나베 지아키.

그녀는 문제의 시간대에 계속 기노우치 유키야와 행동을 함께했다. 다섯 시 반에는 둘이서 하자키 FM으로 돌아갔고 여섯 시부터는 구도까지 합류해 그날 밤의 방송에 대해 회의를 했다. 단, 유키야와 공모해서 진달래 고서점에 가는 마치코를 미행, 그 자리에서 살해한 후, 바로 아무렇지도 않은 얼굴로 하자키 FM으로 돌아갔을 가능성은 남는다. 하자키 FM에서 서점까지는 걸어서 오 분, 달리면 삼 분이다. 동기는 아마도 없음.

용의자 3, 기노우치 유키야.

알리바이는 지아키와 같다. 동기로 생각할 수 있는 건 집에서 하는 비디오 가게를 놓고 벌어진 다툼인데, 일부러 서점으로 가서 죽였다고는 생각하기 어렵다.

용의자 4, 기노우치 미쓰히코.

다섯 시 반까지는 지아키, 유키야와 행동을 함께 했다. 그 이후로는 할머니의 사체와 함께 삼동사로 갔다고 본인 입으로 증언하고 있다. 단 증명할 사람은 없다.

훔쳐낸 할머니의 사체는 휠체어에 앉은 채로 병원 영안실에 있는 걸 어젯밤 일곱 시 지나서 입에 거품을 물고 달려온 장의사가 발견했다. 제반 사정 때문에 밤샘 의식은 우선 사체 없이 진행했고 오늘 낮에는 고별식을 끝냈다.

미쓰히코 본인도 인정하는 대로, 마에다 베니코가 부탁했다면 그는 마치코를 죽일 수도 있었다. 하지만 사체를 훔치는 대소동을 벌이면서 동시에 살인까지 할 여력은 없었을 것이다. 그러나 삼동사에 갔다는 것이 새빨간 거짓말이고 사체를 베니코의 병실에서 바로 영안실로 되돌려놓은 후 고서점으로 가서 마치코를 살해하고자 했다면, 다섯 시 반에 지아키하고 유키야와 헤어진 뒤 바로 해치우기로 했다고 가정한다면, 간신히 범행 시각에 맞춰 고서점으로 갈 수는 있었을 텐데…….

이쓰키하라는 다람쥐 쳇바퀴 돌듯 계속되는 사고를 일단 중지하고 다음 용의자로 관심을 돌렸다.

용의자 5, 후루카와 쓰네코, 사장 비서.

알리바이는 전혀 없다. 다섯 시부터 여섯 시 반까지 그녀는 마에다 마치코 오피스의 사장실에 혼자 있었다고 하나, 여섯 시 지나서 마에다 시노부가 건 전화를 빼면, 그걸 증명할 사람은 없다. 단 사장을 죽일 동기는 전혀 없다. 오히려 사장이 죽으면 곤란한 처지.

용의자 6, 구도 고이치로.

다섯 시부터 여섯 시까지는 사내에서 일을 했다. 그러나 지금까지로 봐서는, 그걸 확실하게 증언해줄 수 있는 사람이 나오지 않았다. 다들 사내에 있었을 텐데요, 하고 대답할 뿐이다. 여섯 시 이후에는 와타나베 지아키, 기노우치 유키야와 회의. 구도 역시 사장이 죽으면 무척 난처한 입장에 처하게 된다. 동기는 없음.

용의자 7, 중화요리점 후쿠후쿠의 주인, 고이케 이사무.

다섯 시 반부터 여섯 시 반 사이에 한번 집에 돌아왔다는 걸 인정. 마치코 사장이 고서점에 들어가는 걸 보고 그 뒤를 쫓아 들어가 죽이는 건 충분히 가능.

동기로 생각할 수 있는 건…….

"고마지 반장님, 어떻게 생각하세요? 마치코 사장은 왜 고이케한테 하쓰호를 목격했다고 말하게 한 걸까요?"

"자넨 어떻게 생각하나?"

고마지는 기분 좋게 눈을 감은 채 되물었다.

"그건, 역시, 그 시점에서 하쓰호가 죽었고 그걸 숨기려던 게 아닐까요? 브라질 마스터의 증언도 마음에 걸려요. 하쓰호와 마치코 사이에 뭔가 있었다고밖에는 달리 생각할 수 없어요."

"과연 뭐가 있었을까?"

"마치코가 하쓰호를 죽이고 사체를 숨겼다. 후쿠후쿠의 고이케는 엉겁결에 하쓰호 살해의 사후 공범이 된 사실을 최근에야 겨우 눈치챈 게 아닐까요? 히데하루의 죽음을 전했을 때, 고이케의 태도는 아무래도 이상했어요. 그는 히데하루는 역시 죽었구나, 하고 과거형을 써서 말했어요. 즉 고이케는 행방불명이 된 히데하루가 죽었다고 확신하고 있었단 얘기죠. 그렇게 확신하게 된 최대의 이유는 하쓰호의 죽음, 아니 살해를 눈치챘기 때문일 거예요."

"조리 있는 얘기긴 해. 하지만 누가 진짜 용의자인가 하는 질문을 앞에 두고 지나친 추측은 금물이야."

고마지가 말한 순간 문이 열리면서 다시 고문하는 소리가 들려오고 마루오카 헤이스케 의사가 나타났다.

하얀 가운을 벗고 직원 휴게실 소파에 긴 다리를 꼬고 앉은 마루오카 헤이스케는 두 형사를 환자를 보는 눈빛으로 바라봤다.

"마에다 마치코 사장이 살해당했다는 건 오늘 아침 뉴스로 알았습니다. 정말 안됐어요."

잠시 틈이 있었다. 고마지가 슬그머니 헛기침을 하며 말을 꺼냈다.

"그것뿐입니까?"

"네? 네, 그것뿐이에요. 그 이상은 할 말이 없군요."

"상당히 차가운 말씀이시네요. 마치코 사장님하고는 개인적으로 꽤 친했다고 들었는데."

"뭔가 착각 아닙니까? 나는 사장님하고 개인적인 관계 같은 건 별로."

"편지를 보냈지요. 그건 무슨 내용이었습니까? 게다가 월요일 깊은 밤에 당신은 마치코 사장과 같이 마에다 저택에 갔어요. 사장님의 따님이 목격했습니다. 개인적으로 친했다면야 저희도 납득하겠는데요. 마루오카 선생님은 공교롭게도 다음 날 하자키 히가시비치에 떠오른 사체의 신원을 마에다 히데하루라고 단언했습니다. 그러니 우리가 마에다 저택을 방문한 건 그 사전 협의를 위해서였지 않나, 하고 생각하고 싶어지는 것도 무리가 아니죠."

마루오카 의사의 이마에 점점이 땀방울이 맺혔다. 그는 처음에는 억지로 웃으려고 했으나 이내 찡그린 얼굴이 되었다.

"형사님들 얘기는, 마치 내가 마치코 사장님의 부탁으로 생판 다른 시체를 히데하루 씨인 것처럼 날조 보고했다, 하는 말로 들리는데요."

"아닙니까?"

고마지는 가차 없이 되받아쳤다. 마루오카의 뺨이 굳어졌다.

"도대체 당신은 무슨 증거로 그런 말을."

"아직 모르시는 모양이군요, 마루오카 선생님. 마치코 사장님의 죽음으로 모든 것이 리셋되었어요. 이제부터 마에다 베니코 여사를 모시고 그 마에다 히데하루의 사체를 확인하러 갈 겁니다. 베니코 여사가 사체를 보면 정말 조카손자 히데하루인지가 확실해지겠죠. 그렇게 될 경우."

"베니코 여사는 연세가 있으시니까, 잘못 보실 수도 있어요."

마루오카 의사는 완고하게 반복했다.

"그러나 마치코 사장보다는 베니코 여사 쪽이 히데하루를 잘 압니다. 게다가 사체가 갖고 있던 편지가 마치코 사장에 의해 가짜로 바꿔치기된 걸 우리는 알고 있어요. 당신과 마치코 사장의 공모를 입증할 증인도 둘이나 있고. 어떤 재판소라도 선생의 증언은 의학적 근거에 근거한 것이라기보다는 개인적인 결정에 의한 거라고 생각하겠죠. 그렇게 되면 의사 선생님은 끝입니다."

"날 협박하는 건가요?"

마루오카가 끈질기게 맞섰다. 고마지는 양손을 펼치고 천장을 향해 허, 하고 말했다.

"뭐라 드릴 말씀이 없군요. 온건하게 일을 끝내려고 했는데 그게 마음에 드시지 않는다면 어쩔 수 없죠. 조만간 재판소에서 만납시다. 이쓰키하라 군, 우리 이만 실례하지."

"기, 기다리세요."

형사들이 자리에서 일어서자, 드디어 마루오카 의사가 그들을 붙잡았다.

"모두 얘기하겠습니다. 하지만 이 일은 외부, 특히 의대 내부에 알려지면 곤란해요. 치과 학과장 선거도 가깝고. 게다가 난 함정에 빠진 거예요. 난 피해자라고요."

"그건 도대체 무슨 소립니까."

마루오카 의사는 일어서서 방 밖을 확인하고 문을 살짝 열었다. 뒤이어 방구석에 있는 자판기에서 차가운 음료를 뽑아 단숨에 들이켰다.

"모두 얘기하겠습니다. 맹세코 이건 진짜예요."

마루오카는 구구하게 다짐하고 말하기 시작했다.

"마치코 사장하고의 관계는 이십 년쯤 전부터입니다. 그녀가 아이를 낳고 이혼한 직후에 나하고 그녀는 그…… 처지가 어울리는 상대라는 걸 알게 됐어요. 당시 내 아내는 정신의 균형을 잃고 나가노 요양소에 들어가 있었습니다. 마치코 사장은 결혼에 넌덜머리를 내고 있었죠. 그래서 그런 관계가 된 겁니다. 둘다 바빠서 그리 자주 만날 수는 없었지만 칠팔 년 후에 자연히 끝날 때까지 우리 관계는 계속됐습니다."

"그 후로는 안 만났다, 그겁니까?"

"물론 같은 작은 지방 도시에 사니까 얼굴을 마주할 기회는 있었어요. 하지만 개인적인 관계는 전혀 없었습니다. 게다가 오 년 전에 나는 전처와 정식으로 이혼했고, 삼 년 전에는 재혼했어요."

"호오. 상대는?"

"이 의대 외과 과장의 딸입니다. 마치코 사장하고 있었던 일은 시간도 지났고 거의 잊어가고 있었습니다. 불륜이긴 하지만 전처와 오랫동안 별거했던 건 다 알려진 사실입니다. 물론 지금 아내는 그 사실을 모르지만 알려져도 뭐라 할 일은 아니에요. 그래요, 나중에 생각해보니 그랬어요."

마루오카 헤이스케 의사는 씁쓸하게 얼굴을 일그러뜨렸다.

"재혼해서 얼마 지나지 않아 마치코 사장을 만날 기회가 있었습니다. 그때 얘기를 하다 보니 집을 개축한다는 것과 그 때문에 임시로 거처할 집을 찾고 있다는 말도 하게 되었어요. 그랬더니 마치코 사장이 그럼 자신이 갖고 있는 맨션의 방 하나를 무상으로 빌려주겠다는 겁니다. 결혼 축하 선물 대신이라면서. 그녀가 하도 강경해서 거절할 수가 없었어요."

고마지와 이쓰키하라는 기가 막혀서 얼굴을 마주 봤다. 너무 좋은 조건에는 뒤가 있게 마련이란 사실을, 그때까지도 못 배운 걸까.

"그 대신이라고 하면 뭐하지만 집세 대신에 한 달에 한 번 편지를 보내달라는 게 마치코 사장의 조건이었습니다. 내용은 필요 없다, 편지만, 이라는 겁니다. 꽤 별난 조건이라고 생각했지만, 잠시 있을 집에 주거비가 들지 않게 된 게 고마웠고, 그래서 시키는 대로 편지를 보냈어요. 그렇게 칠 개월이 지나고 맨션을 떠날 때가 되자, 사장은 진짜 노림수를 드러냈어요."

"어떤 노림수였죠?"

"내가 바보였어요. 맨션에 들어갈 때 마치코 사장과 나는 임대계약을 맺었습니다. 그녀는 형식상 그렇게 하지 않을 수 없어서, 라고 설명했었어요. 그런데 뒤늦게 계약에 따라 집세를 내라는 거였습니다."

"호오. 그게 얼마였죠?"

"월 칠십만. 일곱 달이니까 사백구십만 엔이에요. 게다가 계약서에는 여러 가지 부대 사항이 있어서 다 합쳐서 이천만 엔 이상의 돈을 내야 하는 것으로 되어 있었습니다. 내가 항의하자 사장은 코웃음을 쳤어요. 그리고 사기죄로 고소할 수도 있다고 했습니다. 내용 없는 편지를 보낸 걸 비서가 다 알고 있다. 뭐, 일부러 보인 건 아니지만 비서는 쓰레기통을 뒤지지 않고는 못 참는 여자라서 알아서 봤다. 비서의 증언과 당신의 은행 계좌 입출금 기록을 확인해보면, 당신이 집세를 보내는 척하면서 빈 봉투를 보냈다는 걸 증명할 수 있다, 하는 거였어요."

바보 같기는, 하는 생각이 들었지만, 본인 앞에서 웃을 수도 없어서 이쓰키하라는 볼펜으로 허벅지를 찌르며 참았다. 게다가 어쩌면 이 치과의사, 굉장한 로맨티스트인지도 모르겠다. 옛 애인이 자신을 속일 리 없다고 진짜로 믿었으니 말이다.

"그래서 어떻게 했나요, 사장은."

"내 입장이 어땠는지 아시겠죠. 이런 어리석은 수법에 걸려든 건 옛날에 우리가 불륜 관계였기 때문이다, 라고 말할 수는 없잖아요? 물론 아내한테도 말할 수 없었어요. 그때 결심을 하고 아내에게 고백해야 했는지도 몰라요. 하지만 나도 그때는 냉정한 판단력을 잃고 있었어요. 나는 주변 시선 따위 상관하지 않고 강연회니 인터뷰니 닥치는 대로 부업을 해서 돈을 벌어 마치코 사장에게 건네줬습니다. 요 이 년간, 나는 그것만을 위해 일해온 거나 마찬가지예요."

마루오카 의사는 다시 자판기에서 우롱차를 뽑아 쭉 들이켰다.

"그러다가 이번 주 월요일이었어요. 오전 중에 사체가 발견됐다, 그게 아무래도 조카인 마에다 히데하루인 것 같으니까 그걸 증명해주지 않겠느냐, 하는 전화가 마치코 사장으로부터 걸려왔습니다. 증명해주면 나머지 빚을 말소해주겠다는 거예요."

"그래서 당신은 그 얘기를 받아들였나요?"

"빚은 칠백만 정도 남아 있었어요."

마루오카 의사는 무뚝뚝하게 대답했다.

"하자키 FM 방송 출연이 끝난 직후 마치코 사장이 기다리고 있다가 차로 마에다 저택으로 데리고 갔어요. 솔직히 그때는 그 여자를 죽이고 싶었어요. 그 여자는 융자를 해줬으니까 은혜를 갚는 건 당연하다고 했어요. 융자라니, 말도 안 되죠. 어떻게 되든 의사로서의 자격에 상처를 내는 짓만큼은 안 하겠다, 하고 맹세한 건 그때였습니다. 저는 집으로 돌아와 아내에게 모든 걸 고백하고 용서를 받고……."

"잠깐. 기다리세요."

고마지는 눈썹을 찌푸렸다.

"하지만 당신은 그 사체는 마에다 히데하루임이 거의 분명하다고 보고하지 않았습니까?"

"글쎄, 그 사체의 치아는 마에다 히데하루의 것과 똑같았으니까요."

마루오카 의사는 떼를 쓰는 아이처럼 몸을 좌우로 흔들었다.

"그 충치에 아말감을 메워 넣은 건 내가 한 일 같았고, 사랑니를 뺀 위치도 같았어요. 치아의 질도 매우 유사했고. 그래서 거

344

의 틀림없다고 결론을 내렸습니다."

"마루오카 선생, 당신 말이죠."

"그야, 나도 마치코 사장에게 한 방 먹이고 싶었어요. 하지만 사실, 내 기억대로였으니 어쩔 수 없잖아요. 난 과학자로서 내 믿음대로 보고한 겁니다."

마루오카 헤이스케 의사는 '히데하루의 사체'로 얘기가 옮겨 가자 철저 항전의 자세를 무너뜨리려 들지 않았다.

2

"무슨 생각을 하는 걸까요, 저 의사?"

이쓰키하라는 엘리베이터를 기다리면서 고마지의 귀에 대고 속삭였다.

"저게 마지막 보루라고 말하는 것 같아요. 사실 최후의 보루 이기도 하지만. 사정이 어떻든 의사가 진단서를 위조했다면, 큰 일이 될 테니까요."

"벌써 충분히 큰일이야."

병동 칠 층 특별실 앞에 어젯밤의 간호사의 모습은 없었다. 그 대신에 앉아 있는 건 아이자와 마코토였다.

"정말 여러 곳에 출몰하는군, 당신도."

이쓰키하라가 엉겁결에 싱겁게 웃었다. 마코토는 뾰로통했다.

"서점은 경찰이 봉쇄해버렸는걸요. 게다가 여기에 와보니 병문안 손님에 문상객까지 난리가 아닌 거예요. 아무리 검사나 받으러 입원했다 해도 심장이 나쁜 건 틀림없는데, 그런 분을 지치게 할 수도 없잖아요."

"이제 봉쇄는 풀렸을 거예요. 취재도 끝났을 거고."

고마지가 싱글싱글 웃으며 마코토에게 말했다.

"밤에는 경관을 배치하겠습니다. 막강한 경찰관이에요. 걱정말고 돌아가서 청소라도 하세요."

마코토와 이쓰키하라는 동시에 이상한 예감이 들었다.

"그 경찰관이라는 거, 혹시 내가 아는 사람이에요?"

"잘 아는 사람이에요. 자, 이만 실례하고 베니코 여사님을 마에다 저택까지 모셔 가야지."

고마지가 재빨리 병실로 들어가고 나자 이쓰키하라와 마코토는 어색하게 나란히 복도에 서 있었다.

"저, 죄송합니다. 저런 사람이라서."

"됐어요. 시작은 이 입 탓이니까."

두 사람 사이에 침묵이 흘렀다. 이쓰키하라가 발을 움직이려한 순간, 마코토가 말했다.

"이쓰키하라 씨는 하자키 사람인가요?"

"네. 마코토 씨는 안 좋은 일만 당했으니까 이 동네가 싫을지도 모르지만 정말은 좋은 점도 많아요."

"흐음, 뭐 진달래 고서점도 좋은 서점이에요. 사체만 없다면."

"그, 혹시 괜찮으면, 언제……."

이쓰키하라는 말을 꺼내려다 고마지가 부르는 소리가 들리자 허둥지둥 입을 닫고 병실로 뛰어 들어갔다.

마에다 베니코는 외출 준비를 마치고 있었다. 베니코를 태운 차는 아이자와 마코토를 히가시긴자의 뒷골목 앞에 내려주고 마에다 저택으로 향했다. 가정부가 찌푸린 얼굴로 그들을 맞이했다.

"몹시 늦으셨네요. 좀 더 일찍 오실 거라고 생각했어요. 이렇게 날씨가 좋은데 저대로 내버려두면 사체가 상하잖아요. 장의사에 부탁해서 드라이아이스의 양을 세 배로 해달라고 했어요."

"그거 고맙군."

베니코가 쌀쌀맞게 말했다.

"그런데 시노부는 어떻게 하고 있지?"

"아가씨라면 방에 계실 겁니다. 어젯밤부터 아무것도 안 드셔서 어떻게 해야 좋을지 모르겠어요."

가정부의 말투에는 비난이 섞여 있었다. 베니코는 입을 열려다 아무 말 않고 형사들을 거느리고 작은 식당으로 들어갔다.

이쓰키하라는 기다리고 있던 동료들에게 인사를 하고 베니코가 사체를 확인하는 것을 고마지와 함께 지켜보았다. 관 뚜껑을 열자 새하얀 드라이아이스 연기가 솟아올랐다. 베니코는 상당히 오랜 동안 사체를 바라보더니 드디어 살그머니 손을 갖다 댔다.

"닮았군, 히데하루하고. 많이 닮았어."

베니코가 마침내 긴 한숨을 내쉬고 말했다.

"그럼, 이 사체는 조카손자임이 틀림없군요."

의외의 결과에 이쓰키하라는 저도 모르게 큰 소리로 말했다.
베니코는 고개를 저었다.

"얘기를 잘 듣게나, 젊은이. 난 닮았다고 했어."

"그럼, 그러니까……."

"이 사람은 히데하루가 아니야."

형사들은 얼굴을 마주 봤다. 베니코는 천천히 사체의 머리를
쓰다듬더니 관 뚜껑을 닫았다.

"안됐구먼. 아직 젊은데 말이야. 어디의 누구인지는 모르지만
이상하게 죽은 데다 생판 모르는 사람으로 장례가 치러질 뻔했
으니."

큰 역할을 끝내고 마음이 놓인 탓인지 베니코의 눈에는 살짝
눈물이 비쳤다. 고마지가 헛기침을 했다.

"베니코 여사님, 구체적으로 어디서 구분이 됐나요."

"나 말고는 아마 모를 텐데, 히데하루는 왼쪽 귀 뒤 머리카락
속에 별 모양의 점이 있었어. 그런데 이 사체에는 그게 없어."

베니코는 쌀쌀맞게 대답했다. 고마지는 실례, 하고는 한번 더
사체를 확인했다.

"흐음 역시, 없군요."

"그렇지? 정말 이건 도대체 어떻게 된 건가?"

베니코의 얼굴색이 창백해졌다. 그녀가 거실에서 쉬는 동안 고마지와 이쓰키하라는 가정부의 안내로 이 층에 올라가 시노부의 얘기를 들었다. 여섯 시 지나 후루카와 비서에게 전화를 했다는 사실을 확인한 것 말고는, 아무런 수확도 없었다.

뒤이어 지금은 닫혀 있는, 히데하루가 예전에 사용했던 방을 열어달라고 해서 방 안을 조사했다. 종잇조각 하나 머리카락 한 가닥도 떨어져 있지 않은, 핥은 것같이 깨끗한 방이었다. 고마지가 책상을 열어보니 도저히 사춘기 소년이 사용했다고 생각할 수 없을 정도로 모든 것이 잘 정돈되어 있었다.

상자를 열고 붓을 들여다보는 고마지를 놔두고 이쓰키하라는 일 층으로 돌아왔다. 거실에서 햇볕을 쬐면서 가정부가 날라다 준 홍차를 마시고 있는 베니코는 조금 안정을 되찾은 얼굴이었다.

"베니코 여사님이 생각하신 대로 마치코 사장은 히데하루 씨를 법률상 고인으로 만들기 위해서 저 사체를 히데하루 씨라고 주장했던 것 같습니다."

베니코가 고개를 끄덕였다.

"벌써부터 마치코가 돈이 궁한 건 알고 있었어. 몇 번 도와달라고 말하러 온 적도 있었지. 하지만 난 사업을 축소하고 팔 건 팔아서 정리하면 큰돈을 쏟아 넣지 않아도 어떻게든 해결이 될 거라고 말해줬지. 그 애는 내 말을 들으려 하지 않았어. 아마 무서워서 그랬을 거야."

"무서워서, 라고요?"

그 여제한테 무서운 게 있었을까 하고 이쓰키하라는 생각했다. 베니코는 엷은 웃음을 지었다.

"마에다 본가 분쟁에 대해서는 알고 있겠지. 내 쌍둥이 오빠들이 일으킨 추한 분쟁이었어. 그 때문에 마치코의 아버지는 분통이 터져 죽어버렸지. 당시 마치코는 다섯 살이라 그런 소동을 기억할 리 없는데, 어디서 들었는지 알고 있었어. 어쨌든 다행인지 불행인지 나한테 투자 재능이 조금 있었던 덕에 마치코가 성인이 될 무렵에는 재산만큼은 본가보다 우리 쪽이 많았지."

"그렇게 들었어요."

"하지만 이런 오래된 가문에서는 돈보다 격을 소중히 여기지. 그걸 떠받드는 친척이 또 엄청날 정도로 많거든. 전에 히데오랑 본가의 딸인 유이를 결혼시키자는 얘기가 나온 적이 있었어. 본가에서는 친척들이 모두 나서서 지원했어. 그런데 히데오야 어쨌든 간에 마치코가 맹반대를 했지. 그야 그렇지 않겠어? 마치코 입장에서 보자면 유이는 아버지의 적의 딸이야. 연애결혼이라면 모를까 돈이 목표라니 나라도 찬성 못 해. 그래서 그 혼담이 깨졌고, 그 뒤에 어떻게 됐을 것 같나?"

"어떻게 됐습니까?"

"유이는 먼 인연이 닿은 시노야마 데쓰라는 남자랑 결혼했어. 그 남자는 원래 마치코의 상대였는데 본가에서 시노야마를 위협해서 억지로 유이와 결혼시켰어. 정말은 어떻게 된 일인지 모르지만, 마치코 입장에서 보자면 그런 셈이지."

베니코는 방으로 들어온 고마지에게서 시선을 돌리고, 슬픈 눈빛이 되었다.

"마치코가 정말로 돈과 권력에 집착하게 된 건 그때부터야. 그래서 돈과 권력을 손에 넣은 뒤로는 본가나 본가 쪽에 딸린 친척들에게 따끔한 맛을 보였지. 한을 풀게 되었으니 속이 후련했을 거야. 나는 그즈음에는 친척이라는 말만 들어도 넌더리가 나서 무슨 일이 일어나든 귀를 막고 살았는데. 그래서, 이해하지? 마치코는 그렇게 타인을 짓밟아온 터라 절대로 물러설 수 없게 됐어. 사업에 실패하면 이번에는 자기가 당할 테니까."

"그래서 히데하루의 유산을 노렸다?"

"그 앤 나름대로 좋은 엄마이기도 했어."

베니코는 쑥스러운 듯이 덧붙였다.

"시노부를 걱정했겠지. 이대로 가면 시노부한테도 산더미 같은 빚만 남겨주게 돼. 그냥도 조금 모자라는 딸인데, 자기가 한 짓이 있으니까. 이번에는 시노부가 친척들에게 짓밟히면 어떻게 하나 하고 생각했을 거야, 분명."

이쓰키하라는 조금 이상하다는 생각이 들었다.

"그건 마치 마치코 사장님이 자신이 죽을 거라는 걸 알고 그후의 일을 생각했다는 얘기같이 들리네요."

"그건 아니야. 다만."

목소리가 갈라진 끝에 베니코가 말을 얼버무렸다. 그러고서 천천히 말을 꺼냈다.

"본가의 유이라는 딸 말이야. 결국 남편을 저세상에 먼저 보내고 딸을 데리고 본가로 돌아왔어. 하지만 불쌍하게도 애물단지 취급을 당하고 밤낮없이 일하다가 뇌경색으로 쓰러졌지. 지금은 누가 돌보지 않으면 살아갈 수 없는 처지가 됐어. 딸이 잘 돌보고 있지만, 본가는 말만 많지 아무도 안 도와줘. 예전 라이벌의 그런 모습을 알아봐. 언젠가는 자신과 시노부도 저렇게 되는 건 아닐까, 그런 불안에 쫓길 수도 있지."

"베니코 여사님이 그 유이 모녀를 돕고 있지 않나요?"

고마지가 졸린 목소리로 그렇게 말했다. 베니코는 멋쩍어하며 손을 흔들었다.

"별거 아니야. 딸 마이의 취직 알선이랑 가정부를 알아봐준 정도지."

"그런데."

고마지가 홍차를 다 마시고 심문의 궤도를 수정했다.

"마치코 사장 쪽으로 얘기를 옮기지요. 베니코 여사님은 마치코 사장의 사망 추정 시각에 병원 특실에 계셨어요. 그러니까 직접 조카분에게 손을 댔다고는 생각할 수 없죠. 그러나 여사님을 위해서라면 물불 안 가릴 사람이 많아요. 그중 누군가에게 마치코 사장의 살인을 의뢰하셨나요?"

"아니."

베니코가 딱 잘라 말했다.

"솔직히 물어줘서 기쁘네, 고마지 반장. 다만 증명할 수는 없네. 그러니까 내 말을 믿어달라고 할 수밖에. 난 누구한테도 그런 걸 부탁하지 않았네. 첫째로 만약 누군가를 죽이라고 시킨다 하더라도 진달래 고서점에서만큼은 절대로 아니야. 마코토는 내가 심란해할까 봐 말을 흐렸지만 도둑에 살인까지 있었으니, 가게 안이 엉망진창이지? 도대체 누가 자기 가게에 도둑을 집어넣는 따위 짓을 한다던가? 난 아직 망령나지 않았어."

"그러면 베니코 여사님은 도둑과 살인자가 동일인물이라고 생각하시나요?"

"글쎄, 그렇게 생각하는 게 자연스럽지 않나?"

"그 가게에 히데오 씨의 유서가 숨겨져 있다고 하셨죠?"

고마지가 턱을 쓰다듬으며 물었다. 베니코가 엷은 웃음을 띠었다.

"아, 그건 거짓말이야. 유서야 물론 있지. 은행 임대 금고 속에 말이야. 가게에 있다고 한 건, 그러니까 시간을 벌기 위해서였어."

"하지만 마치코 사장도 그렇고 도둑도 그 유서를 찾았던 게 아닙니까? 마치코 사장이야 베니코 여사님한테 들어서 알았다 치고, 도둑은 어떻게 그 유서에 대해서 알고 더구나 가게에 있다고 오해를 한 걸까요?"

"글쎄. 내가 어디서 무심코 말했는지도 모르지. 언젠가 상점가의 모임에서 정식 유서를 어떻게 작성하느냐 하는 것이 화제가 된 적이 있었는데, 견본이 있다고 말한 것 같기도 해."

"흐음, 그럼 도둑은 우연히 그 얘기를 듣고 어떻게든 훔쳐내려고 들어갔던 거고, 두 번째 들어갔을 때는 마치코 사장과 딱 마주쳤다?"

"뒷문이 새것으로 바뀐 뒤로도 도둑은 침입 기회를 엿본 게 아닐까? 마치코가 가게로 들어가는 걸 확인하고 몰래 뒤따라 들어갔고, 잘하면 가게 안에 숨어 있을 수 있겠다고 생각한 거겠지. 그런데 장소가 그렇게 비좁다 보니 바로 발각됐고."

"그래서 도둑이 마치코 사장을 죽였다. 흠."

초록의 냄새를 품은 초여름의 바람이 프랑스식 창을 통해 거실로 흘러들어왔다. 무척 크고 훌륭한 저택이지만 창은 닦은 흔적이 없고 마당에는 잡초가 맘껏 자라고 있었다. 이렇게 황폐해진 저택에 오늘부터는 시노부가 혼자서 살게 된다. 가엾어라, 하고 이쓰키하라는 생각했다.

"확실히 일리는 있군요. 단 그 유서, 그렇게까지 해서라도 훔쳐내고 싶을 만한 건가요?"

고마지의 질문에 베니코도 고개를 갸우뚱했다.

"그러고 보니 정말 그러네. 히데오의 유서에는 히데하루의 재산을 나한테 넘긴다고 되어 있어. 마치코 이외의 사람하고는 관계가 없어."

"히데하루의 어머니 하쓰호 씨는요?"

베니코는 허를 찔린 듯 입이 딱 벌어졌다.

"……그러고 보니, 하쓰호가 최대의 이해관계자군. 히데하루의 유산은 본래라면 곧장 어머니에게 가는 게 도리야. 본래라면. 하쓰호는 도대체 어디에 있는 거지? 훔치러 들어오기 전에 나한테 따지러 오는 게 순서 아닌가? 보통은 말이야."

고마지는 생각에 잠기면서 화제를 바꿨다.

"시노부 아가씨는요?"

"그야 뭐, 그 애도 일단은 관계자이긴 하지. 내가 죽으면 유산은 마치코에게 가기로 되어 있어. 마치코가 죽으면 시노부의 것이 되고. 하지만 나에게서 직접 시노부에게 가는 일은 없어. 그러니까 내가 살아 있는 동안 히데오의 유서를 파기해 히데하루의 유산만이라도 마치코에게서 시노부에게로 건너가는 편이 시노부한테 확실히 좋긴 하지. 하지만 말일세, 엄마가 죽고서야 재산이 다 무슨 소용이겠나."

"더구나 시노부 아가씨에게는 완벽한 알리바이가 있어요."

이쓰키하라가 덧붙였다. 나쁜 짓을 꾸밀 머리도 없을 테고, 라는 말은 못 했지만.

"그렇다면 그 밖에 도둑이 필사적으로 훔칠 만한 것이 서점에 있다는 얘기네요."

베니코는 욱한 듯 고마지를 노려봤다. 사랑하는 가게가 바보 취급을 당했다고 생각한 모양이다.

"말해두겠는데 우리가 갖춰놓은 물건들을 보면 고서 마니아들은 침을 흘릴걸. 헨리 제임스의 편지에 『핏빛 어제일리어』의 특별소장본, 게다가……."

"하지만 다 무사했어요."

"책도둑이 처음에는 마코토가 나타나서 못 훔치고 도망갔고, 두 번째는 사람을 죽이는 바람에 혼비백산 도망쳤다. 그런 추측은 어떤가?"

"아이자와 씨 말로는, 도둑맞은 건 사진과 항아리뿐인 것 같다고 하던데요."

이쓰키하라의 말에 베니코는 여우한테 홀린 듯한 얼굴이 됐다.

"사진? 사진이라니 무슨?"

이쓰키하라가 설명했다. 베니코는 이마를 문질렀다.

"기둥에 압핀으로 꽂아놓은 채 계속 거기에 있었으니 거의 기둥 그 자체나 다름없어. 누가 찍혔는지도 다 생각이 안 나."

"촬영 장소도 모르시나요?"

"그야 알지. 그건 우리 가게에 와준 손님이랑 함께 찍은 스냅 사진뿐이야. 오가타 후미코라는 로맨스 애호가랑 그 친구들하고 찍은 게 한 장 있었어. 그리고 이름은 잊었는데 멀리 홋카이도에서 온 사람이랑도 찍었고, 오사카에서 온 부인들하고도 찍었지. 이삼 년 전에 번역가 이리에 쇼코 씨와 찍은 사진, 아, 고다마 부동산 사장 부부하고 찍은 스냅사진도 있어. 그 정도인데."

"즉, 특별할 것 하나 없는 사진이라는 얘기네요."

"아, 그래. 분명 피투성이가 된 손으로 만졌다가 지문이 찍혔을까 봐 가지고 간 걸 게야. 그다지 큰 의미가 있을 것 같지 않구먼."

베니코는 완전히 평소 상태로 되돌아와 담배 있나, 하고 고마지를 찔렀다.

3

와타나베 지아키는 뒷골목을 타박타박 걷는 아이자와 마코토의 뒷모습을 발견하고 얼른 가까이 다가갔다.

"힘들겠어요, 또 그런 일이 일어나다니. 미안해요. 어제 바로 경찰에 자수하러 갈 생각이었는데, 미쓰히코 씨가 부슈로 돌아가버려서 못 갔어요. 유치장에 있게 한 거 정말 미안해요……."

마코토는 기세 좋게 돌아봤다. 엉겁결에 뒤로 물러선 지아키는 마코토의 눈이 젖어 있는 걸 알고 흠칫 놀랐다.

"아니, 왜 그래요? 잠깐, 이거 어쩌지."

"졸려."

마코토가 고함을 치고는 입을 쩍 벌려 하품을 했다.

"유치장은 최악이야. 냄새 나지, 옆 칸에는 속옷 도둑이 있다고 하지. 한잠도 못 잤어. 밖은 어땠어요? 매스컴 취재는 끝났겠지요?"

지아키는 쩔쩔매면서 겨우 대답했다.

"으응, 아직 조금은 남아 있는 것 같아요. 그러니까 가게엔 아직 가까이 가지 않는 게 좋을걸요. 짐은 그것뿐이에요? 점심 아직이죠? 어제 일도 사과할 겸 하자키의 명물 요리를 한턱낼게요."

"지아키 씨, 식사만 대접하면 용서를 받을 수 있다고 생각하는 거 아니에요?"

마코토가 운전하는 차로 둘은 하자키의 서해안으로 향했다. 히가시비치와는 달리 바위가 많은 이 부근에는 낚시하는 사람의 모습이 많이 보였다. 햇볕이 강한 오늘의 최고기온은 6월 하순 수준이라고 했다.

서해안으로 가는 도중에 사와타리지마砂渡島라는 섬이 있다. 하자키 반도 코앞에 있는 작은 섬인데 그 이름대로 간조가 되면 모래톱이 생겨 섬으로 건너갈 수 있다. 그러나 들고양이들의 낙원이 된 지 오래인지라, 지역 사람들은 사와타리지마를 '고양이 섬'이라고 부른다.

차를 무인 주차장에 세우고 모래톱을 걸어 섬으로 건너갔다. 목요일이라 한바탕 낚시를 끝내고 무거워 보이는 아이스박스를 어깨에 늘어뜨린 채 비척비척 철수하는 낚시꾼들 말고는 아무도 보이지 않았다. 따개비와 해조가 달라붙은 돌계단을 올라가 고양이섬의 주도로로 나왔지만 그늘에서 따분한 듯 눈을 끔벅거리는 고양이가 눈에 띌 뿐 사람은 보이지 않았다.

지아키는 대합과 건어물을 파는 생선 가게 이 층으로 재빨리 올라갔다. 〈하자키 맛 기행〉이라는 프로그램의 맛집 탐구 코너에서 소개한 적이 있다고 한다. 텅 빈 넓은 식당에서 지아키는 하자키 팜 특제 소고기로 만든 '하자키 덮밥'을, 마코토는 모시조개 대신 대합을 넣은 '고양이섬 덮밥'을 주문하고, 각각 소라구이를 한 개씩 추가로 주문했다.

"왠지 멍하지 않아요?"

말없이 다 먹고 나서 지아키가 마코토를 살펴봤다. 마코토는 고개를 끄덕였다.

"정말 그래요. 어찌 됐건 한 사람이 겪은 나흘분의 경험치고는 놀랄 만한 양이잖아요. 왠지 이런 곳에서 만난 지 얼마 안 되는 사람이랑 같이 밥을 먹는 것만 해도 적잖이 이상한 느낌이 들고. 지아키 씨한테야 당연한 장소겠지만 도쿄에서 자란 나는 걸

어서 섬까지 건너가는 것만으로도 충분히 인상적이에요."

"무리도 아니지요. 난 가까이에 바다가 없는 생활은 생각할 수조차 없어요. 초등학교 때 여름방학 동안 산속에 있는 시골 학교에서 한 달 넘게 지냈는데 향수병鄉愁病이 아니라 해수병海愁病에 걸렸었죠. 하지만 말해두겠는데 하자키라고 늘 사람이 살해당하는 건 아니에요. 가택 불법침입도 드문 일이고, 사체를 훔치거나 하지도 않아요."

"그래요? 그런 것치고는 꽤 능숙하던데."

"그만해요."

둘은 얼굴을 마주 보고 훗 하고 웃음을 터뜨렸다. 마코토가 손목시계를 봤다.

"지아키 씨, 일은요? 시간이 벌써 이렇게 됐네요."

"괜찮아요, 괜찮아. 여섯 시까지만 회사에 돌아가면 돼요. 그보다도 실은 부탁이 있는데."

지아키는 커피 두 잔을 추가로 주문했다. 마코토는 이런 식당에서 맛있는 커피를 만날 확률은 미스터리 작가가 노벨문학상을 수상할 확률과 비슷하다고 생각했는데, 뜸을 들여 나온 커피는 깜짝 놀랄 정도로 맛있었다.

"부탁이라니요?"

기분이 확 풀려서 상냥하게 물었다. 지아키가 눈을 치켜떴다.

"이번 달에 하자키 로맨스 축제라는 이벤트가 있잖아요. 우리 프로그램에서도 다뤘으면 해서 취재 요청을 했는데, 그때 베니코 아주머니는 흔쾌히 승낙해주셨어요. 그런데 지금은 입원해 계시고 이번 사건도 있었으니, 너무 성가시게 해드리면 안 되잖아요? 그래서 괜찮다면 마코토 씨가 좀 도와줬으면 해서."

"농담이죠?"

마코토가 커피를 쏟을 뻔했다.

"저로선 무리예요, 그런 거. 로맨스 축제에 대해 자료는 읽었고 초대장 발송도. 앗, 이 일을 어쩌지? 이번 주 중에 발송하라고 하셨는데, 너무 정신이 없어서 그만."

입에 거품을 무는 마코토를 개의치 않고, 지아키는 강경하게 얘기를 진행했다.

"물론, 축제 실행위원회의 오가타 여사라는 분하고는 전화로 얘기해서 취재 허가를 받아놨어요. 그런데 난 로맨스소설이라는 걸 전혀 모르거든요. 마이한테 물었더니 마코토 씨는《코지 타임》이라는 잡지 편집을 해봐서 책 소개 같은 건 쉬울 거라고 하더라고요. 로맨스소설 초심자를 위해 작가나 책을 소개하는 원고를 써주면 고맙겠어요. 사장님이 돌아가셔서 하자키 FM의 존속 자체가 의심스러운 때라, 어쩌면 자원봉사가 될 가능성도 있어요. 그래서 부탁하기 좀 괴롭지만, 프로 편집자로서의 마코토 씨를 믿고 부탁할게요."

"그야 못 쓸 것도 없지만. ……아아, 으응, 마이라니, 누구지?"

마코토는 편집자로서의 프라이드가 고개를 드는 바람에 못 할 거 없다는 말을 할 뻔하다가, 당황해서 얼른 화제를 돌렸다.

"시노야마 마이. 하자키 로열 호텔의 프런트 담당이에요. 내 중학교 동창. 한번 서점에도 얼굴을 내밀었다고 하던데."

"아, 그분. 베니코 여사님의 먼 친척이라던데요?"

"그래요. 실은 마이의 외할아버지가 베니코 아주머니의 오빠 거든요."

지아키는 쿡쿡 웃고 마코토를 바라봤다.

"베니코 아주머니가 입원을 해야 하는데 서점 좀 봐줄 만한 사람이 없겠느냐고 마이에게 물었대요. 하지만 마이는 베니코 아주머니 마음에 들 만한 사람은 절대로 나타나지 않을 거라고 생각한 모양이에요. 그런데 그런 말을 들은 바로 그날 마코토 씨가 하자키 로열 호텔에 나타난 거예요. 이쓰키하라 선배를 통해 마코토 씨가 《코지 타임》 편집자였다는 걸 알고, 이건 딱이야, 하고 생각하고는 마코토 씨한테 서점 얘기를 했다네요."

"뭐라고요?"

마코토의 목소리가 커졌다.

"그게, 무슨 소리예요? 내가 처음부터 진달래 고서점에 맞는 사람으로 찍혔다는 거예요?"

"마이한테요. 그러고는 어쩌면 이러이러한 사람이 서점에 나타날지도 모른다고 베니코 아주머니한테 전화를 해뒀대요. 어?

마코토 씨, 화났어요?"

지아키는 당황해서 마코토를 살폈다. 마코토는 녹초가 돼서 손을 내저었다.

"아니 뭐 별로 화가 난 건 아닌데. 뭐야, 그럼 내가 서점에 가보게 된 건 우연이 아니잖아. 뭐야, 그 형사 자식. 다 그 자식 때문이잖아!"

마코토가 주먹을 꽉 쥔 손으로 테이블을 쾅 때렸다.

"열받네. 진회색 정장을 입고 엎어져 있던 그 아주머니 이미지가 머리에서 떠나질 않는데, 베니코 여사를 속이고 무슨 꿍꿍이냐면서 지긋지긋하게 날 괴롭혔어. 이쓰키하라 미쓰루 경사, 기억해두겠어. 이번에 만나면 한 방 단단히 먹여줘야지."

"어머, 역시 화났구나."

와타나베 지아키가 의자를 뒤로 좀 물리면서 열심히 달랬다.

"하, 하지만 마코토 씨를 고용하기로 한 건 베니코 아주머니인걸요. 마이 탓도 이쓰키하라 선배 탓도 아니에요. 저기, 화내지 마요. 앗 맞다, 이렇게 해봐요. 나도 스트레스가 쌓였을 때 잘쓰는 수법인데, 요 아래 바위로 내려가서 바다를 향해 나쁜 놈아, 하고 외치는 거예요. 조금은 기분 전환이 될 거예요. 네?"

마코토가 눈을 부릅뜨고 일어섰고, 지아키는 의자에 앉은 채뒤로 넘어졌다.

와타나베 지아키가 하자키 FM으로 돌아온 시각은 다섯 시가 넘어서였다. 마코토에게 식사를 대접하고 난 다음 서점으로 함께 가서 가게를 정돈하는 일까지 돕느라 시간을 많이 보냈다. 하긴 그 덕에 마코토의 기분도 풀려 보수와 상관없이 로맨스 축제의 원고를 써주겠다는 약속을 받아낼 수 있었다. 한나절 일한 것치고는 그럭저럭 괜찮은 성과 아닐까.

사장의 죽음에 대해 물어오는 시민들의 문의 전화는 하루가 지난 지금도 계속 울려댔다. 전화를 받는 한편으로 오늘 방송할 남은 원고를 바쁘게 쓰고 있자니, 기노우치 유키야가 다가왔다. 개가 먹을 사료를 갈취한 까마귀같이 득의양양 머리를 뒤로 젖히고 섰다.

"저기, 조금 전까지 회의실에서 무슨 일이 일어났는지 알아요?"

유키야가 지아키에게 속삭였다.

"글쎄, 그보다도 너, 리퀘스트 엽서 써뒀어?"

"네. 정확히 할당량 여덟 명 몫을 준비해놓았다니까요. 게다가 어차피 아홉 시부터 한 시간은 구도 씨가 오늘 하루 종일 날조해서 쓴 마치코 사장 추모 방송이 들어갈 거잖아요."

"그러게, 구도 씨 혼자서 잘도 그런 걸 만들었네."

"대단한 건 아니에요. 이 년 전에 하자키 FM 개국 삼 주년 기념방송이 있었잖아요. 그때 사장이 길게 연설한 거, 그리고 여기저기 인터뷰한 것들, 그런 걸 이어 붙인 것뿐이에요."

"내레이션은 누가 했어?"

지아키는 별 흥미 없다는 듯이 물었다. 유키야는 실실 웃었다.

"구도 씨가 어딘가에서 데리고 온, 피부는 물론 뇌까지 반들반들한 여대생이에요. 기술 담당자 얘기로는 도저히 추모 방송 내레이션으로는 들리지 않았대요. 구도 씨도 정말은 지아키 누나를 쓰고 싶었지만 경찰이 데리고 가서 어쩔 수 없이 그 애를 썼다고 했어요. 그러니까 질투하면 안 돼요."

"누가 질투한대?"

다시 컴퓨터를 향해 맹렬한 속도로 키보드를 두드리는 지아키의 손을, 유키야가 잠시 얌전히 바라보다가 말했다.

"그런데 말이죠. 회의실에서 무슨 일이 일어났을 거 같아요?"

처음 질문으로 돌아갔다.

"잘난 척 그만하고 말해. 무슨 일이 있었는데?"

"그야 물론 수습책을 짰겠지만. 하자키 신용금고 회장, 시청 문화진흥과의 과장, 그리고 협찬 기업의 담당자가 죄다 왔었어요. 상대한 건 하자키 FM 영업부 부장하고 과장. '고질라 대 킹기드라'라고 말하고 싶지만, FM 측은 사장님이 돌아가신 지 아직 스물네 시간도 지나지 않았습니다, 하는 말만 해대니, 맞대결도 뭐도 아니었어요. 앞으로 이 방송국 어떻게 될라나?"

"글쎄. 그런 생각 안 하기로 했어."

"지아키 누나, 라디오 일 계속할 마음 있구나."

"물론. 방송국이 문을 닫게 되면 저금을 털어 기자재를 빌려서 우리 집 이 층에서라도 방송을 계속할 작정이야."

지아키는 말을 해놓고 깜짝 놀랐다. 그런 생각을 하고 있었다니, 지금까지 스스로도 전혀 몰랐다. 유키야는 손바닥을 쳤다.

"와! 굉장해. 나도 도울게."

"쉿, 조용히. 침몰하는 배에서 같이 도망칠 궁리나 하는 거, 남이 들으면 곤란해."

"사기가 곤두박질치고 있는걸. TPO에 맞춰서 쥐 인형 탈이라도 뒤집어쓰고 방송할까? 조금은 신이 날 것 같은데."

"바보."

"어느 쪽이든 간에 추모 방송 전에 너무 신나게 방송할 필요는 없겠네. 하지만 목요일 여덟 시부터는 바다낚시 정보, 시청 소식, 그리고 '하자키의 빰'이군. 오늘은 해안도로변에 있는 '황금수프정'의 최고 요리, 호박수프를 소개하는 거였지."

계속 떠들어대던 유키야가 말을 중단했다. 별안간 지아키가 벌떡 일어섰기 때문이다. 지아키는 허공을 바라본 채로 꼼짝하지 않았다. 유키야는 지아키의 얼굴 앞에다 대고 손을 팔랑팔랑 흔들었다.

"무슨 일이에요, 누나. 우주인하고 교신이 됐어요?"

"……유키야."

지아키가 갈라진 목소리로 물었다.

"지금, 몇 시지?"

"다섯 시 좀 지났는데. 뭐야, 중요한 약속을 잊고 있었던 거야?"

"알았어."

지아키가 말했다. 유키야는 불안해져서 지아키의 이마에 손을 갖다 댔다.

"열은 없는 것 같은데. 알았다니, 뭘."

"사장님을 살해한 범인."

말하자마자, 지아키는 폭풍처럼 뛰어갔다. 유키야는 잠시 망연자실 자리에 주저앉아 있었으나, 곧 고개를 흔들며 뒤를 쫓았다.

복도로 나와 보니, 지아키가 굉장한 기세로 계단을 달려 내려가는 중이었다. 멈출 기색 없이 계속 뛰어 내려갔다. 뭐가 뭔지 모르는 채, 유키야도 그 뒤를 쫓았다.

일 층 현관 로비로 나오자, 지아키가 앞서가는 사람―후루카와 쓰네코 비서―을 뒤쫓아 가 매달리는 것이 보였다. 후루카와 비서는 지아키를 뿌리치고 그대로 걸어가려 했다. 지아키는 또 쫓아갔고, 비서는 손에 든 쇼핑백을 휘둘러 지아키를 물리치면서 빌딩 밖으로 나갔다.

5월, 다섯 시가 지났지만 밖은 아직 밝았다. 가로수 길과 교차로는 쇼핑을 하는 주부들, 슬슬 한잔하러 가려는 젊은이들, 귀가 중인 회사원들로 넘쳐났다. 그 저녁 무렵의 소란스러운 길 위에 지아키의 날카로운 목소리가 울렸다.

"거기 서. 거기 서라고!"

겨우 따라잡은 유키야가 본 건 후루카와에게 태클을 거는 지아키의 모습이었다. 보행자들이 썰물 때 고양이섬의 모래톱같이 쫙 둘로 나뉜 한가운데에서, 두 사람이 뒤엉키더니 그 자리에 쓰러졌다. 빨간 것이 보도 타일 위로 퍼졌다.

기노우치 유키야는 절규했다.

10장
탐정들의 거리

1

테마 곡이 나오면서 에코가 들어간 "와타나베 지아키의 블루 나이트 하자키"라는 타이틀이 흐르자, 바로 큐 사인이 던져졌다. 와타나베 지아키가 말하기 시작했다.

"하자키 시민 여러분, 하자키를 방문해주신 여러분, 안녕하세요. 76.6메가헤르츠, 하자키 FM이 매 주중에 보내드리는 〈블루 나이트 하자키〉, 디제이 와타나베 지아키입니다. 오늘 밤도 여덟 시부터 열한 시까지 세 시간 동안 함께해주세요. 오늘 밤은 진행 순서를 조금 변경했습니다. 하자키 바다낚시 정보는 여덟 시 이십 분부터, 시청 소식은 사십 분부터, 하자키의 맛집을 소개하는 코너 '하자키의 뺨'은 사십오 분부터입니다. 아홉 시부터 한 시간은 특별방송으로 어제 급서한 마에다 마치코 하자키 FM 사장의 추모 방송을 편성했고, 열 시부터는 다시 평상시대로 방송을

할 예정입니다. 아쉽지만 목요일의 음악 코너, '리퀘스트 세시기
歲時記(일 년 중의 자연현상과 행사, 그에 얽힌 생활 등을 쓴 책 ― 옮
긴이)'는 오늘은 쉽니다. 기대하셨던 여러분, 죄송합니다."

지아키는 손에 들고 있는 스톱워치를 힐끗 보고 계속했다.

"자, 오늘 밤은 우리 하자키 FM 마에다 마치코 사장의 살인사
건에 대해 특별히 전해드릴 말씀이 있습니다. 하자키시에 큰 영
향력을 미치던 마에다 사장이 어젯밤 히가시긴자 거리의 '진달
래 고서점' 안에서 누군가에게 살해당하는 사건이 일어난 후, 우
리 회사에는 시민 여러분으로부터 사건에 대해 문의하는 수많은
전화가 걸려왔습니다. 이에 하자키 FM에서는 청취자 여러분의
문의에 답하기 위해 방송 내용을 변경했습니다. 미리 양해를 구
하는 바입니다.

실은 바로 세 시간쯤 전에 그 살인범이 시민에 의해 긴급 체포
되었습니다. 범인은 마에다 마치코의 개인 사무 비서인 용의자 A
로, 삼십육 세입니다. 용의자는 즉시 신병을 하자키 경찰서로 옮
겨, 현재 수사과 고마지 도키히사 형사반장의 취조를 받고 있으
며, 살해 혐의를 대부분 인정했다고 합니다.

뭘 숨기겠습니까. 그녀를 체포한 시민은 바로 저, 와타나베 지
아키였습니다."

지아키는 한숨을 쉬고 눈을 스튜디오 밖으로 돌렸다. 구도 고
이치로는 애인인 후루카와 쓰네코가 살인을 저지르고 체포되었

다고 하는데도 동요하는 기색이 전혀 없었다. 평상시대로 엷은 웃음을 띠고 시간을 체크하고 있다. 이 태도에 지아키는 당황했고 그 바람에 조금 정적이 생겼다.

"저는 어떤 계기로 범인이 그녀라는 걸 알아챘습니다."

지아키가 계속했다.

"그 계기를 얘기하기 전에 마에다 마치코 사장 살해 사건에 대해 다시 설명하겠습니다.

마에다 마치코 사장의 유체는 어제 오후 일곱 시가 지나 사건 현장인 진달래 고서점에서 발견되었습니다. 발견자는 하자키 경찰서 수사과의 고마지 도키히사 형사반장과 이쓰키하라 미쓰루 경사입니다. 그들은 전날 밤 도둑이 든 서점이 덧문을 열어둔 채 가게를 닫은 걸 보고 확인을 위해 커튼 틈새로 내부를 들여다보다가 바닥에 쓰러져 있는 사람을 발견, 바로 유리를 깨고 안으로 들어갔습니다. 그리고 그 사람이 마에다 마치코 사장이며 이미 사망한 것을 확인했습니다.

그 후 조사에서 사인은 둔기에 의한 두개골 골절이며, 사후 한 시간 내지 두 시간이 경과했다는 사실을 알게 되었습니다. 진달래 고서점은 마에다 사장의 고모가 경영하는 책방인데, 그 고모는 현재 하자키 의대 부속병원에 입원해 있습니다. 사장은 고모를 병문안하고 고모로부터 뒷문 열쇠를 받아 서점으로 향했던 것으로 보입니다. 또한 현장 상황으로 봐서 사장은 범인이 바로 등 뒤에 있는 걸 알면서도 그대로 범인에게 등을 보이고 있었던 것으로 여겨집니다. 따라서 사장이 신뢰하는 면식범의 범행이라고 추측할 수 있었습니다."

예정보다 조금 빠르게 진행돼버렸다. 지아키는 긴장을 풀고 여유롭게 말하기로 했다.

"그날 밤 마에다 사장은 자택에서 진행될 예정인 가족의 밤샘 의식에 출석하기로 되어 있었습니다. 밤샘 의식은 여섯 시부터였습니다. 서점에 가게 된 것은 예정에 없던 일로, 고모가 입원한 병원을 방문했을 때 갑자기 결정된 것이었습니다. 사장이 고모의 병문안을 끝내고 병원을 나선 것이 오후 다섯 시 조금 전이므로 범행 시각은 오후 다섯 시부터 여섯 시 조금 지난 시각 사이로 추측됩니다.

사장 비서인 용의자는 경찰의 첫 사정 청취, 즉 탐문 때 범행 시각에는 사장실에서 혼자 일을 하고 있었고 아무도 만나지 않았다고 증언했습니다. 즉 알리바이가 없었던 겁니다. 하지만 용의자는 사장을 살해할 동기가 전혀 없었습니다. 그녀는 사장 비서로 오랫동안 일했고 유능함을 높이 산 사장에게 두터운 신뢰를 받고 있었습니다. 또한 그녀는 제반 사정으로 보아 사장이 없어지면 자신에게 매우 큰 불이익이 올 것임을 잘 알고 있었습니다."

지아키는 원고에 눈길을 줬다. 디렉터인 구도의 마음이 전혀 이해되지 않았다. 그는 지아키가 서둘러 쓴 원고를 읽고 나서, 지아키가 후루카와 비서를 배려해 일부러 빼먹고 넘어간 그녀의 사람 됨됨이에 대한 사항도 상세하게 쓰라고 말했던 것이다. 지아키는 단호하게 그걸 거부했지만.

"제가 그녀를 의심하게 된 계기는 아주 사소한 것이었습니다. 오늘 저녁 저는 이 프로그램의 어시스턴트 디렉터와 쓸데없는 잡담을 하고 있었는데, 그때 그가 이런 말을 했습니다. 프로그램을 방송할 때 디제이인 저도 이 프로그램의 TPO에 맞춰서 옷을 갈아입으면 어떻겠냐, 그러면 분위기가 살 거다, 하고요.

물론 단순한 농담이었습니다. 설마 바다낚시 정보를 알릴 때 낚시꾼의 모습을 하는 건 아니니 그런 상상은 하지 마세요."

유리창 너머에서 유키야가 엄지손가락을 세워 보였다. 후루카와 쓰네코가 긴급 체포될 때는 얼굴이 하얗게 질려 난리를 쳐놓고, 지금은 천연덕스럽기 그지없다.

"TPO에 맞춰 옷을 갈아입는다. 이 한마디가 저에게 힌트를 줬습니다.

전날, 저는 우연히 마치코 사장이 병원을 방문한 모습을 목격했습니다. 애차인 노란 로터스를 타고 병원 주차장으로 들어가는 모습이었습니다. 운전석의 마치코 사장은 눈에 확 띄는 화사한 빨간 정장을 입고 있었습니다.

그런데 오늘, 사체 발견 현장을 목격한 진달래 고서점의 임시

점장은 이런 얘기를 했습니다. 사장은 진회색 바지정장을 입고 엎드린 자세로 쓰러져 있었다고.

나중에 경찰에 확인을 해봤더니 마치코 사장은 발견 당시 확실히 진회색 마 재질의 바지 정장을 입고 있었다는 겁니다. 이건 도대체 어떻게 된 일일까요. 다섯 시 조금 전까지 그녀는 빨간 정장을 입고 있었습니다. 그러나 그로부터 살해당할 때까지 한 시간도 채 안 되는 사이에 수수한 색의 옷으로 갈아입은 겁니다. 그건 왜일까요?"

지아키는 조금 틈을 두었다.

"그렇죠, 자택에서 가족의 밤샘 의식이 예정되어 있었기 때문입니다. TPO에 맞춰 옷을 갈아입은 겁니다.

전해 들은 바에 의하면 그 밤샘 의식은 아주 가까운 가족, 즉 사장과 딸, 그리고 몇몇 친척만이 모여 간소하게 치를 예정이었습니다. 사장은 자택에 돌아가서 상복으로 갈아입을 생각이었겠지만, 어쩌면 서점에 들렀다 집에 가려면 귀가가 조금 늦을지도 모른다. 친척들과 스님이 기다리고 있을 자택에 새빨간 정장 차림으로 나타나는 건 좀 그렇다, 하고 생각했겠지요. 그래서 밤샘 의식 자리에 어울리는, 수수하면서도 고급스러운 모습으로 변신한 겁니다.

그럼, 어디서 옷을 갈아입은 걸까요?

물론 마에다 마치코 오피스의 사장실입니다. 저도 사장실에 들어가본 적이 몇 번 있어서 잘 압니다만, 사장실에는 큰 옷장이 있습니다. 정력적으로 일을 하던 사장이 TPO에 맞춰 화장실에서 옷을 갈아입는 건 드문 일이 아니었겠죠.

병원을 나온 시각으로 미루어 생각할 때, 사장이 옷을 갈아입으러 돌아온 건 다섯 시 지나서였을 겁니다. 그리고 사무실로 돌아왔다면 비서와 얼굴을 마주치지 않았을 리 없지요. 그런데 비서는 사장을 마지막으로 만난 건 그녀가 병원에 가기 전이고, 그후 다섯 시부터 여섯 시 반까지 사장실에서 혼자 일을 했다고 경찰에 얘기를 한 겁니다."

시간이 점점 다 돼가고 있었다. 지아키는 서둘렀다.

"그 사실을 알아차린 저는 바로 사장실로 향했습니다. 옷장에 사장이 입었던 빨간 정장이 있다면 비서의 범행을 증명할 수 있다고 생각했기 때문입니다. 그러나 사장실이 있는 칠 층으로 올라갔을 때 퇴근 시간이 지나 귀갓길에 오른 비서는 종이 쇼핑백을 안고 엘리베이터를 막 올라탄 뒤였습니다. 저는 계단으로 일층까지 쫓아가 빌딩 밖에서 그녀를 따라잡았습니다. 그리고 지금 말씀드린 내용을 마구 떠들어대면서 추궁했더니, 그녀는 저를 밀치고 도망치려 했습니다. 그런데 정신없이 달려들었을 때 그녀가 들고 있던 쇼핑백에서 사장의 새빨간 정장이 쏟아져 나왔습니다.

저는 하자키 FM의 사원으로서 마에다 마치코 사장님께는 여러 가지로 신세진 바가 많습니다."

지아키는 원고를 옆으로 밀쳐놓고 얘기를 계속했다.

"게다가 사장님은 저의 소중한 벗의 어머니이기도 합니다. 그러므로 저는 사장님을 살해한 행위에 대해서 깊은 분노를 느끼고 있습니다.

하지만 용의자는 저의 질문을 교묘하게 회피할 수도 있었을 텐데 그러지 않고 그냥 비척비척 도망친 점으로 보아 낯 두꺼운 악인이라고 할 수는 없지 않을까요? 좀 봐주는 것 같지만, 저는 그런 식으로 느꼈습니다. 어찌 됐건 왜 사장님을 살해했는지, 살해 동기와 함께 모든 걸 고백해주기를 바랍니다.

하자키 경찰서의 발표에 의하면 내일 오후, 범행 현장인 진달래 고서점에서 현장검증이 있을 예정이라고 합니다. '가게의 구석구석을 몽땅 뒤집어엎어서라도 정확한 검증을 하겠습니다'라고, 고마지 형사반장이 의욕에 차서 말했습니다. 서점으로서는 도둑이 들지 않나, 살인이 일어나지 않나, 게다가 경찰까지 나서서 뒤집어엎겠다고 하니 정말 재난도 이런 재난이 없겠지만, 일련의 찜찜한 사건이 이것으로 모두 해결될 수 있으리라는 희망을 위안으로 삼아야 할 것 같습니다. 덧붙여서 말하자면 이달 26일 금요일부터 28일 일요일까지 하자키 로열 호텔을 메인 회의장으로 하여, 진달래 고서점도 주최자에 이름을 올린, 제1회 하자키 로맨스 축제가 있을 예정입니다. 로맨스소설과 로맨스 영화 팬 여러분, 한번 행차해보심이 어떠신지요.

하자키 FM 사장 마에다 마치코 살해 사건 범인 체포 전모에 대한 소식은 이것으로 마치겠습니다. 들어주신 여러분 고맙습니다. 그러면 다음 코너로 넘어가기 전에 기분 전환으로 한 곡 듣도록 하지요. 하자키 경찰서 고마지 도키히사 형사반장님의 신청곡, 영화 〈더티 해리〉의 테마."

전주가 흘러나오자 와타나베 지아키는 마이크를 끄고 헤드폰을 벗고 크게 한숨을 내쉬었다. 문이 열리고 구도가 얼굴을 내밀었다.

"고마지 형사반장의 코멘트를 받아 오다니, 제법인걸."

지아키는 가볍게 어깨를 으쓱했다.

"그야 당연하죠. 제가 범인을 체포해준걸요."

"그런데 정말로 형사반장이 그랬어? '가게를 구석구석 몽땅 뒤집어엎어서라도'라고."

"네, 확실히 그렇게 말했어요. 아마 유언장하고 뭔가 관계가 있는 거 아닐까요? 죽은 마치코 사장님의 오빠가 남긴 것인데 히데하루 씨의 상속분을 모두 베니코 여사님에게 양도한다는 내용이라나 봐요."

"그래?"

구도는 지아키의 등을 야단스럽게 두드렸다.

"뭐, 어쨌든 제법 잘했어."

구도로서는 이건 최대의 칭찬이고, 반년에 한 번 들을까 말까 하는 고마운 감상이었다. 하지만 지아키는 조금도 기쁘지 않았다. 구도가 이렇게 덧붙였기 때문이다.

"하지만 지아키의 마지막 코멘트는 좀 그래. 살인자에게 동정을 할 건 없어. 청취자한테서 항의 전화가 올지도 몰라."

"그 전화, 제가 받을게요."

지아키는 불쑥 대답하고 페트병에 든 차를 마셨다.

"구도 씨도 정말 냉정하군요. 후루카와 씨는 구도 씨의 연인이었잖아요? 그런 사람이 체포됐는데 왠지 안심하는 것 같아요."

구도는 기분 나쁜 눈빛으로 지아키를 봤다.

"지아키, 우연히 살인범 한 명 잡았다고 너무 우쭐대는 거 아냐? 사장님이 돌아가신 마당에 하자키 FM을 존속시키기 위해서는 감상에 빠져 있을 여유 같은 거 없다고."

조정실로 돌아가는 구도의 등에 대고 지아키는 혀를 내밀었다. 구도가 무슨 생각을 하는지 알 만했다. 지금 상태대로라도 하자키 FM에서 쫓겨날지 모르는 데다 애인이 사장의 살인범이니 입장이 더욱 위태로워진 거다. 그걸 내다보고, 후루카와 비서와의 관계는 훨씬 전에 이미 끝났습니다, 그러니 별 충격은 없습니다, 하는 모습을 주위에 보여야 하는 것이다.

하지만 충격에 휩싸여 애인의 신상을 걱정하는 사람 쪽을 다들 더 신뢰할 텐데.

곡이 끝났다. 지아키는 헤드폰을 끼고 마이크를 켰다.

"그러면 여덟 시 십오 분 현재 시각 교통정보입니다. 도로교통 정보센터의 우수이 씨, 부탁드리겠습니다."

"네, 가나가와현 하자키시 주변의 교통정보를 전해드리겠습니다. 하자키 해안도로, 미카게 산 터널 출구에서 사고가 있어서 하행 후지사와 방면이 정체 중입니다……."

잠자코 듣고 있던 지아키는 문득 눈 가장자리로 뭔가를 감지하고 얼굴을 들었다. 프리랜서 방송작가 오기와라 부이치가 눈이 충혈되어 조정실에 서 있는 것이 유리 너머로 보였다. 그는 구도의 어깨를 잡고 뭐라고 소리치나 싶더니 일으켜 세워 한 대 먹였다. 구도는 비틀거리다 바닥에 쓰러졌고 지아키의 위치에서는 보이지 않게 됐다. 오기와라는 또다시 고함을 치며 고무 슬리퍼를 신은 발로 구도를 발길질하는 모양이었다. 유키야와 기술자가 허겁지겁 오기와라를 막으려 했지만 그들마저 순식간에 내동댕이쳐져 쓰러졌다.

와타나베 지아키는 망연자실했다.

어, 어떻게 해, 이 방송.

2

후루카와 쓰네코는 취조실 의자에 앉아 고마지와 마주 보고 있었다. 아이자와 마코토가 아침에 앉았던 의자다.

지아키에게 태클을 당했을 때 뺨이 긁혀 상처가 나는 바람에 세면실에서 얼굴을 씻고 화장을 지우고 뺨에 밴드를 붙이고 나자, 후루카와는 유능한 비서도 어른 여자도 아닌 길을 잃고 어찌할 바를 모르는 어린아이 같았다.

"……사장님을 죽일 마음 같은 건 없었어요."

그녀가 쉰 목소리로 작게 말했다.

"오늘 오전에 형사님들에게 한 말은 전부 정말입니다. 사장님은 엄격한 면도 있었지만 정말로 좋은 상사였어요. 적어도 일 년쯤 전까지는 그랬습니다."

"그때부터 변화가 있었습니까?"

후루카와는 이쓰키하라를 향해 진지하게 고개를 끄덕였다.

"여러 가지가 겹쳤던 것 같아요. 나이가 나이인 만큼 몸 상태도 안 좋았고, 정신적으로도 여러 가지 일이 있어서 의사에게 수면제를 처방받고 있는 것 같았습니다. 경영 악화는 훨씬 전부터였지만 그래도 무슨 수가 있겠지 하는 믿음이 있으셨어요. 하지만 최근 들어 옴짝달싹 못할 만큼 어려운 상태라는 걸 깨달았던 것 같습니다."

"당신도 사장님한테 여러 가지로 들볶였겠군요."

후루카와는 고개를 저었다.

"아니요. 저한테 그런 일은…… 없었습니다. 아마 시노부 아가씨를 돌보는 역할이 있었기 때문이겠지요. 어디까지나 인상이지만 사장님이 정말로 마음이 다급했던 건 따님이 원인이었다고 생각합니다."

"시노부 씨한테 무슨 일이 있었나요?"

"따님이 세상사에 초연하다는 건 누구나 아는 사실이었어요. 사장님만 그걸 모르셨죠. 그야 그럴 수밖에요. 사장님은 따님하고는 거의 대화를 하지 않았거든요. 세상의 대부분의 아버지와 같았죠. 용돈을 주거나 학교는 어떠냐, 공부는 하고 있느냐, 하는 아무래도 좋을 말만 할 뿐, 제대로 된 대화를 하는 일이 없었으니까요."

후루카와는 조금 슬픈 듯이 대답했다. 이쓰키하라가 계속했다.

"학교의 공식 행사에도 당신이 참석했나요?"

후루카와는 손가락을 깍지 끼고 고개를 끄덕였다.

"따님은 요코하마에 있는 사립 여중과 여고를 다녔어요. 그곳을 졸업하고 대학에 진학할 때가 되어서야 사장님은 처음으로 따님이 흔히 세상에서 말하는 '머리가 좋은 여성'이 아니라는 걸 아셨어요. 제 생각에 따님은 기분이 자주 변해서 여기 흥미를 가졌다 저기 흥미를 가졌다 하는 데가 있고 사고 회로가 별난 면이 있기는 하지만, 그렇게 머리가 나쁜 것 같지는 않아요. 하지만 남들에게 자랑할 만한 대학에 들어갈 것 같지도 않았고, 사장님 사업을 계승할 것 같지도 않았으니 사장님으로서는 마찬가지였죠. 결국 거금을 들여 하자키 의대 정보관리학과에 넣은 거예요. 사장님은 시노부 아가씨한테 뭔가 정신적인 문제가 있다고 확신했어요. 그래서 카운슬링을 받거나 정신과에 다니게도 했죠."

"당신도 그때 함께 갔나요?"

"네. 하지만 결과는 처음부터 알고 있던 대로였어요. 따님은 확실히 별나기는 하지만 그건 개성의 범주에 드는 정도지 치료를 받아야 할 상태는 아니었어요. 카운슬러와 의사 모두 그렇게 말했어요."

"마치코 사장님은 그걸 받아들였나요?"

"그게……."

후루카와가 희미하게 눈썹을 찌푸렸다.

"한때는 정신과 의사를 여기저기 찾아다녔는데요, 어느 시기를 경계로 그것이 딱 멈췄고."

"어느 시기라니?"

"두세 달쯤 전일 거예요. 사장님이 저에게 의사를 찾아다니는 걸 그만두라고 하시고 따님에게도 하고 싶은 대로 하게 했어요."

"포기한 건가요?"

"아마 그럴 거예요. 하지만 잘 모르겠어요. 초조해하셨는데,

그때부터는 생각에 깊이 잠기는 눈치였어요. 이전에는 저한테도 이것저것 물어보고 하셨는데, 최근에는 아무 말도 안 하게 됐어요."

본인은 의식하고 있는 것 같지 않았으나 후루카와 비서의 말에는 희미한 원망의 기색이 느껴졌다. 자, 이제 드디어, 하고 이쓰키하라는 긴장했다.

"자, 이번에는 사장님이 아니라 당신 얘기를 좀 들어봅시다. 최근에 당신한테도 뭔가 있었지요?"

사장에 대해서는 이것저것 잘 말하던 비서의 입이 갑자기 무거워졌다.

"말하기 힘든 건데요. 저, 구도 씨요."

"제작부의 구도 고이치로 씨. 당신의 애인이지요."

"이제 그쪽에서는 그렇게 생각 안 해요."

후루카와 비서는 쓸쓸하게 고개를 숙였다.

"원래 구도 씨하고는 사장님의 소개로 교제하게 됐어요. 하자키 FM이 개국할 당시 저는 다른 분하고……. 하지만 사장님은 그 상대는 소문이 안 좋은 사람이라고 걱정하셨어요. 그리고 구도 씨와 식사를 함께 할 기회를 마련해주셨어요."

"그 후로 교제를 하셨고요?"

"네. 사장님이 우리에게 결혼하라고 하신 것도 사실이에요. 다만, 지금 생각해보면 그는 처음에는 어땠는지 몰라도 최근에는 사장님의 명령으로 어쩔 수 없이 저랑 사귀었다는, 아니, 사귀는 척했다는 생각이 들어요."

"이해가 잘 안 되는데요."

고마지 형사반장이 책상에 팔꿈치를 대고 끼어들었다.

"사장님하고 구도 씨는 도대체 어떤 관계였나요?"

"저도 잘은……. 다만, 사장님과 구도 씨는 하자키 FM 개국 이전부터 아는 사이가 아닐까 하고 느낀 적이 있어요. 게다가 그가 한번은 언뜻, 저랑 사귀고 싶어서 사장님한테 부탁했었다고 말했어요."

"그럼, 처음에는 구도 씨의 부탁을 듣고 사장님이 도와줬다. 그러나 최근에는 구도 씨가 당신에게서 멀어지려는데, 사장님이 거꾸로 못 하게 했다. 그런 게 되나요?"

"네."

후루카와 비서는 대답이라고도 한숨이라고도 할 수 없는 소리를 냈다.

지금 후루카와의 자존심은 벽에 던져져 찰싹 달라붙은 지점토처럼 납작해져 있었다. 후루카와 비서는 어쨌든 간에 구도가 좋았을 것이다. 옆에서 보기에 간이고 뭐고 다 빼준 듯이 보여도, 구도와 함께 있을 수 있다면 그것으로 좋았던 것이다.

"그리고 구도 씨도 적어도 노골적으로는 사장에게 저항할 수 없었을 것이고."

"그래요. 저도 그걸 구실로 그에게 다른 여자가 여럿 있는 걸 알면서도, 또 저한테는 거의 연락을 하지 않는데도, 그와의 사이가 끝났다는 걸 인정하고 싶지 않았어요. 할 수가 없었어요. 그걸 인정할 수 있었다면."

후루카와는 입술을 꽉 깨물었다. 눈에 살짝 눈물이 어렸다.

"지난주 토요일에 구도 씨가 나오라고 하더니 일방적으로 교제를 그만두겠다고 하더군요. 사장님도 그걸 양해했다고. 하지만 받아들일 수가 없었어요. 저도 감정이 격해져서 마지막에는…… 서로 비난을 해댔죠. 그는 사장 비서인 저하고 사귀면 사장님의 내부정보를 캐낼 수 있을 것으로 생각하고 그렇게 했을 뿐이다, 이제는 볼일 없다, 하고 말했어요. 사장님의 위엄과 권위를 업고 강제로 결혼에까지 끌고 가려는 데 넌더리가 난다, 다행히 사장님도 자기 얘기를 들어주게 됐으니 이제 헤어지자, 소란을 떨어봤자 소용없다, 바보 취급당하는 건 너니까…… 죄송합니다."

비서는 고마지가 내민 티슈에 얼굴을 묻었다. 어두운 방에 잠시 흐느끼는 울음소리가 울려 퍼졌다.

"정말로 제가 바보였어요. 어차피 누군가 죽일 거라면 그때 그를 죽였어야 했는데."

후루카와는 잠시 후에 코를 풀고 빨개진 얼굴을 들었다. 고마지는 오래오래 신음을 냈다.

"들으면 들을수록 굳이 손을 더럽힐 가치도 없는 녀석이군, 구도라는 친구. 그런데 어쩌다 사장을 죽이게 된 겁니까?"

"전 구도 씨가 말한 게 정말인지 아닌지, 사장님의 입으로 확인하고 싶었어요. 하지만 아시다시피 월요일 오전 중에 사체가 나와서 대소동이 일어나는 바람에, 사장님하고는 여유롭게 얼굴을 마주할 틈도 없었습니다. 그럴 상황이 아니란 건 충분히 알고 있었지만 그래도 역시 직접 여쭤봐야겠다고 생각했어요."

"무리도 아니지요."

고마지의 상냥한 대꾸는 후루카와의 귀에 가 닿지 않았다. 그녀는 허공에 시선을 두고 계속 말했다.

"어제 목요일, 병원에 갔던 사장님이 다섯 시가 조금 지나서 사장실로 돌아오셨어요. 오늘은 밤샘 의식이니까 다섯 시에는 모두 집에 가라고 말씀하셔서 사무실에 남아 있던 건 저 하나뿐이었어요. 사장님은 무슨 일인지 뒷계단으로 들어왔어요. 저를 보고 놀라서 매몰차게 얼른 집에 가라는 뜻의 말을 했어요. 그래 놓고는 갑자기 말투를 바꿔서 내밀하게 부탁하고 싶은 게 있으니 같이 어디 좀 가자고 하셨어요. 가능하면 남의 눈에 띄고 싶지 않은데 차는 병원 주차장에 놓고 왔다고 하셔서, 제 차로 교차로를 통과하지 않고 빙 돌아 히가시긴자 상점가 뒤쪽에 있는 골목에 차를 댔어요. 도중에 왜 이렇게 움직여야 하느냐고 여쭸지만 사장님은 됐으니까 그냥 시키는 대로 하라고만 했어요. 그리고 그 고서점에 들어갔어요."

후루카와 쓰네코는 꿀꺽 침을 삼켰다.

"사장님은 뒷문 열쇠로 문을 열고 들어가 불을 켜고 여기저기 들여다보기 시작했어요. 그리고 저한테도 오빠의 오래된 유언장을 찾으라고 명령했어요. 저는 아무리 고모의 집이라고는 하지만 멋대로 흐트러뜨려도 좋을지 몰라 사장님께 여쭤봤어요. 고모님께 부탁받은 거라면 유언장이 어디 있는지는 처음부터 알고 있을 테니까.

그러자 사장님은 갑자기 신경질을 내면서 소리쳤어요. 구시렁거리지 말고 어서 시키는 대로나 해, 너 같은 바보 멍청이를 고용한 게 무엇 때문일 것 같아? 더러운 일이든 뭐든 시키는 대로 해야지. 그리고 이렇게도 말했어요. 시노부가 이상해진 데는 네 탓도 있어. 구도가 너한테 넌더리를 내는 것도 당연해. 아무리 관료의 딸이라고 해도 너 같은 노처녀랑 억지로 결혼시키려 한 건 잘못이었어. 네 아버지가 퇴직했으니 더 이상 키워줘봤자 의미도 없고.

그 순간 머릿속이 새하얘졌습니다. 정신을 차리고 보니 저는 가까이에 있던 항아리를 손에 들고 있었어요. 사장님은 그것을 보더니 코웃음 치고 가게로 내려서서 저에게 등을 보였습니다. 아직 몰랐군, 바보 같으니, 히데하루의 밤샘 의식 준비를 너한테 맡기지 않은 것은 널 자른다는 예고인 셈이었는데. 저는."

후루카와 쓰네코의 눈에서 눈물이 주르르 흘렀다.

"그 이상 사장님의 입에서 심한 말을 듣고 싶지 않았어요. 몇 번이나 부탁을 했는데, 그만둬달라고, 그만하라고. 그런데도."

"마치코 사장은 입을 다물지 않았군."

고마지는 후루카와 쓰네코에게 다시 티슈를 밀어줬다.

"그 정도로 입을 다물 거였다면 처음부터 당신에게 그런 말을 하지 않았겠지. 아이러니하군. 사장의 정신적 한계와 후루카와 씨 당신의 한계가 동시에 다가온 거야."

고마지의 신호를 받고 휴식 시간을 갖기로 했다. 이쓰키하라는 수사과 사무실에 가서 커피를 타가지고 돌아왔다.

"흥분했을 때는 설탕을 많이 넣는 게 좋아요. 우유도요."

"고맙습니다."

후루카와 쓰네코는 우물우물 말하고는 막대설빙을 두 개 뜯었다. 이쓰키하라는 문득 소라게가 생각났다. 소라게는 안주할 수 있는 조개껍질을 등에 업고 있지 않을 때는 깜짝 놀랄 정도로 빈약하고 가늘고 의지가지없어 보이는 생물이다. 어릴 때 모래사장에서 소라게를 잡아 그 집을 부수는 잔혹한 놀이를 했던 기억이 났다.

구도 고이치로와 마에다 마치코도 후루카와 쓰네코의 조개껍질을 엉망진창으로 파괴한 것이다. 그녀의 몸을 지켜왔던 일, 사랑, 모든 것을 조롱했다.

"그래서, 그러고 나서 어떻게 했지요?"

고마지는 후루카와 쓰네코가 커피를 다 마실 때까지 기다렸다가 다시 질문했다. 후루카와는 뜨거운 커피 덕인지 조금 붉은빛을 되찾은 뺨을 긴장시켰다.

"사장님이 쓰러지고 움직이지 않게 되었을 때야 비로소 말도 안 되는 짓을 했다는 걸 깨달았어요. 저는 주위의 물건들을 만지지 않았으니까 우선 항아리만 가지고 자리를 뜨기로 했어요. 문 손잡이를 손수건으로 감싸서 문을 열고 그곳을 나왔어요. 아마 사장실로 돌아올 때까지 아무에게도 들키지 않았을 거예요. 게다가 다행히 여섯 시 조금 지나서 시노부 아가씨에게서 전화가 왔어요. 사장님의 귀가가 늦는다며. 이것도 좋은 구실이 될 거라고 생각했어요."

"항아리는 어떻게 했지요?"

"바다까지 차를 달려서 거기 버리려고 했는데 날씨가 좋은 탓인지 해 질 녘인데도 사람들이 많이 나와 있어서 포기하고 차 트렁크에 넣어뒀어요. 밤이 된 후 다시 서해안에 바위가 많은 곳으로 가서 거기서 바다로 던져버렸습니다."

"서점에서 가지고 간 건 그것뿐인가요?"

"네. 그런데요."

후루카와 비서는 의아하다는 듯 대답했다. 고마지와 이쓰키하라는 얼굴을 마주 봤다.

"정말로 그것뿐인가요? 피나 지문이 묻은 걸 가지고 가지는 않았나요?"

"아니요. 그 밖의 다른 것에 손을 댄 일은 없는데요."

"흐음."

고마지는 턱을 쓰다듬었다. 이쓰키하라가 물어봤다.

"마에다 히데하루. 사장님의 조카의 죽음에 대해서 뭔가 들은 건 없나요?"

"특별히는. 단지 구도 씨와 사장님은 뭔가 소곤소곤 얘기를 하는 것 같았는데, 저한테는 아무것도 가르쳐주지 않았어요."

후루카와 비서가 계속했다.

"사장님이 일단 사장실로 돌아와 옷을 갈아입은 건 아무도 모를 거라고 생각했어요. 뒷계단으로 들어오고 차로 멀리 돌아서 간 걸로 보아, 사장님도 서점에 가는 걸 아무도 모르게 하려고 했던 거라고 생각했어요. 그래서 나만 입을 다물고 있으면 아무도 모를 거라고 생각했어요. 그래서 형사님이 사장님을 마지막 본 게 언제냐고 물었을 때 그만 거짓말을 했어요.

두 분이 돌아가신 후에 내가 한 거짓말에 대해 생각하다, 사장님이 병원에서는 빨간 정장을 입고 있었는데 사체로 발견됐을 때는 다른 복장을 하고 있었다는 사실을 생각해내고는 이러면 바로 발각될 거라고 생각했어요. 그래서 우선 정장을 처분하고 사장님이 다른 곳에서 옷을 갈아입은 것으로 해야지 했는데. 하지만 오늘은 계속 이것저것 대응하느라고 시간에 쫓겨서 도저히 그럴 틈이 없었어요. 그런데 와타나베 지아키 씨가 무서운 눈빛으로 추궁을 해서. 더 이상 속일 수가 없었어요."

완성된 조서에 사인을 끝낸 시각은 여덟 시였다. 후루카와는 라디오를 들려달라고 했다. 와타나베 지아키가 사건에 대해 이야기할 테니 듣고 싶다는 거였다. 이 사람은 구도의 프로그램을 듣고 싶은 거구나, 구도가 자신을 어떤 식으로 다루는지 알고 싶은 거겠지. 이쓰키하라는 그렇게 생각하고 자신의 책상 서랍을 뒤져 낡은 라디오를 찾아내서는 먼지를 떨고 취조실로 가지고 가 스위치를 켰다.

후루카와 쓰네코는 지아키의 목소리를 꼼짝 않고 들었다. 마지막까지 다 듣고 나자 비로소 더 이상 참지 못하고 큰 소리로 울기 시작했다.

후루카와 쓰네코의 취조를 끝낸 이쓰키하라와 고마지는 한숨을 쉬었다. 그녀는 구류처분을 받을 것이고 바로 기소당할 것이다. 이미 그녀의 부모가 변호사를 동반하여 달려와 있었다.

"큰 사건이 정리된 건 좋은 일이지만."

이쓰키하라는 서류를 정리하면서 돋보기를 끼고 책상 위의 팩스 용지를 보고 있는 고마지에게 작은 소리로 말했다.

"왠지 석연치 않군요. 서점에서 사라진 사진은 어떻게 된 걸까요? 게다가 그 사체. 그게 히데하루가 아니라면 마이클 가토일 텐데, 마이클 가토가 우연히 하자키에서 자살을 했고, 때마침 마치코가 그 사체를 자기 형편에 맞게 이용한 걸까요? 그렇다 치더라도 마치코 앞으로 온 편지는 도대체 뭐죠? 게다가 진짜 히데하루는 도대체 지금 어디에 있는 걸까요?"

"현경을 통해서 하와이 경찰에 마이클 가토의 신원 조사를 의뢰해놨어. 한두 주 지나면 결과가 나올 거야. 그때까지는 안됐지만 그 사체더러 하자키 의대의 영안실에서 잠자고 있으라고 해야지."

고마지가 하품을 했다.

"출입국관리국에서도 회답이 있었는데 마이클 가토는 아직 출국하지 않았대."

고마지는 팩스 용지를 팔랑팔랑 흔들다가 책상에 걸터앉은 이쓰키하라에게 건네줬다.

"초조해할 거 없다고. 하와이에서 회답이 온 뒤에 천천히 조사하면 돼."

"하지만 짐은 어떻게 한 걸까요? 큰 짐은 어딘가 코인로커에 맡겨놓지 않았을까요? 지갑 같은 신변 물품도 사체 근처에서는 발견되지 않았잖아요."

"설마 그것만 어디로 흘러가버린 건 아닐 테고 말이야. 그때 감식반이 바다 속까지 들어가 조사를 했거든."

"하자키역의 코인로커는 이치카와 형사가 조사를 했고요."

"그래. 그 비슷한 건 아무것도 발견되지 않았어."

고마지는 돋보기를 벗고 뒷목을 주물렀다. 이쓰키하라는 팩스를 넘기다 목소리를 높였다.

"잠깐, 고마지 반장님, 여기 읽었어요?"

이쓰키하라가 팩스의 추가 문장을 가리켰다.

"마이클 가토가 일본에 입국한 건 지난달 4월 18일로 되어 있어요. 프라이어즈 호텔에 투숙한 건."

이쓰키하라가 수첩을 뒤졌다.

"4월 20일이에요. 그 사이에, 그는…… 엇?"

"뭐야?"

"신주쿠의 로열 할리우드 호텔에 숙박한 것으로 되어 있어요. 로열 할리우드 호텔이라면 아이자와 마코토가 투숙했다가 불이 났던 호텔이에요. 그래요, 확실히 19일 심야에 불이 나서 사망자가 열네 명이나 나왔지요. 마이클 가토는 그래서 그 호텔을 나와서 프라이어즈 호텔로 옮겨간 거군요."

"그러고 보니 그 언니를 깜빡하고 있었군."

고마지가 느닷없이 고함을 내질렀다.

"이쓰키하라. 자네, 경비하러 간다지 않았나?"

"상태를 보러 가긴 가야죠."

이쓰키하라가 마지못해 대답했다. 조금 피곤했던 거다.

"이젠 위험하지 않을 거예요. 살인범이 잡혔으니까."

"도둑은 안 잡혔어."

고마지의 한마디에 이쓰키하라는 헉 하고 놀라 책상에서 뛰어내렸다.

3

휴대전화가 울리자 아이자와 마코토는 반사적으로 시계를 올려다봤다. 아홉 시가 조금 지난 시각이었다. 서점으로 돌아온 뒤 산산조각이 나서 바닥에 흩어진 유리 조각을 치우고 청소를 하고 전화를 받는 일에 쫓기고 초대장을 완성하다 보니 벌써 시간이 이렇게 되었다. 배가 고파왔다.

전화 건너편에서 와타나베 지아키가 말했다.

"마코토 씨? 내 방송 들었어요?"

"앗."

마코토는 머리에 손을 갖다 댔다. 헤어질 때 지아키의 프로그램을 듣기로 약속했었다.

"미안. 완전히 잊어버렸어요."

"어머머머…… 뭐, 언젠가는 듣겠죠. 저기요, 사장님을 살해한 범인을 잡았어요."

"정말?"

마코토가 큰 소리를 냈다. 지아키가 웃었다.

"정말이에요 정말. 그게 글쎄, 바로 내가 잡았다니까요."

"엇, 그래 범인은 누구였어요?"

"사장 비서. 말 나온 김에 더 하자면, 우리 디렉터 구도 씨의 애인이었던 사람이에요. 회사 안은 완전 뒤집어져서 대소동이에요. 게다가 디렉터가 전 애인을 너무 냉정하게 다루다 아까 엉망으로 얻어맞았어요. 비서의 전 애인한테."

"네?"

인간관계를 미처 다 파악하지 못한 마코토는 눈을 휘둥그레 떴다. 지아키는 개의치 않고 계속 떠들어댔다.

"대소동이었다니까요. 지금 유키야가 대리를 맡고 그 디렉터는 별실에 누워 있어요. 맞아도 싸요. 기분 좋아라."

"지아키 씨, 그런데 방송 열한 시까지 하는 거 아니었어요?"

"네. 하지만 지금은 사장님의 추모 특집을 내보내고 있어서 난 할 일 없어요. 마코토 씨 혼자 서점에서 불안해할까 봐, 범인을 잡았다는 걸 알려주려고 전화한 거예요. 좀 더 빨리 연락했으면 좋았겠지만 경찰에 사정 설명도 해야 했고, 범인 체포 관련 원고도 써야 해서 시간이 없었어요."

"알았어요. 고마워요."

마코토는 안도의 한숨을 내쉬고 전화를 끊었다. 적어도 살인자가 다시 나타날 일은 없는 셈이다.

완성된 초대장을 고무줄로 묶어 내일이라도 보낼 수 있게 해
두고 앞뒤 문단속을 했다. 뭐 먹을 게 없나 하고 찾았는데, 냉장
고 속을 보니 화학 실험의 말로를 보는 것 같았다. 곰팡이로 뒤
덮이거나 말라비틀어진 덩어리들이 그득하게 들어 있었다. 그래
도 그사이로 유통기한이 다 되지 않은 치즈와 그럭저럭 신선한
방울토마토와 캐비아, 그리고 스키피의 땅콩버터와 벌꿀이 보였
다. 그것들을 리츠 비스킷 위에 올려 접시에 쌓아놓고 홍차를 타
서 다실로 돌아왔다. 산처럼 쌓인 책 무더기 사이에 앉아 가루가
떨어지지 않게 입을 크게 벌려 비스킷을 한 개씩 통째로 넣고 먹
었다.

응. 맛있어.

마코토는 이 가게에 온 뒤 처음으로 편안한 기분이 되어 홍차
에 브랜디를 아주 조금 떨어뜨리고 티슈로 손을 닦은 뒤 가까이
에 있던 양서를 집어 들었다. 메리 웨스트매컷(애거서 크리스티
가 연애소설을 쓰면서 사용한 필명 — 옮긴이)의 작품, 일본 제목을
『딸은 딸』이라고 붙인 책이었다. 잠시 생각하다가 파지에 사인펜
으로 '주부'라고 써서 책 위에 놓았다. 다음은 존 콜린스의 『여배
우』.

바버라 브래드포드를 손에 들었을 때 벨이 울렸다. 마코토는
펄쩍 튀어 일어나 책의 산을 뛰어넘어 서둘러 뒷문 쪽으로 갔다.

"누구세요?"

"하자키 경찰서의 이쓰키하라 경사입니다. 순찰 나왔습니다."

웁.

마코토는 입술을 꽉 다물었다. 원수를 갚아달라고 호박이 스스로 굴러들어온 거다.

"잠깐만 기다리세요."

가능한 한 상냥한 목소리를 내고 주위를 둘러봤다. 냉장고에 들어 있던 정체 모를 덩어리를 하나 꺼내 들었다. 문을 열고 비명을 지르며 느닷없이 얼굴에 던져줘야지. 그리고 말하는 거야. 어머나, 미안해라, 이름을 사칭하는 나쁜 놈이라고 생각했어요.

훗훗후.

마코토는 남몰래 웃음 지으며 오른손에 덩어리를 들고 왼손으로 문을 열었다.

거기 서 있는 건 모르는 남자였다.

남자는 깜짝 놀라 입을 딱 벌린 마코토의 뺨을 후려치고 몸을 밀치면서 안으로 들어왔다. 엉덩방아를 찧은 마코토의 눈앞에서 뒤로 문을 닫고 열쇠를 걸었다.

목소리도 나오지 않는 상태인 마코토는 다가온 남자의 얼굴에 손에 들고 있던 덩어리를 집어던졌다. 철퍼덕 하는 소리가 나고 뭐라 표현할 길 없는 향기가 퍼졌다. 남자가 화난 소리를 내고 얼굴을 닦으며 덤벼들었다. 마코토는 비명 같지 않은 비명을 지르며 뒤로 물러났지만 바로 붙잡혀서 양손으로 목을 조이게 되었다.

거짓말.

마코토는 발을 마구 내지르고 손톱으로 상대의 얼굴을 할퀴면
서 길길이 날뛰었다. 하지만 남자의 힘은 약해지기는커녕 점점
더 강해졌다. 숨을 쉴 수가 없었다. 얼굴이 얼얼해져왔다. 말도
안 돼. 왜?

공포보다 분노가 앞섰다. 마코토는 손을 옆으로 뻗어 손에 닿
는 대로 뭔가를 잡으려 했다. 유리병이 쓰러지면서 큰 소리를 냈
다. 남자는 더 화가 나는지 마코토의 몸 위에 올라타 체중을 몽
땅 목에 실었다. 눈앞이 차차 어두워져갔다.

왜 나만 이 지경에.

의식을 잃기 직전 마코토의 뇌리에는 핑크색 하트 모양 반지
가 떠올랐다.

이쓰키하라 미쓰루는 헐레벌떡 히가시긴자 거리를 빠져나갔
다. 깜빡 진달래 고서점을 지나칠 뻔하다가 멈춰 섰다. 아홉 시
가 넘어 음식점과 비디오 가게는 대부분 셔터를 내렸다.

서점도 덧문을 내렸고, 쥐 죽은 듯 조용했다. 아직은 중점 순
찰 대상이긴 하지만 사건이 해결되었기 때문에 서서 지키는 사
람은 없었다. 저녁도 먹지 않고 달려온 게 왠지 바보 같아져서,
이쓰키하라는 숨을 고르며 천천히 뒤로 돌아갔다.

후쿠후쿠와 진달래 고서점 사이를 빠져나가자 서점의 부엌 반투명 유리창으로 어두운 전등 불빛이 보였다. 별일 없군, 하고 생각했을 때였다. 갑자기 가게 안에서 쨍그랑하고 뭔가 넘어지는 것 같은 소리가 들려왔다.

식사라도 만들고 있는 건가. 이쓰키하라는 싱겁게 웃었다. 아이자와 마코토의 성격으로 추측하건대 요리하기를 좋아할 것이고, 어쩌면 잘할지도 모르지만, 완성할 때까지 부엌을 꽤나 어질러놓을 게 분명했다.

이쓰키하라는 벨을 누르고 느긋하게 말했다.

"아이자와 씨, 경찰의 정시 순찰입니다."

대답이 없었다. 타닥타닥, 발로 마루를 두드리는 것 같은 소리가 났다. 하지만 그뿐. 안은 조용해졌다.

집에 있으면서 없는 척할 작정인가. 이쓰키하라는 이번에야말로 참을 수 없을 정도로 화가 나는 걸 느꼈다. 마코토와 마주친 이후로 계속 서로 상대를 어이없게 만들었다는 건 인정하지만, 어디까지나 그건 나도 마찬가지라고. 나도 지독한 꼴을 당했어!

이쓰키하라는 계속해서 벨을 누르고 뒷문을 걷어차고 손잡이를 이리저리 마구 돌려댔다.

"이봐, 아이자와 마코토, 경찰이야. 있으면서 없는 척하지 마. 어서 빨리 나오라고. 나오라니까."

이런 제길, 하고 이쓰키하라는 온 힘을 다해 손잡이를 잡아당

기고 그와 동시에 문을 발로 걷어찼다. 그러자 갑자기 금빛으로
칠이 된 훌륭한 문손잡이가 저항을 포기하고 휙 빠져버렸다. 이
쓰키하라는 소리를 질러대며 뒤로 물러나다가 블록 벽에 등을
세게 부딪혔다.

이제, 절대로 용서 안 해, 저런 여자.

화가 난 나머지 조금 남아 있던 상식과 직업의식까지 완전히
증발해버렸다. 이쓰키하라는 손잡이를 집어던지고 결사의 힘으
로 문에 몸을 갖다 부딪쳤다. 단단한 문이라서 두 번 세 번 몸을
부딪치는 사이에 문이 아니라 문을 단 가옥의 문틀이 흔들리기
시작하더니 드디어 엄청난 소리와 함께 나무 조각이 흩어지고,
뒷문은 문틀째로 뻥 하고 안쪽으로 쓰러졌다.

자, 어떠냐.

이쓰키하라는 어깨를 쓸어내리면서 안을 들여다봤다. 그리고
새파랗게 질렸다.

부엌 바닥에 다리를 이쪽으로 뻗은 아이자와 마코토가 쓰러져
있었다. 그리고 가게 쪽에서 유리문을 열려는 소리가 났다. 이쓰
키하라의 뇌에서 굉장한 기세로 아드레날린이 분비되었다. 그는
바로 마코토의 몸을 뛰어넘어 책의 산을 마구 밟으며 다급하게
유리문을 열려고 악전고투하고 있는 남자를 등 뒤에서 덮쳤다.

승패는 어이없이 나버렸다. 남자는 이쓰키하라의 일격에 정신
을 잃고 가게 바닥에 쓰러졌다. 이쓰키하라는 숨이 차서 헐떡이

며 남자의 얼굴을 봤다.

구도 고이치로였다.

이쓰키하라가 깜짝 놀라 외쳤다.

"왜지? 네가 살인자라면 몰라도, 왜 네가 도둑인 거야?"

다실의 전등 불빛을 받으며 사지를 뻗고 기절한 구도 고이치로는 물론 대답이 없었다. 이쓰키하라는 잠시 망연자실해 구도를 내려다보다가 정신을 차리고 수갑을 채우고는 마코토가 있는 곳으로 돌아왔다. 마코토는 목을 감싸 쥐고 기침을 하면서 상반신을 일으키려던 참이었다.

"괜찮아요?"

이쓰키하라가 마코토를 일으켰다. 마코토는 이쓰키하라의 팔을 잡고 알아듣기 힘든 목소리로 뭐라고 했다.

그게 미안해요, 라는 말인 걸 깨달았을 때 마코토는 이쓰키하라의 가슴팍에서 다시 기절했다.

"정말, 도대체 어떻게 된 거야, 이쓰키하라 선배."

열두 시 넘어 브라질로 돌아온 와타나베 지아키는 이쓰키하라의 멱살이라도 잡을 듯이 대들었다.

"구도 씨가 진달래 고서점에 든 도둑이었어? 그래서 오늘 밤 마코토 씨를 죽이려 했다고? 왜 구도 씨가 그런 짓을 한 거지?"

구도가 오기와라에게 얻어맞고 꼼짝도 못하겠다고 해서, 어쩔 수 없이 지아키와 유키야가 서로 협력해 디렉터 대리를 했던 거다. 교통정보 후에 지아키가 바다낚시 정보를 전하는 사이 유키야가 구도를 업고 응접실 소파로 가서 뉘어놓기는 했지만, 간호를 할 상황이 아니라서 곧장 스튜디오로 뛰어 돌아와 익숙지 않은 일을 대신 해내느라 진땀을 흘렸다. 사장의 추모 방송 덕분에 짬이 난 지아키는 마코토에게 전화를 건 뒤에 구도를 보러 갔다가 그가 사라진 걸 알았지만 화장실이라도 갔나 보다 하고 그대로 스튜디오로 돌아왔었다.

만약에 때마침 이쓰키하라가 오지 않았다면, 만약에 진달래 고서점이 그렇게 낡은 집이 아니었다면, 만약에 유리로 된 가게 미닫이문을 열고 닫기가 그렇게 힘들지 않았더라면, 구도는 마코토를 죽이든가 도망을 칠 수 있었을 거다. 그리고 구도에게는 알리바이가 있었던 게 된다. 야단을 쳐가며 일을 가르친 은사가 그 일을 망치면서까지 알리바이로 이용하려 했다는 것이 지아키에게는 마코토를 죽이려 했던 것보다 훨씬 더 용서 못 할 일이었다. 자연히 목소리가 커졌다.

"그렇게 소리치지 말라고. 아는 범위에서 설명할 테니까."

추궁을 당한 이쓰키하라는 주인 따라 사냥터에 가서 먹이를 앞에 두고도 못 먹는 호시절 다 간 늙은 개 같은 기분이었다. 마코토는 생명에는 별 지장이 없긴 하지만 하자키 부속병원에 긴급 입원했고, 구도는 지금 하자키 경찰서에서 취조를 받고 있다.

후루카와 쓰네코와는 달리 구도는 자신이 말하고 싶은 것만 말하고 나머지는 명투성이 얼굴에 엷은 웃음을 띤 채 침묵했다. 이쓰키하라는 피로감이 극에 달해 동료에게 뒤를 맡기고 지칠 대로 지친 몸으로 경찰서를 나왔다. 그러나 집에 돌아갈 기분이 아니어서—부서진 뒷문도 신경이 쓰였고—결국 히가시긴자로 돌아와 브라질 마스터의 커피를 마시기로 한 거였다. 참고로 현재 서점의 뒷문은 베니어판으로 막아두고 그 위에 'HAZAKI POLICE'라고 쓰인 황색 테이프를 여기저기 붙인 상태였다.

"구도 고이치로 말에 의하면, 자기는 유언장을 찾고 있었대."

기운을 조금 되찾은 이쓰키하라가 와타나베 마사루의 호의로 하자키 명물인 말린 전갱이 반찬에 오차즈케(녹차에 밥을 말아 먹는 일본음식 — 옮긴이)를 먹으며, 지아키의 의문에 대답했다.

"지아키가 방송에서 말했다면서? 내일 현장검증을 할 거고 가게 안을 다 뒤집어엎어서라도 철저히 조사할 거라고. 그래서 오늘 밤 중으로 어떻게든 히데오의 유서를 찾아내려 했다는 거야."

"네, 그건 알겠어요. 하지만 왜?"

지아키가 강하게 되물었다.

"구도에 의하면 유서만 없으면 마치코 사장의 딸한테 재산이 가게 되기 때문이래. 그러니까."

"아이 참. 구도 씨가 설마 시노부를 노렸다는 거야?"

지아키는 어이없어하며 천장을 올려다봤고, 기노우치 유키야는 나른한 얼굴을 들었다.

"지아키 누나, 전에 그랬잖아. 골든 위크에 구도 씨가 젊은 여자애랑 데이트하는 걸 봤다고. 그 아이가 시노부였던 거 아닐까?"

지아키는 눈을 크게 뜨고 바로 거품을 물었다.

"아니야 물론. 구도 씨가 데이트하는 것도 봤고, 시노부가 데이트하는 것도 다 봤는데, 양쪽 다 다른 상대였어."

"그럼, 구도는 아직 마에다 시노부랑 사귄 건 아니네?"

"그럴 텐데."

지아키가 미간을 찌푸렸다.

"그렇다면 얘기가 엉뚱하잖아. 사귀지도 않는 여자애가 유산을 받기 쉽게 해주려고 사람을 죽이면서까지 유서를 훔쳐내려 했다는 거야? 머리가 어떻게 된 거 아니야?"

"구도는 아이자와 마코토를 죽이려는 생각은 없었다고 주장하지만, 얼굴을 들켰으니 죽이려 했을 수도 있어. 어떻게든 살인 미수로 입건할 수 있게 할 작정이야."

저도 모르게 힘이 들어간 이쓰키하라를 보고, 지아키와 유키야는 웃음이 담긴 시선을 주고받았다.

"하지만, 구도 씨는 히데오 씨의 유서에 대해 알고 있었다는 거네요."

카운터의 고양이 카페오레를 쓰다듬으며 유키야가 말했다.

"마치코 사장님도 어제 살해당하기 직전까지는 유서에 대해 몰랐잖아요? 베니코 아주머니한테 듣고 깜짝 놀라서 밤샘 의식도 내버려둔 채 허둥지둥 서점을 뒤지러 갔다고 들었어요. 도둑이 든 건 그 전날 밤이니까, 도둑이 구도 씨였다면 구도 씨는 마치코 사장님조차 몰랐던 걸 알고 있었다는 게 되네요?"

"정말 그러네."

"비서인 후루카와의 말로는 구도와 마치코 사장은 오래전부터 아는 사이인 것 같다던데."

"그럼 더 답이 안 나와요, 선배."

지아키가 아이스커피를 마구 휘저었다. 마사루가 가게 안의 테이블에서 설탕 통과 소금과 후추 통을 거두어 와서 채우며 말했다.

"그, 구도라는 사람 말인데, 혹시 사진이나 그런 거 없을까요?"

"뭔가 심증이 가는 거라도 있나요?"

이쓰키하라가 놀라서 물었다. 마사루는 고개를 갸우뚱했다.

"아니, 조금 걸리는 게 있어서요. 이삼 일 전에 지아키가 구도 디렉터에 대한 얘기를 이런 식으로 했잖아요. 앞머리를 쓸어 올리는 버릇이 있고 시대극의 악당 사무라이를 꼭 닮았다고."

"그랬어요. 정말 그런걸요. 그래서 그게 뭐 어떤데요, 아빠."

"옛날에 서점에서 아르바이트를 하던 남자가 지금 말한 거하고 똑 닮았었어. 마치코 사장과 전부터 아는 사이라면 혹시나 하는 생각이 늘어서 말이지. 그래서 지아키한테 한번 가게에 데려와보라고 한 건데."

지아키는 아버지의 얼굴을 뚫어져라 바라봤다. 유키야가 손바닥을 쳤다.

"지아키 누나, 작년 망년회 때 사진이 있지 않아?"

지아키는 서둘러 카운터를 지나 이 층 방으로 올라가서 사진을 몽땅 담아놓은 구두 상자를 안고 돌아왔다.

"이 안에 있을 텐데."

"정리 좀 해."

"시끄러. 그럴 여유가 어디 있나."

드디어 지아키가 사진 한 장을 집어냈다. 구도가 엄청 폼을 잡고 술잔을 입으로 가져가는 사진이었다. 그걸 받아든 마사루가 요모조모 살펴보고는 고개를 끄덕였다.

"벌써 십 년도 더 된 일이라 절대로라고 단언할 수는 없지만, 아마 이 사람이 맞을 겁니다. 서점에서 가게를 보던 대학생이었어요. 가끔 우리 가게에도 커피를 마시러 왔었지요. 이름까지는 몰랐지만."

"왜 난 기억에 없을까?"

지아키가 깜짝 놀라며 말했다. 마사루가 피식 웃었다.

"여름방학 내내 나가노의 임간학교에 가 있었던 적이 있지?

아마 그 여름이었을 거야. 그래서 지아키 넌 몰랐던 거야."

"그게 언제쯤 얘깁니까?"

"초등학교 육 학년."

지아키가 불쑥 대답하고는 놀란 얼굴을 들었다.

"그래. 그렇다면 구도 씨는 그때부터 시노부랑도 아는 사이였다는 얘기가 되네. 히데오 아저씨의 유서 얘기는 어쩌면 시노부한테서 새어 나간 거 아닐까? 시노부한테는 베니코 아주머니가 말했을 테고."

"베니코 여사님이 왜 시노부한테 유서 얘기 같은 걸 하냐고."

"도련님이 보낸 편지 말이야."

지아키가 눈을 빛냈다.

"시노부는 그것 때문에 불안해했어. 월요일에 시노부가 우리 집에서 커피를 마셨는데, 그때 아마 베니코 아주머니를 만나러 서점에도 갔겠지. 시노부는 이제 와서 히데하루가 나타나면 도대체 어떻게 되는 건지, 베니코 아주머니한테 물으러 온 게 아니었을까?"

"흐음. 그렇군."

이쓰키하라가 고개를 깊이 끄덕였다.

"만약에 마스터가 말하는 대로 구도 고이치로가 전에 서점에서 일했다면 한 가지 수수께끼가 풀린 것 같군요."

"그게 뭔데요?"

"서점에서 도둑맞은 사진 말이야. 아마 거기 구도가 찍혀 있었을 거야. 후루카와 쓰네코가 사장을 죽이고 떠난 뒤에 구도는 다시 서점을 찾아왔어. 지아키와 유키야는 여섯 시부터 구도와 회의를 시작했다고 말했지만."

"정말로 그랬거든요."

"하지만 지아키는 아이자와 마코토가 건, 길을 묻는 전화를 받았잖아. 마코토 씨는 여섯 시 오 분이나 육 분쯤에 전화를 걸었다고 하더군. 그때 회의는."

"그러고 보니 아직 시작하지 않았었어요."

"구도 씨, 엄청 엄격하거든. 회의 도중에 사적인 전화 같은 건 못 해."

유키야가 고개를 끄덕였다.

"그럼 구도한테는 오륙 분의 시간 여유가 있었다는 게 돼. 얼마 안 되는 시간이지만 그 정도면 여섯 시에 서점을 나와도 돌아갈 수 있어. 구도는 아마 뒷문으로 다시 침입할 수 있을지 어떨지를 확인하러 온 것뿐이겠지. 그런데 문이 열려 있어서 안에 들어갔고, 사장의 사체를 발견하고 깜짝 놀랐어. 그 뒤에 사진을 떠올리고 옛날에 여기서 일했던 것을 들키면 의심을 받을 거라는 생각에 사진을 갖고 사라졌던 거야."

"선배, 굉장히 똑똑하다."

지아키가 절찬했다. 이쓰키하라는 기분이 좋아져서 안 해도 좋을 말을 덧붙였다.

"게다가 구도가 마에다 시노부를 자기 것 취급하는 것도 완전히 망상은 아니라는 게 되는군."

지아키의 눈이 순식간에 삼각형이 됐다. 유키야, 그리고 지아키의 아버지까지도 다가올 폭풍우를 예감하고 저도 모르게 뒤로 물러섰다.

11장

범인이여 안녕

1

하자키 로열 호텔의 연회장은 정체 모를 열기로 가득 찼다.

이 연회장은 평소에는 '학의 방'이라고 불리는데, 요 사흘은 어찌 된 노릇인지 '진달래 홀'이라고 멋대로 개명이 되었고, '학의 방'이라고 새겨진 플레이트는 생화로 장식한 거대한 간판으로 가려졌다. 간판 옆에는 '로맨스화畵 타이틀 퀴즈'라는 제목 아래 확대 프린트된 수십 장의 로맨스소설 표지 그림이 화려하게 붙어 있었다. 행사장에는 꽃, 그리고 꽃이었다. 하자키 로맨스 축제 운영위원회 책임자인 오가타 후미코에게 "로맨스에 적절하지 않아요"라고 지적당한 강연 탁자와 그 밖의 싸구려로 보이는 물건은 모두 보라색 새틴으로 덮였다. 보라색 새틴은 군데군데 바닥에까지 깔려 있어서 깜빡 모르고 발을 들여놓은 희생자가 컬링 경기 못지않게 미끄러지는 모습이 여기저기서 보였다.

이 굉장한 분위기 속에서, 디지털 녹음기를 한 손에 든 와타나베 지아키가 아이자와 마코토를 데리고 행사장을 바삐 돌아다녔다.

구도 고이치로가 체포된 뒤로 벌써 일주일이 훌쩍 지나, 5월 27일 토요일, 제1회 하자키 로맨스 축제도 일정의 반이 지났다.

마에다 마치코의 장례는 시노부를 상주로 하여 삼동사에서 성대하게 치러졌다. 베니코는 검사를 위한 입원을 다음 기회로 미루고 퇴원해 마에다 저택으로 돌아갔다. 진달래 고서점은 마코토에게 맡긴 채, 마치코가 남긴 산처럼 쌓인 과제를 해결하기 위해 애쓰는 중이었다. 시노부는 변함없이 멍한 상태였지만 베니코의 도움을 받아 살아갈 길을 찾고 있는 모양이었다.

후루카와 쓰네코는 서점에서의 현장검증을 끝낸 뒤에 살인죄로 기소되었다.

구도 고이치로는 마코토를 죽일 마음은 없었다는 주장을 계속해, 살인미수가 아니라 강도상해죄로 기소되었다.

마코토는 사흘간 입원한 후, 서점에서 계속 지낼 배짱을 잃고, 거처를 지아키의 집으로 옮겼다. 서점은 고다마 부동산이 마음 먹고 나서준 덕분에 앞쪽 유리도 새로 갈고 뒷문도 고쳤다.

하자키 FM에서는 하자키 신용금고 이사장을 중심으로 한 기구 개편이 시작되었다. 아마도 다음 달 15일을 마지막으로 하자키 FM은 방송을 중지하게 될 것이다. 지아키와 유키야가 중심이되어 다른 곳에서 하자키 FM을 재개하려고 준비 중이다. 현재

로서는 최대 채권자인 하자키 신용금고를 설득해 기자재를 싸게 양도받는 교섭을 하고 있는 중인데, 베니코가 힘을 더해줘서 조만간 실현될 듯한 분위기다.

오 년 동안 일한 회사에 대한 마지막 봉사라고 생각하고, 지아키는 힘을 내서 하자키 로맨스 축제 취재를 하러 왔다. 그리고 아까부터 행사장에서 사람들이 주고받는 대화에 귀를 쫑긋 세우고 있었다. 띄엄띄엄 들리는 말들.

"……그러니까 말이지, 존 와일더가 월든 북스의 인기 로맨스 작가상을 수상한 건『저주받은 키스』를 잘 썼기 때문이고……."

"1997년에는 미국에서 팔린 픽션 중에 삼십팔 퍼센트가 로맨스였어. 미국 로맨스 작가 협회가 발표한 수치니까 진짜……."

"아니라니까 재키 콜린스의 최고의 걸작은『할리우드의 아내들』이야."

"아니야,『레이디 보스』야."

"……무슨 소리야, 당신 취미가 안 좋군, 그건 몸에 딱 붙는 가죽 바지를 입은 남자가 좋다는 얘기잖아. 모르긴 몰라도 그런 남자는 넓적다리에 피부병이 있을걸……."

"저기, 아까부터 생각이 안 나서 그러는데, 서점에서 일하는 여자가 어머니가 죽고서야 비로소 할아버지를 만나러 갔다가 골동품 수리 기술자와 사랑에 빠지는 얘기가 뭐였지?"

"로자문드 필처의『콘월의 폭풍우』아니야?"

"그거야 그거! 그런데 그 여주인공이 처음에 마더 콤플렉스가 있는 사촌한테 매력을 느껴서 말이지……."

"……줄리 베넷의 『바람과 함께 사라지다』의 속편이……."

"그래, 그래, 그거 정말 눈물 나지……."

"……주디스 크란츠잖아."

"그 여자 파일럿이 굉장히 예뻐……."

"……우리 집에 있는 로맨스 책들은 기껏해야 오천 권 정도라서……."

"……1998년에 미국에서 출판된 로맨스는 다 합쳐서 1963개 타이틀……."

지아키는 행사장을 뛰어나와 복도 소파에 푹 파묻혔다.

"왠지 현기증이 나네. 대화 내용을 전혀 못 알아듣겠어. 알아들은 건 꽉 끼는 가죽 바지를 입은 남자가 나오는 로맨스가 있다는 것 정도야."

마코토가 웃었다.

"어쩌면 『메디슨 카운티의 다리』 얘기였을지도 몰라. 가죽 바지는 로맨스의 필수 아이템이야."

"으윽, 정말?"

"아니, 농담이야."

마코토가 다시 웃고 행사장 안내도를 넘기기 시작했다.

"자 그럼, 이제부터 이 층 '연꽃 방', 아니 아니, 에, '로맨스 테라스'에 가볼까? 카테고리 로맨스 팬은 거기에 다 모여 있는 것 같아. 아마 여기만큼 심하지는 않겠지만."

"정말로? 정말 심하지 않아?"

"으음, 어쩌면 더 심할지도 몰라."

"지, 집에 갈까? ……어라?"

마코토가 지아키의 시선을 좇았다. 로맨스 축제 참가자들에게는 접수처에서 꽃을 달아줬다. 정식 참가자에게는 보라색 난을, 지아키나 마코토 같은 관계자에게는 보라색 장미를, 하자키 시민 방문자에게는 보라색 제비꽃 조화를 달아주었다. 저쪽에서 걸어오는 고마지 형사반장과 이쓰키하라 경사는 둘 다 후줄근한 양복 칼라에 제비꽃을 꽂고 있었다.

지아키와 마코토는 웃음을 참으며 두 형사와 마주했다.

"무슨 일이에요? 고마지 반장님과 선배가, 멋을 다 부리고."

"마에다 베니코 여사님하고 할 얘기가 있어서. 와 계시지?"

"베니코 여사님이라면 서점에 계세요. 오늘 오후는 서점도 행사장의 일부거든요. 그쪽으로 가면 만날 수 있을 거예요."

마코토가 대답하고는 이쓰키하라와 눈이 마주치자 재빨리 덧붙였다.

"하지만 베니코 여사님한테 무슨 볼일이죠?"

"응, 좀. ……지아키는 마에다 히데하루하고 같은 반이었으니까 혹시 본 적이 없을까?"

"뭘요?"

"히데하루의 왼쪽 귀 뒤 머리카락 속에 별 모양 점이 있다고 하던데."

고마지가 끼어들었다. 지아키가 어이없다는 얼굴을 했다.

"알 리 없잖아요. 우리가 중학생일 때는 남학생들 머리를 빡빡 깎는 일도 많이 없어졌으니까요. 그게 아니라도 친하지도 않은 남자아이 머리카락 속에 점이 있는 것까지 알 리는 없죠."

"시노야마 마이도 그러더군."

고마지가 이쑤시개를 꺼내 입에 물며 중얼거렸다. 지아키의 얼굴이 한순간 긴장됐다.

"고마지 반장님이 마이를 아세요?"

"어어. 그 아가씨하고는 마에다 히데하루가 행방불명되어 수사를 한 이후로 쭉 알고 지내는 사이지."

고마지는 먼 곳을 보는 눈빛이 되었다.

"그때는 아직 내성적이고 얌전한 아이였어. 어쩌다 그 어머니가 히데하루 실종 사건의 수사 대상이 되는 바람에 알게 됐지. 그 얌전한 시노야마 마이가 나한테 마구 덤벼들지 않았겠어? 마에다 본가는 스캔들을 두려워해서 마이와 그 어머니를 배척했어. 우리도 책임을 느껴서 본가까지 가서 사정을 설명했는데 별로 도움이 되지 않았지. 본가는 시노야마 모녀를 배척할 구실이 필요했던 것뿐이었어. 불쌍한 일이지. 하지만 마이는 나한테 무척 고마워했지. 지금도 하자키 로열 호텔에 신세를 질 일이 생기면 숙박비를 많이 깎아줘. 안 그래?"

이쓰키하라가 엉겁결에 고개를 끄덕하고는 바로 눈썹을 찌푸렸다.

"고마지 반장님, 전에 마에다 베니코 여사님한테 '히데하루의 사체' 얘기를 알려야 했을 때, 방법이 있다고 했던 건 그 시노야마 마이 씨를 염두에 둔 거였나요?"

"그래, 맞아. 하긴 마이 씨는 입원 중인 베니코 여사를 못 만났다고 했지만."

지아키는 아연해져서 고마지의 얘기를 들었다. 사체가 떠오르고 그게 히데하루인 것 같다고 전했을 때 마이는 처음 듣는 얘기처럼 놀라고 화난 듯이 보였다. 하지만 마이는 지아키에게서 듣기 전에 이미 고마지에게서 그 정보를 얻었다는 게 아닌가.

"마이도 히데하루의 사체를 봤나요?"

"그래."

고마지가 끄덕였다.

"실은, 마치코 사장이 확인한 뒤에 남몰래 부탁을 해서 보게 했어. 그런데 잘 모르겠다고만 하는 거야. 그야 그렇겠지. 십이년이나 전 얘기니까."

"그래요."

지아키는 친구의 마음을 헤아렸다. 그만큼 여러 가지 일들이

얽혔던 상대의 사체다. 실제로 히데하루의 사체가 아니라고 베니코가 증언하긴 했지만, 뭐가 뭔지 몰랐던 건 사실일 것이다. 그리고 더 생각했다. 사체에 대한 정보를 이미 얻었다는 사실을 지아키에게조차 숨겨야 했을 만큼, 마이에게 있어 히데하루는 무거운 짐이었을 거라고. 어머니 유이가 과로로 쓰러져 요양이 필요한 몸이 돼버린 뒤로, 마이는 그 생각에서 자유로울 수 없었을 거다. 자신이 어머니와 히데하루의 아버지의 재혼에 반대하지 않았다면, 아니, 히데하루가 반대하지 않았다면, 어머니는 아직 건강하지 않았을까 하는 생각.

지아키는 그런 친구의 마음을 헤아리지 못한 자신에게 화가 났다. 지아키의 눈에 희미하게 눈물이 어렸다.

한편, 아이자와 마코토는 생각에 생각을 거듭했다. 그걸 보고 이쓰키하라가 물었다.

"무슨 일이 있어요?"

"아니요, 그, 진달래에 대해서 생각했어요. 굉장하다고."

"굉장하다니 뭐가?"

"지금 말한 진달래는 책방 이름이 아니라, 가게 이름의 유래가 된, 베니코 여사님이 굉장히 사랑하는 『핏빛 어제일리어(진달래)』라는 고딕 로맨스소설인데요. 그 여주인공의 애인에게도 별 모양의 점이 있어요. 베니코 여사님이 진달래에 푹 빠진 것도 무리가 아니……."

고마지가 뭔가 말을 하려 했을 때, 강한 라벤더 향이 확 덮쳐왔다. 보라색 칵테일 드레스를 몸에 두른 오가타 후미코가 큰 소리로 얘기하며 다가온 것이다.

"실례합니다. 하자키 FM 님, 라디오 취재는 잘 진척되어가나요? 괜찮으시다면 만나보셨으면 하는 분이 많아요. 그런데 이쪽 분들은?"

마코토가 중얼중얼 소개하자 오가타 후미코는 까마귀가 쓰레기 봉지를 발견하고 급강하하는 듯한 기세로 이쓰키하라를 덮쳤다.

"어머나, 어머나, 그럼 당신이 이 아이자와 씨를 위기에서 구해준 기사님이었군요. 멋져라. 베니코 여사님에게 말씀을 듣고 심장이 마구 뛰었어요. 히어로가 경찰관이라니, 마치 노라 로버츠의 『비극은 크리스마스 뒤에』 같잖아요? 그 히로인은 골동품상이었지만, 고서점도 골동품점과 다를 게 없잖아요."

오가타 후미코는 굉장하다는 눈길을 이쓰키하라에게 보내고, 아무에게도 말할 여유를 주지 않은 채 계속 떠들었다.

"하지만 전 아이자와 씨를 죽이려던 범인을 신문에서 보고 놀랐어요. 옛날에 베니코 여사가 해외여행 중일 때 서점을 보던 대학생 아니겠어요? 여사가 깨끗이 분류해둔 다실의 책들을 엉망으로 만들어버린 사람이죠? 그 시절부터 제대로 된 사람이 아니라고 생각했어요. 그랬더니 어머나, 역시나였어요. 어머, 잠깐 스즈키 사모님."

오가타 후미코는 큰 소리를 지르며 지나가던 전신 레이스의 노무인에게로 달려갔다. 남겨진 네 사람은 얼굴을 마주 봤다.

"역시 아빠가 말한 대로 구도 씨는 옛날에 진달래 고서점에서 일한 적이 있군요."

"그럴 거라고 생각했어."

고마지가 불쑥 말했다. 이쓰키하라가 눈을 크게 떴다.

"고마지 반장님도 그걸 알아차리셨어요? 즉, 구도가 서점에서 일한 적이 있고, 아마도 마치코 사장이 살해당한 현장에서 사진을 가지고 나간 사람일 거라는 거."

"물론이지. 처음부터 알았어."

"알았다고요?"

"구도가 마치코 사장이 살해당했다는 말을 듣고 뭐라고 했는지 기억나나? 녀석은 이렇게 말했어. '사장님은 어디서 살해당한 겁니까? 왜, 언제, 도대체 누구에게?'라고. 이상하지 않아? 보통이라면 순서가 거꾸로잖아. 누구한테, 언제, 왜, 어디에서, 라는 게 당연해. 순서는 차치하고라도 어디서 살해당했는지를 맨 먼저 알고 싶어 하는 사람은 없어. 녀석은 적어도 사장이 살해당한 장소를 알고 있었던 거야."

"흠, 그렇군요. 그래서 고마지 반장님은 구도의 얘기를 들은 다음 흥미롭다고 한 거군요."

소파를 둘러싸고 선 채로 얘기를 하던 네 사람 옆을 여자들이 즐거운 듯 꺅꺅 웃으며 지나쳐 갔다. 축제의 화사한 분위기와는 딴판으로, 네 사람은 긴장한 표정을 노골적으로 드러내며 얘기를 계속했다. 지아키가 달려들 듯한 얼굴로 중얼거렸다.

"어째서 구도 씨는 자기 죄를 인정하지 않는 걸까?"

"자, 그런데 오늘 딱 하나 안 게 있어. 앉지 않겠나?"

고마지가 소파에 걸터앉아 숨을 크게 내쉬었다.

"실은 오늘에야 하와이 경찰에게서 대답이 와서, 하자키 히가시비치에서 마코토 씨가 발견한 사체의 신원을 알게 됐어."

마코토와 지아키가 얼굴을 마주 봤다.

"도대체 누구였어요?"

"그의 이름은 마이클 가토. 일본계 미국인. 스물일곱 살. 이건 우리에게는 특별히 놀랄 만한 정보가 아니지. 실은 훨씬 전부터 마이클 가토의 이름이 수사선상에 올라 있었거든. 프라이어즈 호텔에서 히데하루의 이름으로 마치코 사장한테 편지를 보낸 것도 그였어."

이쓰키하라는 구도가 고용한 탐정의 얘기를 들려줬다. 고마지가 계속했다.

"하와이 경찰에 의하면 마이클은 양자고 의붓아버지는 몇 년 전에 죽어서 지금은 가족이 없대. 다만 그에게는 하와이에서 알게 된 일본인 약혼녀가 있는데, 이번에 그 약혼녀의 가족을 만나기 위해 일본에 왔다가 둘이 신주쿠의 할리우드 로열 호텔에 숙박했던 모양이야. 그런데 그만 약혼녀가 그 화재로 죽었어."

"주······."

마코토가 망연자실했다.

그 호텔 화재의 악몽이 되살아났다. 비상벨이 울리는 소리, 황급히 달려가는 사람들, 소방차 행렬, 창밖으로 몸을 내밀고 살려달라고 아우성치는 사람들, 그리고 눈앞을 지나갔던 불에 탄여자의 팔과 그 손가락에 끼워져 있던 하트 모양의 돌로 된 반지······.

"어떤 상황에서 약혼자만 죽고 그는 살아남았는지, 그건 몰라. 그 약혼녀는 칠 층 비상구 앞에 쓰러져 있었디고 해. 사람은 연기에 휩싸이면 패닉에 빠져서 보통 때라면 생각할 수 없는 행동을 한다고 알려져 있어. 마이클과 약혼녀는 그 와중에 서로 헤어졌겠지. 마이클은 살아났어. 약혼녀는 죽었고. 결과는 뭐, 그런 거야. 안됐지만."

"그럼, 약혼녀가 죽자, 마이클 가토는 바다에 투신을 했나?"

"그래."

고마지가 무겁게 고개를 끄덕였으나, 지아키는 의아하다는 투로 중얼거렸다.

"하지만 그렇게 얕은 여울에서? 왜?"

"자살설에 의심을 갖게 하기 위해. 사실은 살해당한 게 아닌가, 그렇게 생각하게 하기 위해서야."

"왜 하와이의 일본계 사람이 그런 짓을."

"그는 확실히 마이클 가토였어. 그러나 그와 동시에 마에다 히데하루이기도 했지. 마에다 베니코는 부정했지만 그 사체는 역시 마에다 히데하루였어."

2

고마지 형사반장이 히가시긴자 상점가에 나타났을 때는 다섯 시가 조금 지나 있었다. 진달래 고서점의 닫힌 유리문에 'CLOSED'라는 안내판이 내걸려 있었지만, 기모노를 입고 담배를 입에 문 베니코가 계산대에 진을 치고 앉아 천으로 책을 닦고 있는 모습이 보였다.

"어라, 고마지 반장. 이거 어쩐 일이신가."

베니코가 빗장을 풀고 그를 안으로 맞아들였다. 그리고 손에 들고 있던 리더스 다이제스트의 합본 한 권을 옆으로 밀쳐놓고 둥근 의자를 꺼내 카운터 앞에 놓았다.

"자, 앉으시구려. 이번 일은 고마지 반장도 여러 가지로 힘들었을 테지. 고맙다는 인사도 하고 사과도 할 겸 한번 갈 생각이었는데. 잠깐만. 지금, 차를."

"감사합니다만 괜찮습니다. 일 때문에 왔으니까요."

베니코는 눈을 빛내며 고마지를 바라보고, 그래, 했다.

"아직 볼일이 남아 있었군. 마치코를 죽인 범인도, 이 가게에 들어온 도둑도, 양쪽 다 잡았는데."

"안타까운 소식이 있어서 왔어요. 그 사체, 베니코 여사님이 마에다 히데하루가 아니라고 단언한 그 사체가, 실은 히데하루 씨였다는 걸 알았습니다."

"뭐라고?"

베니코가 날카로운 소리를 냈다. 고마지는 태연한 말투로 마이클 가토에 대해 설명했다.

"하와이 경찰이 마이클 가토의 자택에서 수거한 머리카락과 이쪽에서 보낸 머리카락이 완전히 일치한다는 보고서를 오늘 팩스로 보내왔어요. 그리고 그 이전에 그 사체가 히데하루라는 증거를, 이건 일본 과학수사연구소가 찾아냈습니다.

마에다 저택 히데하루의 방은 그가 사라진 뒤로 닫아놓은 채 그대로 놔뒀더군요. 좀 더 빨리 깨달았어야 하는데. 지난번에 여사님을 마에다 저택에 모셔다 드렸을 때 생각이 나서 들여다봤지요. 방은 활은 것처럼 청소가 잘되어 있었어요. 히가시긴자의 붓 가게가 아기의 머리카락을 붓으로 만들어주는 서비스를 하고 있죠. 히데하루 씨의 머리카락으로 만든 붓이 방에 있는 걸 발견하고 잠깐 빌렸었습니다. 그 머리털과 히가시비치에서 발견된 사체의 머리털 역시 완전히 일치했어요. 즉 그 사체는 십이 년 전에 행방을 감춘 이후 마이클 가토로 이름을 바꾼 마에다 히데하루였던 거지요."

"별 모양의 점이."

말을 꺼내다가, 베니코는 쓴웃음을 지으며 손을 내저었다.

"아니, 그만두지. 나란 사람이 한 짓이라니. 버둥거려봤자 소용없군."

"현명한 판단이십니다."

고마지가 희미하게 웃음 지었다. 베니코는 빈정거리는 눈빛으로 그를 바라봤다.

"그럼, 십이 년 전 히데하루의 실종에 내가 관련되어 있다는 것도 간파했겠군."

"달리 생각할 게 없었으니까요. 전력을 숨기고 갑자기 하와이에서 양자가 되는 일은 열다섯 살짜리 소년이 하기에는 좀 버거운 일이지요."

두 사람의 눈빛이 마주쳤다. 잠시 후 베니코가 자리에서 일어섰다.

"아무래도, 역시 차가 필요하겠군."

고운 연녹색 액체가 담긴 찻잔 두 개를 들고 돌아와서, 베니코가 말했다.

"아까, 애호가가 야메 시에 다녀온 선물이라면서 주고 갔어. 햇차야. 독 같은 건 들어 있지 않으니 안심하고 드시게나."

"그런 걱정은 안 합니다. 베니코 여사님이 사람을 죽었다거나 상처 입혔다고 생각한 적은 한 번도 없어요. 여사님은 늘 지키는 것만 생각하며 행동해왔지요. 그런 걸로 아는데 아닌가요?"

둘은 여유롭게 차를 음미했다. 단맛이 느껴지는 부드러운 액체가 목을 타고 넘어갔다.

"고마지 반장이 도대체 무슨 생각을 하고 있는지 지금 한 말을 듣고 나니 더더욱 알고 싶어지는군. 응? 자네, 날 자백하게 만들러 온 걸 테지만 그전에 알고 있는 걸 얘기해보게나."

"글쎄요. 어디부터 얘기해야 좋을지."

고마지는 붉은 진달래가 그려진 아름다운 찻잔을 내려놓고 팔짱을 꼈다.

"얘기는 아마도, 히데오 씨와 하쓰호의 이혼으로 거슬러 올라가겠지요. 하쓰호가 이혼에 다다른 건 젊은 남자와 불륜을 저지르는 현장을 마치코 사장에게 들켰기 때문이었어요. 하쓰호는 마에다가에서 쫓겨나 행방불명이 됐지요. 십오 년 전 여름의 일입니다. 그때 베니코 여사님은 영미 지역을 여행 중이라서 집을 비웠었죠. 그사이에 구도 고이치로가 서점을 봤어요.

이번 달에 일어난 일련의 사건을 종합하면 자연히 이런 추측이 나옵니다. 마치코 사장은 하쓰호를 오래전부터 방해꾼으로 생각했어요. 히데오 씨는 이혼한 지 삼 년쯤 지나서 암으로 사망했지만, 아마 이혼 당시에 이미 발병한 상태였겠지요. 마치코 사장은 그걸 알고 있었을 것이고, 이러다가 오빠가 죽으면 끔찍하게 싫어하는 올케에게 마에다가 유산의 반이 가버린다고 생각했을 거예요. 여사님이 마치코 사장은 돈과 권력에 집착하는 타입이라고 하셨잖아요. 그렇지 않아도 세상에는 아직 집안이니 핏줄이니 하는 어리석은 것을 붙들고 놓지 않는 사람이 많아요. 마치코 사장의 아버지, 마에다 본가, 그리고 본가에 원한을 품은 마치코 사장이 딱 그런 사람이지요. 올케라고는 하지만 어차피 남인데 왜 유산을 빼앗겨야 하나, 하고 생각했겠죠."

고마지는 차를 한 모금 더 마셨다.

"그때는 이미 히데오와 하쓰호의 사이도 좋지 않았겠지요. 결혼해서 십오 년. 세상에 어떤 부부라도 둘 사이에 찬바람이 불 시기이지요. 하쓰호도 이대로 밋밋한 결혼 생활을 계속해야 하는구나 하고 울적했을 것이고, 초조해지기도 했을 거예요. 마치코 사장은 그 점을 노렸어요. 그리고 하쓰호가 바람을 피우기에 딱 맞는 상대가 가까이에 있었어요. 베니코 여사님이 해외여행을 가면서 가게를 맡긴 구도 고이치로입니다."

"그건 아니야."

베니코가 가로막았다.

"그건 거꾸로야. 해외여행을 하는 동안 난 이 가게를 쉴 생각이었어. 그런데 마치코가 구도를 데리고 와서 말했지. 여름방학 동안 이 아이를 쓰세요, 고모. 집안이 서점을 해서 이런 일에는 익숙할 테니까. 게다가 그 집이 망해서 학비를 벌어야 한다고 하잖아. 어딘가 미심쩍은 녀석이라는 생각은 들었지만 그래도 고용하기로 했지."

"흐음, 그랬군요. 마치코 사장은 마에다 청소년육영기금을 만들고 기노우치 미쓰히코에게도 개인 돈으로 학비를 내준 베니코 여사의 인품을 교묘하게 이용한 거군요."

베니코는 불끈한 듯 입을 다물었다. 고마지가 계속했다.

"구도는 마치코 사장의 지시로 하쓰호를 유혹하는 데 성공했고 하쓰호는 쫓겨났어요. 마치코 사장이 그 뒤에 구도를 하자키 FM으로 데려와, 맨션을 무료로 빌려줘, 비서와 사귀게 해줘, 있는 것 없는 것 다 동원해서 편의를 봐줬던 건 그때의 일이 있었기 때문이겠죠. 하지만 물론 그것이 전부는 아니었어요."

고마지는 힐끗 다실을 바라봤다.

"하쓰호는 업신여김을 당하고 잠자코 물러날 여자가 아니었어요. 정사 현장을 들키는 바람에 황망하게 이혼 서류에 도장을 찍었지만, 아마 바로 마치코 사장과 구도의 모함이었다는 걸 알아차렸겠죠. 그녀는 다시 구도를 만나러 왔고, 언쟁을 벌였겠지요. 그리고 구도가 하쓰호를 죽였어요. 마코토 씨에게 한 것처럼 목을 졸라서."

"마치 직접 보기라도 한 것 같군. 증거는 있나?"

베니코가 헤살을 놓자, 고마지가 조용히 시선을 던졌다.

"있고말고요. 저 다실의 다다미를 들어 올리고 마루판을 벗겨낸 다음 흙을 파면 나와요. 나는 그렇게 생각하고 있습니다. 그리고 베니코 여사님도 나와 같은 생각을 했을 겁니다. 마치코 사장, 구도, 그리고 여사님조차 히데하루의 유산이 어머니 하쓰호에게로 건너가는 상황을 염두에 두지 않은 걸 보면 말입니다. 다들 알고 있었어요. 하쓰호에게 유산이 건너가는 일은 없을 것이다. 즉, 그녀는 이미 죽었다."

둘은 책이 쌓인 다실을 바라봤다. 두 번에 걸쳐 구도가 뒤엎은 것을 마코토가 필사적으로 정리한 결과 뒤섞였던 책들은 어렵사리 원래대로 정리가 되었다.

"유서를 폐기하는 게 목적이었다면 찾아서 훔치는 것보다 불을 지르는 편이 훨씬 빨랐겠지요. 책투성이 목조 가옥이잖아요. 성냥개비 하나면 잘 탔을 겁니다. 특히 두 번째 침입 때는 구도도 안에 아이자와 마코토가 있다는 걸 알고 있었어요. 그러니까 구도가 서점에 침입한 목적은 유서가 아니었어요. 살인을 감추려고 그렇게 주장하고 있는 것뿐이지요. 진짜 목적은 하쓰호의 유해를 꺼내 처리하는 것이었어요. 그렇게 생각하니 앞뒤가 맞더군요. 그렇게 생각하지 않으시나요?"

베니코는 말없이 그 뒤를 재촉했다.

"하쓰호를 죽인 후 구도는 사체 처리를 어떻게 해야 할지 난감했겠죠. 밖으로 옮겨 산속에라도 묻고 싶었겠지만, 그건 무리였어요. 당시에는 기노우치 미쓰히코 등 양아치들이 여름 내내 교차로에서 히가시긴자 사이의 길가에 앉아 밤새도록 행인을 노려보고 있었으니까. 그 속으로 사체를 들쳐 업고 나간다는 건 있을 수 없는 일이었지요. 더구나 한여름이에요. 사체를 오래 방치해둘 수도 없었을 겁니다. 에라, 할 수 없다, 하는 식으로 구도는 하쓰호의 사체를 이 서점의 바닥에 묻어버렸어요.

마치코 사장은 나중에 알고 깜짝 놀랐겠지만, 이미 늦었지요. 하쓰호가 구도와 바람을 피우게 부추긴 건 사장 자신이었으니, 이런 사실이 드러나면 자기도 그냥 넘어갈 수 없을 거라는 걸 알았어요. 그래서 마치코 사장은 구도의 범죄를 은폐하는 공작을 폈어요. 후쿠후쿠의 주인장을 융자를 미끼로 매수해서, 간논시에서 살아 있는 하쓰호를 봤다고 증언하게 했지요. 히데오는 전처의 일 따위 신경 쓰고 싶지 않았을 겁니다. 하쓰호는 잊혀졌고, 당시 초등학생이었던 아들 히데하루 말고는 아무도 그녀를 생각하지 않았어요."

고마지는 마지막 남은 차 한 모금을 목울대를 울리며 마셨다.

"아버지의 재혼 문제가 계기가 되어 히데하루는 어머니의 행방을 찾기 시작했어요. 그리고 고모인 마치코에게 의심의 눈길을 보내게 됐지요. 어쩌면 히데하루는 뭔가 알아냈는지도 몰라요. 그는 사라지기 전에 시노야마 마이에게 자신이 살해당할지도 모른다고 호소했다고 하거든요. 마치코와 히데하루는 같은 지붕 아래 살고 있었지요. 하쓰호의 신변에 무슨 일이 일어났는지, 그 힌트가 될 만한 걸 보거나 듣거나 했더라도 이상할 거 없어요.

그리고 십이 년 전 5월 10일. 도쿄에서 자취를 감춘 히데하루는 아마도 남몰래 하자키에 돌아와 있었을 겁니다. 목적이 어머니의 적을 치는 것이었는지, 아니면 자세한 경위를 알아내려는 것이었는지, 그건 모르겠지만. 어쨌든 히데하루는 마치코 사장에게 원수를 갚으려다 도리어 당했어요."

고마지 반장은 몇몇 범죄를 되짚어가면서 말했지만 조금도 우쭐거리는 기색은 없었다. 진달래 고서점에는 다시 먼지 냄새 나는 침묵이 내렸다.

"당신이 말한 대로야, 고마지 반장."

잠시 후 베니코가 마른 입술을 핥으며 말을 꺼냈다.

"십오 년 전에 여행에서 돌아와보니 다실의 책이 엉망진창으로 뒤엉켜 있었어. 그걸 원래대로 분류하는데 책 사이에서 흙이 나오더군. 집을 비운 사이에 하쓰호의 행방이 묘연해졌지 않았겠어. 이리저리 생각을 맞춰보면 누구라도 같은 결론에 도달할 거야."

"그렇긴 하지만."

말을 하려던 고마지를 무시하고 베니코가 계속했다.

"십이 년 전 어느 날 시노부가 흐느껴 울며 전화를 했어. 히데하루가 돌아와서 난동을 부리고 있으니 살려달라고. 아버지 히데오는 입원 중이었고, 히데하루를 타이를 수 있는 건 나뿐이었어. 하지만 내가 달려갔을 때 히데하루는 온몸이 물에 젖은 채 거실에 뻗어 있었어. 연못에서 끌어올렸다더군. 난 마치코에게 히데하루를 그 애 엄마랑 함께 묻어주겠다고 했고, 마치코는 새파랗게 질려서 모든 걸 자백했어."

베니코는 고서를 무의식적으로 쓰다듬으며 과거의 일들을 회상하는 듯 몽롱한 눈빛이 되었다.

"히데하루의 몸을 담요로 감싸서 마치코가 운전하는 차로 서점으로 옮겼어. 그리고 그 뒤는 나한테 맡기라고 하고 마치코를 쫓아 보냈지. 다행히 히데하루는 죽지 않았어. 따뜻하게 해주고 몸을 주물러줬더니 의식을 되찾았어."

"그리고 하와이로 보냈다, 그렇지요?"

베니코의 뺨에 포기한 듯한 웃음이 떠올랐다.

"히데하루는 훨씬 전부터, 하쓰호가 사라지기 전부터 시노부에게 화풀이를 하곤 했어. 엄마랑 고모 사이가 나쁜 것도 있었고, 부모도 별로 보살펴주지 않았거든. 게다가 학교에서도 괴롭힘을 당한 모양이야. 그런 괴로움을 시노부한테 해소했던 거지. 시노부는 온몸이 멍투성이였던 적도 있고, 히데하루가 연못에 밀어 넣는 바람에 물에 빠져 죽을 뻔한 적도 있었어. 그게 하쓰호 실종 이후로 더 심해졌어. 고등학교를 도쿄로 보낸 건 둘을 떼어놓기 위해서이기도 했어. 내버려뒀다가 히데하루가 시노부를 죽이기라도 해봐. 시노부는 물론이고 히데하루도 불쌍해지지 않겠어?

아무튼 죽을 뻔한 히데하루는 살아난 뒤에도 몹시 겁을 냈어. 나는 히데하루를 죽은 것으로 치고 하자키에서 아주 멀리 떨어진 곳으로 보내는 게 어떨까 하고 생각했어. 죽을 뻔한 쪽과 살해당할 뻔한 쪽이 계속 온화한 친척관계를 유지할 수 있으리라고는 생각할 수 없었으니까. 히데하루는 내 제안에 바로 찬성했어. 마에다 히데하루라는 이름을 버리고 신천지에서 다른 사람으로 다시 산다는 생각은 사는 게 힘들었던 열다섯 살 소년에게 매력적인 것이었겠지."

베니코의 웃음은 어딘지 모르게 공허했다. 고마지는 머리를 긁었다.

"그럼 이런 거군요. 마치코 사장은 자기가 히데하루를 죽였고, 그 사체는 서점 마룻바닥 밑에 하쓰호와 함께 잠들어 있다고 생각한 거지요. 그런데 이번 달 들어서 히데하루라는 이름으로 편지가 왔고, 겁이 난 마치코 사장은 그게 어떻게 된 일인지 조사하기 시작했고."

"아니, 마치코는 그 사체가 히데하루라고 생각하진 않았어."

베니코는 가볍게 일어나 차를 한 잔 더 따라서 돌아왔다. 그리고 방금 우려낸 뜨거운 차를 한입 머금고는 계속했다.

"나는 히데하루와 그 애의 양부 가토 씨하고 줄곧 연락을 주고받았었어. 그 애는 하와이에서 그럭저럭 행복하게 살았고 올해 들어 일본 여성과 결혼하게 되어 일시 귀국한다는 말을 전해왔어. 그야 기뻤지. 하지만 하자키에는 오지 말라고 엄하게 일러뒀어. 열다섯 살이 스물일곱 살이 됐다는 건 큰 변화야. 히데하루에게는 마치코가 자기를 죽일 뻔했다는 게 먼 옛날 얘기일지 몰라. 하지만 히데하루가 살아 있다는 걸 마치코가 알면 무슨 짓을 할지, 생각만 해도 겁이 나더군.

히데하루하고는 신주쿠에서 만나기로 했지. 하지만 그 애가 묵었던 로열 할리우드 호텔에 그만 불이 난 거야. 그 이후로 히데하루하고는 모든 연락이 끊겨버렸어. 사망자 명단에도 부상자속에도 마이클 가토의 이름이 들어 있지 않기에, 상심해서 하와이로 돌아갔나 보다 하고 생각했어.

그런데 5월 8일, 히데하루에게서 전화가 온 거야. 그 애는 약혼자가 죽는 바람에 자포자기 상태가 되어 있었어. 베니코 고모 할머니한테는 감사하고 있다, 하지만 지금 나는 복수를 생각하고 있다. 그 애는 그렇게만 말하고 전화를 끊었어.

난 걱정 때문에 제정신이 아니었어. 히데하루는 어쩌면 하쓰호의 사체가 있는 곳을 알지도 모른다. 서점을 파내서 하쓰호의 유해를 찾아낼지도 모른다는 생각이 들더군."

베니코는 단숨에 거기까지 말하고는 침묵했다. 고마지가 그 뒤를 이었다.

"여사님은 그런 장면을 보고 싶지 않았겠죠. 그래서 스스로 입원하기로 한 거예요. 하자키 로맨스 축제 준비로 바쁜 시기에 검사를 위해 입원이라니, 이상한 얘기라고 생각했어요. 로맨스 축제가 끝난 뒤에 입원해도 늦지 않을 텐데."

고개를 끄덕이고, 베니코가 자조 섞인 투로 말했다.

"시간 벌기였지. 난 겁쟁이야. 말썽에 직면하고 싶지 않았어. 그 밖에도 이유는 있었지만 어느 쪽이든 내 소심함이 모든 것의 원흉이었어."

"하자키 히가시비치에 떠오른 사체가 히데하루 씨이고, 그가 자살했다는 말을 듣고, 어땠나요?"

"심장이 멈추는 줄 알았지. 밤새 뒤척이면서 이것저것 생각했어. 정말로 히데하루일까? 얼굴이 똑같이 닮은 다른 사람은 아닐까? 아무도 나한테 그 사체의 신원을 확인하라고 하지 않고, 마치코가 간호사를 보내 나를 감금해둔 점으로 볼 때, 아마도 히데하루가 아닐 거라고 생각했어. 마치코는 히데하루가 아닌 사체를 히데하루라고 주장해서 법률상으로도 히데하루를 죽은 사람으로 만들 작정인 거라고.

하지만 마치코가 그 사체를 히데하루가 아니라고 착각해 그런 조치를 취하긴 했지만 실제로는 히데하루의 사체일 가능성도 있었던 거지."

"그래서 기노우치 형제와 지아키 씨, 마코토 씨한테 사체를 훔쳐 오라고 부탁한 거군요?"

"내 눈으로 확인하고 싶었어. 또 정말 히데하루라면 최소한 하룻밤을 함께 보내면서 나 나름대로 밤샘 의식을 해주고 싶었어."

베니코의 목소리는 도리어 쌀쌀맞게 들렸다.

"게다가 그때 난 이미 마치코에게 정나미가 떨어진 상태였어. 하쓰호 일이나 히데하루가 죽을 뻔한 끝에 신분을 위장해서 일본을 탈출한 일이 전부 드러나도 상관없다. 병실에 마치코가 뛰어 들어올 때까지는 정말로 그렇게 생각했었지."

"그 말, 믿습니다."

고마지가 무겁게 고개를 끄덕였다. 베니코가 계속했다.

"하지만 마치코가 얼굴색이 변해서 병실로 들어왔을 때 또 사정이 바뀌었어. 마치코가 말했어. 부탁이니까 그 사체를 히데하루인 걸로 해달라고. 모두 시노부를 위해서라고 말이지."

고마지는 잠시 시선을 허공에 두었다. 그리고 입을 열었다.

"그렇군요. 십오 년 전에 히데하루를 죽일 뻔한 건 마치코가 아니라."

"그래. 사실은 그때 일곱 살인 시노부였어."

베니코는 다시 가까이에 있던 책을 집어 들어 천으로 닦기 시작했다. 힘을 줘서. 세게.

"히데하루가 난동을 부리는 바람에 두 손 두 발 다 들 수밖에 없었다고 하더군. 시노부는 나한테 전화를 한 뒤에 엄마를 구하려고 정원으로 나갔어. 그리고 히데하루를 등 뒤에서 밀어 연못에 빠뜨린 거지. 마치코는 히데하루를 내버려두고 시노부를 안아 방으로 데리고 갔고. 흥분한 히데하루가 시노부에게 무슨 짓을 할지 몰라서 숨기려 했대.

그런데 지금쯤 냉정을 되찾았겠지 하고 생각하면서 정원으로 돌아와보니, 히데하루는 연못에 떠 있는 채였대. 마치코는 히데하루가 익사했다고 믿었어. 그 뒤는 아까 얘기한 대로야. 마치코는 시노부가 한 짓을 나한테도 숨겼던 거야. 그 애도 역시 어미였던 거지.

마치코는 시노부가 멍한 아가씨가 된 건 히데하루를 죽인 정신적 외상 탓이 아닌가 하고 생각하게 됐어. 나야 시노부의 성격이 그렇게 된 이유가 혹시 뭔가 있다면, 그건 어미가 보살펴주지 않은 탓이지 히데하루 사건하고는 무관하다고 생각하지만."

"흐음, 그랬군요. 히데하루가 자기 이름을 버리고 멀리 도망칠 만큼 겁을 낸 이유를 알겠어요. 그는 설마 일곱 살짜리 사촌 여동생에게 떠밀렸으리라고는 생각 못 하고, 누군가 다른 어른한테 당한 거라고 생각했겠죠. 하자키에는 내 적이 많다, 그렇게 생각한 거군요."

"그럴지도 모르지."

"하지만 히데하루가 이번 달 들어 하자키로 돌아왔을 때는 모든 걸 알았는지도 모르지요."

고마지는 입속으로 날아 들어온 벌레를 꿀꺽 삼킨 듯한 표정을 지었다.

"히데하루가 갖고 있던, 마치코 앞으로 보내려던 편지에는 '만약 내게 무슨 일이 있으면 모두 그녀가 한 겁니다'라고 쓰여 있었어요. 히데하루는 자살을 결심했지요. 동시에 자신의 인생을 바꾼 고모와 사촌 여동생에 대한 복수도 생각했어요. 자신이 죽고 그 책임이 시노부에게 있다고 암시한 편지를 고모 앞으로 써놓는다. 그게 히데하루의 복수였지요."

"하지만 고마지 반장. 마치코는 단 한순간도 그 사체가 진짜 히데하루일지도 모른다는 생각을 하지 않았어. 마치코가 그 편지를 어떻게 해석했는지는 나도 몰라. 마치코는 히데하루와 닮은 사체가 나타났다면서 오히려 마음을 놓았지. 히데하루 오빠는 십이 년 전에 죽지 않았구나, 바로 얼마 전까지 살아 있었어, 그러니까 내가 죽인 게 아니야. 딸이 그렇게 생각하게 만들 수 있다고, 마치코는 생각했어. 시노부에게 밤샘 의식을 맡긴 것도 이것으로 옛날 일과는 인연을 끊어라, 하는 엄마로서의 마음이 담겨 있었던 거야."

베니코는 깨끗해진 책을 옆에 쌓아 올리며 다른 책을 집어 들었다.

"난 마치코가 한 짓을 묵인할까 하는 생각도 했어. 하지만 그러는 한편으로 마치코 역시 히데하루의 유산을 노리는 거란 생각이 들었어. 그래서 화가 나서 히데오의 유서에 대해 떠벌렸던 거야. 마치코는 서점으로 달려갔고 범죄를 숨기는 데 따른 긴장감 때문에, 비서한테 모진 소리를 퍼붓다가 살해당했지."

"여사님 탓은 아닙니다."

고마지의 위로를 베니코는 일축했다.

"흥. 당연하지. 제가 벌인 일을 뒷수습도 하지 않고 떠나버리다니, 마치코는 오히려 행복한 건지도 몰라."

신랄한 말에 고마지는 잠시 움츠러들었다. 베니코는 계속해서 고서를 닦았다. 이것만이 자신의 모든 것이다, 라고 말하듯이.

"베니코 여사님은 왜 그 사체를 보고 히데하루가 아니라고 했나요?"

잠시 후 고마지는 자문하는 말투로 중얼거렸다.

"결국은 하쓰호 일도 히데하루 일도, 숨기려 했지 않습니까? 왜죠? 마치코의 명예를 지켜주려고? 하지만 구도가 서점에 두 번이나 잠입했고 두 번째는 아이자와 마코토를 죽이려고까지 한 이유를 베니코 여사님은 눈치챘을 거 아닙니까? 그런데도 사체에 대해 솔직하게 말하지 않았어요. 잠든 살인을 잠든 채 내버려둘 생각이었나요? 십오 년 전에 하쓰호의 사체가 마루 밑에 잠들어 있다는 걸 알고 나서도 사건을 폭로하지 않았던 건 왜지요?"

베니코가 소리를 내며 책을 내려놓았다. 그리고 고마지의 얼굴을 정면으로 쳐다봤다.

"고마지 반장, 당신 『핏빛 어제일리어』를 읽어봤나?"

"안타깝게도 못 읽어봤는데요."

"공부 부족이군. 그럼 내가 가르쳐주지. 이런 얘기야. 여주인공의 죽은 애인은 유령이 되어서도 여주인공을 위기에서 구해줘. 위기가 사라지자 유령은 떠나고 여주인공은 애인과 똑같이 닮은 새로운 사람과 결혼해서 아이를 낳고 평생을 어려운 처지에 있는 사람들을 도우며 살지."

고마지가 화들짝 놀라 숨을 삼켰다. 그리고 베니코의 등 뒤 높은 위치에 장식되어 있는 사진에 눈길을 줬다.

베니코는 일어나서 사진 아래 있는 유리 케이스의 문을 열고 오래된 『핏빛 어제일리어』를 꺼냈다. 책 안쪽에서 마에다 베니코라는 이름이 쓰인 낡은 모자 보건 수첩이 나왔다.

고마지는 너무 놀란 나머지 말을 더듬었다.

"마에다 히데하루는…… 여사님의 아들이었군요."

"그래."

베니코는 가볍게 대답하고 담배에 불을 붙였다. 연기를 깊게 들이마시고 얘기를 꺼냈다.

"약혼자가 죽었을 때 난 결혼은 물론 연애도 포기했어. 그런데 마흔을 넘겼을 때 일 관계로 일본에 온 하와이의 일본계 3세인 가토 씨를 알게 됐지. 그는 죽은 약혼자와 똑같이 닮았어. 가토의 부인은 곧 돌아가시게 된 시어머니를 돌보느라 하와이에 남고, 가토는 혼자 일본에 와 있었어. 그런 사정을 알고 있었기 때문에 나도 단순 명쾌하게 잠깐의 꿈이라면 그것으로 족하다고 생각하고 관계를 즐긴 거지.

가토가 하와이로 돌아간 지 얼마 안 돼서 임신했다는 사실을 알았어. 설마 이 나이에 하고 방심을 하다 보니 이미 낳는 것 외에는 달리 방법이 없는 상태였어. 나도 가토의 아이를 낳고 싶었고.

히데오 부부와 의논했어. 하쓰호가 자기가 낳은 것으로 하면 된다고 해줬고, 히데오도 거기에 동의했어. 히데오는 아이를 만들 수 없는 몸이었거든. 그 사실에 열등감을 갖고 있었어. 하쓰호도 이대로 마에다가의 사모님으로 지내기 위해서는 자식을 낳았다는 실적이 있는 편이 좋았지. 나도 마흔 넘어서 불륜으로 아이를 낳은 사람이 되긴 싫었고 게다가 아이도 그렇게 태어나면 불행해질 뿐이라고 생각했지. 히데하루를 히데오 부부의 자식으로 하면 만사 둥글게 해결이 되는 거였어.

배는 크지 않은 편이었기 때문에 아무도 눈치채지 못했어. 한편 하쓰호는 임신했다고 소란을 떨며 이 병원 저 병원으로 돌아다니는 척해서 주위의 눈을 속였지. 그리고 나는 나한테 신세진 의사가 있는 먼 병원에서 출산했어.

히데하루를 딴 곳으로 보낼 필요가 생겼을 때, 부인과의 사이에 아이가 없던 가토는 히데하루를 기꺼이 양자로 맞아줬어. 그리고 나와 한 약속을 지켜서 자신이 히데하루의 친부라는 사실을, 그리고 내가 어머니라는 비밀을 무덤까지 가지고 가줬지."

베니코는 재떨이에 재를 떨며 길게 숨을 내쉬었다.

"이제 짐작이 가나, 고마지 반장. 내가 어떻게 하쓰호가 죽었다는 사실을 알아차렸는지. 무일푼으로 쫓겨난 하쓰호가 나한테 오지 않을 리 없었지. 하지만 나는 하쓰호의 죽음을 폭로할 수가 없었어. 하쓰호의 사체를 조사하다 히데하루가 하쓰호의 아이가 아니라는 게 드러나면 어떻게 하나 해서 말이야. 히데하루는 그 사실을 모르는데."

"그러니까 히데하루의 사체도 인정할 수가 없었던 거군요."

고마지는 베니코가 입을 다물고 있자 계속해서 말했다.

"구도 탓에 서점은 이곳저곳이 망가졌어요. 재건축도 더 이상 미룰 수 없게 됐지요. 집을 다시 지을 때 하쓰호의 사체가 나와 히데하루와 대조하게 되면 둘 사이에 모자관계가 없다는 사실이 드러나게 돼요. 그러니 차라리 처음부터 히데하루가 아니라고 말해두는 편이 나았겠지요. 여사님은 마이클의 양부는 이미 죽었으니까, 그 사체의 신원은 영원히 판명되지 않을 거라고 생각했던 거고요. 그러고 나서 유체를 인수해서 적절히 추모해줄 생각이었겠지요."

긴 시간 얘기하는 사이에 창밖이 어두워졌다.

"그래, 난 무슨 죄목에 해당하나?"

베니코는 지친 듯이 내던지듯 물었다.

"무죄로 끝나리라고는 생각 안 해. 나도 각오는 하고 있어. 사실은 이 모든 것이 정리되면 직접 나가서 모든 사실을 밝힐 생각이었어. 고마지 반장을 얕잡아 봐서 이 지경이 됐지만 말일세. 다만 가능하면 체포는 조금 기다려줄 수 없겠나. 로맨스 축제가 끝날 때까지, 아니 마치코의 재산 정리가 다 될 때까지. 시노부는 혼자서 이 모든 걸 해낼 수 없어. 그러니까……."

"아무도 베니코 여사님을 체포하지 않습니다."

고마지가 일어나 등을 쭉 폈다.

"여사님이 한 일은 마루 밑의 사체를 상상한 것뿐이에요. 그리고 로맨스소설을 지나치게 많이 읽어서 조카의 아들에게 별 모양의 점이 있다고 착각한 것뿐이죠. 히데하루를 하와이로 보낼 때 신분을 위조한 사실은 바로 드러나겠지만, 뭐, 십이 년이 지났으니 벌써 시효가 끝났지요. 구도는 사체를 파냈다는 말을 들으면 포기하고 자백할 겁니다. 어쩌면 마치코 사장에게 죄를 덮어씌울지도 모르겠네요. 하지만 아이자와 마코토에게 한 짓으로 미루어 하쓰호는 목이 졸려 죽었을 겁니다. 남자가 한 짓이라는 것도 드러나겠죠."

베니코가 어안이 벙벙해서 고마지를 올려다봤다.

"그래도, 괜찮겠나?"

"괜찮고 안 괜찮고를 떠나서 이제 와서 히네하루가 이사님의 자식이었다는 사실을 세상에 밝혀서 무슨 득이 있겠습니까? 그건 가족 내의 문제지 경찰이 관여할 것은 아니죠. 안됐다고는 생각하지만."

"안됐어?"

베니코가 작은 목소리로 반복했다. 고마지가 말했다.

"그래요. 안됐어요. 히데하루를 아들이라 말하지 못한 채 평생을 살아야 하니까요."

베니코는 아무 말도 하지 않았다. 책이 산처럼 쌓인 카운터 안에서 마에다 베니코는 점점 더 작게, 점점 더 쪼그라들어 보였다.

고마지 형사반장은 입을 열어 내일 마루 밑의 발굴 작업을 하러 오겠다고 고하고는 고개를 흔들며 등을 돌렸다. 그리고 역시 상태가 안 좋은 유리문을 밀어 열고 과거를 떨쳐버리듯, 혹은 감정으로 찌든 고서의 냄새를 털어버리듯 심호흡을 하고는 걸어갔다.

3

로맨스 축제 현장에서는 연회가 한창이었다.

화창하게 갠 밤하늘을 수놓은 별빛 아래, 하자키 히가시비치

448

에서는 러브 스톰 캠프파이어가 진행되고 있었다. 여자들이 불을 둘러싸고 떠들썩하게 일대 소란을 벌이는 중이었다. 오가타 후미코가 초대한 라틴음악 밴드가 연주를 하고, 그 앞에서 맨발의 여자 몇몇이 정신없이 춤을 추는 모습은 발푸르기스의 밤(4월 30일에서 5월 1일로 넘어가는 밤을 부르는 말로 유럽의 전통적인 축제 중 하나. 모닥불과 불꽃놀이로 겨울이 끝났음을 축하한다 — 옮긴이)이 이러랴 싶을 정도였다. 평소 해변을 점거하던 소년들이나 커플들도 오늘 밤만큼은 일찌감치 물러났고, 로맨스 팬 사모님들에게 끌려온 불쌍한 남편들과 신간을 팔러 와서 강제로 참가할 수밖에 없게 된 출판사 영업 사원들이 저 멀리서 소란을 바라보며 맥주를 들이켰다.

시노야마 마이는 휠체어를 탄 어머니와 함께 캠프파이어에서 조금 떨어진 장소에 앉아 있었다. 붉게 타오르는 불꽃에 비친 유이의 손에는 세 권의 로맨스소설이 꽉 쥐어 있었다. 이번에 미국에서 초대된 세 작가의 최신간인데 물론 사인을 받았다.

그 작가들도 뒤집어쓸 정도로 와인을 마시고 취해서 춤추는 무리들 속에 섞여 있었다.

마이는 어머니의 무릎 덮개를 고쳐 덮어주고 엷은 웃음을 지으며 그 옆에 앉았다. 어머니가 부드럽게 웅얼거리며 마이의 어깨에 손을 올렸다. 마이는 그 손을 살그머니 잡아줬다.

이런 식이라면 우리가 한 일은 들키지 않을 거예요.

그 월요일 이른 아침, 마이는 유이를 휠체어에 태워 산책을 나갔다. 호텔 출근이 늦은 당번인 날은 바람이 몹시 불거나 비가 많이 내리지 않는 한 늘 그렇게 하는 것이 습관이 되어 있었다. 어머니는 바닷바람을 맞으며 파도 소리를 듣는 것을 아주 좋아했다. 물론 비가 내릴 때는 성가신 면도 있다. 둘 다 방수 처리된 옷을 위아래로 갖춰 입어야 하고, 집에 돌아와서도 감기 걸리지 않게 어머니의 몸을 닦아주고 옷을 갈아입혀야 하기 때문이다. 하지만 그 정도의 수고가 대수란 말인가. 어머니와 지내는 시간은 마이에게도 치유의 시간이다.

그러니까 그날도 아침 일찍부터 바닷가로 나갔다. 모래사장 가장자리에 난 산책로를 휠체어를 밀며 걸었다. 그때 산책로에 앉아서 바다를 바라보고 있던 젊은 남자가 일어나 머뭇머뭇 말을 걸어왔다.

"마이? 시노야마 마이니?"

물론, 마이는 그게 누군지 바로 알아봤다. 십이 년간 잊은 적이 없는 남자였기 때문이다. 그가 실종되자 어머니는 한순간에 범죄 용의자가 됐었다.

살아 있었다니.

"오래간만이군. 잘 지냈어? 이거, 너희 어머니니? 어디 다치기라도 하셨니?"

마에다 히데하루는 흥분한 상태였다. 혼자서 계속 떠들어댔다. 어머니를 '이거'라고 했다.

"결혼했어? 지금 뭐 해? 마침 잘됐다. 너를 만나서. 일본에 미련은 없지만 마이 너만큼은 한번 만나고 싶었어. 그때는 정말 지독했지, 서로. 하지만 잘됐어. 내가 없어진 덕분에 우리 아버지와 네 어머니가 재혼을 못 하게 됐잖아. 마이 너도 그 재혼이 싫었지? 중학 시절은 정말 끔찍했어. 다른 녀석들은 어떻게 지내? 난 지금 하와이에서 살고 있어. 하자키 따위 깨끗이 잊었는데, 마이 너를 만나니까 갑자기 이것저것 되살아나네."

봉인해뒀는데. 잊으려고 생각했는데. 열다섯 살 때의 얄팍한 에고이즘 같은 거 깨끗이 잊고 싶었는데.

"나도 여러 가지 생각이 나네."

마이가 낮은 목소리로 대답했다. 어머니가 구슬리듯 조용히 웅얼거렸다. 겨우 어머니의 상태를 알아차린 듯, 마에다 히데하루는 깜짝 놀라 뒤로 물러났다. 어머니를 어떻게 생각하는지 그 얼굴이 모든 걸 얘기해주고 있었다. 히데하루에게 유이는 사라진 어머니의 자리를 빼앗고 좋아하는 여자아이를 여동생으로 만들려는 음모의 주역이었다. 그리고 그것이 먼 옛날 일이 된 지금 그는 기꺼이 유이를 내려다보고 있다.

"마이 너도 힘들겠구나. 이런 어머니를 맡고 있으니. 난 지금 어떤 걸 계획 중이야."

히데하루는 '이런 어머니'라고 말했다. 그리고 졸린 듯 눈을 비볐다.

"나, 옛날에 살해당할 뻔했었어. 그래서 하자키에서 도망친 거야. 무서워서. 사실은 무서워할 것도 없었는데 말이지. 난 복수할거야. 사랑하는 사람이 죽었어. 이제 아무렇게나 돼버려라 하는기분이야. 그 애를 두 번 다시 못 만나는데, 뭘 하든 무슨 상관이야. 기대해, 마이. 오늘 아침 우리가 만난 건 아무한테도 말하지않는 게 좋을걸. 두고 봐, 난 여기서 살해당하기로 돼 있어."

"무슨 소리야?"

"나, 나만 떠들어댔구나. 수면제 탓인가. 왠지 기분이 들뜨네.사실은 말을 걸면 안 되는 거였는데. 그러니까 잊어줘. 약속이야. 그리고 이 커피 캔하고 세컨드 백, 발로 차지 말아줘. 만져도안 돼. 증거니까."

히데하루는 해변으로 내려가서 파도가 치는 곳까지 갔다. 그리고 몸을 구부리고 손을 흔들며 밝게 외쳤다.

"내가 물에 빠지지 않게 기도해줘, 마이."

그가 몸을 뒤로 젖히고 쓰러져 움직이지 않게 될 때까지 마이와 어머니는 그 자리에서 히데하루를 보고 있었다.

마이가 알게 된 건 히데하루가 자살 흉내를 내려고 한다는 것뿐이었다. 만조에 파도가 치는 물가에서 수면제를 마시고 쓰러져 있다고 해서 죽을 리는 없다.

마이는 후드에 싸인 어머니의 얼굴을 들여다봤다. 어머니의 얼굴은 평온했고, 눈동자에는 마이가 비쳤다. 두 사람의 마음이 같은 방향으로 움직였다. 그걸 마이는 확신했다.

마이는 히데하루의 몸을 향해 달렸다. 무거운 몸은 물에 젖으면서 점점 더 무거워졌는데 어머니의 몸을 다루는 데 익숙한 마이한테는 그리 힘든 것도 아니었다. 하물며 어머니의 몸과 달리 히데하루는 정중히 다룰 필요가 없었다. 히데하루의 몸이 파도에 삼켜져 요람에 잠든 아기처럼 밀려갔다 밀려왔다 하면서 서서히 바다 속으로 잠길 때까지 그리 많은 시간이 걸리지는 않았을 것이다.

어머니에게 돌아왔을 때 마이는 웃음 짓고 있었다. 어머니도 웃음 짓고 있었다.

그리고 둘은 집으로 돌아왔다. 커피 캔과 세컨드 백을 잊지 않고 챙겨가지고. 비가 내리고 있으니 젖어 있는 건 당연했고, 보슬비가 내리는 날에도 외출하는 모녀의 모습은 이웃 사람들에게 익숙한 일상의 일부에 지나지 않았다. 다음 날 아침 밖에 내놓은 쓰레기 봉지도 겉으로 봐서는 평상시와 다름없었다. 내용물을 체크하는 미친 사람 따위는 없었다.

춤은 드디어 일단락되었고, 여자들은 숨이 차서 모래 위에 쓰러지며 웃었다. 밴드는 조용한 멜로디를 연주하기 시작했다. 고마지 형사반장의 부하 형사가 오가타 후미코에게 팔을 잡혀 억지로 댄스 상대가 될 지경이었다. 거기에 아이자와 마코토가 끼어들었다. 승강이 끝에 마코토와 형사는 손에 손을 잡고 모래바람을 일으키며 달려샀다.

마이는 웃음 지으며 어머니의 무릎에 얼굴을 갖다 댔다. 어머니가 어색하게 손을 움직여 딸의 머리에 손을 얹었다.

나중에 사건 당시 해안 가까이에서 수집된 수상한 목격 증언 중에, 히데하루와 비슷한 남자가 유모차를 미는 여자와 함께 있었다, 하는 증언이 있었다는 것을 알고 마이는 웃음을 참느라 애썼다. 집에 돌아와 얘기했더니 어머니도 역시 웃었다. 하지만 혹시나 하는 생각을 하니 조금은 겁이 났다. 혹시나 누군가 알아차리지는 않을까.

아무도 알아차리지 못했다. 마이는 머리에 어머니의 온기가 전해져 오는 걸 느끼고 행복한 기분으로 음악을 들었다.

과거는 봉인됐다.

아이자와 마코토와 이쓰키하라 미쓰루는 가쁜 숨을 몰아쉬며 계속 달려서 소란으로부터 멀리 떨어진 해안에 다다라 그 자리에 주저앉았다.

둘 다 말없이 나란히 앉아 파도가 부서지는 어두운 바다를 바라보며, 부서지는 파도 소리에 귀를 기울였다.

공교롭게도 — 어쩌면 다행스럽게도 — 둘을 내려다보는 희미한 두 그림자를, 마코토와 이쓰키하라는 둘 다 눈치채지 못했다.

물론 그 그림자가 바짝 달라붙어 있는 남녀라는 것도, 한쪽이 생전에 마에다 히데하루 또는 마이클 가토라고 불렸던 남자의 그림자라는 것도, 여자 그림자의 왼손 약지에는 아름다운 핑크색 하트 모양 돌이 끼워진 반지가 빛나고 있는 것도 둘은 알아차릴 수 없었다.

드디어 이쓰키하라가 헛기침을 했다. 마코토가 잠깐 웃고 이쓰키하라에게로 얼굴을 돌렸다. 이쓰키하라의 팔이 마코토의 어깨에 닿았다.

마코토와 이쓰키하라의 거리가 좁혀졌을 때 두 사람을 내려다보던 두 그림자는 점점 흐려지더니 결국에는 달빛 속에 녹아 사라졌다.

마에다 시노부는 부엌 의자에 앉아 테이블에 턱을 괴고 바삐 움직이는 와타나베 지아키와 기노우치 유키야를 바라봤다.

"지아키 누나, 양파 탈 것 같아."

"바보, 타는 걸 알면 불을 줄이든가 양파를 뒤섞든가 해야지."

"네에네."

부엌에는 따뜻하고 달콤한 냄새가 가득 차 있었다. 지아키가 만드는 건 연어와 돌김과 버섯을 넣은 스파게티였다. 냉장고에는 가까운 밭에서 딴 토마토로 만든 샐러드와 자몽 무스가 차게 식어서 나올 순서를 기다리고 있었다.

하지만 시노부는 어떤 메뉴라도 상관없었다. 지아키 언니가 집에서 만들어주는 거라면 뭐든 맛있을 게 분명했다.

옛날에 이 집에서 잠시 동안 일했던 요리사는 아이를 좋아했다. 요리사는 훌륭한 솜씨로 닭을 잡거나 무를 투명할 정도로 얇게 벗기거나 프라이팬에 불이 붙게 하는 등 이것저것 일하는 모습을, 시노부가 부엌에 들어와 이 의자에 앉아 바라보는 걸 흔쾌히 허락해줬다. 그리고 때때로 맛을 보게 해주고 감상을 말하게 했다. 그렇게 맛을 본 요리는 정식으로 접시에 담겨 나와 식당에서 먹을 때보다 훨씬 더 맛있었다. 어린 시노부가 열심히 감상을 말하면 요리사는 기쁘게 웃으며 말했다.

"다음엔 더 맛있게 할 수 있어요. 아가씨. 기대해주세요."

그러나 요리사는 어디론가 가버렸고 그다음은 없었다. 하지만 또 이렇게 다른 사람이 여기서 요리를 만들어준다.

"시노부, 입 벌려."

지아키가 연어와 버섯을 젓가락으로 집어서, 손으로 아래를 받치고 호호 불어 식혀서 시노부의 입속에 넣어줬다.

"어때? 조금 짜지 않니?"

"아, 좋겠다! 지아키 누나, 나도 호호 해줘."

"멍청이."

"딱 좋아."

시노부가 대답하자 지아키는 겨우 웃으며 스파게티를 프라이팬에 옮겼다. 지지직, 하고 프라이팬이 소리를 냈다. 그러고 보니 히데하루 오빠가 딱 한 번 스파게티를 만들어준 적이 있었지. 그래. 쭉 신경이 쓰였어. 히데하루 오빠 일로.

골든 위크의 마지막 일요일, 시노부가 요코하마에 쇼핑하러 갔을 때, 거기서 누가 말을 걸었다. 기억나니? 히데하루 오빠야. 그 사람이 말했다. 시노부는 히데하루의 얼굴을 확실하게 기억하고 있었다. 하지만 그 사람은 시노부가 아는 히데하루보다 훨씬 어른이고, 외로워 보였고, 지쳐 있는 것 같았다.

그가 캔 커피를 사줬다. 마시면서 이런저런 얘기를 했다. 히데하루가 말했다. 미안, 나 옛날에, 시노부를 연못에 밀어 빠뜨린 적이 있었어.

시노부는 대답했다. 괜찮아. 나도 히데하루 오빠를 연못에 밀어 빠뜨린 적이 있는걸.

그 말을 듣더니 히데하루는 말을 잃고 놀란 것 같은, 겁을 먹은 것 같은, 화가 난 것 같은 얼굴이 되었다.

그리고 헤어질 때 히데하루가 말했다. 일주일쯤 지나서 또 만나지 않을래?

좋아, 라고 시노부가 대답했다. 하지만 잊어버릴지도 몰라.

전화해줄게, 하고 히데하루가 말했다. 전날 밤에 전화할게. 그리고 이 사실은 마치코 고모한테는 비밀이야. 절대로.

그렇게 말하고 히데하루 오빠는 손을 흔들며 사라졌다. 시노부가 다 마신 커피 캔을 들고. 그리고 전화도 걸려왔다. 그게 언제였더라? 지아키 언니의 목소리가 들리지 않은 날이었으니까 아마 토요일이나 일요일. 일요일이었나?

히데하루 오빠가 말했다. 내일 아침 여섯 시에 하자키 히가시 비치로 와. 꼭이야. 약속했다.

하지만 다음 날 아침 눈을 뜬 건 열 시가 넘어서였다. 게다가 약속은 완전히 까먹고 있었다.

히데하루 오빠의 밤샘 의식 때까지도 생각이 안 났다.

"자, 완성. 유키야, 접시 내놔."

"이거면 되나?"

"시노부, 샐러드랑 와인 꺼내. 와인글라스도."

부엌 테이블에 요리가 놓이고 셋은 와인으로 건배했다. 지아키와 유키야가 와와거리며 언쟁하며 먹는 걸 바라보며 시노부는 생각했다.

히데하루 오빠와 만난 거 지아키 언니한테 말하지 않아도 될까?

뭐, 괜찮겠지. 지아키 언니는 나랑 히데하루 오빠가 함께 있는 걸 봤으니까. 데이트라고 말했지만. 알고 있으니까 말 안 해도 될 거야.

"누나, 후추 너무 많이 넣었어."

"그래? 딱 좋지 않아?"

"드레싱은 완벽해."

"자기가 만든 것만 칭찬하지 말라고."

시노부는 만족스러운 얼굴로 주위를 둘러봤다. 베니코 고모할머니가 어머니의 재산을 정리하면서 한 말이 생각났다. 시노부는 아무 걱정 안 해도 된단다. 넌 지금까지대로 이 집에서 살면 돼. 이 집은 내 것이고 히데하루가 없어진 지금 언젠가는 시노부 것이 될 테니까. 참, 너무 넓어서 싫니? 그럼 팔고 좀 더 작은 집으로 이사 가도 된단다.

판다고? 말도 안 돼. 여기가 시노부의 집이다. 시노부만의 것이다.

식사가 끝나면 지아키 언니랑 유키야 씨에게 나의 계획을 밝힐 것이다. 새로운 하자키 FM의 스튜디오로 이 저택의 방을 빌려주고 싶다고. 방이라면 얼마든지 있고, 그렇게 되면 무척 시끌벅적해질 것이다. 옛날처럼.

분명 지아키 언니도 기뻐할 거야. 시노부는 뛰는 가슴으로 계속 생각했다. 잘됐어, 어머니랑 히데하루 오빠가 죽어서. 덕분에 이 저택이 나 혼자만의 것이 됐으니까.

시노부는 와인을 마시면서 옛날에 지아키가 읽어줬던 동화의 한 구절을 떠올렸다.

'그리고 공주님은 성을 손에 넣고 언제까지나 행복하게 살았습니다.'

로맨스가 가득한 진달래 고서점으로 오세요!

『진달래 고서점의 사체』는 미스터리의 여왕 와카타케 나나미의 '하자키 일상 미스터리' 시리즈 제2권이다. 가상의 해안도시 하자키를 배경으로 한 코지 미스터리(작은 동네를 무대로 하여 누가 범인인지 수수께끼를 풀어나가는, 폭력 행위가 비교적 적고 뒷맛이 좋은 미스터리)를 표방했다는 점은 전작 『하자키 목련 빌라의 살인』과 마찬가지.

다니던 작은 편집 프로덕션이 도산해 일자리를 잃은 마코토는 기분 전환을 위해 비싼 호텔에 투숙하지만, 하필 그 호텔에 불이 나서 불에 탄 시체를 보게 된다. 쇼크와 스트레스로 원형탈모증에 걸려 상담을 받으러 갔다가는 수상한 신흥종교 집단에 의해 감금당한다. 간신히 탈출한 마코토는 연이은 불운을 털어버리려 하자키시의 바닷가를 찾아가지만 이번 역시 불운하게도 파도에 밀려온 젊은 남자의 사체와 조우한다. 사체의 첫 번째 발견자라는 이유로 경찰로부터 하자키에 남아 있으라는 요청을 받은 마코토는 우연히 진달래 고서점에서 일하게 되나, 거기서 또 사체와 마주친다!

마에다가의 여성 사업가 마치코는 파도에 밀려온 사체가 십이 년 전 열다섯 살 때 행방불명된 조카 히데하루라고 주장하지만 마치코의 고모 베니코는 히데하루가 아니라고 한다. 마치코와 베니코의 의견이 엇갈리는 이유는? 그리고 히데하루보다 삼 년 앞서 사라진 히데하루의 어머니 하쓰호는 어디로 간 걸까? 진달래 고서점에서 벌어진 살인사건은 히데하루의 행방불명과 관련이 있는 것일까? 그런 의문들을 쫓아가는 사이에 '하자키시의 뿌리 있는 명문 집안' 마에다가의 어두운 비밀이 서서히 베일을 벗는다.

그 베일을 벗겨가며 사건의 진상을 향해 한발 한발 접근해가는 형사반장 고마지. 로맨스소설에 미쳐 진달래 고서점을 경영하고 로맨스 축제를 개최하는 베니코. 라디오 방송국 하자키 FM의 열혈 디제이 지아키. 영화 관련 정보만큼은 풍부한 낙천적인 아르바이트 사원 유키야. 마코토와 티격태격하며 정이 들어가는 신참 형사 이쓰키하라. 이들이 보여주는 개성 넘치는 활약, 그리고 긴장과 긴장 사이에 풉 하고 웃음을 터뜨리게 하는 중독성 있는 스토리 전개는, 전작에 이어 저자의 진가를 다시 한번 느끼게 해준다.

이 책에 재미를 더하는 팁 하나. 1장부터 11장까지의 제목은 모두 걸작 로맨스 영화 제목을 살짝 패러디한 것이다. 1장, 7장, 8장, 11장의 제목은 〈바람과 함께 사라지다〉, 〈하오의 연정〉, 〈태양은 가득히〉, 〈슬픔이여 안녕〉과 유사해 독자 여러분도 쉽사리 관련 영화를 짐작할 수 있었을 것이다.

다른 장도 모두 영화 제목을 살짝 바꿔놓은 것이지만 아쉽게도 우리나라에서 알려진 것과는 뉘앙스가 다른 경우가 많아 해당 영화를 바로 짐작해내기가 쉽지 않다. 영화의 원제를 우리말로 번역한 제목과 일본어 제목이 너무 다른 경우, 이 소설의 내용을 감안해 일본어에 맞춰 장 제목을 정해야 했기 때문이다.

참고로 2장 '고서점은 갑자기'의 제목 모티브는 일본에 '어느 아침 갑자기'로 소개된 〈페리스의 해방〉, 3장 '잊었어, 너의 옛 모습'은 '잊지 못할 그대 모습'으로 알려진 〈미지의 여인에게서 온 편지〉, 4장 '서로 속이기'는 〈러브 어페어〉다. 5장 '어느 도둑의 노래'는 일본에 '어느 사랑의 노래'로 알려진 〈러브 스토리〉, 6장 '만날 땐 언제나 사체'는 〈만날 땐 타인〉, 9장 '함정에 빠져'는 〈폴링 인 러브〉, 10장 '탐정들의 거리'는 '연인들의 거리'로 알려진 〈핑크빛 연인〉을 패러디한 것이다. 시간을 내서 이 영화들을 찾아보는 재미도 놓치지 말기 바란다.

서혜영

진달래 고서점의 사체

초판 1쇄　2010년 8월 17일
개정판 1쇄　2022년 2월 22일

지은이 와카타케 나나미
옮긴이 서혜영
펴낸이 박진숙 **| 펴낸곳** 작가정신
편집 황민지 **| 디자인** 나영선 **| 마케팅** 김미숙
홍보 조윤선 **| 디지털콘텐츠** 김영란 **| 재무** 오수정
인쇄 및 제본 한영문화사

주소 (10881) 경기도 파주시 문발로 314
대표전화 031-955-6230 **| 팩스** 031-944-2858
이메일 editor@jakka.co.kr **| 블로그** blog.naver.com/jakkapub
페이스북 facebook.com/jakkajungsin
인스타그램 instagram.com/jakkajungsin
출판 등록 제406-2012-000021호

ISBN 979-11-6026-261-2 03830